ullstein

Das Buch

Colonel Joe Rush, Arzt und Biowaffenexperte, wird auf eine geheime Rettungsmission geschickt: Ein U-Boot in der Arktis ist in Schwierigkeiten, die über hundert Menschen an Bord leiden an einer mysteriösen Erkrankung und stecken im Sturm, Feuer und Eis fest. Mit einem Eisbrecher nimmt Rushs Team Kurs auf das havarierte Schiff. Doch bald wird klar, dass sie nicht die Einzigen sind: Auf dem Radar taucht ein chinesisches U-Boot auf, das offensichtlich an der modernen Waffentechnologie der Amerikaner interessiert ist. Was bedeutet, dass Rush einen Spion an Bord hat. Und niemand weiß, womit sich die Besatzung des U-Boots infiziert hat – wartet im Packeis der Tod auf sie alle?

Der Autor

James Abel ist das Pseudonym des amerikanischen Thrillerautors R. Scott Reiss.

R. Scott Reiss ist erfolgreicher Autor und lebt in New York. Der ehemalige Journalist hat bereits mehrere Thriller veröffentlicht; außerdem schreibt er regelmäßig Sachbücher und arbeitet als Drehbuchautor.

James Abel

Ice Trap

Thriller

Aus dem Amerikanischen
von
Peter Friedrich

Ullstein

Besuchen Sie uns im Internet:
www.ullstein-taschenbuch.de

FSC
www.fsc.org
MIX
Papier aus verantwortungsvollen Quellen
FSC® C083411

Deutsche Erstausgabe im Ullstein Taschenbuch
1. Auflage August 2015

Titel der amerikanischen Originalausgabe:
White Plague (Berkley Books/Penguin USA)
Umschlaggestaltung: ZERO Werbeagentur, München
Titelabbildung: © FinePic®, München
Satz: Pinkuin Satz und Datentechnik, Berlin
Gesetzt aus der ITC Slimbach
Druck und Bindearbeiten: CPI books GmbH, Leck
Printed in Germany
ISBN 978-3-548-28695-2

Kapitel 1

Die Hilferufe verstummten gegen fünf Uhr morgens. Nach einer Schrecksekunde versuchten Pentagonmitarbeiter in Washington, die eine entsprechende Sicherheitsfreigabe für diese heikle Aufgabe hatten, die Opfer auf andere Art zu erreichen. Als es nicht funktionierte, sagten sie dem Direktor Bescheid, der wiederum mich anrief. Wie so oft war ich noch wach, obwohl es in Alaska bereits ein Uhr morgens war. Der Anruf ereilte mich bei einem Fünfzehn-Meilen-Lauf durch meinen Wohnort, die Hafenstadt Anchorage.

Ich leide unter Schlafstörungen. Denn ich mag die Träume nicht. Der Direktor sagte: »Joe, das Unterseeboot *USS Montana* treibt in der Arktischen See siebenhundert Kilometer nördlich von Alaska brennend an der Oberfläche.«

»Was hat den Brand verursacht, Sir?«

»Unklar. In den letzten paar Stunden haben sich die Ereignisse überschlagen. Ein toxischer Unfall ereignete sich. Vermutlich sind giftige Chemikalien oder Gase ausgetreten. Sie scheinen krank zu sein. Das Luftzirkulationssystem funktionierte nicht mehr, und dann brach das Feuer aus. Vielleicht begann der Brand auch schon zuvor. Sie können nicht tauchen.

Sie sind fahruntüchtig. Auf der *Montana* tun hundertvierundfünfzig Männer und Frauen Dienst. Bei der letzten Meldung waren noch hundertsieben davon am Leben. Neun sind in einem kritischen Zustand. Der Schiffsarzt kam bei dem Brand ums Leben.«

»Ein Strahlungsleck?«

»Nein, Strahlung ist es nicht.«

»Vorsatz?«

»Schon möglich, Joe.«

»Welche Temperatur herrscht an der Oberfläche?«

»Minus siebzehn Grad. Wenigstens geht die Sonne Ende August so gut wie nicht unter. Bei Dunkelheit sinkt die Temperatur um weitere zehn Grad.«

Ich stieß heftig die Luft aus. »Wo befinden sich die Überlebenden, Sir?«

»Alle, die nicht zur Brandbekämpfung benötigt wurden, wurden evakuiert. Sie sind in isolierten Zelten und geschlossenen Rettungsinseln auf dem Eis. Sie haben tragbare Generatoren und Treibstoff für zwei Tage.«

Ich fluchte. »Rettungshubschrauber?«

»Haben weder die Reichweite noch genügend Frachtraum für alle Personen. Unsere nächsten U-Boote liegen acht, neun Tage entfernt. Und, Joe?« Die Stimme des Direktors klang belegt vor Frustration und Trauer. »Die Satelliten sind blind. Seit drei Tagen herrscht schlechtes Wetter, und Besserung ist nicht in Sicht. Eine Art polarer Supersturm. Wir können keine Flugzeuge entsenden, nicht einmal die robusten kleinen Twin Otter. Außerdem wäre eine Landung auf diesem Eis ohnehin nicht möglich. An der Stelle, wo das U-Boot auftauchte, sieht es wie ein verdammtes

Geröllfeld aus. Es könnte sich genauso gut um Steinbrocken handeln.«

Meine Gedanken rasten. Noch immer schwer atmend vor Anstrengung stand ich in Laufshorts und Reeboks auf der Treadwell Street vor der alten russischen Kirche. Der Duft ihrer Balken aus Hemlocktannen und Sitkafichten mischte sich unter den frischen Hauch von den Ausläufern des Chugach-Gebirges. Taufeuchte Marmorstatuen sahen mit toten Augen auf den einsamen Läufer mit seinem verschlüsselten Mobiltelefon herunter – Heilige und Meeresforscher, darunter Vitus Bering. Die grünen Äste der Thujas hingen schwer herab. Die Spiegelung einer Verkehrsampel blinkte rot in der Glasscheibe von *Rosa's Brooklyn Bagels*. »Vielleicht können uns die Russen helfen, Sir. Verfügen sie nicht über zwanzig Eisbrecher? Einer muss doch in der Nähe stationiert sein.«

Ich hörte einen langen Seufzer, bevor der Direktor sagte: »Ausgeschlossen.«

Aus seinem Schweigen las ich die Pflicht zur Geheimhaltung heraus, außerdem Abscheu vor politischen Sachzwängen und all den anderen Gründen, aus denen unsere Einsatzgruppe gegen Biogefährdungen überhaupt erst entstanden war. Der Direktor war ein Staatsdiener, der seit zwanzig Jahren zwischen der Regierung und dem Privatsektor hin und her pendelte und in der Welt der Konflikte auf höchster Ebene zu Hause war. Er fühlte sich wesentlich wohler in den Intrigen der Hinterzimmer von Washington als ich. Doch die Zeit drängte. »Warum, Sir?«, fragte ich, und bald begann sich ein genaueres Bild herauszuschälen.

»Es handelt sich um ein U-Boot der Virginia-Klasse, das Neueste vom Neuen. Hochmoderne Waffen- und Lenksysteme. Wir können nicht zulassen, dass Präsident Topovs Jungs sie sich ansehen und an ihre Freunde in Damaskus und Teheran weitergeben.«

»Dann war das also eine Spionagemission.«

»*Die* haben Spione«, sagte der Direktor ironisch. »Wir sammeln lediglich sensible Informationen. Joe, Sie müssen da rauf.« Seine Stimme wurde zornig. »Die Marine der Vereinigten Staaten ... die beste der Welt ... und was steht uns zur Verfügung? Ein einziger Eisbrecher, und der dient wissenschaftlichen Zwecken und untersteht nicht einmal der Navy. Die Küstenwache betreibt ihn. Wenigstens liegt er nur vier Stunden von Barrow entfernt.« Damit meinte er die nördlichste Stadt Alaskas. »Er führt da oben Meeresbodenuntersuchungen durch. Wir werfen die Wissenschaftler über Bord, und Sie übernehmen mit Ihren Marines das Schiff.«

»Ich will Eddie dabeihaben«, erklärte ich. Eddie war mein bester Freund.

»Er ist schon unterwegs.«

»Und einen Experten für U-Boote der Virginia-Klasse.«

»Jaja, kommt zusammen mit Major Nakamura von Seattle und stößt dann zu Ihnen«, erwiderte der Direktor. Major Nakamura, das war Eddie.

Als müsse er die Dringlichkeit noch unterstreichen, fügte er hinzu: »Die neue russische Regierung lässt Wladimir Putin im Nachhinein wie einen Friedensengel aussehen. Sie haben die Kontrolle über die Arktis zu einem Eckpfeiler ihrer Militärpolitik gemacht.

Das Eis schmilzt, Joe. Ein ganzer Ozean, der früher unpassierbar war, öffnet sich. Öl. Gas. Schifffahrtsrouten. Die gegenseitigen U-Boot-Manöver im Atlantik werden sich dagegen wie ein Kinderspiel ausnehmen. Die Russen und Chinesen sind uns da oben weit überlegen. Ich versuche seit Jahren vergeblich, vom Kongress mehr Geld für die Operationen in der Arktis zu bekommen.«

»Sie meinen für sensible Operationen.« Der lahme Scherz verpuffte.

»Retten Sie so viele Menschen, wie Sie können. Stellen Sie das U-Boot sicher oder versenken Sie es. Joe, was immer da oben passiert ist, was immer die Ursache war, Sie besitzen als Einziger die nötige Qualifikation. Sie werden harte Entscheidungen treffen müssen. Aber ich stehe voll hinter Ihnen.«

Ich spürte, wie mein Herzschlag sich beschleunigte und mir der Schweiß auf der Stirn ausbrach. *Hundertvierundfünfzig Menschen*. Ein ziehender Schmerz breitete sich in meinem Magen aus. Mein Mund war wie ausgetrocknet, und ein kalter Schatten schien sich über die Stadt zu senken, obwohl es für die Verhältnisse in Anchorage mit über zwanzig Grad eine heiße Nacht war.

Etwas sanfter sagte der Direktor: »Ich weiß, dass Sie Ihren Abschied eingereicht haben, Joe. Es sind nur noch zwei Wochen.«

Ich hatte mich schon darauf gefreut, dass der Job bald zu Ende sein würde und ich nach Osten zurückkehren konnte. »Ach, bis dahin bin ich längst wieder da«, meinte ich. Das mochte stimmen oder auch nicht, so viel war mir klar.

»Danke.« Ich hörte echte Dankbarkeit aus seiner Stimme. »Sie fliegen vom Stützpunkt Elmendorf nach Fairbanks«, fügte er hinzu. Diese Stadt lag eine Stunde entfernt, und meine Exfrau lebte dort mit einem anderen Offizier zusammen. »Sie sammeln die Marines und nehmen einen Hercules-Transporter nach Barrow. Sie dürften gleichzeitig mit dem Eisbrecher dort eintreffen, wir verlieren also keine Zeit. Schicken Sie mir so bald wie möglich eine Liste mit allem, was Sie brauchen.«

Gott sei mir gnädig.

Aber Gott hatte mir auch beim letzten Mal, als ich ihn dringend gebraucht hätte, nicht geholfen, dachte ich ironisch. Nicht im Geringsten. Und so hatte ich Dinge tun müssen, die meiner kriselnden Ehe den Todesstoß versetzt hatten und mich inzwischen fast jede Nacht wach hielten. Dinge, die mich bei den Männern und Frauen, mit denen ich zusammenarbeiten musste – den US-Marines –, zum Aussätzigen gemacht hatten.

Das Schlimmste war das Wissen, dass ich es wieder tun würde, wenn ich vor der Wahl stand.

* * *

Der Direktor schien zu ahnen, was ich dachte. »Joe, Sie waren ein Held. Ich wünschte, die Wahrheit dürfte irgendwann ans Tageslicht kommen.«

Ich hatte nicht vor, ihm Absolution zu erteilen. Also schwieg ich.

»Viel Glück, Colonel«, sagte er und legte auf.

Ich machte mich auf den Heimweg. Den zwanzigminütigen Lauf konnte ich zum Planen verwenden.

Besser das, als ein Taxi zu rufen und untätig zu warten. Im Kopf stellte ich eine Liste mit allem zusammen, was ich brauchen würde – Antibiotika und antivirale Mittel, Leichensäcke, Medikamente zur Behandlung von Verbrennungen. Ich würde meine USB-Bibliothek mitnehmen, eine umfassende Sammlung von so ziemlich allen Fakten, die über Biowaffen und Seuchen bekannt waren. Die Fragen stellten sich hart und unerbittlich.

Sie sind krank? Wovon?

Während meine Beine stampften und mein Herzschlag raste, überlegte ich, dass ich den Begriff »geheim« nie richtig verstanden hatte, bevor ich zur Einheit des Direktors stieß. Ein Geheimnis zu wahren machte einen *selbst* dazu. Ich war ein lebendes Geheimnis, und Furcht erfüllte mich, während ich an all den Häusern mit ihren dunklen Fenstern vorbeirannte, hinter denen die Menschen ahnungslos in ihren warmen Betten schliefen. Da war ein Haus im Ranchstil aus Zedernholz, das einem *Raptor*-Piloten der Air Force gehörte. Ich kannte ihn. Er wurde oft zur Grenze hochgeschickt, um die russischen Tupolew-95-Bomber abzufangen, wenn sie sich amerikanischem Boden näherten. Dann eine Wohnanlage, in der ein Redakteur der *Anchorage Daily News* lebte. Er forderte in seinen Leitartikeln immer wieder die Aufstockung des arktischen Militärbudgets. Es folgte ein dunkler Fleck in der Landschaft, fast einen Kilometer weiter, ein Forschungslabor der Air Force, in dem ich während der letzten paar Monate gelegentlich über das Verhalten von Viren in kalten Klimata gearbeitet hatte. Mit wachsendem Grauen begriff ich, dass meine Einheit eines Tages mit etwas konfrontiert werden würde, das uns alle in einer herrlichen Nacht wie dieser im Schlaf umbrachte.

* * *

Ich heiße Joe Rush, und Sie werden in meinem Dossier beim Marine Corps keine realistische Beschreibung meines Jobs finden. Sie ist geschönt und so stark verändert, dass sie gerade noch das Körnchen Wahrheit enthält, das einen zufälligen Leser täuschen kann. Der Rest ist Erfindung und soll das Corps und die Nation davor bewahren, Dinge zu erfahren, von denen Leute wie der Direktor meinen, dass sie besser nichts davon wissen.

Das Dossier gibt mein Alter mit neununddreißig Jahren an. Das immerhin stimmt. Eins neunzig groß. Das Foto zeigt Haare so schwarz und dicht wie die meines Urgroßvaters, eines walisischen Kohlebergmanns, und Augen so blau wie die meiner Urgroßmutter, einer norwegischen Bäuerin. Meine Urgroßeltern waren sich auf dem Deck des Dampfers begegnet, der sie vor hundertdreißig Jahren nach New York brachte. Die Ortschaft in Massachusetts, wo sie sich niederließen, steht ebenfalls in der Akte, weil ich dort aufwuchs. Es handelt sich um das Dorf Smith Falls, einen Weiler mit zweihundertfünfzig Einwohnern, fünfzehn Kilometer südlich der Grenze zu Vermont an einer holprigen Landstraße in den grünen Vorbergen gelegen. Der einzige Industriebetrieb war die Textilfabrik Brady Textiles, wo drei Generationen von Rushes am Fließband arbeiteten. Im Ersten Weltkrieg stellten sie Armeeuniformen, im Zweiten Weltkrieg

Air-Force-Uniformen und im Vietnamkrieg Marineuniformen her. Als der Irakkrieg begann, hatte Brady die Produktion bereits nach Honduras verlagert, wo die Arbeitskräfte billiger waren. Die Männer und Frauen meiner Familie wurden zu Elektrikern, Installateuren und Dachdeckern. Sie hielten die Ferienhäuser der Reichen und Schönen aus Boston und New York instand, die in unserer Gegend gern die Sommerferien verbrachten, bevor sie, wenn die Tage im Herbst kühler wurden, in ihre Eigentumswohnungen in der Stadt zurückkehrten. Dann holperte ich wieder in dem rostigen gelben Schulbus zur Schule. Um die Ausrüstung für das Footballteam finanzieren zu können, backten unsere Mütter Kuchen, die wir Kinder von Tür zu Tür an die Professoren im wohlhabenderen Williamstown verkauften.

Unsere Vorbilder waren State Trooper und Soldaten. *»Sei alles, was du sein kannst«*, hieß es in den Fernsehspots der Army, von denen ich mit neun Jahren begeistert war. *»Die Wenigen, die Stolzen«*, tönte es bei den Marines. Ich träumte vom Meer und vom Reisen und fühlte mich eingeengt von Vertrautheit und Liebe. Die Ferne lockte. Ich war nie weiter als sechzig Kilometer von zu Hause weg gewesen. Mein Kerker roch im Sommer nach frisch gemähtem Gras und nach Schnee im Februar. Der Kuss eines Mädchens, die Kameradschaft meiner Freunde, das waren für mich nur Tricks, die eine Flucht in die große weite Welt verhindern sollten.

Also verließ ich das Mädchen und sagte den Freunden Lebewohl. Im Abschnitt »Ausbildung« in meiner Akte wird durchaus korrekt ein Studium an der Universität von Massachusetts mit einem Stipendium der Streitkräfte erwähnt. Auch meine Anfänge als Marine sind richtig dargestellt: Parris Island, Quantico, amphibischer Dienst in Indonesien und auf den Philippinen, alles einwandfrei bis zu meiner ersten Dienstzeit im Irak.

Nur die zweite wird in der Akte nicht erwähnt.

Unter »Auszeichnungen« finden Sie den *Silver Star* und die *Legion of Merit*, außerdem einen Orden von Navy und Marine Corps für Kampfeinsätze im globalen Krieg gegen den Terror. Alles korrekt. Doch Sie werden keinerlei Hinweis darauf finden, worum es bei diesen »Kampfeinsätzen« ging.

Unter »Fähigkeiten« erfahren Sie, dass ich aus dreihundert Metern Entfernung ein bewegliches Ziel mit dem Gewehr treffe. Anschließend bin ich dank meines Doktortitels in Medizin in der Lage, die Kugel zu entfernen, die Wunde zu nähen und die nötigen Medikamente zu verschreiben. Außerdem kann ich überall auf der Welt ein Feldhospital oder ein Labor leiten und mit etwas Glück Chemikalien oder biologische Kampfstoffe identifizieren, die im Kampf gegen unsere Truppen freigesetzt werden.

Des Weiteren bin ich dafür qualifiziert, einen feindlichen Bunker zu stürmen, der Biowaffen enthält, ihn zu sichern und zu dekontaminieren. Anschließend kann ich verwundete Gegner behandeln, damit sie festgenommen, verhört, vor ein Militärtribunal gestellt, nach einem eher obskuren Gesetz unserer Republik angeklagt und daraufhin gehängt werden können. Wenn Ihnen meine Talente widersprüchlich erscheinen, bekommen Sie jetzt vielleicht eine

Ahnung davon, warum man mehrere Akten sichten muss, um ein Gesamtbild zu erhalten und zu begreifen, warum ich allein lebe und des Nachts Langstreckenläufe mache, statt mich schlafen zu legen.

Nachdem meine Frau mich vor zwei Jahren verlassen hatte, durchlief ich erst die Phase, in der man sich betrinkt und in Kneipenschlägereien gerät. Dann folgte die Periode, in der man mit einer Menge Frauen schläft und sich einredet, dass man es genießt, und endlich der Zeitpunkt, an dem man sich eingesteht, dass es keinen Spaß mehr macht. Sollten Sie je meine geheime psychiatrische Akte zu Gesicht bekommen, würden Sie sehen, dass ich mich von allen Freunden abwandte, bis auf Eddie, der die ganze Wahrheit kannte.

Wenn man zu viele Geheimnisse hat, bleibt kein Platz für Freunde.

Seit einem Jahr – nach meiner Entlassung aus dem Krankenhaus – tue ich wieder Teilzeit-Dienst und halte ein paar Seminare über Biogefahren in Elmendorf, das nur wenige Kilometer von meiner Wohnung entfernt liegt. Dreimal pro Woche gehe ich auf den Pistolenschießstand, und gelegentlich reise ich mit Ärzten der Air Force zu abgelegenen Eskimodörfern an der Beringstraße, um neue Tollwuterregerstämme zu untersuchen.

Mein Memo an das Verteidigungsministerium – das die Aufmerksamkeit des Direktors vor fünf Jahren auf mich gelenkt hatte – zog den Schluss, dass das Militär sich auf die Möglichkeit vorbereiten sollte, die nächste große Seuche könnte in einem kalten Klima ausbrechen, nicht im Dschungel, wie gemeinhin befürchtet … möglicherweise ausgehend von einem Mikroorganismus, der von schmelzendem Eis freigegeben wird, in dem er Hunderte oder Tausende von Jahren eingeschlossen war. Oder als Mutation eines bekannten Erregers, die durch die Erwärmung der Region entsteht.

Ich rannte über den Stevens Boulevard nach Hause. Ich hörte den Ruf einer einsamen Eule und den entfernten Schrei eines Eistauchers. An immergrünen Bäumen hing Moos, das im Licht der Straßenlaternen schimmerte. Für einen langjährigen Diener unserer Republik ist ein gewisses Maß an Zynismus ganz bekömmlich. Bei mir hatte er das Maß erreicht, das man bei jemandem erwarten durfte, der in einer obskuren Einheit gegen Biogefährdungen diente, die aus Zweimannteams von Ärzten mit gründlicher Kampferfahrung bestand.

Ich war der Führungsoffizier meines Teams.

Ich bewunderte den Direktor, hegte aber auch ein gewisses Misstrauen ihm gegenüber. Er glaubte immer zu genau zu wissen, was das Beste für die Menschheit war.

Er zitierte gern Benjamin Franklin, doch ich glaube, er meinte dabei sich selbst.

»Patriotismus ist unermüdlich.«

Franklin war nie Soldat, doch er unterzeichnete die Unabhängigkeitserklärung. Hätte Amerika die Revolution verloren, dann hätte man ihn aufgehängt. Er hatte die Konsequenzen gekannt. Für meine Begriffe ist das die Definition eines Mannes, der Entscheidungen treffen kann.

Nach zwanzig Minuten hatte ich mein kleines, mit

Zedernholz verkleidetes Haus erreicht. Sechzig Sekunden später bog ein schwarzer Ford in die Einfahrt ein.

Um 2.30 Uhr saß ich in einer Hercules der Air Force, die sich durch ein spätsommerliches Gewitter Richtung Fairbanks kämpfte, während ich mit klopfendem Herzen eine Reihe von Geheimberichten über das U-Boot *Montana* las.

Ich dachte an die einhundertsieben überlebenden Männer und Frauen auf dem Eis hoch im Norden. Die Zahl klang groß. Doch sie sollte sich als unbedeutend erweisen gegenüber der Gefahr, der ich entgegenflog.

Kapitel 2

Aus der Luft wirkte Barrow lediglich wie ein Ort am Ende der Welt, nicht wie einer, von dem das Ende der Welt ausgehen könnte. Ich sollte jedoch bald herausfinden, dass genau das der Fall war. Das große Hercules-Transportflugzeug zog eine weite Schleife über dem eisigen Meer und flog dann zurück zu der einzigen Landebahn des Flughafens. Die vier gewaltigen Propeller durchschnitten mit ohrenbetäubendem Lärm die Luft. Wir befanden uns am nördlichsten Zipfel Amerikas. Die Stadt mit ihren 4500 Einwohnern – hauptsächlich Inupiat-Eskimos – lag genau zwischen der Tschuktschen- und der Beaufortsee an einem Ozean, der jahrhundertelang zugefroren gewesen und erst seit Kurzem im Sommer für Schiffe befahrbar war. Das Wasser wirkte schwarz wie Anthrazit. Ich konnte keinerlei Eis sehen. Das dicke Eis, das Packeis, begann erst weiter im Norden.

Alaska ist so groß, dass das Land, wenn man es über den Rest der Vereinigten Staaten legen könnte, von North Carolina bis Kalifornien reichen würde. Unsere Route hatte über die Brooks Range geführt, deren Gipfel uns so nahe kamen, als wollten sie das Flugzeug vom Himmel holen. Dall-Schneeschafe starrten uns von den verschneiten Bergrücken aus an. Das Gebirge senkte sich zu einer braunen Tundra herab, durchsetzt von sanft geschwungenen, grasbewachsenen Hügeln und Tausenden von elliptischen Süßwasserseen. Der goldene Glanz der Sonne spiegelte sich in ihnen wie in einer Linse, gefiltert durch Regenbögen aus Dunst, Nebelfetzen, Wolkenschleiern und Sprühregen. Beim Blick durchs Fenster hatte man das Gefühl, durch die Lunge der Erde zu fliegen.

Ich hatte eine Stunde mit den Akten auf dem Schoß geschlafen und von einem Mädchen aus Smith Falls geträumt. Es war mehr eine Erinnerung als bloße Phantasie gewesen: wie ein Zeitsprung zurück zu einer schlanken Zwanzigjährigen mit langen kastanienbraunen Haaren, hellen Augen und einem sommersprossigen, irischen Gesicht. Sie war umwerfend gewesen, eine Schönheit, wie sie da nackt im Schneidersitz auf einem Teppich vom Sperrmüll in meinem alten Zimmer an der Universität saß. Ein Strahl der Morgensonne streichelte die Rundung ihrer Hüfte, die glatte Innenseite eines Oberschenkels, ein Dreieck aus Sommersprossen auf einem kleinen Fuß mit eingebogenen Zehen. Ein Mädchen bei einer ganz alltäglichen Beschäftigung. Sie telefonierte nach der ersten Nacht, in der wir miteinander geschlafen hatten, mit ihrer Mutter. *Ja, Mom, mir geht es gut. Nein, Mom, wir haben keinen Wein getrunken.* Dieses Mädchen war damals für mich der schönste Anblick gewesen, der mir je vor Augen gekommen war. Wir hatten geheiratet, doch der erste Eindruck hatte nicht lange vorgehalten.

Aber selbst damals wäre ich nicht auf die Idee gekommen, dass nach zwanzig Jahren mit vielen unvergesslichen Bildern – Elefanten in der angolanischen Abenddämmerung, siebzig Meter hohe, kalbende Gletscher in der Antarktis, Mondschein auf der Dschungeldecke in Nicaragua – ausgerechnet das Bild eines Mädchens in einem Studentenwohnheim überdauern würde.

Manche Menschen glauben, Alpträume wären die schlimmsten. Doch es ist die Schönheit, die einen wirklich packt. Nicht die hässlichen Dinge sind es, sondern die schönen, die einem mit dem bittersüßen Geschmack des Bedauerns den Schlaf rauben. Bei mir hatten sie sich tief in das Unterbewusstsein eines Mannes eingegraben, der die Familie zugunsten der Pflicht geopfert hatte. Jeden Morgen, sobald ich die Augen aufschlug, spürte ich den kalten Hauch der Reue, bevor der Alltag ihn allmählich auslöschte. Und wenn ich, was selten vorkam, ehrlich zu mir selbst war, dann war die Einsamkeit zwangsläufig eine Folge der Zugehörigkeit zur Einheit. Leider erzählt einem das niemand, bevor es zu spät ist.

Ich hatte mich entschlossen, meiner Frau alles zu gestehen, was ich getan hatte. Und dann zusehen müssen, wie sie sich mir für immer entfremdete.

Das letzte Traumbild, das ich aus dem Schlaf mitnahm, war der rosafarbene Abdruck eines schwarzen spiralförmigen Telefonkabels auf ihrer weißen Brust. Kann man sich das vorstellen? Ein einfaches, altes Telefonkabel. Doch ich erwachte mit einer tiefen Leere in der Brust, der Hand des Kopiloten auf meiner Schulter und dem ätzenden Wissen, dass der Mann, der inzwischen mit Nina das Bett teilte, ein paar Meter hinter mir im Flugzeug saß.

* * *

»Sir, es ist uns gelungen, das Schiff zu erreichen.«

Ich versuchte, den Traum aus dem Gedächtnis zu löschen, und machte mich auf den Weg ins Cockpit. Am Horizont sah ich eine rötliche Silhouette auf dem Meer. Bis jetzt war es uns unmöglich gewesen, den Eisbrecher anzufunken, und ich verfluchte den miserablen Zustand der US-Militärtechnologie in der Arktis. Die mächtigste Militärmacht der Welt hinkte zehn Jahre hinter den anderen Anrainerstaaten her. Schließlich hatten wir unser ganzes Budget bei Kriegen im Nahen und Mittleren Osten aufgebraucht.

Der Kopilot bedeutete mir, auf dem Notsitz Platz zu nehmen, und ich streifte ein Headset über, das an der Wand des Cockpits hing. Die Unterredung würde heikel werden. Alles, was Captain Maurice DeBlieu – so hieß er laut seiner Akte – bisher wusste, war, dass sein normaler Forschungsauftrag abgebrochen worden war. Man hatte ihm befohlen, das gesamte wissenschaftliche Personal an Land zu bringen und sich auf eine unbekannte Mission einzustellen. Ich konnte nur hoffen, dass die zuständige Staatssekretärin von der Homeland Security (die Küstenwache untersteht nicht dem Pentagon, sondern der Heimatschutzbehörde) ihn persönlich angewiesen hatte, einem gewissen Lieutenant Colonel der Marines namens Joseph Rush auf seinem Schiff eine Vorzugsbehandlung angedeihen zu lassen.

Die Stimme, die ich über Funk hörte, klang klar, professionell und hatte einen leichten Südstaatenakzent. Virginia oder North Carolina vermutlich. Die Akte auf meinem Laptop enthielt das Foto eines Schwarzen mit schmalem, gepflegtem Schnurrbart und dunkelbraunen Augen. Sie starrten direkt in die Linse, als wollten sie den Fotografen auffordern, endlich auszulösen, damit Captain Maurice DeBlieu wieder an die Arbeit zurückkehren konnte. Er hatte neun Jahre in der Arktis hinter sich, sechs davon als Kapitän des Schiffs.

»DeBlieu«, meldete er sich.

Er war nicht deswegen zum Chef unseres einzigen funktionierenden Eisbrechers ernannt worden, weil er ein Zauderer gewesen wäre. Die Küstenwache war daran gewöhnt, in der Arktis Gäste zu empfangen, nicht jedoch daran, dass diese Gäste ihr Befehle erteilten. Das konnte unerfreulich werden, vor allem, weil ich darauf bestehen musste, ihn noch *nicht* über die genaue Natur unseres Auftrags aufzuklären.

Als ich ihn also darum bat, sich lieber an Land statt auf seinem Schiff mit mir zu treffen, verlangte er von mir, das Headset an den Piloten zu übergeben, der ebenfalls zur Küstenwache gehörte. Keine Sekunde später bestand dieser höflich, aber bestimmt darauf, meine Papiere zu sehen. Als er DeBlieu meinen laminierten Ausweis vorgelesen hatte, weigerte sich der Captain trotzdem standhaft, an Land zu gehen. Bei einem Personalwechsel wollte er die Dinge an Bord seines Schiffs im Auge behalten.

»Sicherheitsgründe«, meinte er. »Wenn uns da draußen etwas zustößt, kann uns niemand helfen. Wir sind auf uns allein gestellt. Deshalb behalte ich gerne persönlich alles unter Kontrolle.«

»Ich verstehe, Sir. Eine Frage der Sicherheit.«

Er verstummte kurz, und als er wieder sprach, lag Neugier in seiner Stimme. »Hören Sie, Colonel. Ich bin sicher, Ihre und meine Leute können das Verladen organisieren. Mir wurde gesagt, dass es eilt, wo immer es auch hingehen soll. Es wäre einfacher, uns auf dem Schiff zu unterhalten, während Ihre Leute an Bord gehen.«

Das war genau das, was ich vermeiden musste. Ich sagte: »Die Einzelheiten erkläre ich Ihnen an Land. Ich fürchte außerdem, dass ich Sie bitten muss, ab sofort jegliche Kommunikation auf dem Schiff einzustellen. Keine E-Mails, keine Handys. Und schalten Sie den Satellitenempfang ab.«

Keine Antwort.

Ich fuhr fort: »Captain, wenn Sie bitte mit dem ersten Hubschrauber hier herüberkommen würden. Dann treffen wir uns im Terminal, und ich kläre Sie auf.«

»Aufklären? Ich habe hier dreißig gründlich angepisste Wissenschaftler und einen fuchsteufelswilden Deputy Secretary vom Innenministerium, die alle eine Erklärung von mir verlangen, warum sie vom Schiff geworfen werden. Niemand hat uns einen Grund genannt. Diese Wissenschaftler können jeden Sommer nur eine siebenwöchige Forschungsfahrt unternehmen. Wenn sie das Zeitfenster verpassen und das Eis zurückkommt, dann haben sie ein ganzes Jahr verloren.«

»Die gehen mich nichts an«, erwiderte ich.

Ich legte in dem Bewusstsein auf, dass sich in fünf Kilometer Entfernung Feindseligkeit aufbaute. Man hatte mir nicht mitgeteilt, dass ein Beamter des Verteidigungsministeriums an Bord war. Ich hoffte, dass der Direktor sich darum gekümmert hatte. Das Letzte, was ich jetzt brauchte, war ein politisches Hickhack.

Wenigstens rief der Captain nicht zurück. Das hieß, er würde an Land fliegen.

* * *

Wir näherten uns rasch der Landebahn, die gesäumt war von hohem Gras und Tundra. Ich sah ein zweigeschossiges Wellblechterminal, blau gestrichen wie ein Osterei, und daneben ein hangarähnliches Lagerhaus, in dem ich durch die offen stehenden Schiebetore ein paar kleine Jets und zwei Hubschrauber erkennen konnte. Männer in gelber Wetterschutzkleidung rollten einen alten Bell-412-Rettungshubschrauber – mit der Aufschrift *North Slope Borough Rescue Squad* – in den Nieselregen hinaus. Parallel zum Hubschrauber der Küstenwache konnte er Marines und Vorräte zum Schiff befördern und die vertriebenen Wissenschaftler zurückbringen.

Gut. Mehr Hubschrauber bedeuten schnellere Arbeit.

Meine zwei Dutzend Marines, die in festgeschraubten Sitzen ähnlich wie in einer Zivilmaschine saßen oder sich an den Netzen entlang der Seiten des Rumpfes festgeschnallt hatten, waren wie Wissenschaftler oder zivile Techniker gekleidet. Das war unsere Tarnung für die Einheimischen. Jeder, der uns beobachtete, vor allem Touristen mit Kameras, würde einfach nur »Zivilisten« sehen, die akustische Bojen zur Walüberwachung auslegen oder Maschinen reparieren sollten. Sie trugen dicke Jeans, Northern-Outfitter-Stiefel, Kapuzenparkas und Wollmützen. Die Verkleidung reichte aus, um zufällige Beobachter zu täuschen. Wir wollten vermeiden, dass irgendein Eskimojunge oder ein zufällig anwesender Tourist oder Wissenschaftler auf Twitter oder Facebook Berichte über Marines postete, die in Barrow ein Schiff bestiegen hatten. Die Ausrüstung stimmte, doch angesichts des militärischen Haarschnitts und der Art, wie die Jungs zusammenarbeiteten und sehr effizient Befehle ausführten, hätten sie einen professionellen Beobachter keine fünfzig Sekunden in die Irre führen können.

Man trifft alle Arten von Menschen in der Arktis. Große, joviale, lässige, bärtige Kerle, rassige Frauen aus Minnesota oder Wyoming, sehnige, sportliche Typen, Motorradrennfahrer, Bootstramps aus Cape Cod. Meine Jungs waren alle sauber rasiert, entschlossen und still.

Im Laderaum standen Kisten, die wir in Fairbanks von der »Arctic Combat School« übernommen hatten. Sie stammten aus einem Kellerlabyrinth am dortigen Luftwaffenstützpunkt, das zwar einen eindrucksvollen Namen hatte, aber mangels Budget chronisch unterbesetzt war.

Die Kisten waren als Sonarbojen zur Beobachtung von Grönlandwalen gekennzeichnet, angeblich vom ozeanographischen Institut Woods Hole und dem Lamont-Doherty Earth Oberservatory, einer geowissenschaftlichen Forschungseinrichtung.

Tatsächlich enthielten sie M4-Karabiner, M16-Gewehre mit angeflanschten 40-mm-M203-Granatwerfern, Kevlarwesten, acht Sorten von Antibiotika und sonstige Arzneimittel – darunter Ciprofloxacin, Zanamivir, Ribavirin und Xapaxin. Außerdem gab es chemische Entgiftungsmittel, Schneebrillen, Brandbomben, Schneetarnuniformen, Mikroskope, Sauerstoffflaschen, Operationsmasken, terrestrische Satellitenstörsender, Fässer mit Bleiche, verschlüsselte Satellitentelefone, Schneeschuhe und Langlaufskier, Drei-Finger-Fäustlinge und Einlegefutter für die Stiefel. Eben die Ausrüstung, die der arktische Krieger heutzutage für eine Rettungsmission brauchte, bei der es zu Kampfhandlungen kommen konnte.

Eine weitere, sarggroße Kiste mit der Aufschrift »Werkzeuge« enthielt Holzkreuze, vier kleine Davidsterne und 154 zusammengefaltete Plastikleichensäcke mit Reißverschluss.

Weiter hinten im Rumpf standen zwei große Arktos-Amphibientransporter. Es handelte sich um hochmoderne Hybridfahrzeuge, die in Kanada gebaut wurden. Sie hatten panzerähnliche Führerstände, Plexiglasfenster und Gummiketten, die auf Eis besten Halt boten. Am Heck befanden sich Propeller zur besseren Manövrierbarkeit im Meer zwischen den Eisschollen.

In jedem Arktos fanden fünfzig Personen Platz, und weitere konnten sich außen daran festhalten. Die Transporter wirkten schwerfällig und waren in einem gelborangen Farbton lackiert. Sie sollten weithin sichtbar sein und eigneten sich für Rettungsmissionen, nicht aber zum Kampf. Wir konnten zusätzlich Schlitten und Skier für die Marines oben festschnallen. Die Arktos’ würden mit einem Lastkahn zur *Wilmington* befördert und dort mit dem Kran an Bord gehievt werden.

Ich versuchte, nicht an die Männer und Frauen zu denken, die siebenhundert Kilometer nördlich von Barrow auf dem Eis festsaßen … in beißendem Wind und heftigem Schneetreiben, während Medikamente und Nahrungsmittel zur Neige gingen, sie keinen Arzt mehr hatten und möglicherweise keiner mehr am Leben sein würde, wenn endlich Hilfe eintraf.

Der Direktor hatte mir vor einer Stunde mitgeteilt: »Keine Veränderung. Nur der Sturm wird noch schlimmer. In Böen jetzt fünfundsiebzig Stundenkilometer.«

Wir rollten aus, und ein Trio von Gabelstaplern kam auf das Flugzeug zugetuckert. Mit einem metallischen Stöhnen klappte das Heck der C-130 herunter und bildete eine Rampe. Kalter Wind und Regen wehten herein. Die Marines schnallten sich von dem Netzwerk an den Seiten los und machten sich ans Ausladen. Zwei Teams zu je zwölf Mann. Ein Major, zwei Feldwebel, und die anderen waren Mannschaftsdienstgrade. Ich hatte keinen davon zuvor gesehen. Die Männer arbeiteten effizient, und doch lag ein seltsamer Ausdruck in ihren Gesichtern, wenn sie in meine Richtung blickten, hart und unangenehm. Wenn ich raten sollte, was der Grund dafür war, hätte ich auf Major Donald Pettit getippt, der mit meiner Exfrau zusammenlebte und Kommandeur der schnellen Eingreiftruppe war, die man meinem Kommando unterstellt hatte. Ich hatte erst an dem Tag von Pettits Existenz erfahren, als Nina bei ihm eingezogen war. Sie hatte mich angerufen, um sicherzugehen, dass ich es von ihr und nicht von jemand anderem erfuhr. Sie beteuerte, dass sie den Typen erst acht Monate nach unserer Trennung kennengelernt hätte und noch einmal drei Monate später erstmals mit ihm ausgegangen sei. Ich hatte ihr geglaubt. Nina log nicht. Trotzdem hätte ich nicht übel Lust gehabt, Pettit meine Faust ans Kinn zu rammen, als er auf dem Flughafen in Fairbanks zu uns gestoßen war. Vermutlich hegte er mir gegenüber ähnliche Gefühle, und seine Jungs spürten das Testosteron, das in der Luft lag.

Zwei Alphamännchen der Marines, die miteinander rivalisierten.

Pettit schien meinen Blick zu meiden.

Wahrscheinlich würden wir die Sache irgendwann austragen müssen, doch im Augenblick gab es Wichtigeres zu tun. Klärende Worte mussten warten. Ich sah einen Hubschrauber landen. Das war sicher Captain DeBlieu. Ich musste mich auf das Gespräch mit dem Mann vorbereiten.

Reiß dich zusammen!

Ich hatte großen Respekt vor der Küstenwache. Ich bewunderte die Selbstlosigkeit der Männer und Frauen, die sich entschieden hatten, ihrem Land zu dienen, indem sie humanitäre Einsätze durchführten und den Opfern von Wirbelstürmen, Brandkatastrophen und Schiffsunglücken halfen. Doch was Kampfeinsätze betraf, so fand man auf einem normalen Kutter höchstens eine Handvoll Crewmitglieder, die eine Waffe tragen durften, um hin und wieder Drogenhändler oder Schmuggler zu verhaften. Die *Wilmington* war für den Forschungseinsatz gebaut, ein schwimmendes Laboratorium. Ihre Besatzung bestand aus ein paar altgedienten Offizieren und ansonsten hauptsächlich aus jungen Männern, Achtzehn- und Zwanzigjährigen. Unter Notfällen verstanden sie Brände und sinkende Schiffe, nicht Krieg, Terrorismus oder Seuchen.

Das Gute daran war, dass sie in Erster Hilfe und Rettungsmaßnahmen hervorragend ausgebildet waren. Beides würde ich brauchen. Aber falls es zum Kampf kam, nützten sie mir gar nichts. Ich hatte den Captain gebeten, mich an Land zu treffen, weil ich diesen Fall nicht auf dem Schiff diskutieren wollte, bevor die nötigen Sicherheitsmaßnahmen getroffen waren.

* * *

»Ich habe weisungsgemäß jegliche Kommunikation unterbunden«, sagte Captain DeBlieu mit einer leichten Steifheit, die seine Höflichkeit unter Kollegen unterstreichen sollte. »Aber Sie werden mir schon einen guten Grund nennen müssen, um diesen Befehl aufrechtzuerhalten.«

Wir saßen auf gepolsterten Drehstühlen im Büro des örtlichen Rettungskommandos und versuchten, uns gegenseitig zu taxieren. Die Piloten hatten uns allein gelassen. Der Raum war in einzelne Abteile unterteilt und verfügte über Telefonanschlüsse, Computer, Kaffeebecher der Atlanta Braves und Logbücher auf den Schreibtischen. Er hätte auch in jeder Stadt in Idaho oder Arizona liegen können.

Durch ein Fenster konnte ich die Fortschritte draußen verfolgen – die Wissenschaftler kamen vom Schiff an Land, während gleichzeitig Kisten auf die *Wilmington* verfrachtet wurden. Hinter dem Flughafen erkannte ich einige der ein- oder zweigeschossigen hölzernen Wohnhäuser des Orts. Sie standen auf Betonpfeilern, damit sie nicht in den Permafrostboden einsanken, wenn sie beheizt wurden. Ich sah Schotterstraßen. Verkehr. Ein dreistöckiges Bürogebäude. Eskimokinder auf Fahrrädern, die nur Windjacken trugen, obwohl die Temperatur knapp über dem Gefrierpunkt lag. Draußen in der Tundra standen riesige Satellitenschüsseln und wie Golfbälle geformte geodätische Kuppeln, um die empfindliche Technik darunter zu schützen. Das Radarsystem von Barrow stammte noch aus der Zeit des Kalten Krieges und gehörte zu einem Frühwarnsystem, das vor russischen Angriffen hatte schützen sollen. Die Ausrüstung bildete immer noch Amerikas Front in der Arktis. Doch sie war für die Bedrohungen der Vergangenheit ausgelegt.

»Colonel Rush, meine Leute waren drei Monate lang ununterbrochen auf See. Sie sind müde. Sie haben Heimweh. Sie wollen mit ihren Familien sprechen. Sie müssen mir schon einen sehr triftigen Grund nennen, wenn ich ihnen sagen soll, dass das nicht möglich ist.«

Er war ein kleiner, drahtiger Mann, ein ehemaliger Universitätssportler mit ausgezeichneten Noten. Ich hatte gelesen, dass er aus Ohio stammte und beide Eltern Ingenieure gewesen waren. Mit den Jahren habe ich gelernt, dass kleine Männer in einflussreichen Positionen im Gegensatz zur allgemeinen Ansicht normalerweise effizienter arbeiten. Sie müssen sich ihr ganzes Leben lang selbst beweisen, vor allem diese Ex-Leistungssportler.

Ich berichtete ihm von dem brennenden Unterseeboot, und sein Entsetzen darüber war nicht gespielt. Doch als ich erklärte, dass wir der Mannschaft nichts davon sagen und auch nicht um Unterstützung bitten könnten, verengten sich seine Augen, und ich sah, wie es hinter seiner Stirn zu arbeiten begann. Er brauchte keine Gebrauchsanweisung, um zu verstehen, warum wir schnell handeln und das U-Boot sichern mussten.

»Aber warum soll meine Crew Funkstille halten?«

»Ich will nicht, dass irgendjemand erfährt, welchen Kurs wir nehmen. Und auch nicht, dass jemand ein Telefon anpeilen und uns so verfolgen kann.«

Ich teilte ihm mit so viel Zartgefühl wie möglich mit, dass ich ihn an Land gebeten hatte, damit die Marines seine und meine Kabine – die des ehemaligen wissenschaftlichen Leiters – und auch die Offiziersmesse nach eventuellen Wanzen filzen konnten, bevor wir uns an Bord ernsthaft unterhielten.

Er brauste auf. »Das ist doch paranoid, Colonel. Wir sind ein Forschungsschiff. In all meinen Jahren auf der *Wilmington* hat das Außenministerium nie etwas Derartiges verlangt.«

»Dann war das ein Fehler. Die Marines werden außerdem Störsender in Betrieb nehmen, für den Fall, dass jemand an Bord …« – damit meinte ich einen »Spion« – »… Zugang zu einem ausländischen oder privaten Satelliten hat. Sobald das Schiff gesichert ist, werden Sie verkünden, dass wir eine Notfallübung durchführen, nämlich die simulierte Rettung eines Kreuzfahrtschiffs aus den Händen von Terroristen. Wenn wir weit genug nördlich sind, sagen wir die Wahrheit.«

Er erkannte die Löcher in meiner Geschichte sofort. »Wir haben schon früher Rettungsübungen durchgeführt, aber Marines waren nie daran beteiligt.«

»Dabei ging es auch nicht um Terroristen. Dafür braucht man Marines.«

»Wir benötigen Satellitendaten zur Navigation.«

»Meines Wissens«, sagte ich, da ich mit dem Direktor bereits darüber gesprochen hatte, »sind Sie und Ihre Offiziere durchaus in der Lage, mit altmodischen Seekarten zu arbeiten, falls der Satellitenzugang einmal ausfallen sollte.«

Sein Schweigen war Bestätigung genug.

»Bei schlechtem Wetter kommt das schon mal vor«, meinte er schließlich.

»Ihre Crew wird tun, was Sie ihr befehlen«, sagte ich. »Und wenn wir einen Satellitenzugang brauchen, können wir ihn gelegentlich in zehnminütigen Zeitfenstern öffnen. Aber nur wir beide werden wissen, wann. Also! Soweit ich weiß, können wir das U-Boot in zwei Tagen erreicht haben. Ist das richtig? Was ist Ihre Höchstgeschwindigkeit?«

»Anfangs siebzehn Knoten«, antwortete er, »aber später nicht mehr. In schwerem Eis müssen wir zurücksetzen und rammen. Bei einem Meter zwanzig dickem Eis können wir vielleicht noch ein paar Meilen pro Stunde zurücklegen. Das Packeis mag nicht mehr drei Meter dick sein wie früher, aber stellenweise ist es immer noch schwer genug. Wenn wir einen Fehler machen, kann es uns den Rumpf aufreißen. Außerdem tobt dieser Sturm im Norden.«

»Zwei Tage«, insistierte ich.

»Zwei bis fünf, abhängig von den Verhältnissen.

Ich bestimme die Geschwindigkeit«, fügte er hinzu. »Es sei denn, Sie wollen, dass weitere hundertfünfzig Menschen gerettet werden müssen.«

Ich stieß die Luft aus. Er hatte recht, und selbst in vier Tagen würden wir die Opfer noch schneller erreicht haben als das nächste amerikanische U-Boot. Aber würde dann noch jemand am Leben sein? Oder könnte uns jemand zuvorkommen?

DeBlieus Gedanken liefen in andere Richtungen, und er fragte angespannt: »Colonel, besitzen Sie irgendwelche Beweise dafür, dass ich einen Spion an Bord haben könnte?«

»Beweise nicht. Aber es ist eine logische Möglichkeit.«

Der Ausdruck seiner braunen Augen wechselte zwischen Verärgerung, Zweifel und Belustigung über meine zurückhaltende Formulierung. In seiner Akte stand, dass er sich als anfänglicher Bordingenieur durch die Ränge nach oben gearbeitet hatte. Er verfügte über keinerlei Kampferfahrung. »Warum logisch?«

»Weil es hier oben in der Arktis um Billionen von Dollar geht. Weil die Russen erklärt haben, dass hier der wahrscheinlichste Schauplatz für den nächsten großen Krieg liegt, in dem es um Schürfrechte und Schifffahrtsrouten geht. Auch die Chinesen wollen an die Mineralien und Handelswege herankommen. Wir spionieren sie aus. Sie spionieren uns aus.«

»Der Kalte Krieg ist vorbei«, hielt er mir entgegen.

»Der kalte Frieden ist nie vorbei. Es wäre absolut logisch, dass sie versuchen, Ihre Forschungen zu verfolgen, Ihren Erfolg zu vereiteln oder Ihre Fortschritte zu behindern. *Die anderen* haben der Arktis Priorität eingeräumt, selbst wenn wir das nicht getan haben.«

Ich wollte diesen Mann als Verbündeten, nicht als Gegner, also fuhr ich in milderem Ton fort:

»Vor zweihundert Jahren war Saudi-Arabien eine Wüste, und die Länder, die damals die Kontrolle über das Öl und die Handelswege im Nahen Osten erlangten, regierten die Welt. Haben Sie jemals Rudyard Kipling gelesen, Captain? Das große Spiel bedeutet, an abgelegenen Orten um die Macht zu ringen. Verdammt, wenn es nicht die Russen oder die Chinesen sind, dann vielleicht einfach irgendeine Ölgesellschaft, die Zugang zu Ihren Forschungsergebnissen erlangen möchte. *Wir müssen diese Mission geheim halten.*«

Ich musste anerkennen, dass er ernsthaft darüber nachzudenken schien. Seine Stimme verlor etwas von ihrer Steifheit, als er langsam sagte: »Wir hatten noch nie Probleme.«

»Woher wollen Sie das wissen? Außerdem«, fügte ich hinzu, »werden die Zivilisten, die Sie befördern, nur oberflächlich überprüft. Und, Captain? Selbst wenn sich kein Spion an Bord befindet, könnte jeder Blogeintrag, jeder Tweet oder auch nur eine unschuldige E-Mail nach Hause mit der Überschrift *Sind gerade auf einer Rettungsmission* die Geheimhaltung zunichtemachen. Wenn eine Ehefrau unten in Pittsburgh den örtlichen Fernsehsender anruft oder einen Bruder bei der *Washington Post*, vielleicht sogar einen Verwandten auf diesem U-Boot hat? Sobald die Öffentlichkeit hört: *Unterseeboot in der Arktis in Brand geraten* … Ich garantiere Ihnen, unsere

Satelliten würden feststellen, dass jeder russische Eisbrecher innerhalb von tausend Meilen sofort auf Abfangkurs mit uns geht. Und einige von diesen Eisbrechern verfügen über Kanonen. Sie haben nur ein paar M16-Gewehre.«

»Glauben Sie ernsthaft, es würde zum Kampf kommen?«, fragte DeBlieu. Das hielt er in diesem Jahrtausend anscheinend nicht mehr für möglich.

»Und wenn unser U-Boot sich verlassen in internationalen Gewässern befindet? Steuerlos dahintreibend? Es könnte in russische Hände fallen. Wollen Sie das Leben unserer Männer und Frauen in Gefahr bringen, wenn sie das nächste Mal untergetaucht vor China oder Syrien liegen?« Meine Stimme wurde härter. »Wollen Sie es ausprobieren?«

Er nickte unglücklich. »Dann ist es also ein Rennen«, sagte er. »Ein Rennen gegen die Zeit.«

Jetzt sah er mir direkt ins Gesicht. »Was für eine Art von Arzt sind Sie eigentlich?«

Die Sorte, die die schlimmsten Fälle behandelt.

»Ach, Unterkühlung. Erfrierungen.«

Er seufzte. Wir würden miteinander auskommen, jedenfalls fürs Erste.

»Na schön«, meinte er. »Und Sie wollen mir nicht sagen, was wirklich auf diesem U-Boot passiert ist?«

Endlich konnte ich die Wahrheit sagen. Nicht dass es mich erleichtert hätte. »Ich wollte, das wüsste ich.«

Zehn Minuten später erfuhr ich, dass der Lastkahn einen Motorschaden gehabt hatte und nicht repariert werden konnte. Es gab keine Möglichkeit, das zweite Arktos-Rettungsfahrzeug auf die *Wilmington* zu transportieren. Wir würden mit einem auskommen müssen.

Zwei Stunden später waren wir unterwegs und nahmen, zumindest für den Anfang, mit voller Kraft und siebzehn Knoten Kurs auf den Nordpol.

Kapitel 3

»Sollten Sie einen Eisbären sehen«, sagte ich mit trockener, ausdrucksloser Stimme zu dem Mann, der das Bett meiner Frau in Fairbanks teilte, »dann notieren Sie es im Logbuch.«

Major Pettit hätte beinahe geantwortet: »Jawohl, Colonel.« Doch im letzten Moment überlegte er es sich anders. »Sicher, Doktor.«

Ich schraubte die Abdeckung eines Ventilationsschachts ab und spähte hinein. Ich war mit einem Messgerät auf der Suche nach versteckten Mikrophonen und sprach weiter, damit es einen Ausschlag gab, wenn ein Sender aktiv wurde. »Die Bären brauchen das Eis als Nahrungsplattform. Wenn das Eis schmilzt, geht die Bärenpopulation zurück.«

Meine Kabine – die dem leitenden Wissenschaftler gehört hatte – bestand aus einer Suite mit zwei Räumen auf Deck vier, wo sich auch die Kabinen des Kapitäns, der Offiziere und Wissenschaftler befanden, außerdem ein Funkraum und der Helikopterleitstand. Daneben gab es Elektroniklabors und eine Kombüse. Wir lagen ein Deck tiefer als das Ruderhaus des Schiffs.

Es war eine geräumige Kabine. Um fünf Uhr morgens strömte das Sonnenlicht durch ein Bullauge herein.

Die See war ruhig, und man hatte nicht das Gefühl, dass wir uns bewegten. Nur das leise Vibrieren der Dieselmotoren tief im Rumpf war zu spüren. Die Sonne stand als diffuse Scheibe am Himmel, als würde man sie durch einen Schleier sehen. Sie hing von früh bis spät dicht über dem Horizont. Ende August verschwand sie eigentlich nie vollständig. Wenn ich schlafen wollte, musste ich das Bullauge abdecken.

Zwei Marines standen stumm auf Stahlstühlen in der Mitte des Raums und schraubten Lüftungsgitter wieder an die Ventilationsschächte, die zwischen den beiden Einzelbetten an den Seiten des Raums an der Decke verliefen. Die Betten waren frisch gemacht. Ein Lance Corporal untersuchte die Stahlschränke mit einem Messgerät. Ein Private hatte sich das Badezimmer vorgenommen. Mein Quartier roch nach Reinigungsmittel mit Kieferngeruch.

Die Decke war ein Gewirr aus isolierten Rohren und vielfarbigen Kabelbäumen.

»Hoffentlich ist das Essen hier einigermaßen«, sagte ich.

Major Pettit kam unter meinem Schreibtisch hervor und schüttelte den Kopf. Er hatte nichts gefunden. Ich deutete auf die beiden Schrauben, mit denen die Bullaugenabdeckung am Rumpf befestigt war.

Als Nächstes kam der Konferenzraum dran, der an meine Kabine grenzte. Er enthielt einen mit dem Boden verschraubten, stählernen Tisch und acht Metallstühle. An der Wand hing eine topographische Karte des Meeresbodens vor Alaska, die in blaue Zonen für amerikanische und gelbe für russische Gebiete unterteilt war. Darauf ähnelte die Arktis einem zerklüfteten See mit den Anrainerländern USA, Russland, Kanada, Island und Schweden.

Major Pettit schüttelte wieder den Kopf. Keine Mikrophone. »Ich habe den Speiseplan gesehen. Heute Abend gibt es Steak«, erklärte er.

Ich wusste, dass man stimmaktivierte Abhörmikrophone – winzige Geräte in Form von Kreuzschlitzschrauben oder zum Aufkleben – unter anderem im Golfsack des Generals gefunden hatte, dem die Elmendorf Air Force Base in Anchorage unterstand, in dem Lexus, den der Chef von Shell Oils Hochseeoperationen in der Arktis geleast hatte, in der Sonnenbrille eines Kampfjetpiloten, der regelmäßig die russischen Bomberaktivitäten entlang unserer Grenze überwachte. Und auch im Laptop eines Professors an der Universität von Alaska, der die US-Marine darin beriet, welche Schiffe gebaut werden sollten, um das Gebiet zu kontrollieren, wenn das Eis weiter schwand.

Niemand wusste, wer diese Abhörgeräte installiert hatte, doch der Direktor glaubte, dass sie vom russischen oder chinesischen Militär oder interessierten Konzernen – Bergbau und Schifffahrt – stammten.

Mir gefiel die ruhige Konzentration, mit der die Marines vorgingen und sich durch Handzeichen verständigten. Ich mochte die Detailversessenheit und die Art, wie sie als Team zusammenarbeiteten. Weniger konnte ich mit der andauernden Kälte anfangen, die sie mir gegenüber ausstrahlten. Marines sind darauf gedrillt, ihre Gefühle unter Kontrolle zu halten, doch da ich selbst einer bin, fing ich beinahe unmerkliche

Spannungen auf, Distanziertheit im Tonfall, Anflüge von Verhärtung.

Warum? Wird das unsere Mission beeinträchtigen?

»Alles klar, Colonel«, verkündete Pettit.

»Danke, Major. Bitte leisten Sie mir noch einen Moment Gesellschaft.«

Die Männer gingen hinaus. Pettit war kräftig und breitschultrig, blond, Mitte dreißig. Tiefe Lach- oder Zornesfalten um seinen Mund deuteten darauf hin, dass sein Gefühlsleben starken Ausschlägen unterlag. Er hatte schmale Augenbrauen, ein eckiges Gesicht mit kantigem Kiefer und blaugrüne Augen, denen irgendwie die Wärme fehlte, die man mit dieser Farbe normalerweise verbindet. Wir waren ungefähr gleich groß, knapp eins neunzig. Er war einen Winter lang in Afghanistan stationiert gewesen, wo er sich ein Navy Cross und einen Silver Star verdient hatte, indem er mit einer Schusswunde im Oberschenkel zwei Männer unter Feuer in Sicherheit beförderte. Außerdem hatte er sich bei gemeinsamen Manövern mit den norwegischen Arktistruppen in Europa ausgezeichnet.

Ich kämpfte gegen eine Vision dieses Mannes an, wie er mit meiner Exfrau im Bett lag. *Lass das sein!*

Jetzt, da er bequem stehen durfte, nahm Pettit die Füße ein wenig auseinander, doch sein Rücken blieb stocksteif durchgedrückt. Erfahrene Marines können Geringschätzung mit winzigen Veränderungen der Haltung zum Ausdruck bringen.

Da ich im Flugzeug viel Zeit damit verbracht hatte, die Akten der Offiziere der *Wilmington* zu studieren, hatte ich ihn noch nicht vollständig über unsere Mission und das havarierte U-Boot informiert.

Jetzt gab ich ihm einen kurzen Abriss, doch anders als Captain DeBlieu, der auf die Nachricht von dem brennenden U-Boot entsetzt reagiert hatte, sah mir Pettit direkt ins Gesicht, als würde er sich fragen, warum um alles in der Welt man ausgerechnet mich mit dieser Mission betraut hatte.

»Major, ich glaube bei Ihnen einige Vorbehalte zu entdecken, die unsere Mission beeinträchtigen könnten. Vielleicht möchten Sie darüber sprechen.«

Er betrachtete mich kühl. »Nein, Colonel, keine Vorbehalte!«

»Major, meine Fähigkeiten der Erkenntnis sind grenzenlos, allumfassend und geheimnisvoll, und ich meine, dass Sie gerade etwas anderes sagen wollten. Ich mache Ihnen folgendes Angebot: Sie können mir innerhalb der nächsten zwei Minuten alles anvertrauen, nur zwischen Ihnen und mir. Von Marine zu Marine.«

Sein Blick glitt zur Seite, bevor er mich wieder ansah. »Colonel, dann würde ich Ihnen sagen, dass ich da eine Geschichte über Sie gehört habe und gerne wüsste, ob sie stimmt.«

Eine Ader in meiner Stirn begann zu pochen. Ich hatte gedacht, hier ginge es um Nina. Mir wurde heiß. »Und wie lautet diese Geschichte?«

Seine blaugrünen Augen verdunkelten sich, intelligent und abschätzend. Doch um ihm Gerechtigkeit widerfahren zu lassen: Ich entdeckte auch Hoffnung darin, also schien er fair zu sein. »Es heißt, dass Sie persönlich im Gefecht in Panik geraten wären, Sir, und einen Lastwagen mit neun Marines in die Luft gejagt hätten. Dass Sie Ihre eigenen Leute getötet hätten. Der Vorfall sei unter den Teppich gekehrt worden, und man hätte Sie nach oben fortgelobt.«

»Wo haben Sie diese Geschichte gehört?«

»Das möchte ich lieber nicht sagen, Colonel.«

Noch ein Pluspunkt für ihn. Mein Kopf dröhnte. Ich fragte: »Und?«

»Wenn diese Geschichte wahr sein sollte, hielte ich es für meine Pflicht, Ihnen mitzuteilen, dass Sie die unterste Schublade von Mensch sind. Eine Schande für jeden Offizier der Marines, und dass man Sie vor ein Kriegsgericht hätte stellen müssen. Falls sie stimmen sollte, hätte ich auch keinerlei Verständnis dafür, warum Sie hier das Kommando haben.«

»Würden diese Gefühle Sie darin behindern, Anordnungen auszuführen oder Ihre Reflexe auch nur einen Sekundenbruchteil verlangsamen, wenn ich Ihnen bei dieser Mission einen Befehl erteile?«

Er schüttelte den Kopf. »Meine Männer und ich sind gute Marines!« Den Rest konnte er sich sparen: *Im Unterschied zu Ihnen.*

»Dann darf ich Ihnen mitteilen, dass die Geschichte, die Sie gehört haben, unwahr ist.« Seine Blicke entspannten sich ein wenig.

Ich starrte ihm direkt in die Augen. »In diesem Lastwagen befanden sich acht Marines, nicht neun. Und das ist alles, was ich Ihnen dazu zu sagen habe.«

Er sah aus, als hätte ihm jemand einen Tritt in den Rücken versetzt, so dass seine Haltung noch aufrechter wurde, während sein Blick zur Seite glitt. Ich hätte ihn anlügen können, doch das hatte ich satt. Man beherrschte die Menschen genauso leicht mit der Wahrheit wie mit Lügen. Vielleicht hatte auch der Seelenklempner recht gehabt, der meinte, ich stünde unter dem Zwang, mich immer wieder selbst zu bestrafen.

»Gibt es sonst noch etwas, Major?«, fragte ich dann.

»Ja.«

Ich wartete. Beinahe widerwillig erklärte er: »Ich habe es nicht von Nina. Sie hat nie etwas Schlechtes über Sie gesagt.«

»Danke. Fahren Sie jetzt fort mit der Durchsuchung der Kajüten des Kapitäns und der leitenden Offiziere, außerdem der Offiziersmesse. Sorgen Sie dafür, dass die Jungs etwas zu essen bekommen und schlafen können. Dann überprüfen Sie alle Wege, die im vorderen Bereich zum Hubschrauberhangar führen. Dort werden wir ein Feldhospital einrichten. Auf dieser Fahrt nehmen wir keinen Helikopter mit.«

Jede Spur der Lebhaftigkeit, die er noch kurz zuvor an den Tag gelegt hatte, war verschwunden. Er salutierte und ging.

Ich setzte mich aufs Bett und sank zusammen. Mein Magen revoltierte. Einen Moment lang wanderten meine Gedanken zu dem Augenblick zurück, als ich dem Direktor ein einziges Mal widersprochen hatte. Es war in seinem Büro in Washington gewesen, zwei Monate nach den Todesfällen. Er hatte mir einen Stuhl angeboten und mit einigem Unbehagen berichtet, dass Gerüchte über mich im Umlauf seien. Ich solle nicht überrascht sein, wenn ich auf einem Stützpunkt damit konfrontiert würde oder, im schlimmsten Fall, ein Reporter um ein Interview nachsuchte. Er hatte mir zugesichert, die Quelle aufzuspüren und den Marine vor Gericht zu bringen, der den Mund nicht gehalten hatte.

»Schließlich mussten alle Zeugen eine Schweigeverpflichtung unterschreiben, Joe. Ich werde dieses verdammte Plappermaul so lange wegsperren, dass …«

»Nein!«, war es aus mir herausgeplatzt.

»Joe?«

»Ich wüsste es zu schätzen, wenn Sie die Dinge auf sich beruhen ließen, Sir.«

»Joe, hier geht es nicht nur um Sie. Diese Leute wurden gewarnt, was passieren würde, wenn einer den Mund aufreißt …«

Ich war mit hämmerndem Herzen aufgesprungen. Mein Atem ging heiß, und im Geiste sah ich einen sandfarbenen Lastwagen auf mich zurasen. Durch das Dröhnen in meinen Ohren hörte ich mich sagen: »Sir, ich lasse nicht zu, dass jemand für das bestraft wird, was ich getan habe. Es ist mir egal, was auf dem Spiel steht. Wenn Sie das tun, werde ich derjenige sein, der sich an die Presse wendet. *Stellen Sie die Untersuchung ein! Sofort!*«

Erst wirkte er zornig, dann nachdenklich und schließlich betrübt.

»Also gut, Joe. Ich sehe von einer Strafverfolgung ab. Aber wir müssen dieser Geschichte einen Riegel vorschieben. Ein für alle Mal.«

Acht tote Marines, dachte ich jetzt. Scheiß auf die Geschichte. Wen scherte die schon? Mir ging es um die Wahrheit.

Ich hatte meine eigenen Männer getötet.

* * *

Dreißig Sekunden später klopfte es an der Tür des Konferenzraums. Ich riss mich zusammen und rief:

»Herein!« Ich hatte DeBlieu eine Liste der Leute gegeben, mit denen ich unverzüglich sprechen musste. Sie waren lebenswichtig für den Erfolg der Mission. Sie warteten in der Offiziersmesse und würden von einem Marine hierhereskortiert werden, der anschließend vor der Tür Wache stand.

Ich bevorzugte persönliche Begegnungen – und seien sie noch so kurz –, um mir ein Bild von den Menschen zu machen, mit denen ich zusammenarbeiten musste. Strategische Gruppenbesprechungen konnten warten. Erst einmal wollte ich mir die einzelnen Personen näher ansehen.

»Mein Name ist Marietta Cristobel«, sagte die Frau in der Tür.

Die führende Expertin der USA für arktisches Meereis – die sogenannte Eis-Flüsterin – war mollig und in den Vierzigern. Ihre lockigen schwarzen Haare waren von Grau durchsetzt und reichten ihr bis auf die Schultern. Sie hatte dunkle Augen und eine Hautfarbe wie Tee. Ihre Kleidung wirkte leger und warm: lockere Cordhosen über Eastern-Mountain-Schnürstiefeln, ein rot-schwarz kariertes Flanellhemd, Vliesweste mit Reißverschluss und einer Außentasche, aus der die Spitze einer dünnen Zigarre ragte.

Das Talent dieser Frau, offene Routen durch Hunderte von Kilometern von Meereis zu entdecken, konnte über Erfolg oder Fehlschlag der Rettungsmission entscheiden. Wir setzten uns unter der Karte des arktischen Ozeans zusammen, blau am Rand und weiß in der Mitte, wo das ewige Eis lag wie ein gezacktes Wesen am Rand der Welt.

Mariettas Name tauchte in jedem Bericht auf, den

ich während des Fluges gelesen hatte und der sich mit zukünftigen militärischen Operationen in der Arktis befasste. Sie arbeitete für die NOAA, die Wetter- und Ozeanographiebehörde der USA. Mutter von zwei Kindern. Wohnhaft in Miami. Ihre Eltern waren vor dem Castro-Regime aus Kuba geflüchtet, als sie vier Jahre alt war. Der Ehemann arbeitete als Professor für Biologie an der Florida International University. Ich fragte sie: »Wie kommt es, dass eine Kubanerin sich für Eis interessiert?«

»Wir trinken es gerne in Rum und Cola«, konterte sie lächelnd. Vermutlich war das die Standardantwort der Stanford-Absolventin auf eine Frage, die sie ständig zu hören bekam.

»Wie schlimm ist das Eis, das vor uns liegt?«

Sie lehnte sich zurück, entspannt, aber nachdenklich. »Colonel, es ist keine zwölf Jahre her, da hätten wir hier im August oder September mitten im Eis festgesteckt. Wie es heute aussieht, werden wir in ein paar Stunden Eisschollen zu sehen bekommen, kleine Stückchen Weiß. Später größere, die man vielleicht als kleine Eisberge bezeichnen könnte, dann Eisschlamm und Pfannkucheneis, eine Schicht, die nur die Oberfläche überzieht. Anschließend folgt dünnes, einjähriges Eis. Das Packeis erreichen wir erst in einem Tag.«

»Der Captain meint, es könne das Schiff beschädigen.«

»Selbst der Rumpf eines Eisbrechers kann durchlöchert werden, wenn er zu hart oder im falschen Winkel auftrifft. Oder wir könnten im Packeis eingeschlossen werden. Für den Fall, dass das passiert, führt das Schiff Nahrungsvorräte für sechs Monate mit sich.«

»Das würde ich gerne vermeiden«, erwiderte ich.

»Ich auch. Meine Tochter hat nächsten Monat ihren siebzehnten Geburtstag.« Sie lächelte. »Ich wäre gerne dabei.«

Sie gefiel mir. »Erklären Sie mir, auf welche Art Sie die Eisverhältnisse vorhersagen.«

Marietta schob mir über den Tisch einen Tablet-Computer zu. Sie arbeitete mit dem National Ice Center in Suitland in Maryland zusammen. »Normalerweise mit Hilfe von Satellitenfotos. Aber Sie haben die Verbindung gekappt«, sagte sie. »Ich habe vor vierzig Minuten den Kontakt verloren. Ich kann nichts mehr sehen.«

Die Marines hatten als Erstes einen Störsender am höchsten Punkt des Schiffs montiert, dem oberen Steuerstand, einem geschlossenen Krähennest oberhalb der Brücke. Der Störsender wirkte auf eine Entfernung von drei Kilometern, jedenfalls auf allen bekannten Frequenzen.

Auf Mariettas Tablet las ich: KEIN EMPFANG.

»Wenn Sie Vorhersagen wollen, brauche ich Satellitenzugang«, sagte sie.

»Ich kann Ihnen hin und wieder zehn Minuten verschaffen, bevor wir den Empfang wieder schließen. Wie viel Zeit brauchen Sie minimal, um die nötigen Daten herunterzuladen?«

Sie lehnte sich zurück und überlegte. »Tja, angesichts des Sturms erfahren wir vielleicht ohnehin nichts, selbst wenn ich Empfang habe. Geben Sie mir alle zwei Stunden zehn Minuten und lassen Sie uns hoffen, dass wir gerade dann einen Blick durch die Wolkendecke werfen können.« Sie schüttelte den Kopf. »Einen schlechteren Zeitpunkt für eine Übung hätten Sie sich kaum aussuchen können.«

»Zehn Minuten also, in unregelmäßigen Abständen.«

»Danke. Aber selbst wenn es funktioniert, erfahren wir nur die Ausdehnung des Eises, aber nicht seine Dicke. Und die *Dicke*«, erklärte sie, »ist das Gefährliche. Ich habe eine Drohne mitgebracht, die wir bei Windgeschwindigkeiten unter dreißig Stundenkilometern fliegen lassen können. Sie wird uns offene Fahrrinnen zeigen. Aber bei höheren Windgeschwindigkeiten?« Sie lachte. »Machen Sie sich nichts vor. Da oben im Norden wird es schlimm.«

»Übrigens, was diese Rettungsübung anbetrifft«, fügte sie hinzu. »Ich bin neugierig, wie Sie den Punkt ausgewählt haben, auf den wir zuhalten.«

»Wir steuern eine Boje an, die von einem Flugzeug abgesetzt wurde«, log ich.

»Sie wissen doch, dass sie mit dem Eis abtreiben und nicht mehr dort sein wird, wo Sie sie abgeworfen haben, ja?«

»Die Boje hat ein eingebautes Funkfeuer. Ab einer gewissen Entfernung sollten wir das Signal empfangen können«, erwiderte ich. Das stimmte sogar. Auf der *Montana* befand sich ein Notsender. Normalerweise funktionierte er auch auf größere Distanz, doch wer konnte schon wissen, wie es in einem Sturm aussah?

»Dr. Cristobel, das Arrangement mit dem Satellitenzugang muss aber unter uns beiden bleiben bitte.«

Sie nickte. Sie hatte genügend Marine-Kriegsspiele mitgemacht, um sich über nichts mehr zu wundern. »Kein Problem. Übrigens, wenn Sie einen *wirklichen* Eisexperten brauchen, sprechen Sie mit Clinton Toovik.«

»Wer ist Clinton Toovik?«

»Unser Inupiat-Eskimo. Der North Slope stellt für jede Fahrt einen Beobachter ab, der die Bewegungen der Meeressäuger verfolgt. Clinton ist Waljäger. Er erstattet seiner Gemeinschaft Bericht über die Verfassung der Tiere. Um der Wahrheit die Ehre zu geben, er ist ein besserer Eisexperte als ich. Er kann an den Wolken erkennen, welche Art von Eis vorausliegt. Das Verhalten der Wale, Dunst, Wind, Strömungen, selbst Lichtreflexe, für ihn haben sie alle eine Bedeutung.«

»Wo ist Clinton?«

»Er schläft so gut wie nie«, antwortete sie. »Normalerweise ist er oben auf der Brücke, beobachtet und macht sich Notizen in seinem kleinen Buch. Die Inupiat verfügen über hundert verschiedene Wörter für Eis. Der nationale Wetterdienst hat lediglich vier. Für Clinton ist das Eis lebendig, fast wie eine Art Tier«, sagte sie. Im Gang vor der Tür wurde eine heftige Auseinandersetzung laut, und ein Mann schrie: »Es ist mir egal, wie Ihre Befehle lauten. Ich verlange, augenblicklich vorgelassen zu werden!«

Marietta erkannte die Stimme und verdrehte die Augen. Dann fuhr sie fort: »Diese Inupiat-Wörter beschreiben nicht nur Zustände. Ein Wort bedeutet Eis, auf dem man gehen kann, ein anderes steht für Eis, auf dem man besser schnell gehen sollte, und ein drittes bezeichnet Eis, das sicher wirkt, es aber nicht ist. Es wird sich gegen einen wenden, einen austricksen.«

Der Mann auf dem Gang brüllte: »Wissen Sie eigentlich, wer ich bin?«

»Das ist unser Freund vom State Department«, klärte Marietta mich auf und erhob sich. Sie warf mir einen mitleidigen Blick zu. »Der großmächtige Zauberer von Oz, der Assistent des stellvertretenden Außenministers. Andrew Sachs.«

Sie ging hinaus. Ich rief dem Marine zu, den Schreihals hereinzuschicken, und ein dünner, rotgesichtiger Mann kam durch die offene Tür gestürmt.

Andrew Sachs hätte eigentlich mit den Wissenschaftlern an Land gebracht werden sollen. Ich hatte ihn überprüft und seinen Namen von der Passagierliste gestrichen. Offensichtlich hatte er diesbezüglich seine eigenen Vorstellungen gehabt. Und jetzt war er aus seinem Versteck gekrochen.

* * *

»Ich nehme keine Befehle von Ihnen entgegen. Haben Sie überhaupt die geringste Ahnung, in welchen Schwierigkeiten Sie stecken?«, verlangte Sachs zu wissen und lehnte den angebotenen Stuhl ab.

»Sie hätten mit dem Hubschrauber an Land fliegen sollen«, erwiderte ich.

Er war groß und schmal, bekam langsam Geheimratsecken und trug eine dickere Version der arktischen Kleidung, die ich an Marietta gesehen hatte: eine schwere Vliesweste, Cordhosen und Merell-Schnürstiefel, nur dass in seinem Fall alles neu war, während ihre Sachen gut eingetragen gewirkt hatten. Auf seinem Kopf prangte eine blaue Kappe der Küstenwache mit der Aufschrift *Wilmington*, die Sorte, die der Captain den VIP-Gästen schenkte. Seine Armbanduhr war flach und aus Gold, und seine herumfuchtelnden Hände wirkten zerbrechlich weiß, während das knochige Gesicht vor Zorn blaurot angelaufen war. In seiner überraschend tiefen Stimme verband sich das arrogante Näseln einer klassischen Edel-Universität mit der Grobheit einer Bruce-Willis-Figur. Er hatte ausgeprägte Wangenknochen. Granitartige Sprenkel schwammen in seinen eisengrauen Augen wie Treibminen. Eine jungenhafte Locke kastanienbraunen Haars schwang sich über die ansonsten kahl werdende, hohe Stirn. Ich schätzte ihn auf ungesunde vierzig.

»*Sie*«, donnerte er, »*Sie* sagen *mir nicht*, was ich zu tun habe! Ich bestehe darauf, Washington anzurufen! Ihre Männer blockieren die Übertragung!«

Meine Exfrau hatte mich einmal in Washington zu einer Ausstellung von Botero-Gemälden in die Nationalgalerie mitgeschleppt. Der Künstler hatte einflussreiche Familien aus Südamerika als Ansammlungen von niedlichen, kindlichen Figuren eingefangen. An der Oberfläche wirkten sie unschuldig. Puppenhaft gekleidet drängten sie sich zu Grüppchen zusammen. Erzbischöfe und Admirale, Präsidenten und kleine, fette Kinder. Doch Botero hatte Privilegien, Gier und angeborene Dummheit in Kreisform eingefangen. Picasso hatte Parallelogramme gewählt, um die kantige Komplexität spanischer Bauern zu zeigen. Aber sollte einmal ein amerikanischer Künstler Andrew Sachs malen wollen, würde er lange, schmale Dreiecke bevorzugen müssen wie die baumelnden Ohrringe einer alten Frau, eine billige, klimpernde Geometrie, die Generationen überspannte.

»Was zum Henker haben Sie vor?«, zischte er.

Offensichtlich versagte seine gute Erziehung, wenn es um die Wortwahl ging. Er wartete nicht auf eine Antwort. Sein Finger wackelte wie ein hektisches Pendel, seine auf und ab hüpfende Nase war wie ein Schnabel, der auf den Schuldigen einhackte.

»Eine *Übung*?«, schnappte er. »Sie brechen wichtige Forschungsarbeiten wegen einer *Übung* ab? Ich weiß nichts davon, niemand im Außenministerium hat je davon gehört. Das habe ich überprüft.«

»Es dauert ja nur ein paar Tage, Sir«, sagte ich und fragte mich, wie viel körperliche Gewalt ich gegen einen Assistenten des stellvertretenden Außenministers anwenden durfte.

»Sie werden auf der Stelle umkehren. Sie werden Ihre Vorgesetzten anrufen und ihnen sagen, dass Sie die Übung abbrechen. Und wissen Sie auch, warum?«

»Warum?«

»Weil Sie eine lebenswichtige wissenschaftliche Mission unterbrochen haben, die von immenser strategischer Bedeutung für die Vereinigten Staaten von Amerika ist. Die Forscher, die Sie so ungeniert vom Schiff geworfen haben, führten Bodenuntersuchungen durch, mit deren Hilfe das Außenministerium *noch in diesem Jahr* riesige Gebiete unterseeischen Territoriums nach dem Seerechtsabkommen zu beanspruchen beabsichtigt. Billionen von Dollar stehen auf dem Spiel. Wenn Sie diese Forschungsarbeiten unterbrechen, werfen Sie uns um ein ganzes Jahr zurück!«

»Ich muss Sie bitten, mir Ihr Satellitentelefon auszuhändigen, solange Sie an Bord sind«, sagte ich. »Wir werden dafür sorgen, dass Sie mit einem Hubschrauber an Land gebracht werden. Tut mir leid. Befehl ist Befehl.« Ich war neugierig. War der Zorn des Mannes nicht etwas zu übertrieben, fragte ich mich, um lediglich von professionellem Ärger herrühren zu können?

Seine Blicke verhöhnten mich. »Befehle? Was sind Sie, ein Nazi? Na schön. Ich habe vom Außenminister persönlich den ausdrücklichen Befehl – *Befehl!* – erhalten, während dieses, dieses … was immer Sie da machen, an Bord zu bleiben, Sie so bald wie möglich wieder loszuwerden und unsere Arbeit fortzusetzen.«

»Der Helikopter dürfte bald eintreffen«, fügte ich hinzu. »Sie möchten sicher vorher noch packen.«

Er straffte sich, und sein Gesichtsausdruck verhärtete sich, als er erkannte, dass er mit Einschüchterungsversuchen nicht weiterkam. Vermutlich war er es gewohnt, sofort zu bekommen, was er haben wollte, sobald er die Worte »der Außenminister persönlich« aussprach. Wahrscheinlich war er damit aufgewachsen, seinen Willen durchzusetzen. Doch dann trat ein Anflug von Verschlagenheit in seine Augen, und mir wurde klar, dass auch ich vielleicht nicht alles bekommen würde, was ich wollte.

»Der Hubschrauber«, meinte er. »Sie wollen mich in den Hubschrauber schleifen und einfach von Bord verfrachten, richtig?«

Ich sagte nichts. Ich wartete.

»Wenn Sie das nämlich tun, kann ich es gar nicht erwarten, meinen Freunden bei der *Washington Post* zu erzählen, dass die Marines unseren einzigen einsatzfähigen Eisbrecher übernommen und Leichensäcke mit an Bord gebracht haben – ja, ich habe sie aus meinem Versteck gesehen. Eine Kiste ist beim Verladen aufgebrochen. Und wir dampfen aus irgendeinem geheimen Grund mit voller Kraft nach Norden. Forschung? Eine Übung? Da kann ich nur lachen! Was ist in den anderen Kisten? Was haben Sie vor? Warum tragen die Marines Zivilkleidung?«

»Geheimhaltung ist ein Teil der Übung.«

Er grinste höhnisch. »Nun, dann werden Sie sie nicht aufrechterhalten können«, gab er zurück. »Vor allem dann nicht, wenn Sie mich an Land setzen.«

Die Sprechanlage des Schiffs erwachte knisternd zum Leben, und eine Stimme verkündete, dass ein Helikopter zur Landung ansetzte. Das musste mein bester Freund sein, zusammen mit dem U-Boot-Experten, den der Direktor angekündigt hatte. Die Frage war nur, würde der Hubschrauber diese kurz vor der Explosion stehende Ladung Dynamit namens Andrew Sachs zurück an Land befördern?

Er erhob sich mit einem selbstgefälligen Ausdruck, für den ich ihn am liebsten verhaftet und in seiner Kabine eingesperrt hätte. Aber er hatte recht. Er unterstand nicht meinem Befehl. Tatsächlich hatte er bis vor ein paar Stunden auf dem Schiff das Sagen gehabt. Innerlich fluchte ich. Einen Augenblick lang fragte ich mich, ob der Direktor wusste, dass Sachs an Bord war, und ihn mir absichtlich aufgehalst hatte.

»Sie stecken bis zum Hals in Schwierigkeiten«,

sagte Sachs und beugte sich über den Schreibtisch. »Ich werde dem Außenminister persönlich über Sie Bericht erstatten.«

»Danke für Ihre Offenheit«, erwiderte ich achselzuckend und traf eine Entscheidung. »Es kann wohl nicht schaden, Sie während der Übung bei uns zu haben.«

Den muss man im Auge behalten. Wenigstens kann er bei eingeschaltetem Störsender sein Satellitentelefon nicht benutzen. Ich werde später entscheiden, ob ich ihm das Gerät wegnehme, wenn wir die Verbindung zeitweise freigeben.

Er hatte seinen Kopf teilweise durchsetzen können. Seine Lippen verzogen sich zu einem Lächeln, doch der Zorn loderte weiter in seinen Augen. Er ging hinaus, und die Tür schloss sich flüsterleise hinter ihm. Er kam mir vor wie jemand, der barfuß auf Zehenspitzen um drei Uhr morgens herumschlich und Geheimnisse vor seinen Mitbewohnern verbarg.

Warum war er derartig wütend?, fragte ich mich.

* * *

Ich musste mich mit dem U-Boot-Experten treffen, wollte aber zuvor mit dem medizinischen Offizier der *Wilmington* sprechen, der mir bei der Behandlung der Opfer helfen würde, falls überhaupt noch jemand von der *Montana* am Leben war.

Als Nächste betrat also Lieutenant Janice Cullen den Raum. Sie sah adrett aus in ihrer blauen Uniform. Ihre kastanienbraunen Haare waren vorschriftsmäßig kurz auf Nackenlänge geschnitten, und ihr Name stand in weißer Schrift auf ihrer Brusttasche. Sie trug schwarze CG-Schnürstiefel. In ihrer Akte stand, dass sie die Akademie der Küstenwache absolviert hatte. Ursprünglich stammte sie aus Brownsville, Texas. Geschieden, keine Kinder. Turnerin in der Universitätsmannschaft. Zuvor im Pazifik stationiert, wo sie Jagd auf Drogenschmuggler gemacht hatte. Eine »Angstattacke« wurde erwähnt, als ihr Kutter vor Panama in einen Hurrikan geraten war. Danach hatte sie sich versetzen lassen.

Sie strahlte Fitness aus, doch ich entdeckte auch feine Linien der Anspannung um ihren Mund. Sie besaß ein rundes Engelsgesicht und rosige Wangen. Ihre Augen waren von einem hellen Unterwasserblau. Sie trug kleine Jadeohrringe wie Farbtupfer in den blassen Ohrläppchen. Oberflächlich wirkte sie sehr mädchenhaft, wenn man nicht genau hinsah. »Sie waren bereits an Rettungsübungen beteiligt. Wie viele Opfer können Sie bewältigen?«, wollte ich wissen.

Ihre Stimme klang tief und ein wenig heiser. Ich hatte das Gefühl, dass sie in den Pausen zum Rauchen aufs Deck hinausging. »Nun, da immer mehr Kreuzfahrtschiffe die Nordwestpassage durchfahren, führten wir im letzten Jahr eine entsprechende Übung durch. Simulierter Untergang, hundertsechzig Opfer. Wir haben die Hubschrauberhangars mit Feldbetten ausgerüstet. Hundertsechzig Passagiere waren auch an Bord, als vor ein paar Jahren dieses Kreuzfahrtschiff in der Antarktis gesunken ist«, erklärte sie.

»Wie ist die Übung verlaufen?«

»Sehr gut. Unsere Crew verfügt über eine erstklassige Ausbildung in Erster Hilfe und Triage, in der Evakuierung mit Schlauchbooten oder per Schlitten, oder dafür, die Opfer warmzuhalten und sie an Bord zu bringen. In einem Notfall sind wir erste Wahl. Allerdings hatten wir bei dieser Übung ruhiges Wasser. Die Opfer wurden in das Krankenhaus in Barrow ausgeflogen. Wir haben in den beiden Kühlräumen ausreichend Essen an Bord, um viele zusätzliche Personen zu versorgen. Die Crew spielte Szenarien mit Brandverletzungen, Rauchvergiftung, Erfrierungen und Unterkühlung durch.«

Das klang gut, doch sie biss sich dabei auf die Unterlippe. Außerdem sah ich ihre abgekauten Fingernägel. Sie fügte hinzu: »Aber die Übung ging von einem Unfall näher an Land aus und, äh … von besserem Wetter.« Sie erbleichte leicht.

»Sie mögen keine Stürme?«

»Wie bitte? Zwanzig Meter hohe Wellen? Was könnte einem an denen missfallen?«

Ich lachte nicht. Sie merkte, dass sie ihre Befürchtungen nur schlecht verborgen hatte, und sagte: »Ich habe im Pazifik einige üble Stürme miterlebt, aber der Captain meinte, dieser hier würde schlimmer werden.«

Dem konnte ich nicht widersprechen. »Es wird noch viel übler werden.« Wie schlimm, konnte ich nicht vorausahnen.

Kapitel 4

August 1918

Sein Name lautete Thorvald Weir, und er war ein ausgezeichneter Schiffsführer. Doch die Jagd war so gut wie vorüber, und er hatte verloren. Mit einem flauen Gefühl im Magen sagte er sich, dass er um Mitternacht vermutlich nicht mehr am Leben sein würde. Dann hinterließ er eine Witwe in Seattle und zwei kleine Kinder, die ohne ihren dreißigjährigen Vater aufwachsen mussten. Er würde nicht im Familiengrab beigesetzt werden, und höchstens ein Stein würde an das Geheimnis seines Verschwindens erinnern. Abgesehen von ein paar Trümmern, schwimmenden Holzteilen, Ölflecken, Resten von explodierten Filmkameras und Stativen, in Stücke geschossen von dem bolschewistischen Kanonenboot, das sich ihnen von achtern näherte.

Ich hätte nie das Geld vom Kriegsministerium annehmen sollen, *dachte er, während er gegen sechs Meter hohe Wellen ankämpfte und seinen Trawler Anna in Richtung Norden steuerte. Angespannt hielt er Ausschau nach Unterwasserfelsen oder Treibgut, die ihm den Bug aufreißen konnten. Die schwarzen Vulkanstrände Russlands glitten zur Linken in sechzehn See-*

meilen Entfernung vorüber, und die zerklüfteten Klippen von Alaska achtundzwanzig Meilen weiter rechts. Die kalte Zone lag direkt voraus, das frostige Nordpolarmeer voll Eis und Stürmen. Es war 23.45 Uhr, doch die Sonne stand noch über dem Horizont, eine tiefhängende Scheibe, deren schwaches Licht es den roten Dreckskerlen mit ihrer tödlichen Deckskanone ermöglichte, zur Anna aufzuschließen. Sie schaffte gerade einmal elf Knoten und das Schiff hinter ihnen sicher dreizehn.

Noch ein paar Minuten, und sie waren in Schussweite.

Thor bekreuzigte sich und hustete. Er und die Crew litten an einer schweren Sommererkältung. Doch wenn kein Wunder geschah, würden sie nicht viel länger darunter leiden. Denn dann waren er und alle Männer an Bord nur noch Fischfutter.

Es war August 1918, und die ganze Welt stand auf dem Kopf: In Europa herrschte Krieg, Könige wurden gestürzt, Nationen hörten auf zu existieren. Millionen Soldaten waren tot, hingen als Leichen im Stacheldraht in Frankreich. Die Männer verendeten elendiglich an Senfgas und Kugeln, an Wundbrand, Giftgas und Grippe. Es gab neuartige Waffen wie die schwerfälligen Panzer und sogar Flugzeuge, die Bomben aus den Wolken fallen ließen. Und zu allem Überfluss standen jetzt auch noch amerikanische Truppen in Russland und bekämpften die gottlosen roten Horden. Präsident Woodrow Wilson hatte Soldaten aus Michigan ausgeschickt, große, bärenstarke Kerle von den Fließbändern bei Ford und vom Land. Er hatte sie von den tödlichen Schützengräben in Europa abge-

zogen, und jetzt kämpften siebentausend Männer aus Nordamerika mit der weißrussischen Armee in den russischen Wäldern gegen Lenins Scharen. Gleichzeitig bewachten weitere dreitausend gottesfürchtige Amerikaner die Bahnlinien an der Pazifikküste gegen die Fanatiker, die den Zar gestürzt, Russland aus dem Weltkrieg zurückgezogen und mit dem deutschen Kaiser Frieden geschlossen hatten. Und die jetzt versuchten, den Rest der Welt in einen Friedhof für anständige Menschen zu verwandeln.

Ich konnte gar nicht anders, als Ja zu sagen, *murmelte Thor vor sich hin.*

Er war ein Patriot und Veteran des spanisch-amerikanischen Krieges, in dem er zusammen mit dem großen Teddy Roosevelt gekämpft und am Sturm der Rough Riders auf den San Juan Hill teilgenommen hatte. Das war der größte Tag seines Lebens gewesen. Als daher die Männer in den Anzügen aus Washington gekommen waren und gesagt hatten, dass eine scheinbar harmlose Fahrt nach Russland und zurück den Interessen des Landes dienlich sein würde, wie hätte er da Nein sagen können?

Er hatte seine Frau belogen, was das Ziel anbetraf … Edison produziert einen Stummfilm über Eskimos, *hatte er behauptet. Und das fünfköpfige Filmteam aus Fort Riley in Kansas hatte tatsächlich eine Menge Film abgedreht, in Buchten und Höhlen und auf den Inseln. Bis vor zwölf Stunden, als sie auf der russischen Seite in eine scheinbar verlassene Bai hineingetuckert waren. Es war ein nebliger Tag gewesen, fünf Grad plus, und zehntausend Walrösser lagen auf dem schwarzen Strand vor ihnen, rosig und fett und nach Salz und*

Exkrementen stinkend. Und dann war es plötzlich vorbei gewesen mit dem Frieden. Aus einer Nebelbank tauchte unvermittelt der Bug eines Kanonenboots der Bolschewiken auf – ein gepanzertes 70-m-Schiff. Die erste Granate hatte sie verfehlt, warf nur eine Wassersäule in der Bucht auf und hallte in dem Nadelwald wider, der das schwarze Ufer säumte. Während Thor Gas gab und das Steuerrad herumwirbelte, bekam er den Feind zu Gesicht. Zornige Männer in wild zusammengewürfelten Uniformen … Seeleute mit roten Mützen, zivile Kämpfer mit roten Halstüchern, Fabrikarbeiter und selbst ein riesenhafter, bellender Hund unter einer flatternden, selbstgenähten Flagge mit Hammer und Sichel, halb verborgen hinter schwarzen Wolken aus Kohlerauch. Die Männer brüllten in einer fremden Sprache, während ihre Schiffe durch die Walrösser hindurchpflügten, sie zerfetzten und das Meer rot färbten.

Thor hatte die Worte nicht verstanden, wohl aber den Ton.

Stopp, sonst töten wir euch.

Haltet an, und wir töten euch trotzdem.

Ich hätte das Filmteam niemals an Bord lassen dürfen. Sie haben mir nie erklärt, was sie mit ihren geheimen Karten und Kameras vorhatten, den Gewehren, den Holzkisten und Tarnnetzen.

Sie waren an Land gegangen.

Waren in den Wäldern verschwunden.

Hätte nicht …

Sollte nicht …

Jetzt befand er sich in einem Wettrennen auf Leben und Tod. Und sie benötigten ein Wunder. Nichts we-

niger als das. Eine Bucht oder eine Flussmündung, in die sie sich flüchten konnten. Einen Unfall an Bord des Kanonenboots, einen Funken in ihrem Munitionsmagazin. Einen riesigen, untergetauchten Baumstamm, der ihre Schraube zerriss. Einen Engel, der vom Himmel herniederfuhr und den Geist der Bolschewiken verwirrte. Eine Kollision, bei der ihr Verfolger auf einen Unterwasserfelsen auflief und sich ein Loch in den Rumpf riss.

Thor übergab das Ruder an seinen ersten Maat und trat auf das Deck hinaus, um besser sehen zu können. Die Leute von der Army drängten sich am Heck zusammen und beobachteten, wie das große Schiff näher kam. Kamera und Stativ standen vergessen herum, doch die Männer hielten Springfield-Gewehre in der Hand. Einer hatte eine .44er-Pistole. Als hätten diese armseligen Waffen etwas gegen Artilleriegranaten ausrichten können.

Immerhin zeigten die Männer Mut. Das Schiff hinter ihnen – weit nördlich von jeder nennenswerten russischen Stadt – wirkte mit jedem Mal größer, wenn er hinsah. Rauch quoll aus seinem Schornstein. Es war ein altes Boot der Kaiserlich Russischen Marine, das die Revolutionäre erobert hatten. Seine 130-mm-Kanone konnte fünf Schüsse pro Minute abfeuern.

Hinter ihm ertönte ein donnernder Knall. Ein hoher Pfeifton kündigte die Granate an, ein dunkler Fleck am Himmel, der immer größer wurde. Als er schon glaubte, sie würde ihr Ziel treffen, warf sie direkt hinter dem Heck eine Wasserfontäne in die Luft, die die Männer an Bord nass spritzte.

Dann begann Thors Herz zu rasen, denn er sah

eine Möglichkeit. Vielleicht erlebten sie doch noch ein Wunder, vielleicht hatte der heilige Christophorus ihn erhört. Siebenhundert Meter vor ihnen lag eine dichte Nebelbank tief über dem Wasser wie ein brodelnder Vorhang.

Er hielt darauf zu und flehte den heiligen Christophorus an, sich ihrer zu erbarmen. Er versprach, ein besserer Vater zu werden und sich nur noch um seine eigenen Angelegenheiten zu kümmern, wenn der gütige Heilige diese gottlosen Bastarde hinter ihnen in die Irre führte.

Ein Geysir brach vor ihnen aus.

Die Nebelbank kam näher.

Die nächste Explosion erfolgte fünfzehn Meter seitwärts und brachte den Trawler so zum Schaukeln, dass die Schrauben sich aus dem Wasser hoben und kreischend aufheulten, bevor sie wieder eintauchten.

Ein Mann am Heck feuerte vergeblich auf das große Schiff. Die Luft wurde mit einem Mal empfindlich kühler.

Der Nebel griff mit tentakelgleichen Ausläufern nach ihnen und überzog sie mit einem Geruch wie nach feuchter Erde. Sie glitten in seine klamme Umarmung hinein. Die Temperatur sank noch tiefer.

Das Schiff hinter ihnen war nicht mehr zu sehen, zumindest für den Augenblick, während sie eine Art Grenze zwischen dem Nordpazifik und dem zu überschreiten schienen, was den ganz Hohen Norden darstellte.

Die Bolschewiken waren verschwunden. Die Luft fühlte sich beinahe flüssig an.

War das Wunder geschehen?

Die kleine Anna *stabilisierte sich, und Thorvald fuhr im Zickzack nach Norden, während er betete, der Nebel möge sie weiter verbergen. Und so kam es, zumindest für eine Weile, bis der Nebel neunzig Minuten später dünner wurde und sie aus der Wolkenbank wieder auftauchten.*

Fünf Männer standen im Steuerhaus, zwei von der Mannschaft und drei der Kameraleute. Einer von ihnen hustete, weil er gedacht hatte, es wäre ja Sommer, und keinen schweren Mantel dabeihatte. Er zitterte. Allesamt spähten sie nach vorne wie Kolumbus' Seeleute, als sie der Neuen Welt ansichtig wurden. Sie fragten sich, welcher Blick sich wohl ihren Augen bieten würde, wenn der Nebel sich endlich lichtete.

Dann sahen sie es und erstarrten.

»Großer Gott«, flüsterte der erste Maat.

»Heilige Scheiße« …, kam von einem der Männer aus Fort Riley.

Thorvald starrte mit offenem Mund nach vorn, und sein Magen rebellierte. Sein Gesicht war kalkweiß und von einem namenlosen und beinahe unbeschreiblichen Entsetzen verzerrt. Das konnte nicht sein. Es war absolut unmöglich. Er hatte davon gehört, es sich aber nie wirklich vorstellen können. Es schien, als wären sie dem elementarsten aller Probleme doch nicht entkommen, ganz im Gegenteil. Nein, *dachte er in dem Wissen, dass er nun nie mehr nach Hause zurückkehren würde. Nie mehr Frau und Kinder wiedersehen würde. Ganz gewiss nicht.*

Kapitel 5

Der Hubschrauber – ein Dolphin – schwankte heftig im Seitenwind. Mein Magen krampfte sich zusammen, während ich ihn von dreißig Meter weiter unten auf dem Achterdeck beobachtete. Ich befürchtete, er könnte abstürzen und meinen besten Freund in den Tod reißen. Ein böiger Wind von fünfunddreißig Stundenkilometern warf die Maschine mit der spitzen Schnauze hin und her und wischte sie wie mit einer gigantischen Hand beiseite. Ich hielt den Atem an. Der Pilot – ich konnte ihn durch die Verglasung sehen – kämpfte darum, die Kontrolle über den Vogel zu behalten.

Unter meinen Füßen stampfte die *Wilmington* durch die aufgewühlte See nach Norden auf unseren Rendezvouspunkt zu. Der orangefarbene Helikopter schwankte, drehte ab und brachte sich nach oben in Sicherheit, als wäre er ein lebendes Wesen, das sich überlegte, ob es wirklich so klug wäre, hier zu landen. Dann setzte er rasch und plötzlich mitten in dem weißen Kreis auf Deck auf und fuhr sofort die Triebwerke herunter.

Die Flugmannschaft der *Wilmington* kam angerannt, zurrte den Dolphin fest und sicherte die Räder mit Keilen. Die Tür glitt auf, und zwei Gestalten kletterten heraus. Sie trugen orangefarbene Mustang-Rettungsanzüge mit Reißverschluss, die sie im Notfall über Wasser gehalten und ungefähr drei Minuten lang vor dem Erfrieren im eisigen Wasser der Arktis bewahrt hätten, falls der Hubschrauber ins Meer stürzte.

An den breiten Schultern und der schmalen Hüfte erkannte ich, dass es sich bei der größeren Gestalt um Eddie handeln musste. Während er sich in den Helikopter beugte, um dem Piloten noch etwas zu sagen, stieg der zweite Passagier aus und zog einen kleinen Aktenkoffer aus der Maschine. Diese Person – es musste sich um meinen U-Boot-Experten handeln – sah klein und jungenhaft aus wie ein Teenager, den man in den leuchtfarbenen Overall seines großen Bruders gesteckt hatte. Dann setzte sie den Helm ab, und langes, silbernes Haar fiel ihr über die Schultern.

Es war eine Frau. Ihre Haare schienen das Licht einzufangen und zu verstärken. Es war nicht grau, es war nicht trocken oder alt, nein, vielmehr erfüllt von Spannkraft und Leben, als hätte sich eine Teenagerin die Haare für eine Party silbern gefärbt. Das kleine, weiße, elfenhafte Gesicht wandte sich hin und her, dann marschierte sie zielstrebig auf mich zu, als wüsste sie genau, wer ich war. Vielleicht hatte man ihr ein Foto gezeigt.

»Sie sind Colonel Rush.« Es klang mehr wie ein Vorwurf als eine Feststellung.

Ihre Stimme war leise und präzise, und nach den Bewegungen unter dem unförmigen Anzug schätzte ich, dass sie auch die Figur einer Teenagerin besaß. Wenn man ihr Gesicht aus der Nähe betrachtete, sah man allerdings, dass sie eher Anfang dreißig war. Sie hatte die perfekte Haut einer Isländerin, gerötet vom Wind, und Augen in der Farbe vom Eis einer Gletscherspalte. Sie sprach überraschenderweise mit einem ganz leichten amerikanischen Südstaatenakzent, während sie mir die Hand hinstreckte und fester einschlug, als ich es ihren kleinen, schlanken Fingern zugetraut hätte.

»Dr. Karen Vleska. Electric Boat«, stellte sie sich vor. Letzteres war der Name ihrer Firma.

Man hatte sie um zwei Uhr morgens aus dem Bett geholt und auf ein fremdes Schiff in der Arktis beordert, sie hatte gerade fast sechstausend Flugkilometer hinter sich und war im Hubschrauber wie ein Insekt im Wind herumgeworfen worden. Die Dringlichkeit der Situation war unübersehbar, doch sie wirkte so gelassen und entspannt, als hätte sie gerade ein Restaurant in New York betreten. Sie schien ein Profi zu sein.

»Freut mich, Sie hier begrüßen zu dürfen«, sagte ich zu unserer U-Boot-Expertin.

Wir mussten schreien, um uns über dem Heulen des Windes verständlich zu machen. Der Blick, mit dem sie mich von unten herauf forschend ansah, war offen und direkt, und obwohl ich Verärgerung darin las, jagte er mir auf eine lange nicht mehr gefühlte Weise Schauer über den Rücken. Ich hätte nicht erwartet, eine solche Empfindung noch einmal zu erleben.

Auf der Hubschrauberlandefläche roch es nach Dieseltreibstoff. Vor uns ragten Antennen in die Höhe. Überall lagen Gerätschaften zur Feuerbekämpfung griffbereit. Um den Landeplatz herum waren allseitig Sicherheitsnetze angebracht, um unglückselige Reisende oder Crewmitglieder daran zu hindern, vom Schiff zu fallen. Unterhalb und hinter der Landefläche ragte das Oberteil des großen Schiffskrans auf. Das hintere Deck diente normalerweise als Forschungsplattform für die Wissenschaftler – wenn sie nach Bodenproben dredschten, Bojen ausbrachten, Strömungen maßen oder den Walen lauschten. Daher lagen dort unten auch dicke Drahtseilrollen herum, um Bohrkerne oder Netze mit Proben vom Boden des Nordpolarmeers zu hieven.

Das Aufeinandertreffen von Mann und Frau inmitten der technischen Gerätschaften eines Eisbrechers … Ein moschusartiger Hauch von Parfüm überlagerte die Gerüche nach Meer und Treibstoff.

»Bedienungsfehler«, sagte sie.

»Verzeihung?«

»Sie werden sehen. Ganz sicher waren keine toxischen Dämpfe von irgendeinem Material schuld, das *wir* in das U-Boot eingebaut haben«, erklärte sie. »Wenn die Leute krank sind, dann liegt das nicht an uns, das will ich gleich von Anfang an klarstellen, Colonel. Wir führen alle nur denkbaren Tests durch, *Hunderte* von Tests, und zwar an jedem einzelnen Stück Stoff, Gummi, Verbundmaterial oder Elektronik. Wir verbrennen sie, wir frieren sie ein. Wir vermischen die Chemikalien miteinander. Wenn ein Feuer ausgebrochen und die Besatzung davon krank geworden ist, muss es sich um einen Bedienungsfehler der Mannschaft handeln. Das ist der Grund für fast alle Unfälle.«

»Sie scheinen sich ziemlich sicher zu sein«, entgegnete ich. Es verwirrte mich, wie stark ich mich von ihr angezogen fühlte, und das brachte mich aus dem Gleichgewicht.

»Als die *Miami* 1988 in Brand geriet«, sagte sie mit Bezug auf einen Vorfall auf dem US-Unterseeboot in Kittery in Maine, »stellte sich heraus, dass ein unzufriedener Werftarbeiter dafür verantwortlich war. Er hatte eine Koje in Brand gesteckt. Er müsse zu hart arbeiten, behauptete er. Er hätte eine Pause gebraucht. Vierhundert Millionen Dollar Schaden, aber erst mal machten sie natürlich wieder das Material verantwortlich. Oder denken Sie an die russische *Kursk* 2003. Hundertachtzehn Tote, verursacht durch einen Rohrkrepierer bei Torpedoübungen, vermutlich ausgelöst durch einen neuen Flüssigtreibstoff. Wir verwenden das Zeug nicht. Wollen Sie noch mehr Beispiele?«

Ich merkte, dass ich immer noch ihre Hand hielt, und ließ sie los.

»Dr. Vleska«, sagte ich einigermaßen verärgert, »sind Sie die Firmenanwältin? Ich hatte nämlich erwartet, man würde mir einen Ingenieur schicken, um die Sache aufzuklären, keinen Streithammel.«

Sie sah aus, als wollte sie zu einer schnippischen Entgegnung ansetzen, schaute sich dann aber um und überlegte es sich anders. Ihr Stirnrunzeln verwandelte sich in einen selbstkritischeren und leicht verlegenen Ausdruck.

Ich konnte mich des Gedankens nicht erwehren: *Sie ist bezaubernd.*

»Warum verschieben wir die Schuldfrage nicht auf später und kümmern uns erst einmal um die Rettung dieser Menschen?«, schlug ich vor.

Sie atmete tief durch. Ihr gesamter Körper schien sich zu entspannen. »Natürlich«, meinte sie, nicht ohne Ironie. »Hören Sie, man hat mich aus dem Schlaf gerissen. Mich in ein Flugzeug verfrachtet. Wollte mir zunächst nicht einmal sagen, wohin es geht. Alles immer streng geheim, ganz egal, wie dringend sie einen brauchen. Einige von Ihren Leuten wurden gleich ziemlich aggressiv, ohne überhaupt zu wissen, was los war. Voreilige Schuldzuweisungen. Ich schätze, das hat mich auf die Palme gebracht.«

»Entschuldigung akzeptiert«, sagte ich.

Sie lächelte. »Das war keine Entschuldigung. Ich meinte nur, dass ich meinen Ärger nicht an Ihnen auslassen sollte.« Sie lachte. »O Gott, ich hasse Flugzeuge. Die Wahrheit ist, sie machen mir eine Heidenangst. Ich denke mir nichts dabei, sechs Kilometer tief in einem Mini-Tauchboot runterzugehen. In einem dunklen, eiskalten, engen Rumpf. Ich liebe es. Aber wenn man mich in eine Boeing 737 setzt, brauche ich Valium. Ich bin völlig fertig. Ich könnte etwas Schlaf vertragen.«

Ich mochte ihre wohlgeformten Schultern, die Eleganz ihrer Bewegungen, ihren Duft und die feminine Art, wie sie mit den Händen ihre Worte unterstrich.

»U-Boot-Unfälle sind schrecklich. Plötzlich zeigen alle mit dem Finger auf einen. Und jetzt habe ich es genauso gemacht. Ich verspreche, noch einmal von vorne anzufangen und mich besser auszudrücken. Sobald ich ein kurzes Nickerchen gemacht habe.«

»Kein Problem«, gab ich zurück. »Ich verstehe schon.«

Sie wandte sich ab und schlingerte über das

schwankende Deck durch das stählerne Rolltor in den Hubschrauberhangar, wo ein Mannschaftsmitglied sie empfing, um sie zu ihrer Kabine zu geleiten. Ihre langen Haare flatterten im Wind. *Ach, du meine Güte*, dachte ich.

Ich schob den Gedanken an sie beiseite. Major Eddie Nakamura, mein Partner und bester Freund, stand vor mir. Ein willkommener Anblick. Pechschwarze Haare, ein Erbe seines japanischen Vaters, durchsetzt mit einer weißen Strähne, grünliche Augen von seiner irischen Mutter, die wettergegerbte Haut eines Surfers, fließende, in drei verschiedenen Kampfsportarten trainierte Bewegungen. Und er hatte, nachdem er meinen Wortwechsel mit Dr. Vleska verfolgt hatte, dieses breite, wissende Lächeln aufgesetzt, wie es nur ein bester Freund tun kann.

»Die ist dein Typ, Nummer Eins«, erklärte Eddie.

»Eddie, du bist ein Samurai, keine treusorgende Mutter.«

»Ohne den Fliegeroverall sieht sie sogar noch besser aus. Glaub mir. Sie lebt in Alameda, aber Fernbeziehungen sind ja oft ein guter Anfang.«

»Jetzt ist nicht der richtige Zeitpunkt für so etwas.«

Er grinste. Seine Unbekümmertheit täuschte. Tatsächlich war er einer der gefährlichsten Männer, die ich je kennengelernt hatte. »Der Zeitpunkt ist immer richtig, Uno. Außer für dich. Ich sage es dir schon seit zwei Jahren. Als dein Leibarzt muss ich dir dringend empfehlen, endlich wieder zu leben anzufangen. Geh ins Kino. Lass dich flachlegen. Iss mal was anderes als Kraftriegel. Sie ist übrigens geschieden. Durch geschickte Befragung während des Flugs konnte ich ermitteln, dass sie einen Freund hat – es ist der Firmenanwalt. Doch als ausgebildeter Gedankenleser versichere ich dir, dass er nichts als ein Fussel ist, der nur darauf wartet, von deiner starken Hand hinweggefegt zu werden.«

Eddie intonierte gegen das Tosen des Winds den Titel eines alten Cole-Porter-Songs: *»Tonight I love you mooore.«*

»Eddie, vergiss es. Hast du etwas Neues erfahren? Krankheitssymptome?«

Wir stapften in den riesigen Hubschrauberhangar, gingen zwischen unseren Kisten hindurch, überquerten den Basketballplatz, nahmen die Treppe zu den Labors hinauf und traten auf das von Sprühwasser glatte Außendeck hinaus, das zu unserer Suite führte. Ich teilte sie mit Eddie, um mehr Platz für die erhofften Überlebenden zu reservieren. Sein Gepäck würde später gebracht werden.

»Bevor ich antworte, Colonel Uno, bist du in letzter Zeit mal zum Schlafen gekommen?«

»Jede Menge.«

»Also nein. Und hast du in den letzten, sagen wir achtzehn, Stunden etwas gegessen?«

Er wusste es immer, wenn ich log. »Einen Mars-Riegel im Flugzeug.«

»Toll, dann läufst du bestimmt auf allen Zylindern! Es ist wichtig, dass sich der Boss tipptopp in Form hält, um gute Entscheidungen treffen zu können, weil sie uns schließlich alle betreffen!«

Wir duckten uns durch eine Luke und legten hinter uns den Riegel vor. Die Gänge waren weiß gestrichen und klinisch sauber. Ich trug einen blauen Küstenwachen-Parka, eine CG-Wollmütze und Thermolite-Handschuhe. Eddie – befreit von seinem Mustang-Rettungsanzug – hatte einen eintönig olivfarbenen Parka mit Pelzkapuze an, dazu dicksohlige Gummistiefel.

»Eddie«, wiederholte ich warnend. »Die Symptome!«

Er seufzte. »Keine neuen Nachrichten, aber wir konnten einige Puzzleteilchen hinzufügen, von denen der Direktor bei eurem Gespräch noch nichts wusste. Ganz am Anfang war die Rede von Blutungen.«

»Welcher Art und wie stark?«

»Aus Nase, Ohren und Mund. Mehrere Besatzungsmitglieder litten darunter.«

»Arbeiteten sie zusammen? Aßen sie gemeinsam? Irgendeine Idee, was der Auslöser gewesen sein könnte?«

Eddie stieß die Luft aus. »Tut mir leid.«

»Sonst noch etwas?«

»Fieber. Brustschmerzen. Blaurote Flecken auf der Haut.«

Ich blieb vor einem Raum mit der Aufschrift »Aufenthaltsraum Wissenschaft« stehen. Drinnen standen gemütliche Polsterstühle, Computerterminals und abschließbare Bücherschränke. Es musste eine Art Bibliothek sein.

»Petechiale Hämorrhagie?«, fragte ich stirnrunzelnd. Dazu kommt es, wenn Kapillargefäße dicht unter der Haut platzen und dadurch Verfärbungen hervorrufen. Aids-Kranke bekommen sie. Manchmal auch Menschen, die an Schimmelpilzen erkrankt sind. Toxine und sogar ganz gewöhnliche Reinigungsflüssigkeiten können solche Symptome auslösen. Jedenfalls wenn man sie verschluckt.

Ich dachte laut nach. »Das Unterseeboot war wochenlang auf See. Ich kann mir nicht vorstellen, dass jemand zu einem so späten Zeitpunkt der Fahrt absichtlich ein Biotoxin an Bord freigesetzt haben könnte. Er hätte ihm ebenso wenig entkommen können wie alle anderen. Es muss ein Unfall gewesen sein.«

»Das kann man so nicht sagen«, sagte Eddie. »Es könnte sich auch um ein Virus handeln. Verdammt, sogar manche Insektizide lösen solche Symptome aus. Ich wünschte, wir wüssten mehr. Zum Beispiel, ob das U-Boot in letzter Zeit gegen Ungeziefer behandelt worden ist. Ratten. Kakerlaken. Die Navy behauptet zwar, dass sie nur im Trockendock sprühen und danach für vierundzwanzig Stunden niemand an Bord darf. Aber wer weiß? Man ist auf Tauchstation. Eine Ungezieferplage bricht aus. Jemand beschließt, zu sprühen …« Er probierte seine Theorie an mir aus, indem er sie laut aussprach.

Wir dachten als Team, doch uns fehlten zu viele Informationen. »Lebensmittelvergiftung?«, fragte ich.

»Dabei käme es nicht zu den Hautverfärbungen.«

»Kohlenmonoxid?«

»Verursacht keine Verfärbungen oder Blutungen. Aber *Chaetomium* könnte die Hautverfärbungen auslösen.« Das ist ein schwarzer Schimmel, der in den Tropen vorkommt. Er wurde schon in Erde, Pflanzen und unlängst auch im Badezimmer eines entsetzlich ungepflegten Studentenverbindungshauses in Nashville gefunden.

Ich schüttelte den Kopf. »Aber nicht die Blutungen.«

»Die *Montana* war in Indonesien, bevor sie in die Arktis aufbrach. Wer weiß, was für einen verdammten Krankheitserreger ein Seemann dort eingeschleppt haben könnte. Vielleicht ist er auch einfach vom Dock aus übergesprungen.«

»Eddie, wenn der Ursprung in Indonesien läge, wäre der Ausbruch an Bord schon früher erfolgt.«

Eddie blickte frustriert vor sich hin. »Es sei denn, wir hätten es mit etwas Neuartigem zu tun. Oder es war ein Anschlag. Die Jungs auf dem U-Boot haben die Krankheitsanzeichen erst beim vierten oder fünften SOS erwähnt. Sie machten sich vor allem Sorgen wegen des Brandes. Und niemand in Washington hat danach gefragt. Keiner hat eine Verbindung hergestellt. Alle glaubten, es wäre die gute alte U-Boot-Erkältung. Du weißt ja, dort kann man einer Erkältung nicht entgehen. Aber dann fingen die Blutungen an, und kurz darauf war es zu spät für Fragen, weil die Verbindung abbrach.«

Wir verstummten. Das war alles nur müßige Spekulation, bis wir das U-Boot erreicht hatten.

»Es könnte sein, dass wir das Ventilationssystem an diesem Schiff versiegeln müssen, falls es sich um ein Pathogen handeln sollte«, sagte ich zu Eddie.

»Leg dich erst mal aufs Ohr«, schlug er vor.

»Der Direktor meinte, der Brand könnte ein Toxin in einem neuartigen Material freigesetzt haben. Ich würde sagen, darüber müssen wir uns mit Dr. Vleska unterhalten.«

»Sie wirkt ein wenig ablehnend, aber auf süße Art,

wenn ich das so sagen darf. Übrigens, da ich es für meine Pflicht halte, dich über alle wirklich wichtigen Themen des Lebens auf dem Laufenden zu halten, möchte ich dir mitteilen, dass sie Meereskajak fährt und Jazz und mexikanisches Essen liebt. Sie wird dich nicht langweilen. Sie vertritt sehr entschiedene Standpunkte.«

»Ich vertrete auch einen. Und zwar, dass du den Mund halten solltest.«

Ich wusste, dass Eddie recht hatte, was den Schlaf anging, denn wenn ich zu lange wach blieb, würde ich Fehler begehen. Das konnte ich mir nicht leisten. Es kam einfach nicht in Frage. Und wenn es in diesem Unterseeboot etwas Tödliches gab und ich mit den Marines hineingehen musste …

Nein, nicht schon wieder. Ich will das nicht noch einmal tun müssen.

Wir machten uns auf den Weg zu unserer Kabine.

Dann schrillten plötzlich überall im Schiff die Alarmsirenen.

Kapitel 6

Die Sirene schrillte auch noch, als wir zur Brücke rannten. Drei Gestalten in weißen, feuerresistenten Anzügen kamen aus einer Luke gestürmt und trampelten an uns vorbei in Richtung Heck. Durchsichtige Polykarbonat-Visiere schützten ihre Gesichter. Einer von ihnen schwang eine Feueraxt, die anderen trugen Kanister mit Löschmittel auf dem Rücken.

Eine ruhige männliche Stimme verkündete über die Sprechanlage: »Rauch in der Flugleitstelle.«

In einem Notfall war die Brücke das Kommandozentrum. Nur waren wir hier neu, und die Gänge kamen uns vor wie ein Labyrinth. Wir hasteten an Kabinen vorbei, deren Namensschilder sie Offizieren zuordneten. Dann an der Krankenstation. Der Elektronikwerkstatt. Wir schoben uns durch eine Tür in ein Treppenhaus, das Deck für Deck weiter nach oben führte und uns hoffentlich bis zur Brücke bringen würde. Weiter unten hörte ich Stiefel über stählerne Platten stampfen. Eine Frauenstimme schrie: »Na los doch, Robb! Bist du schon tot, oder was?«

Als wir die nächsthöhere Ebene erreichten, kam eine weitere Durchsage.

»Mann über Bord an Backbord!«

Eddie und ich blieben stehen und starrten uns an.

Der erneute Notfall brachte uns aus der Fassung. Dann begriffen wir endlich, und Eddies Gesicht verzog sich zu einem Grinsen. Wir fingen gleichzeitig an zu lachen.

»Eine Übung«, sagte ich, und mein Pulsschlag verlangsamte sich.

Und tatsächlich, während wir noch dastanden und die Anspannung von uns wich, fügte die Stimme eine dritte Katastrophe hinzu.

»Rauch im vorderen Strahlruderraum!«

Eddie grinste. »Ein Unglücksschiff. Keine zwei Stunden auf See, und schon so viele Pannen.«

»Das Lachen hat gutgetan«, gab ich zu.

Die Wirklichkeit sah ernster aus. Bei diesen Übungen ging es um reale Möglichkeiten. Sie unterstrichen die prekäre Situation unseres Schiffs als einzige US-Präsenz auf See in fünfzehnhundert Kilometern Umkreis. Sollten wir einen Unfall erleiden, sollte irgendeines der Szenarien eintreten, auf die die Mannschaft sich gerade vorbereitete, gab es keinen zweiten Eisbrecher, der uns zu Hilfe eilen konnte. Wir wären genauso verwundbar wie die Crew des Unterseeboots, die zu retten wir aufgebrochen waren.

»Eddie, lass uns jemanden suchen, der uns das Schiff zeigt.«

* * *

Eddie und ich folgten Captain DeBlieu durch das Gewirr von stählernen Treppenaufgängen und Decks. Er hatte es seiner üblichen Brückenmannschaft überlassen, das Schiff durch das bislang eisfreie Gewässer zu steuern. Er wollte in unserer Nähe bleiben, um mehr darüber herauszufinden, was wir vorhatten. Auf dem Weg zum Maschinenraum ging ich im Geiste die Situation noch einmal durch.

Zwei Trupps von Marines, die mir nicht trauten. Ein Assistent des stellvertretenden Außenministers, der hier nichts zu suchen hatte. Eine Eis-Expertin, die in einem kommunistischen Land aufgewachsen war. Und eine Mannschaft, die keine Freigabe für Notfälle von höchster Geheimhaltungsstufe hatte. Um alles zunichtezumachen, reichte es, wenn sich an Bord eine einzige Person befand, die gründlich angepisst war. Vielleicht weil man sie bei der letzten Beförderung übergangen hatte oder weil ein Freund gestorben war oder sie Geld für ein neues Auto, einen Urlaub oder einen Trip nach Las Vegas brauchte …

Oder ein Mensch, der in irgendeinem verqueren Winkel seines Gehirns zu dem Schluss gekommen war, dass al-Qaida recht hatte.

Das Schiff war ein Wunder an Komplexität, eine schwimmende Stadt aus Stahl, doch ganz offensichtlich für Forschungszwecke konstruiert. Auch für Rettungsmissionen. Aber für Kampfeinsätze? Nein.

»Die *Wilmington* ist ein Kompromiss«, teilte DeBlieu Eddie und mir mit, während wir von der Messe nach achtern gingen. Eddie hatte darauf bestanden, dass ich Stärkung brauchte und etwas zu essen mitnahm. Beim Duft des üppigen Specksandwiches mit Weizenbrot lief mir das Wasser im Mund zusammen. Dazu gesellte sich reichlich Koffein von einem Becher Maxwell-House-Kaffee mit viel Zucker, das mein Denkvermögen schärfte.

»Unser abgerundeter Bug«, fuhr DeBlieu fort, »optimiert das Rammen des Eises. Das kostet uns allerdings Manövrierfähigkeit. Es gibt kein Patentrezept, um das Eis zu bezwingen, meine Herren. Man kämpft sich entweder durch, oder man setzt zurück und rammt es. Dann versucht man es wieder. Und wenn das Eis zu dick wird, gibt man auf.«

»Klingt wie bei den Marines, abgesehen von der Sache mit dem Aufgeben«, meinte Eddie.

DeBlieu fuhr fort: »Der Kongress bewilligt im Augenblick nur genügend Geld für den Betrieb eines einzigen Eisbrechers. Die anderen beiden liegen im Trockendock. NOAA – die nationale Ozean- und Atmosphärenverwaltung – teilt uns unsere Missionen zu, mit Ausnahme der Fahrten im Sommer, für die die Regierung zuständig ist. Ach übrigens, wie ich hörte, sind Sie unserem Mr Sachs bereits begegnet?«

»Wir haben uns nett unterhalten«, sagte ich.

DeBlieu gestattete sich ein Lächeln. Offensichtlich war er mit Sachs' Nettigkeit vertraut.

Ich muss einen Plan ausarbeiten. In wenigen Stunden könnten sich diese friedlich aussehenden Decks in ein Feldhospital verwandeln, in den Stützpunkt für ein Gefecht, die Plattform für einen arktischen Krieg.

Von außen wirkte das Schiff auf eckige Art eindrucksvoll, ein wenig wie ein Kreuzfahrtschiff. Der Bug war gerundeter, als es bei einem Kriegsschiff der Fall gewesen wäre, das auf Schnelligkeit, Kampfbereitschaft und Tarnung ausgelegt war.

Die Aufbauten bestanden aus einer Art gewaltigem, kopflastigem weißen Kasten, der von der Brücke gekrönt wurde. Der Eisbrecher war ein Labyrinth in zwölf Ebenen. Die Mannschaft schlief, aß und entspannte sich auf den oberen vier Decks. Ihr Grundriss ähnelte sich. Zwei lange Gänge verliefen an der Backbord- und Steuerbordseite, gesäumt von Schlafkabinen – Einzelkabinen für die höheren Offiziere, Mehrbettzimmer für die Mannschaft. Dazu kamen Lagerräume, Aufenthaltsräume und verschiedene Werkstätten.

In den Gängen waren in regelmäßigen Abständen Gerätschaften zur Brandbekämpfung gelagert, und um von vorn nach achtern zu gelangen, mussten wir immer wieder wasserdichte Stahlluken passieren, die wir mit stählernen Hebeln entriegelten und hinter uns wieder verschlossen.

»Die Hauptsteuerung liegt auf der Brücke. Der Antrieb erfolgt dieselelektrisch. Uns stehen maximal 30 000 PS zur Verfügung. Wir können 4500 Kubikmeter Treibstoff an Bord nehmen. Die Länge des Schiffs beträgt 128 Meter. Der Heckbereich ist weitgehend Forschungsaufgaben vorbehalten. Viele unserer Labors sind genauso gut wie die in Harvard, mit Tiefkühlräumen für Sedimentkerne und Walproben.«

Nicht schlecht, dachte ich. *Falls wir einen Krankheitserreger oder ein Toxin identifizieren müssen, verfügen wir über die nötige Laborausrüstung.*

»Ich dachte, es wäre illegal, Wale zu erlegen«, meinte Eddie neugierig.

DeBlieu nickte. »Wir nehmen nur Proben, wenn wir auf tote Tiere stoßen und feststellen wollen, woran sie gestorben sind. Glauben Sie mir, sollten wir je einen Wal verletzen, würde Clinton Toovik verlangen, dass unsere Köpfe rollen. Die Inupiat haben schon

Ölfirmen vor Gericht gezerrt und deren Hochseebohrungen verhindert, bis sie sich bereit erklärten, sich während der Jagdsaison fernzuhalten. Ihre gesamte Kultur beruht auf dem Walfang. Unter dem Land der Ureinwohner ruht Öl im Wert von vielen Millionen Dollar, und sie setzen das Geld in Washington ganz gezielt zur Lobbyarbeit ein.«

»Es muss doch lästig sein, wenn Ihnen Clinton ständig über die Schulter schaut«, sagte Eddie.

»Nein. Meeressäuger sind geschützt, so oder so, und auch wenn Clinton nicht hier wäre, gäbe es Beobachter auf der Brücke – eine private Firma stellt sie zur Verfügung. Normalerweise sind es Studenten. Wenn wir uns auf Kollisionskurs mit Walen befinden, können sie uns befehlen, abzudrehen.«

Eddie fühlte sich durch die Einmischung von Zivilisten immer gestört. »Wollen Sie damit sagen, dass Sie sich von einem kleinen Studenten herumkommandieren lassen?«

DeBlieu zuckte mit den Schultern. »Der Schutz der Umwelt gehört zu unserem Job.«

»Aber außer den Tieren und Ihnen gibt es hier oben doch nichts.«

»Doch. Jedes Jahr kommen mehr Schiffe. Seismologen, Ölfirmen, Touristen in der Nordwestpassage … wir wissen erst, dass sie hier sind, wenn wir sie sehen.«

Eddie stemmte entrüstet die Hände in die Hüften. »Also wenn wir in ein Feuergefecht geraten, brauchen wir erst die Erlaubnis eines solchen Knaben für den Fall, dass wir dabei ein Walross überfahren?«

DeBlieu lachte.

»Irgendetwas sagt mir, dass Sie dann schon das Richtige tun werden«, erwiderte er.

Dieser Captain gefiel mir. Er hatte so seine Art, sich auf nichts einzulassen, wenn es sowieso nichts brachte, sich aber durchzusetzen, wenn er sich im Recht fühlte. Wir ließen uns durch eine Luke fallen, setzten Gehörschutz auf und betrachteten die beiden immensen Antriebswellen, die die Schrauben des Schiffs am Heck drehten.

Ich hielt DeBlieu zurück. »Hier werde ich eine Wache postieren. Außerdem im Maschinenraum«, erklärte ich.

Der Captain betrachtete meine Sicherheitsmaßnahmen offenbar als übertrieben, und seine Antwort kam wie aus der Pistole geschossen.

»Okay, solange Ihre Leute nichts anfassen. Das Letzte, was ich brauche, ist ein übereifriger Marine, der hier etwas kaputtmacht. Wenn nicht gerade jemand Feuer legt, sollen Sie meine Leute in Ruhe arbeiten lassen.«

»Das ist nur fair.«

Meine Müdigkeit kehrte mit Macht zurück, und der Kaffeebecher war leer. In der Luke über uns tauchten Stiefel auf, und Major Pettit kletterte herunter, um zu melden, dass seine Männer nirgends Lauschvorrichtungen gefunden hatten.

»Alles sauber.«

DeBlieu lächelte. »Was für eine Überraschung!«

* * *

Die Brücke reichte von Backbord bis Steuerbord, ein großer, hell erleuchteter Raum, dessen Fenster freie

Sicht in alle Richtungen boten. Eine sechs Meter lange, hüfthohe Konsole beherrschte den vorderen Bereich, bemannt von einer dreiköpfigen Brückenbesatzung. Sie überwachte eine Vielzahl von Anzeigen: Windgeschwindigkeit, Temperatur, Höhen- und Breitengrad et cetera. Ein Standbild zeigte die letzte Aufnahme des vorausliegenden Meereises, einer geschlossenen weißen Masse. Ich stand zu weit entfernt, um sehen zu können, wie viele Meilen uns noch davon trennten.

Eine Vierergruppe, die an der Notfallübung teilnahm, stand in feuerfesten Kevlaranzügen im Hintergrund und tat gar nichts. Ihre Aufgabe war es, Feuer zu löschen, und da hier nichts brannte, warteten sie einfach das Ende der Übung ab.

Ein halbes Dutzend Männer und Frauen stand um einen großen Kartentisch gruppiert und starrte auf eine Seekarte. Ein Offizier zeichnete den Kurs ein.

Die Crew schien durchschnittlich um die zwanzig Jahre alt zu sein. Sie trugen blaue Standarduniformen und schwarze Schnürstiefel, einige auch Kapuzenshirts mit der Aufschrift »Wilmington« in weißen Lettern oder rote Schirm- oder Wollmützen mit goldenen Buchstaben.

»Rot sind die ›Eisbären‹ – die Veteranen der Arktis«, erklärte DeBlieu.

Meine Blicke glitten zu dem Panorama, das sich vor den nach vorn geneigten Fenstern ausdehnte. Es war erstaunlich und atemberaubend.

Ich blickte auf die Weite des schwarzen Ozeans hinaus, auf dem ein paar kleinere, etwa zwanzig Meter große Eisberge wie Späher zwischen den weißen

Reitern schwammen und nach Schwächen in unserem Rumpf Ausschau hielten.

Trotz der drängenden Aufgabe, die vor uns lag, erfüllte mich ein Gefühl der Ehrfurcht. Dies war also der südliche Teil der arktischen See, der seit Jahrhunderten Schiffe in Stücke gerissen hatte, und diese gewaltigen Eisbrocken waren nur *kleine* Berge, Überbleibsel des einst mächtigen Eisschilds. Sie schienen sich wie in Zeitlupe im Wasser zu wälzen, weiß an der Oberfläche, an der Unterseite türkisfarben wie eine karibische Bucht oder grün wie ein Dollarschein. Ungefähr hundert Meter an Steuerbord sah ich an der Wasseroberfläche eine Fontäne in die Luft schießen, dann noch zwei weitere daneben. Alle drei entfernten sich vom Schiff.

»Eine Schule Belugawale«, erklärte der Captain.

Das wirklich mörderische Eis, das uns Rumpf und Schotten zermalmen konnte, wartete weiter nördlich an dem Ort, wo die Überlebenden des brennenden Unterseeboots hoffentlich noch ausharrten.

»Der Anblick ist überwältigend.«

»Colonel Rush, diese Aufnahmen des Sturms wurden vor drei Stunden gemacht«, sagte DeBlieu.

Die Ausdrucke, die er mir überreichte, zeigten eine grau-schwarze Masse, die sich spiralförmig über der Arktis drehte und ein Gebiet überspannte, das so groß sein musste wie Nebraska. Die Form war klar ausgeprägt, und in der Mitte lag ein enges, wolkenfreies Loch.

Hier bei uns war die Luft so klar und frisch, dass ich drei Wettersysteme gleichzeitig im Blick hatte. Direkt über uns war der Himmel blassblau verwaschen von der Kälte, und die dunstige Sonne stand immer noch sichtbar über dem Horizont. An Steuerbord zeigte sich eine tiefhängende graue Masse, die zum Himmel eines fremden Planeten zu gehören schien. An Backbord – das war die Richtung, in die das Schiff leider gerade zu drehen schien – lauerte ein dichtes, zerrissenes und schmutziges Violett, das vor Bösartigkeit zu pulsieren schien. Der Horizont verwischte sich – ein sicherer Hinweis, dass man lieber nicht dorthin fahren sollte.

»Clinton meint, dass uns noch ein paar Stunden bleiben, bevor es richtig schlimm wird«, sagte DeBlieu.

Er wies auf einen hochgewachsenen, breitschultrigen Mann mit tonnenförmigem Brustkorb, der am Backbordfenster mit dem Rücken zu uns neben einem leeren Steuermannsstuhl stand. Er beobachtete das Meer durch einen großen Feldstecher und trug weder Jacke noch Mütze, lediglich verwaschene Jeans und ein altes braunes T-Shirt, auf dem stand: Big Mike's Island Sauces … Hawaii.

Clinton Toovik senkte bedachtsam das Fernglas und schrieb mit Füllfederhalter etwas in ein kleines, ledergebundenes Notizbuch. Dann zog er eine Pillendose aus der Tasche, klappte sie auf, holte mit Daumen und Zeigefinger etwas Kleines und Rosafarbenes heraus und steckte es sich in den Mund.

»Eingelegtes Maktaaq«, erklärte er, als DeBlieu uns einander vorstellte. Er hielt mir die geöffnete Dose hin. »Haut und Speck vom Grönlandwal. Mögen Sie?«

»Sieht lecker aus«, meinte Eddie.

»Der schwarze Teil ist die Haut, der rosafarbene das Fett.«

Ich schätzte Clinton auf etwa siebenundzwanzig. Er hatte eine sanfte Stimme, kurze schwarze Haare und kluge, mandelförmige Augen in einem großen Kopf.

Ich probierte das Maktaaq, fand es aber zu fischig für meinen Geschmack. »Mmmm«, machte Eddie.

Clinton hielt den Feldstecher an den Oberschenkel gedrückt und spähte nach vorn. »Ich habe den Eisbär da drüben beobachtet«, sagte er, »auf der Eisscholle.«

»Welche Eisscholle?«, fragte ich. Ich sah keine.

»Dort.« Wenn ich die Augen zusammenkniff, glaubte ich eine Reihe leicht verfärbter Flecken auf dem Meer zu erkennen. Oder bildete ich sie mir nur ein?

»Welcher Bär?«

»Genau da drüben.«

Ich lieh mir sein Fernglas aus. Jetzt sahen die undeutlichen Flecken tatsächlich wie Eis aus.

»Halten Sie nach etwas Gelblichem Ausschau«, wies Clinton mich an. »Es kommt vom Fett unter dem Pelz.«

Endlich entdeckte ich einen stecknadelkopfgroßen Punkt von der Farbe eines Eiterpickels. Er bewegte sich von rechts nach links. Aber war da wirklich ein Punkt? Ich konnte es nicht mit Sicherheit sagen.

»Ein großes Männchen«, erklärte Clinton. »Das Weibchen kam vor einer Viertelstunde mit einem Jungen vorbei. Die Männchen bringen die Jungen um. Wenn das Junge stirbt, kommt das Weibchen früher wieder in Hitze. Deshalb ist Mama auf der Flucht.«

Eddie seufzte. »Überall geile Kerle, wo man auch hinsieht«, meinte er.

Auf der Brücke roch es nach Kaffee. Der Rudergänger steuerte das große Schiff mit einem mikroskopischen »Steuerrad«. Irgendein Witzbold hatte ein winziges Plastikspielzeug auf den Joystick geklebt. Es sah aus wie die Nachbildung eines alten Schiffssteuers aus einem Überraschungsei. Ich bemerkte einen hölzernen Handlauf, der oberhalb der Konsole über die ganze Breite an der Decke verlief. Der Boden war gummiert.

»Das ist zum Festhalten, wenn der Sturm zuschlägt«, erklärte DeBlieu. »Aber das Eis hat auch einen Vorteil: Wenn wir in den Sturm geraten, sind die Wellen dort kleiner.«

Die Brücke wirkte wie die eines Raumschiffs, das eine fremde Welt überflog. Vor uns flatterte die amerikanische Flagge. Am Horizont konnte man die Krümmung des Planeten erkennen. Ich borgte mir Clintons Fernglas, und aus der Ferne sprang die weiße Skyline einer Stadt auf mich zu. Eine Reihe von Türmen ragte leuchtend wie Schnee in den Himmel. Das musste das Eis sein.

»Gibt's hier Land?«, fragte ich überrascht. »Was zum Teufel ist das? Eine Insel?«

Clinton grinste, und DeBlieu sagte: »Das ist eine Luftspiegelung. Warten Sie nur, wenn das erste kopfstehende Schiff auftaucht. Was Sie da vorne sehen, ist Pfannkucheneis, nicht einmal dreißig Zentimeter dick, aber aus der Entfernung betrachtet, wenn man die Erdkrümmung mit einbezieht – nun, aus der Distanz sieht hier alles anders aus. Sie werden es selbst sehen. In ungefähr zwanzig Minuten sind wir dort.«

Ich hatte zunehmend das Gefühl, in eine Welt einzutreten, in der keine normalen Regeln mehr galten. Clintons Lächeln verdüsterte sich zu einem Stirnrunzeln, während er den blutunterlaufenen, lilagrauen Himmel musterte. Er trat hinaus in den Wind auf das Außendeck und kam fünf Minuten später wieder zurück. Ihm schien es nichts auszumachen, dass er nur ein T-Shirt trug. Er wirkte nicht glücklich.

»Als ich noch ein Junge war, haben uns die Ältesten genau vor so etwas gewarnt«, sagte er und nickte zu dem vor uns liegenden Himmel hin.

Er sah mir in die Augen. Sein Blick war gelassen, und ich erkannte eine tiefe Weisheit darin.

»Wir befinden uns auf einer Rettungsübung, richtig?«, fragte er.

»Ja.«

»Nur ein Manöver. Nicht echt.«

»So ist es«, bestätigte Eddie selbstsicher.

Clinton nickte. »Dann würde ich vorschlagen, dass wir umkehren.«

Mein Mund fühlte sich trocken an. Ich betrachtete die weiße Stadt, die in Wirklichkeit gar nicht existierte.

»Oh, aber das können wir nicht tun. Zeitplan. Es geht um den Zeitplan. Es dauert Monate, solche Trainingseinsätze zu entwerfen.«

Er wirkte nicht überrascht. Er stieß nur die Luft aus. »Gibt es eine Möglichkeit, dass ich für ein paar Minuten mit meiner Frau telefoniere? Ich habe ein eigenes Satellitentelefon. Die Gemeinde bezahlt dafür.

Ihnen entstehen also keine Kosten. Können Sie eine Verbindung öffnen?«

Ich spürte ein Frösteln. Hinter Clintons Schulter hob Eddie die Augenbrauen. *Unmöglich.*

Ich wusste, Clinton wollte der Frau, die er liebte, Dinge mitteilen, die Ehefrauen von ihren Männern hören müssen, bevor sie sich in Gefahr begeben. Ich selbst hatte die richtige Gelegenheit dazu verpasst. Ich fragte mich, ob Clinton Kinder hatte. Aber auch – ich konnte mich für den Gedanken selbst nicht leiden –, ob Clinton vielleicht eigentlich jemand ganz anderen als seine Frau anrufen wollte.

Ich versetzte ihm einen Klaps auf die Schulter. »Sie werden ihr eine tolle Geschichte zu erzählen haben, wenn Sie nach Hause kommen.«

Ich klang wie ein Idiot. Wie alle Händler und Walfänger, die den Inupiat in ihrer langen Geschichte irgendwelche Lügen aufgetischt hatten. Joe Rush, der professionelle Schwindler.

Ich durfte die Satellitenverbindungen einfach nicht freigeben, jedenfalls noch nicht. Erst wenn wir näher am Zielort waren, so nah, dass uns die Russen oder Chinesen, selbst wenn sie herausfanden, was wir vorhatten, nicht mehr einholen konnten. Ich musste dafür sorgen, dass ein verdammtes Stück lebloser Maschinerie nicht in die Hände von Fremden fiel. Das war wichtiger, als dass dieser Mann mit seiner Familie sprechen konnte.

Ich klang wie alle armseligen Bürokraten, die je den Verstand, die Hoffnung oder die Bedürfnisse der Menschen beleidigt haben.

»Tut mir leid, Clinton. Wenn wir Sie einen Anruf

machen lassen, müssen wir es auch den anderen erlauben.«

Er trug es mit Fassung. Er nickte nur, als hätte ich ihm eine harmlose Bitte abgeschlagen. Ich glaube, er wusste, dass dies keine Übung war. Ich würde der Crew in Kürze reinen Wein einschenken müssen, doch jetzt war es noch zu früh dazu. In die dunkelbraunen Augen des Eskimos trat ein fatalistischer Ausdruck.

Mit einem leicht watschelnden Gang wandte Clinton sich ab, um die Brücke zu verlassen. Er ließ die Schultern etwas hängen, und seine Schritte waren so gemessen wie seine ruhige Stimme.

»Wo wollen Sie hin?«, rief DeBlieu ihm nach.

»In meine Kabine«, antwortete Clinton. »Um zu beten.«

Ich hatte den Glauben an Gott in einem irakischen Bunker verloren, als ich Dinge mit ansehen musste, die mich und Eddie für immer verändert hatten. Im Augenblick wäre mir ein bisschen Schlaf lieber gewesen. Erholsame Bewusstlosigkeit – nur für ein Weilchen – anstelle eines persönlichen Erretters. Denn was ist Gott anderes als die Stimme im Kopf, die einem sagt, dass man sich Sorgen machen sollte, und die einem, wenn die Probleme da sind, dabei hilft, damit klarzukommen?

Kapitel 7

Mein Humvee voller Marines rumpelte langsam dahin. Ich blickte hinaus und sah den schwarzen Rauch von den brennenden kuwaitischen Ölfeldern im Süden am Wüstenhimmel treiben. Die Welt stand in Flammen, und am Mittag glühte die Luft rötlich gelb in den Farben der Hölle. Unser Auftrag hatte eigentlich einfach geklungen, doch als ich jetzt durch das Fernglas blickte, stieg eine üble Vorahnung in mir auf, und meine Kehle wurde eng.

»Da stimmt etwas nicht mit dem Dorf vor uns«, teilte ich Eddie über Funk mit.

Es war 1991. Wir standen fünfzig Kilometer innerhalb der Grenzen des Irak. Unser Verband – ein Zug Schützen mit vier Humvees und einem Halbkettenfahrzeug – hatte sich zu einem Sondereinsatz von der Hauptangriffskolonne gelöst. Wir fuhren Flankenschutz und patrouillierten in den abgelegenen Dörfern, die lediglich Punkte auf der topographischen Karte in meinem Schoß waren. Eddie fuhr im Fahrzeug hinter mir. »Vergewissern Sie sich, dass da keine Fedajin sind, die uns in einen Hinterhalt locken könnten«, hatte der Auftrag des Majors an uns gelautet.

Uns. Joseph Rush und Eddie Nakamura, seit zwei

Jahren beim Marine Corps, beide mit den silbernen Abzeichen eines First Lieutenant am Ärmel.

»Da rührt sich nichts«, sagte Eddies Stimme mit unterdrückter Ungeduld in meinem Ohrhörer. Er saß in dem zweiten Humvee der Kolonne. »Wo liegt das Problem?«

»Es ist diese Straße.«

»Was soll damit sein? Ist doch bloß Teer, Mann.«

»Sie ist neu. Eine brandneue Schnellstraße mitten im Nichts. Warum sollte jemand hier draußen eine vierspurige Straße bauen?«

Mein Gesicht fühlte sich an wie Sandpapier. Die Umgebung bestand aus steinigem Wüstenland, stacheligen Hügeln und Felsen, die tagsüber von der Sonne durchglüht wurden und nachts in der eisigen Kälte aufsplitterten. Es wirkte fast so, als könne sich die Erde hier nicht entscheiden, wie sie einen am besten quälen sollte. Als sei sie ebenso schizophren wie der Tyrann, den zu bekämpfen wir gekommen waren. Der Süden des Irak ähnelte Twentynine Palms – dem hochgelegenen Wüstentrainingsgelände der Marines in Kalifornien. Im Sommer wie im Winter fegten Sandstürme darüber hinweg. Sengender Hitze an einem Tag folgte eisiger Wind am nächsten.

Eddie tat meine Bedenken mit einem Schnauben ab. »Warum eine neue Straße? Saddams Cousin Achmed ist Bauunternehmer. Er brauchte Aufträge.«

»Dann hätte er bestimmt eine lausige Straße gebaut. Die hier ist erstklassig und diente einem bestimmten Zweck.«

Aus sporadischen Funkmeldungen wussten wir, dass die Hauptgefechte von Desert Storm ganz im

Süden oder weit im Norden stattfanden, wo die Koalitionsstreitkräfte Saddam Husseins Republikanische Garde aus ihren Bunkern sprengten. Brennende russische Panzer und tote irakische Soldaten säumten die Hauptverkehrsader des Landes. Unsere intelligenten Bomben hatten die Kraftwerke und Kommunikationszentren ausgeschaltet. Das Regime brach zusammen.

Über uns schoss eine Formation von drei Phantomjägern vorbei.

Gelegentlich hatten uns hinter Felsen versteckte Heckenschützen unter Feuer genommen, ernsthafte Angriffe waren aber ausgeblieben. Vor einer Stunde waren AK-47-Geschosse von meinem Humvee abgeprallt, und mein Schütze hatte vier Teenager erschießen müssen, die alle nicht älter als siebzehn sein konnten. Wir ließen sie im Staub zurück.

Jetzt lachte Eddie im Hochgefühl des Kampfes und des Sieges. Er war ein unbekümmerter Bursche, ein Einzelkind aus San Francisco, dessen Eltern nicht allzu entsetzt gewesen waren, als er sich für eine militärische Laufbahn entschied. Hinter seiner launigen Fassade verbarg sich ein gefährlicher Kämpfer, der – wenn er provoziert wurde – auch aus scheinbar aussichtslosen Situationen siegreich hervorgehen konnte. Im Reserveoffizier-Ausbildungscorps am College war er mein Zimmergenosse gewesen, und ich hatte einmal erlebt, wie er sich auf einen Straßenkampf einließ, um einem kleinen Jungen zu helfen. Damals hatte ich den Gewaltausbruch nicht verstehen können. Später erzählte er mir seine Geschichte. Im Alter von neun Jahren war er an Bord eines Flugzeugs gewesen, das von PLO-Terroristen entführt wurde.

Er war mit seinen Eltern unterwegs in den Urlaub gewesen und saß neben einer sechzig Jahre alten jüdischen Dame. Sie spielten gerade Magnetschach, als die Bewaffneten die Maschine übernahmen.

Der Anführer war zu dem Jungen und der Frau hingegangen, hatte den Davidstern gesehen, den die alte Frau um den Hals trug, und ihr ins Gesicht geschossen.

Dann hatte er den vor Angst zitternden Jungen gefragt: »Warum hockst du dich in einen jüdischen Schweinestall? Komm, setz dich an einen sauberen Platz.«

Viel später hatte Eddie gesagt: »Du willst den Grund wissen, Nummer Eins? Dieses Land ist ein Irrenhaus. Schau dich doch um. Brücken werden über Wüsten gebaut statt übers Wasser. Die Häuser werden mit Goldstatuen von dämlichen Filmstars vollgepackt. Es gibt Autos mit Sitzen aus echtem Tigerfell!«

Ich wandte den Blick wieder nach vorn. Ich sah nur elende, heruntergekommene Gebäude in einem Baustil, der noch auf die Zeiten des babylonischen Königs Nebukadnezar zurückging.

In unserem kantigen Humvee stank es nach Männern, die seit Tagen nicht gebadet hatten, nach Schweißfuß, Schießpulver und Erdnussbutter.

Hartnäckig beobachtete ich weiter die Ansammlung von Lehmhütten am Ende der schwarzen Autobahn. »Nein, da stimmt etwas nicht ...« Die Luft hatte durch die Staubbrille betrachtet einen schmutzigen Orangeton. Sandkörner wirbelten darin und stachen auf der bloßen Haut wie Fliegen. Die Wüste sah hier aus wie die unteren Ebenen der Hölle in der Sixtinischen Kapelle, wo gequälte Gestalten – die einmal Menschen gewesen waren – sich heulend und zähneklappernd in die Ewigkeit aufmachten.

Ich war damals vierundzwanzig Jahre alt gewesen. Nach drei Tagen im Einsatz husteten meine siebenunddreißig Leute Sand und spuckten alle paar Minuten aus. Klumpen von in der Hitze zusammengebackenem gelbem Schleim pflasterten unseren Weg.

»Komm schon, Mann, rein und raus, genau wie bei den anderen Dörfern«, meinte Eddie.

Wir näherten uns vorsichtig. Ich sah Mauern vor mir, einen ungepflasterten Dorfplatz, gesäumt von Hütten, die nicht größer waren als ein Dienstmädchenzimmer in Los Angeles. Sie flimmerten in der Hitze und warfen den Lärm unseres mechanisierten Vorrückens zurück. Die Härchen in meinem Nacken stellten sich auf.

»Bereit machen für einen Hinterhalt«, sagte ich zu meinen Leuten.

»He, Numero Uno«, erwiderte Eddie, »wie wär's mit einer kleinen Wette? Ich sage, da ist nichts. Du sagst, es sind Fedajin.«

Der ewige Wettstreit hatte schon auf dem College begonnen. Das Rennen um bessere Noten hatte sich auf alles andere ausgedehnt. Wer konnte Samstagnacht mehr Bier trinken? Wer gewann den Motorrad-Wettbewerb, wer am Schießstand, wer würde mehr Geld für den Leukämie-Walkathlon sammeln? Alles wurde zum Wettbewerb.

Er gewann das Scharfschützenduell, war bei den Liegestützen ganz knapp besser und schlug mich im Nahkampf, nachdem es viermal unentschieden ausgegangen war. Ich siegte beim Hot-Dog-Essen, gewann den Hindernislauf mit anderthalb Sekunden Vorsprung und führte beim Kriegsspiel das rote Team an, das sich über einen bewaldeten Hügelrücken schlich und im Überraschungsangriff den »General« des blauen Teams mitten in einem Gewittersturm gefangen nahm. Das hatte mich zur Nummer Eins der Abschlussklasse gemacht, daher der Spitzname.

Nach den Abschlussprüfungen hatten wir uns zunächst aus den Augen verloren. Eddie ging nach Pendleton, ich nach Lejeune. Und jetzt rollten wir die letzten hundert Meter auf »Al Rassad« zu. Inzwischen waren die Hausdächer mit bloßem Auge zu erkennen. Ich hielt Ausschau nach dem Aufblitzen von Stahl, nach einem hastig weggeduckten Kopf.

Nichts.

Fünfzig Meter vor dem Dorf hielten wir an. Ich hob den Blick zum Himmel. Er war ein leerer Backofen, an dem eine einzelne Faserwolke wie festgeklebt hing. Es wirkte beinahe zweidimensional. Keine Spur von den üblichen Raubvögeln.

Jetzt wurde auch Eddie aufmerksam. »He, Mann. Kein Müll.«

»Keine Autowracks. Und sieh dir die Reifenspuren im Sand an. Die stammen von großen Lastwagen. Tiefes Profil.«

»So sauber wie ein Filmset in Hollywood, Uno. Keine herumliegenden Coca-Cola-Flaschen, keine Hühner …«

»Keine Hunde«, murmelte ich. *»Keine gottverdammten Hunde!«*

Das war der entscheidende Hinweis – kein Jaulen, kein Hundegebell. Kein einziges dieser großen, senfgelben irakischen Biester war zu sehen, die eher Hyänen als Haustieren ähnelten. Gegen sie wirkte ein durchschnittlicher Pitbull so jämmerlich wie ein Chihuahua. Wenn die Menschen flohen, ließen sie die Hunde immer zurück. Sie gehörten niemandem. Sie schienen aus purer Wut geboren, die fleisch- und fellgewordene gelbe Wüste.

Wir standen vor einer neu gebauten Geisterstadt. Keine offen stehenden Türen knarrten im Wind und luden Plünderer ein, keine Fensterläden klapperten. Nicht ein Hauch von menschlichen Fäkalien aus der Gemeinschaftslatrine hing in der Luft, nicht einmal von Hühnerkacke.

Nur der sausende Sand schliff über die Wände.

»Eddie, aus der Luft würde das hier genau wie ein typisches Dorf aussehen. Es ist eine Kulisse!«

Meine Leute sicherten das Dorf Haus für Haus, und gleich im ersten fanden sie Anzeichen dafür, dass hier doch jemand gelebt hatte, wenn auch keine Bauern. Feldbetten, leere Waffengestelle, Elektrogeräte und Generatoren. Doch an den Haken hingen die schmutzigen Kleider von einfachen Dorfbewohnern …

»Soldaten, die sich als Bauern verkleidet hatten, aber zu welchem Zweck?«

In der dritten Hütte entdeckten wir, was sie hatten verbergen wollen: den Eingang zu einem Bunker, eine in den Felsen eingelassene Stahltür. Zwei Überwachungskameras blickten auf uns herab.

»Pioniere, hierher!« Ich zerschoss die Kameras.

Sie sprengten die Tür mit C4 heraus. Eddies Zug beharkte den Eingang mit Gewehrfeuer, und als es keine

Gegenwehr gab, befahl ich meinen Leuten vorzurücken. »Passt auf Sprengfallen auf. Schön langsam.«

Wir drangen in einen Tunnel ein, der im schrägen Winkel in die Erde hinunterführte. Er war breit genug für drei Humvees, und die Gewölbedecke lag fast fünf Meter hoch. Er war in den Kalkstein hineingesprengt worden. Die nackten Glühbirnen über uns blieben dunkel, aber durch unsere Nachtsichtgeräte konnten wir alles in einem grünen Schein sehen. Vor uns knickte der Tunnel rechts ab.

Wir trugen dicke, zweiteilige Chemieschutzanzüge aus stabilem Gewebe. Wir hatten M16A2-Gewehre, die 5,56-mm-Geschosse abfeuerten. Ich hörte unsere Ausrüstung klirren. Ich glaubte, das Herz in meiner Brust schlagen zu hören, und ich atmete mühsam.

Immer tiefer ging es unter die Erde, erst drei Meter, dann fünfzehn. Wir zerschossen weitere Kameras, durch deren tote Augen uns vielleicht jemand gesehen hatte, vielleicht auch nicht. Nach etwa hundert Metern erreichten wir den eigentlichen Komplex. Hier war alles hell erleuchtet.

Auf den ersten Blick hätte man es für die Kelleretage eines Hotels halten können, voller Rohre und Kabelschächte, der Teil des Gebäudes, den die Gäste nie zu sehen bekamen. Die Luft war kühl hier unten. Ich sah ein offizielles rotes Warnschild mit arabischer Aufschrift, das das Strichmännchen eines Arabers mit Saddam-Schnurrbart zeigte – anscheinend war der hier für alle Männer Pflicht. Das Männchen trug einen gelben Schutzhelm, eine Gasmaske und hielt warnend den Finger in die Höhe, als wollte es sagen: »Gefahr!« Daneben hing ein Schild mit einem Totenkopf und gekreuzten Knochen, doch keiner von uns konnte den Text lesen. Ich fluchte. Man hatte uns den Übersetzer weggenommen, weil er beim Hauptangriff gebraucht wurde.

Vielleicht hatte einer meiner Leute einen Stolperdraht ausgelöst. Vielleicht war die ganze Anlage vermint, und der Countdown hatte schon vor unserem Eindringen begonnen. Ich wusste nur, dass plötzlich der Boden zu beben begann. Dann wackelte er. »Runter!«, schrie ich, während eine Kette von Explosionen unter uns den Tunnel erschütterte. Blauer Rauch quoll aus den Lüftungsschächten.

»Masken!«, brüllte ich.

Wir setzten die Gasmasken auf. Inzwischen drang der Qualm auch unter den Türen hindurch. Doch nichts Gefährliches war spürbar – kein Jucken, keine Atembeschwerden, kein Brennen, zumindest noch nicht.

Ich beschloss zu bleiben.

Hier unten ist etwas Wichtiges versteckt, von dem Saddam nicht möchte, dass wir es finden. Dann sah ich vor uns eine Bewegung, ein Lebewesen, das durch den Rauch auf uns zugetaumelt kam. Es war klein und zweibeinig, ein Kind. Ein gottverdammtes Kind. Eine gepeinigte Gestalt, die mit den Armen im Rauch winkte, vielleicht um sich zu ergeben. Der Kopf schnellte hin und her.

»Feuer einstellen!«, schrie ich. Die Gestalt stürzte, stand wieder auf und kam weiter mit einem seltsamen, schlenkernden Gang auf uns zu. Sie war krank oder verletzt. Eine Stimme in meinem Ohrhörer keuchte: »Was zum Teufel *ist* das, Lieutenant?«

Ich starrte noch einmal genauer hin und atmete tief durch. »Ein Affe.«

Das Ding begann zu kreischen: *»Kraa … kraa.«*

Es hatte eine Schnauze wie ein Hund oder ein Pavian, allerdings rosafarbene, unbehaarte Hände wie ein Mensch. Sein Gesicht war rosig, das Fell auf der Brust weiß. Es taumelte im Kreis herum, ohne uns wahrzunehmen. Blut strömte ihm aus Mund und Nase, und als es uns seine Flanke präsentierte, sah ich rötliche Tropfen aus den Ohren quellen.

Eine Gehirnerschütterung durch die Explosionen?

Das Tier machte zwei Schritte vorwärts, rieb sich die Augen, legte den Kopf schief, und dann schien es uns zu bemerken. Meine Leute beobachteten es wie erstarrt. Selbst in meinen wildesten Träumen hätte ich mir nicht vorstellen können, was der Affe dachte.

Er stieß ein lang gezogenes Kreischen der Wut aus.

Er torkelte vorwärts, stürzte jedoch in krampfartigen Anfällen wieder zu Boden.

Als ich ihn erreichte, war er tot. Blut quoll aus allen nur denkbaren Körperöffnungen. Schwarz, verklumpt, eine scheußliche Masse, die sich auf dem Betonboden ausbreitete.

Scheiße, Scheiße, was haben sie hier nur gemacht?

Eddies Stimme ertönte in meinem Ohrhörer: »Wir kommen hinter dir rein, Uno.«

Ich sah ein Schild, das halb in Arabisch, halb in Englisch geschrieben war. Al hazen ibn al Haitham Forschungseinrichtung.

»Eddie, das sind Labors hier unten. Bleib draußen.«

* * *

Ich ging weiter.

Der Qualm wurde dünner, und die Schreie wurden lauter.

Es war die Hölle. Ein Tunnel ins Inferno. Die Echos der Schreie hallten durch alle Ventilationsschächte. *»Kraaaaaa!«* Es klang, als wären hier unten noch Hunderte von knurrenden und kreischenden Tieren. Wir hörten auch würgende, reißende Geräusche. Ich glaubte nicht mehr ernsthaft, dass wir hier auf menschliche Wesen stoßen würden, nur konnte ich trotzdem nicht sicher sein, was hinter der nächsten Biegung lauerte.

Ich kann nur hoffen, dass die antitoxische Ausrüstung funktioniert, dachte ich. Wir hielten Abstand von den Wänden. Wir kamen an einem halben Dutzend Porträts des Diktators vorbei, dem wahnsinnigen Herrscher dieses Irrenhauses. Saddam auf einem weißen Pferd in fließender weißer Beduinenrobe. Saddam mit überkreuzten Beinen an einem Lagerfeuer in der Wüste, während er im Koran las, dieser weise Militarist.

Ich war stolz auf meine Leute. Erst achtzehn oder neunzehn Jahre alt, und doch wahrten sie Disziplin und drangen in geordneter Formation weiter vor.

Der erste Raum entpuppte sich als Büro. Es enthielt einen stählernen Schreibtisch. Im Schein der Taschenlampe erkannte ich medizinische Diplome in Biochemie an den holzgetäfelten Wänden. Auf einem Schild stand: Dr. Massoud Aziz. Ein Foto auf dem Schreibtisch zeigte einen Mann am Strand mit einer Frau in den Vierzigern und zwei lächelnden Söhnen im Teenageralter. Es gab eine Menge Berichte in blauen Heftmappen und einen Fernsehbildschirm an der Wand. Auf einem Orientteppich stand ein Paar Pantoffeln. Es sah aus, als würde ihr Besitzer gleich zurückkommen. Mit dem Gewehrlauf klappte ich ein Fotoalbum auf. Ich sah tote Menschen mit blutigen, aufgequollenen Gesichtern. Das Weiß ihrer Augen war rot unterlaufen.

Als Nächstes fanden wir einen Umkleideraum. Weiße Arztkittel hingen an den Haken. Es gab auch einen Aufenthaltsraum mit Glasschränken voller gekühlter Dosen mit Orangensaft und Fertiggerichten, die aussahen wie Hummus oder Baba Ghanoush. Oliven, Tomatenscheiben. Ich bemerkte zwei kleine, blutige Spuren … von tierischen Füßen … auf dem Linoleumboden, ein lockeres Häufchen von blutigem Stuhl auf einem Tisch und eine umgestürzte Zuckerdose. Winzige Hände schienen hineingegriffen zu haben. Auf dem Tisch waren Spuren von verstreutem Zucker zu sehen.

Die Kakophonie wurde immer schlimmer. Es war eine Symphonie der Qual, die aus den Luftschächten drang und zwischen den Wänden widerhallte. Ich hörte Schluchzen, Schluckauf, metallisches Rasseln wie von Ketten, unter die sich Husten und Niesen mischten. Ich war in eine Hölle von Hieronymus Bosch geraten. Und irgendwo vor mir, hinter einer Tür, hinter dem Rauch, der über dem Boden schwebte, befanden sich die Kreaturen.

Der Rauch hat sie nicht umgebracht. Oder tötet er sie gerade jetzt?

Ich zuckte zurück, als der Strahl meiner Taschenlampe auf das Gesicht eines weiteren toten Affen im

Gang fiel. Ausgeblutet, mit aufgeplatztem Bauch, die Ohren eine einzige Masse aus verklumptem Blut.

Hatten die Ärzte die Käfige geöffnet, bevor sie flüchteten, weil wir näher kamen? Waren die Tiere ausgebrochen, weil die Käfige durch einen Unfall aufgesprungen waren? Waren diese Affen ansteckend, und falls ja, würden unsere Anzüge uns Schutz gewähren?

Jedes Mal wenn wir eine Tür öffneten, wichen wir zurück und erwarteten, dass ein Tier uns anfiel. Aus einem Arzneischrank waren die Medikamente geplündert worden. Die Quartiere der Ärzte waren mit DVDs und Fernsehgeräten und Kühlschränken ausgestattet. Wir fanden Pornohefte neben religiösen Traktaten.

Im Operationssaal standen zwei Tische, ein kleiner, vermutlich für Kinder oder Affen, der andere für größere Primaten oder einen erwachsenen Menschen. Ein deutlicher Hinweis darauf waren blutige Handschellen für Hände und Füße. In Regalen standen gläserne Ampullen, und es gab auch ein Elektronenmikroskop. Die Schubladen waren auf Arabisch beschriftet. Es stank nach Urin, Fäkalien und Angst.

Ich öffnete die nächste Tür. Das Kreischen wurde ohrenbetäubend.

Hinter der Tür entdeckten wir mindestens hundert Affen in engen Käfigen. Sie standen auf Tischen entlang von vier langen Gängen. Ich war entsetzt und voller Abscheu, verspürte Todesangst, während ich hoffte, die heiße Luft in meinem Schutzanzug würde sauber bleiben. Ich sah Tiere mit aufgequollenen Bäuchen, denen Blut aus Ohren, Nasen und Mündern quoll. Ich sah tote Affen in den Käfigen, deren Bauchdecken über den Eingeweiden aufgeplatzt waren.

Fliegen summten um ihre Köpfe herum. Die noch am Leben waren, rüttelten voll Panik an den Stäben ihrer Käfige, in den Wahnsinn getrieben von dem, was um sie herum vorging, vielleicht auch von der vorausgegangenen Behandlung.

Die Affen beobachteten mich aus Augen, in denen so tiefe Verzweiflung lag, dass ihnen alles egal zu sein schien. Sie saßen in ihrem eigenen Kot, griffen durch die Gitterstäbe hindurch wie zum Tode verurteilte Gefangene und bettelten eine andere Spezies mit diesen rosafarbenen, menschenähnlichen Händen um Hilfe an.

Ein Männchen, das größte von allen, drehte durch, stürzte auf mich zu und versuchte, das Gitter seines Käfigs zu durchbrechen, als ich ihm in die Augen sah. Es waren *Javaneraffen*, wie ich später erfuhr. Eine asiatische Abart, die in den Sümpfen der Philippinen gejagt und an Labors in aller Welt verschifft wurde.

Ich musste würgen, konnte mich aber gerade noch zusammenreißen. Draußen im Gang übergab sich einer meiner Jungs. Er hatte die Maske abgesetzt. Ich schickte ihn schleunigst nach oben. Währenddessen schoss ich Fotos für unseren Major. Panik hämmerte in meiner Brust, trübte mein Denkvermögen. *Was gab es denn hier noch zu tun?*

Ich spürte etwas auf meiner Schulter landen und wirbelte herum, doch es war nur Eddies Hand. Einen Moment lang war ich erleichtert, bis ich von hinten durch den wirbelnden Rauch wie einen Geist einen Angreifer auf ihn zustürmen sah. Es war kein Mensch, dafür war er viel zu schnell.

Ich riss mein M16 hoch. Eddie sah es und duckte

sich nach links weg. Die Kreatur kam mit gefletschten Zähnen durch die Luft geflogen und wäre in seinem Genick gelandet, doch meine Schüsse warfen sie zur Seite gegen die Wand. Wimmernd und um sich schlagend ging das Geschöpf blutig und zerfetzt zu Boden, und einen Augenblick später lag es still.

Eddie starrte es entsetzt an. »Scheiße! Wenn es mich gebissen hätte …«

»Raus hier!«, befahl ich. Ich hatte genug.

Wir traten den Rückzug vor unsichtbaren Mikroben an.

Dann befahl ich, die Anlage in die Luft zu sprengen, die Überreste mit Flammenwerfern zu bearbeiten, und schaute zu, wie sie langsam ausglühte.

* * *

Später in der Nacht lagen wir neben unseren Fahrzeugen unter dem Sternenhimmel, wenn er sich nicht hinter dem Rauch von den brennenden Ölfeldern verbarg. Die Temperatur war gefallen, doch wir konnten kein Feuer anzünden, aus Angst, versprengte Fedajin würden auf uns aufmerksam werden. Am nächsten Morgen sollten wir uns wieder der Hauptkolonne anschließen. Nur heute Nacht plagten uns alle dieselben Gedanken. Furcht umschwirrte mich und meine Männer wie eine durch die Luft übertragbare Krankheit.

Der neunzehnjährige Gefreite Lionel Pettibone fragte mich: »Haben Sie den Affen mit dem aufgeplatzten Bauch gesehen, Lieutenant?«

»Ich bin sicher, dass Sie sich nicht angesteckt haben«, log ich.

»Aber ich hatte meine Maske abgesetzt! Ich habe die Luft eingeatmet! Sie hat komisch gerochen! Waren es Chemikalien oder Bakterien?«

»Ich weiß es nicht, Lionel. Die Ärzte werden Sie durchchecken.«

»O Mann, warum habe ich nur die verdammte Maske abgenommen?«

Ich wünschte mir, diesen neuen Feind besser zu kennen. Ich wollte ihn einschätzen können. Als ich zu den Marines gegangen war, hatte ich nur an zweibeinige Gegner gedacht, doch nun erkannte ich, dass diese unsichtbaren Feinde noch mehr Schaden anrichten konnten als eine Atombombe.

Ich lag wach und dachte an meine Frau, meine schöne junge Frau daheim in North Carolina. Ich dachte an meine Eltern und Freunde. Ich sah die dicht bevölkerten Städte vor mir, den Loop in Chicago und die First Avenue in Manhattan, nur dass die Menschenmassen in meinem Kopf so schrien wie die Affen, bluteten und sich in Krämpfen wanden.

»Lieutenant, ich bekomme einen rauen Hals!«

»Sie hatten schon gestern einen rauen Hals, Platt. Erinnern Sie sich?«

Wie hätte ich ahnen können, dass die Suche nach diesem Wissen mich am Ende von allen Menschen entfernen würde, die ich in diesem Augenblick beschützen wollte? Von meiner Frau. Meiner wunderschönen Frau. Von ganz normalen Leuten. Pokerkameraden. Freunden, mit denen ich aufgewachsen war.

Eddie lag ein, zwei Schritte weiter in seinem Schlafsack.

»In ein paar Tagen werden wir wissen, ob wir uns

angesteckt haben«, sagte ich zu Pettibone, der nicht schlafen konnte.

Während der Ausbildung und in Quantico hatte ich einiges über chemische und biologische Kriegführung gelernt: Symptome, Übertragungswege, Gegengifte und Inkubationszeiten. Doch es war nicht real gewesen. Nicht wie das, was wir heute gesehen hatten.

Bei der Krankheit hatte es sich um ein hämorrhagisches Fieber gehandelt, das nur Affen befiel, wie ich Monate später erfuhr. *Es tötet keine Menschen, aber die irakischen Mediziner suchten nach einer Methode, wie sie es über die Artengrenze springen lassen konnten, indem sie es mit normalen Erkältungsviren koppelten.*

»Weißt du, was ich möchte?«, sagte ich plötzlich zu Eddie. »Ich will über Toxine arbeiten.«

»Große Geister denken in ähnlichen Bahnen, Number One.«

»Du auch?«

»He, das ist eine neue Chance, dich endlich zu schlagen.«

Wir hatten eine Waffe zu sehen bekommen, die so schrecklich war, dass die meisten Menschen nicht einmal etwas davon wissen wollten. Eine Waffe, die im Reagenzglas wuchs, im Dschungel eingefangen und von Männern in weißen Kitteln gezüchtet wurde. Wir hatten aus nächster Nähe einen Blick auf eine erschreckende Zukunft werfen können. Oh, wir hatten es uns durchaus *vorstellen* können, aber nur ganz entfernt, wie im Kino. Wenn der Film vorbei ist, geht man einfach nach Hause.

Wir hatten eine Waffe gesehen, nach der Generäle

gierten, über die aber niemand reden wollte. Eine Waffe, die nie in stolzen Militärparaden mitmarschieren würde.

Eddie grinste. »Du hast mir das Leben gerettet.«

»Machst du Witze, Eddie? Ein Schluck von deinem Blut, und der Affe wäre tot umgekippt, Mann.«

An jenem Tag wurden wir zu besten Freunden und waren nicht mehr nur alte Zimmergenossen.

Zuvor hatten wir nur gemeinsame Erinnerungen und Bekannte gehabt und am gleichen Ort gelebt. Jetzt hatten wir auch einen gemeinsamen Feind.

Was kann Menschen enger verbinden?

* * *

Ich wachte schlagartig auf. Eddie schüttelte mich. Ich lag in meiner Koje auf der *Wilmington* und erinnerte mich nur langsam wieder, wo ich war und dass die Affen nur in meinem Traum zu Menschen geworden waren. Eddies Miene wirkte besorgt im roten Schein der Nachtbeleuchtung. Das Bullauge war geschlossen. Die Uhr zeigte neun Uhr morgens. Ich war sechs Stunden weggetreten gewesen.

Jeglicher Humor war aus Eddies Gesicht verschwunden. Die Linien um seinen Mund zeichneten sich tief und angespannt ab. Schlechte Nachrichten.

»Wir haben vom Direktor gehört, Nummer Eins. Sind zu ihm durchgekommen, als die Störsender für zehn Minuten ausgeschaltet waren.«

»Sag schon.«

»Die anderen wissen Bescheid. *Sie haben es herausgefunden.* Washington hat etwas entdeckt, was sich auf das U-Boot zubewegt.«

Kapitel 8

»Die Chinesen«, sagte der Direktor.

Wie ein scharfer Torpedo, der uns aufs Korn genommen hatte, bewegte sich der blinkende rote Punkt auf dem Schirm langsam auf Abfangkurs auf eine Stelle zu, die knapp nördlich des gelben Schiffsumrisses lag, der unsere *Wilmington* repräsentierte. Ich sah zu, wie er über die Rasterlinien glitt, die dem Nordpolarmeer überlagert waren.

»Der *Eisdrache* ist ihr erster Eisbrecher. Der zweite soll noch dieses Jahr in Dienst gestellt werden«, kam die Stimme des Direktors über die Lautsprecherbox auf dem Konferenztisch des Captains.

Der Druck in meiner Brust wurde stärker, als ich einen weiteren blinkenden Punkt im Meer erblickte. Dieser war grün.

»Es wäre möglich, dass die Chinesen auch ein Atom-U-Boot der Jin-Klasse irgendwo in der Arktis stationiert haben, doch wir sind nicht sicher. Normalerweise schicken sie ihre U-Boote selten da hoch, aber zuletzt war es in dieser Richtung unterwegs. Das ist allerdings schon Wochen her.«

Zu der Gruppe, die sich mit ernsten Mienen um den Konferenztisch versammelt hatte, gehörten Eddie und ich, Dr. Karen Vleska, der stellvertretende Vizeaußenminister Andrew Sachs, außerdem Marietta Cristobel und Clinton Toovik, unsere Eis-Experten. Auf der Seite der Mannschaft saßen neben Captain DeBlieu sein Erster Offizier, ein kompetent wirkender Mann um die Vierzig namens Gordon Longstreet, und der aus Brooklyn stammende Funkoffizier Peter Del Grazo, der es trotz der Gefahr schaffte, gute Laune zu verströmen. Major Donald Pettit saß zu meiner Linken. Es wurde Zeit, dass die Schlüsselfiguren erfuhren, worum es ging.

Auf dem Bildschirm tauchte jetzt der echte *Schneedrache* mit rotem Rumpf und weißen Aufbauten auf. Für die Arktis bestimmte Schiffe waren meistens in auffälligen Farben gestrichen. Der Eisbrecher stampfte durch einen Meter dickes Eis und schob Brocken in der Größe von kleinen Eisbergen links und rechts beiseite. Es sah aus, als wollte er aus dem Bildschirm springen und direkt auf uns zuhalten.

»Die Chinesen sind keine Anliegernation der Arktis, doch sie haben großes Interesse an den neuen Schifffahrts- und Angriffsrouten um die Nordküste des Kontinents herum, außerdem am Zugang zu den unterseeischen Ölfeldern. Sie investieren in einen Tiefwasserhafen in Island. Der *Schneedrache* könnte Truppen für Manöver auf dem Eis an Bord haben, normalerweise allerdings transportiert er nur Wissenschaftler. Seine Höchstgeschwindigkeit entspricht in etwa der Ihren«, informierte uns der Direktor trocken.

»Dann steht es also Spitz auf Knopf, wer zuerst ankommt?«, fragte Eddie.

Der Direktor seufzte. »Es könnte um Minuten gehen. Fahren Sie so nahe heran wie möglich. Wenn das Eis Ihnen den Weg versperrt, schicken Sie eine Gruppe zu Fuß oder mit diesen Fahrzeugen voraus, je nach Gelände.«

Mein Mund war wie ausgedörrt. Major Pettit hatte unsere Störsender wegen der Konferenzschaltung abgestellt und eine Durchsage gemacht, dass unautorisierte Telefonate oder E-Mails vom Schiff verboten waren.

In dem kurzen Zeitfenster, das uns blieb, hatte Marietta sich aus Maryland aktuelle Informationen über das Eis kommen lassen. Sachs hatte in Washington angerufen. Er wirkte verärgert. Es hatte wahrscheinlich damit zu tun, dass trotz der Möglichkeit eines internationalen Zwischenfalls der Direktor auf dem Bildschirm erschienen war, nicht etwa jemand vom Außenministerium.

Der Direktor hat gerade nach links geblickt, also ist jemand bei ihm im Raum. Jemand mit höherem Rang, möchte ich wetten.

Das Bild des Direktors aus der H Street wurde immer wieder unscharf, als würde der vor uns liegende Sturm sich in den Bildschirm drängen. Schneeartiges Rauschen glitt über sein Gesicht, und es zerlegte sich zu Linien, die einer windgepeitschten Strömung ähnelten. Der Hohe Norden trieb sein Spielchen mit uns wie schon seit Jahrhunderten mit zahllosen Seeleuten: *Ihr seid nicht anders als die Hunderte, die vor euch kamen. Sie hielten sich auch für unbesiegbar.*

»Sir, wissen Sie schon, wie die Chinesen es herausgefunden haben?«, fragte ich und hoffte, die *Wilmington* als Quelle ausschließen zu können.

Er schüttelte den kantigen Schädel. Man sah ihm

noch an, dass er auf dem College Football gespielt hatte. »Wir haben erfahren, dass sie Bescheid wissen, das ist alles. Über Sie. Electric Boat. Washington.«

Riegeln Sie Ihr Schiff hermetisch ab, wollte er damit sagen.

»Hat Peking seine Hilfe angeboten?«, hakte ich nach.

Sein Lächeln war durch die Interferenzen nur undeutlich zu sehen und wirkte säuerlich. »Oh, wir tun alle so, als wäre gar nichts passiert, damit im schlimmsten Fall alles unter den Teppich gekehrt werden kann.«

Darum hat das Außenministerium nicht die Kontrolle übernommen. Aber ist da jemand aus dem Weißen Haus beim Direktor? Die Heimatschutzbehörde?

Andrew Sachs meldete sich schrill zu Wort.

»Im schlimmsten Fall? *Etwa Kampfhandlungen*?«

Der Direktor klang erschöpft. Er beugte sich nach links und schien sich mit jemandem zu beraten, dann tauchte er wieder auf. »Unsere Marine und ihre treffen immer wieder im Südchinesischen Meer aufeinander. Und Sie, Secretary Sachs, wissen besser als jeder andere, dass während der Manöver im Pazifik letzten Monat eines ihrer U-Boote mit einem unserer Zerstörer kollidierte. Bis dahin hatten wir keine Ahnung gehabt, dass es vor Ort war. Doch sie behaupteten, wir hätten den Zusammenstoß absichtlich herbeigeführt. Sie verloren achtundzwanzig Seeleute. Also … unter diesen Umständen kann durchaus etwas schiefgehen. Ein schwerer Sturm. Gereizte Atmosphäre. Unsere Späher am Himmel sind blind. Da könnten schon mal die Kanonen losgehen. Die Entschuldigungen kämen später, die Diplomaten einigten sich schon wieder, und die allfälligen Sündenböcke würden geopfert. *Aber sie hätten die Montana.*«

Sachs wirkte schockiert. »Das ist doch absurd! Handeln Sie verantwortungsbewusst! Wenn Sie Ihren Leuten befehlen, sich zurückzuhalten, werden die Chinesen das auch tun.«

»Es sind unsere Leute, und es ist unser Unterseeboot. Wir werden nicht diejenigen sein, die sich zurückhalten«, erwiderte der Direktor kalt.

»Selbst wenn Sie einen Krieg auslösen?«

»Werden Sie nicht melodramatisch«, seufzte der Direktor. Sachs beanspruchte seine Geduld über Gebühr. Allerdings war der Direktor ein Vollblutpolitiker und wusste natürlich, dass er durch Sachs im Grunde mit dem Außenminister persönlich sprach. »Wie schon gesagt, übereifrige Offiziere, menschliches Versagen, Soldaten, die blindlings in einen Sturm hineinschießen, et cetera, et cetera. Das ist noch lange kein Krieg.«

Sachs starrte ihn ungläubig an. »Sie inszenieren einen Kampf.«

»Ich würde weise Voraussicht nicht als Inszenierung bezeichnen.«

Mit einem Blick auf den chinesischen Eisbrecher fragte ich: »Diese Projektionen, die Sie uns zeigen, Sir, handelt es sich dabei um tatsächliche Schiffsstandorte oder Computerberechnungen?«

»Die letzte bekannte Position in Verbindung mit Strömungsverhältnissen, Wind und Eisdrift.« Der Direktor wurde etwas munterer. »Unser U-Boot wird in Ihre Richtung geschoben. Aber ob Sie es zuerst erreichen, könnte vom Eis abhängen. Also! Marietta! Wie sieht es damit aus?«

Eis, dachte ich düster. Es sieht hart aus und hat die Geometrie von Felsen. Man kann darauf gehen und herumklettern, aber es ist immer in Bewegung. Manchmal kann man es sehen. Manchmal nicht. Stellen Sie sich einen treibenden Häuserblock vor. Man geht vor die Haustür, und der Supermarkt liegt hundert Meter weiter nördlich als gestern. Dann treibt er wieder fünfzig Meter zurück. Plötzlich spaltet sich der ganze Block, und die Verkehrsampel driftet in eine Richtung davon, während Sie mit der gegenüberliegenden Straßenseite in die andere treiben. Die Landschaft ist viskos. Festigkeit ist nur ein Trugbild.

Marietta hämmerte auf ihre Tastatur ein, und der Bildschirm teilte sich: links der Direktor, rechts ein Satellitenbild, eine gezackte Form. Darüber lag ein Raster wie ein Maschendrahtzaun. Es zerlegte je 7800 Quadratkilometer in Pixel, wie sie erklärte. Ich sah ein paar schwarze Flecken, die von den Linien durchschnitten wurden, und einen scheckig-grauen Bereich mit dunkleren Pünktchen. Es war, als würde man durch ein Mikroskop ein Virus in einer Schimmelprobe wachsen sehen.

Amerikas hervorragendste Eis-Expertin fingerte an ihrer unangezündeten Zigarre herum wie an einem Rosenkranz. Sie trug noch dieselbe schlabbrige Kleidung wie bei unserer ersten Begegnung. »Das ist unsere letzte Projektion. Sie ist neunzehn Stunden alt. Wir hatten Empfangsprobleme, weil die Satelliten wegen Sonneneruptionen immer wieder in den Stand-by-Modus gehen. Bei zu starker Aktivität schalten sie sich ab, um Schäden zu verhindern. Also Folgendes! Aqua, unser fortschrittlichstes Auge, arbeitet als Mikrowellenscanner. Jedes Pixel repräsentiert ein Gebiet von sechs mal sechs Kilometern. Das ist gut für den Überblick, doch wenn wir näher heranwollen, wird es problematisch. Wenn Aqua in einem Quadrat eine fünfundsechzigprozentige Eisdecke feststellt, färbt er nämlich das gesamte Pixel weiß ein. Und bei weniger als fünfundsechzig Prozent schwarz. Wir könnten also auf eine Region mit sechzigprozentiger Eisbedeckung zufahren, von der der Computer annehmen würde, sie wäre eisfrei, obwohl sich dort große, für das Schiff gefährliche Eisberge befinden. Letzten Endes brauchen wir das menschliche Auge oder eine Drohne, um genau zu wissen, was vor uns liegt.«

»Wie wählen wir dann die beste Route?«, wollte ich wissen.

Ihre Lippen pressten sich zu einer schmalen, frustrierten Linie zusammen. »Mit Glück. Und mit Clintons Hilfe.«

»Was ist diese graue Masse?«, fragte der Direktor.

»Informationslücken aufgrund der Störungen durch die Sonne.«

Eddie schnaubte. »Und besser geht es nicht?«

»Wenn wir mehr Geld hätten, könnten wir präziser arbeiten«, antwortete sie bitter. »Außerdem sendet Aqua nur alle fünf Stunden Fotos. Selbst im besten Fall wäre es daher möglich, dass wir Entscheidungen aufgrund einer längst überholten Informationslage treffen. Das Eis bewegt sich ständig.«

Captain DeBlieu hob einen Finger wie ein Ingenieur, der eine technische Frage ansprechen will.

»Können Sie die Übertragungsgeschwindigkeit erhöhen, so dass Sie ein Update statt alle fünf Stunden in, sagen wir, dreißigminütigen Intervallen bekommen?«

»Nein, diese Möglichkeit wäre zu teuer gewesen. Die NASA war während der Irakkriege und der Finanzkrise zu starken Budgetkürzungen gezwungen. Dadurch ging eine Menge Potential verloren. Aber ich will lieber nicht davon anfangen.«

Der Mund des Direktors war ein harter Strich, und ich wusste, dass er innerlich fluchte. Ich hatte diese Diskussion schon häufig bei ein paar Gläsern Bier mit ihm geführt. *Wir warnen den Kongress seit Jahren davor, dass wir eine bessere Ausstattung brauchen, Joe, und sie lehnen immer ab. Washington ist festgefahren. Früher oder später musste so etwas passieren.*

»Vielen Dank, Dr. Cristobel«, sagte der Direktor.

Sie lächelte unglücklich. »Wofür denn?«

* * *

Das nachlassende Licht sickerte durch die Bullaugen der Kabine. An DeBlieus Wänden hingen Fotos – Nahaufnahmen der Arktis, die wunderbar in eine Kunstgalerie gepasst hätten, unter den gegebenen Umständen allerdings entmutigend wirkten. Eine alte Aufnahme zeigte einen schneebedeckten Eisschild in Sepiafarben. Scharfkantige Eisberge, die Säulen der Natur, hielten einen zweimastigen Dampfer wie in einem Schraubstock zwischen sich gefangen. Das Bild musste etwa von 1930 stammen.

Die gerahmte Aufnahme daneben zeigte einen Eissturm, der Tausende von Körnern als durchscheinenden Vorhang praktisch waagerecht über den Boden peitschte. Halb darin verborgen sah man ein Trio von angeseilten Wissenschaftlern, die wie Blinde den Boden vor sich mit Stöcken abtastend über eine Eisscholle tappten. Das Bild war von verblüffender Schönheit, doch es reduzierte den Menschen zur Bedeutungslosigkeit. Die Wissenschaftler auf dem Foto waren in etwa so wichtig wie eine einsame Schneeflocke im Wind.

»Dr. Vleska, Sie sind dran«, bat der Direktor.

Sie saß mir direkt gegenüber und projizierte das Bild eines Atom-U-Boots der Virginia-Klasse auf den Bildschirm. Die lange schwarze Röhre ähnelte einem immensen Aal, auf dem nach etwa einem Fünftel der Länge ein eiförmiger Turm in die Höhe ragte.

Ich fand, dass Karen hübsche Lippen hatte.

»Die Chinesen kennen unser U-Boot theoretisch, soweit die Daten öffentlich sind, ohne genau zu wissen, wie es funktioniert. Also können Sie genauso gut auch Bescheid wissen«, sagte sie.

Ihre Stimme klang weich, und sie hatte sich umgezogen. Jetzt trug sie ein schwarz-rot kariertes Flanellhemd über einem schwarzen, wollenen Rollkragenpulli, der einen zwei Zentimeter breiten Streifen ihrer zarten Kehle freiließ. Sie wirkte zierlich und nach dem Schlaf erfrischt. Sie trug die Haare offen. In silberner Fülle flossen sie über ihre schmalen Schultern und reichten vermutlich bis zu den Hüften. Sie hatte kleine Hände, doch sie waren rau und stark, die Hände einer Frau, die sich viel im Freien aufhielt. Am vierten Finger ihrer linken Hand sah ich einen helleren Streifen. Ein erst kürzlich abgenommener Ehe- oder Verlobungsring hatte dieses Mal hinterlassen.

Klick. Der Torpedo sah aus wie ein großer grüner Baseballschläger mit Flossen und lief von vorn nach hinten schmal zu. »Das ist der neue Mark-80-Prototyp«, erklärte sie. »Er kann beim Ansteuern des Ziels dessen Rumpfmasse berechnen und im optimalen Abstand davon explodieren, um maximale Zerstörungswirkung zu entfalten. Der beste Torpedo der Welt.«

Klick. Zwei U-Boote, die unter Wasser aneinander vorbeifuhren. »Unsere akustischen Tarnmaßnahmen sind denen der Chinesen weit überlegen.«

Sie begegnete meinem Blick. Die grauen Sprenkel im Blau ihrer Augen waren mir noch gar nicht aufgefallen. »Die *Montana* ist durch elektromagnetische Signaturreduktion flüsterleise. Der Feind kann vielleicht ihre Anwesenheit registrieren, aber unmöglich entscheiden, um welches Boot genau es sich handelt. So gibt es auch keine Möglichkeit, sie zielgerichtet zu verfolgen.«

»Kann man das auch mit Menschen tun? Es wäre schön, wenn der Direktor nicht immer wüsste, wo ich zu finden bin«, warf Eddie ein.

Marietta und DeBlieu lachten. Sachs verdrehte die Augen. Karen Vleska lächelte. »Ich weiß, was Sie meinen«, antwortete sie.

»Die Virginia-Klasse ist für den Kampf in flachen Küstengewässern ausgelegt, in seichten Regionen wie dem Nahen Osten oder dem Gebiet um Taiwan. Sie kann die Luftverteidigung des Gegners unterlaufen und Salven von bis zu sechzehn Tomahawk-Raketen abfeuern. Da sie kein Periskop mehr braucht, ist sie an der Oberfläche fast unsichtbar. Sie verwendet stattdessen eine am Turm montierte photonische Sensorenphalanx. Sie verfügt über einen im Rumpf eingebauten Minendetektor. Sollte ein Gegner dieses Fahrzeug in seinen Besitz bringen, wäre das Leben von Tausenden amerikanischen Militärangehörigen in aller Welt in Gefahr und ebenso unsere Fähigkeit, Krieg zu führen. Wenn wir das U-Boot erreichen, werde ich als Erste an Bord gehen und alles überprüfen, während Sie draußen warten.«

Ich starrte sie verblüfft an. Ich hatte mir nicht vorgestellt, sie mit in das U-Boot zu lassen oder sie überhaupt mitzunehmen, wenn wir die letzte Strecke zu Fuß zurücklegen mussten. »Dr. Vleska«, versuchte ich sie zu überzeugen, »Sie müssen verstehen … die Bedingungen werden alles andere als optimal sein. Ich schlage vor, ich und die Marines gehen zuerst rein, und sobald wir das Boot gesichert haben …«

»Nein! Ich muss da einige Dinge erledigen, bevor irgendjemand sonst an Bord kommt.«

Der Direktor schwieg. Warum bremste er sie nicht? Ich begann: »Sie verstehen nicht …« Dann allerdings bemerkte ich, dass mich Lieutenant Del Grazo angrinste.

»Möchten Sie mir vielleicht erklären, was so komisch ist?«, fragte ich.

Er und Vleska sahen sich an. Sie schienen über einen privaten Witz zu lächeln. Ich fühlte einen irrationalen Stich der Eifersucht, während ich darauf wartete, zu erfahren, was zum Teufel da vorging.

»Karen *Vleska*, Major. *Vleska*. Erinnern Sie sich nicht? *Die* Karen Vleska«, sagte Del Grazo mit noch breiterem Grinsen.

Marietta Cristobel stieß scharf den Atem aus. »*Sie* sind das?« Sie starrte die U-Boot-Expertin an.

Ich verstand nicht. Aber jetzt hatte es auch Eddie begriffen, lehnte sich zurück, wandte sich zu mir und stimmte in das Grinsspektakel auf meine Kosten ein. »Colonel, sie verfügt vermutlich über mehr Erfahrung in polaren Regionen als wir alle zusammen. Sie hat vor zwei Jahren an dieser Expedition zum Nordpol teilgenommen, auf Skiern ... *Fünfzig Nächte* ... der Dokumentarfilm. Er hat den Oscar gewonnen. Eine reine Frauenexpedition. Erinnern Sie sich?«

Jetzt fiel es mir wieder ein. Ich sah die Plakate vor mir. Bilder von vier Frauen, die mit Schlitten im Schlepptau auf Langlaufskiern durch einen Schneesturm stapften. Ihre Akte hatte ich auf dem Flug nicht gelesen, da ich davon ausgegangen war, dass sie als Mitentwicklerin des U-Boots bereits entsprechende Sicherheitsüberprüfungen hinter sich hatte. Jetzt stellte ich mir eine andere Art von Körper unter der dicken Kleidung vor, fest und muskulös wie die Hände.

Karen Vleska ignorierte die Blicke, die auf sie gerichtet waren, und sagte sachlich: »Hören Sie, es gibt hier irgendwo ein Sicherheitsleck, und ich werde keinerlei Risiko eingehen – wie gering es auch sein mag –, dass der Verantwortliche sich unter uns befindet. Also gehe ich als Erste rein. Ich werde alle sensiblen Bereiche tarnen. Dann dürfen die Gentlemen gerne nachkommen und eine große Cocktailparty schmeißen, was immer Sie wollen.«

»Es ist etwas Toxisches in dem U-Boot«, hielt ich dagegen. »Es werden Leichen herumliegen.«

»Ich gehe zuerst rein.«

»Wie wäre es, wenn wir diese Diskussion auf später verschieben?«, schlug ich vor.

»Wenn Sie damit meinen, nachdem ich in dem U-Boot war, habe ich keine Einwände, Colonel.«

Aus der Sprechanlage kam ein Hüsteln. Der Direktor löste sich langsam auf wie Marleys Geist in Dickens' Weihnachtsgeschichte, doch er war noch zu sehen, ein blasser Umriss, eine ferne Wesenheit. Aber seine Stimme kam laut und deutlich durch. »Sie gehen gemeinsam rein.«

Jetzt war ich überzeugt. *Er hat nicht das letzte Wort.*

Er verschwand, als würde seine Person von uns weggesaugt und in jenem Lagezentrum wieder ausgespuckt werden, wo er Bericht erstatten und der üblichen Runde von hochrangigen Besserwissern gegenübersitzen musste. *Du hättest mehr Marines schicken sollen! Wir hätten unsere Verbündeten um Hilfe bitten sollen!*

Und weg war der Direktor.

* * *

»Ich komme auch mit«, verkündete Andrew Sachs.

Alle Blicke richteten sich auf den stellvertretenden Vizeaußenminister, der sich, gestärkt von seinem Satellitentelefonat mit dem Außenminister, entschlossen straffte.

»*Sie* geht rein. Die *Marines* gehen rein.« Er klang wie ein bockiger Zehnjähriger. »Der Außenminister hat mir Anweisung erteilt, ebenfalls reinzugehen.«

Sachs setzte sich kerzengerade auf. Das Deckenlicht glänzte auf dem kahlen Fleck auf seinem schmalen Schädel. Seine dünnen Lippen waren zusammengepresst. Er sah aus wie ein strenger Schulmeister aus Neuengland oder ein Prediger. Die eisengrauen Augen forderten jeden heraus, ihm zu widersprechen.

Sachs gehörte zu den Männern, die lieber dozierten als diskutierten. »Das Allerletzte, was wir wollen, ist ein internationaler Zwischenfall. Die USA werden hier oben ein Territorium beanspruchen, und dazu brauchen wir alle Unterstützung, die wir bekommen können. Vielleicht werden Verhandlungen nötig sein. Dazu sind *Sie* nicht ausgebildet. Was hier auf dem Spiel steht, ist mehr als das Schicksal eines U-Boots, so wichtig es auch sein mag. Um ehrlich zu sein«, sagte er – eine Phrase, die meiner Erfahrung nach vor allem von gewohnheitsmäßigen Lügnern verwendet wird –, »muss eine Konfrontation um jeden Preis vermieden werden.«

Karen stellte die Stacheln auf. »Das heißt, Sie wollen denen mein U-Boot ausliefern?«

»Das heißt, wir wollen hier keinen schießwütigen Haufen Revolvermänner aus dem Wilden Westen haben.«

»Und was ist mit der kranken Mannschaft?« entgegnete Eddie entgeistert.

Sachs' Finger wackelte lehrerhaft in der Luft herum. Er gehorchte nur einem Gott, und das war der Außenminister, der von seinem Olymp auf der C Street zu ihm gesprochen hatte. »Das Schicksal von hundertfünfzig Menschen gegen das von dreihundertzwanzig Millionen. Sie werden *nicht* kämpfen.«

»Der Direktor hat etwas anderes gesagt.«

»Der Außenminister hat mir versichert, dass es das ist, was der Präsident will. Und wenn ich mich recht entsinne, ist Ihr Direktor *nicht* der Chef in Washington. Wenn wir zuerst dort ankommen, tun Sie, was Sie wollen, bergen Sie das U-Boot oder versenken Sie es. Aber … *ich komme mit!*«

Überraschenderweise meldete sich Clinton Toovik, der Meeressäugerbeobachter, neben mir sanft und sehr ruhig zu Wort. »Darf ich eine Frage stellen?«

Sachs funkelte ihn an, erbost über die Unterbrechung. »Was für eine Frage?«

»Nun, was ist, wenn wir Ihretwegen nicht vor den Chinesen dort ankommen, Sir?«, fragte Toovik langsam.

»Meinetwegen? Was? Lächerlich!«

»Mr Secretary«, fuhr Toovik ungerührt fort. »Sind Sie jemals in einen Eissturm geraten?«

»Wenn *sie* das kann, kann ich es auch.«

»Da bin ich sicher. Ich meine ja nur. Es könnte sein, dass wir zehn Meter hohe Eisklippen erklettern und durch Seewassertümpel waten müssen … dieser Wind schält einem die Haut vom Gesicht. Mein Onkel Dalton trinkt gerne mal einen Schluck über den Durst, und eines Tages ließ er sich draußen zu viel Zeit, und dann war auf seiner rechten Gesichtshälfte kein bisschen Haut mehr übrig. Wir mussten ihn nach Anchorage ins Krankenhaus ausfliegen.«

»Ihr Onkel Dalton? Was hat das damit zu tun?«

Aber ich stellte fest, dass Sachs, der sich seine Zukunft anders vorgestellt hatte, ein wenig blasser geworden war, als er hinzufügte: »Ich trage schwere Schutzkleidung wie alle anderen auch.«

»Aha! Außerdem besteht immer die Möglichkeit, dass man einbricht. Das Eis sieht sicher aus. Man sieht ja sogar Eisbären darauf laufen. Dann betritt man es selbst. Und weg ist man. Es liegt an der Gewichtsverteilung. Aber keine Sorge, wir werden uns anseilen. Und wir werden Ihretwegen extra langsam machen. Und wenn wir dann Bericht erstatten, werden wir erklären, warum wir so langsam machen *mussten* – und Zeit verloren –, weil wir nämlich nicht wollten, dass Ihnen etwas zustößt.«

Sachs blinzelte jetzt heftig. Ich sah Clinton an, mit seinem muskulösen Körper, dem offen stehenden Barbecue-Shirt aus Hawaii und dem liebenswürdigen Ausdruck. Ich wusste, dass ich gerade einen der besten Gesprächstricks aller Zeiten erlebt hatte. Ich hätte am liebsten applaudiert.

»Es ist ja nicht Ihre Schuld, dass Sie noch nie auf dem Eis waren. Der Herr Außenminister wird volles Verständnis haben, wenn wir Ihretwegen zu spät kommen, da bin ich sicher«, meinte Clinton.

»Ich werde niemanden aufhalten«, behauptete Sachs schwach.

Ich mischte mich ein und sagte: »Secretary Sachs hat recht, Clinton. Wenn jemand zurückfällt, müssten wir ihn ohnehin seinem Schicksal überlassen.«

Clinton nickte nachdenklich. »Das muss wohl sein.«

Sachs sah aus, als wäre ihm schlecht geworden.

Ich spürte einen Stups an meinem Bein. Es war Clinton, der mir ein zusammengefaltetes Blatt Papier hinschob. Er hatte eine saubere Handschrift.

Sachs = Arschloch

Clinton wurde fröhlicher. »Aber wenn Sie mitkommen, können Sie mit dem Gepäck helfen. Die Rucksäcke wiegen zwanzig Kilo, obwohl es sich in einem Sturm natürlich eher wie fünfunddreißig anfühlt. Und wir packen Sie schön ein … Können Sie mit Schneeschuhen umgehen? Möglicherweise brauchen wir allerdings Haken, um die Ivus zu überwinden, und dann …«

Sachs unterbrach ihn. »Ivus? Was sind Ivus?«

»Riesige Wogen aus Eis, die plötzlich wie aus dem Nichts auftauchen. Wissen Sie, als meine Tante Martha einmal am Strand spazieren ging, da …«

Sachs schenkte sich Wasser aus der Karaffe nach.

Wichtigtuerisch und nachdenklich unterbrach er Clinton: »An dem, was Sie sagen, ist schon etwas dran. Ja, danke, dass Sie diese Perspektive angesprochen haben, sehr interessant. Wir müssen schnell sein. Schnelligkeit ist entscheidend. Hm.«

Er wird sich drücken, dachte ich.

»Aber das müssen wir ja nicht hier und jetzt entscheiden«, meinte Sachs, um Gesicht zu wahren.

Der Bildschirm blieb dunkel. Doch plötzlich erfüllte wieder die Stimme des Direktors den Raum, knisternd von statischem Rauschen.

»Secretary Sachs wird Sie begleiten, wenn ein Kontakt unmittelbar bevorstehen sollte«, sagte er, als hätte er den letzten Wortwechsel mit angehört. Da wusste ich, dass Sachs in einer Beziehung recht gehabt hatte. Die Hinterzimmer von Washington hatten voll ins Spiel eingegriffen.

Als könnte er meine Gedanken lesen und hätte mir nur einen Moment Zeit gelassen, um meine Schlüsse zu ziehen, fügte der Direktor in einem Ton hinzu, der eindeutig für denjenigen bestimmt war, der neben ihm saß: »Colonel Rush, Sie behalten selbstverständlich die volle Kontrolle.«

Was bedeutete: *Tut mir leid, dass Sie Sachs am Hals haben. Ignorieren Sie ihn, wenn es zum Kampf kommt.*

Er hatte leicht reden. Er hatte den Kerl ja nicht am Hals.

* * *

»Letztes Thema: Sicherheit«, sagte ich. »Ich will, dass alle Telefone auf dem Schiff daraufhin überprüft werden, ob jemand versucht hat, einen Anruf zu tätigen. Ich will, dass alle Deckkameras daraufhin überprüft werden, ob zu irgendeinem Zeitpunkt jemand draußen war und versucht hat, zu telefonieren.«

DeBlieu gab sein Okay dazu, merkte aber an: »Colonel, die besseren Satellitentelefone funktionieren auch in den Kabinen. Man muss nicht ins Freie gehen, um sie zu verwenden.«

»Tun Sie es trotzdem«, erklärte ich, verärgert über meinen Patzer. »Außerdem gilt Folgendes: Wenn wir von jetzt an Satellitenkanäle öffnen, wird die Crew ins Zweiergruppen-System übergehen. *Zusätzlich* werden Sie ankündigen, dass jeder, der versucht, zu telefonieren – egal aus welchem Grund –, damit die Gesetze über die nationale Sicherheit verletzt und verhaftet werden wird.«

DeBlieu starrte die Tischplatte an, und als er wieder aufsah, bemerkte ich, dass seine Lippen vor Zorn bebten. Aber ich hatte seine Gründe falsch interpretiert. Er hatte keine Probleme mit Sicherheitsvorkehrungen. Es war meine Haltung, die ihn anpisste.

»Ich weiß nicht, wie Sie auf die Idee kommen, meine Crew könnte nicht professionell sein, Colonel. Sie ist genauso patriotisch wie Ihre gottverdammten Marines irgendwo auf der Welt. Sie sagen meiner Mannschaft, dass das U-Boot in Schwierigkeiten ist? Gut, sie arbeitet bereits auf hundert Prozent, doch sie wird ihre Leistung noch steigern. Sie erzählen ihr, dass es um die höchste Geheimhaltungsstufe geht, und sie wird schneller den Mund halten als meine Exfrau, wenn ich sie während der Scheidung anrief. Ich heiße die Chance *willkommen*, Ihnen zu zeigen, wozu wir fähig sind. Wir sind die Augen der Vereinigten Staaten in der Arktis. Wir kämpfen uns hier durch den Schnee, während Sie im Sommer faul in der verdammten Sonne herumliegen. Also sagen Sie uns, was Sie brauchen! Aber seien Sie nicht respektlos gegenüber meiner Mannschaft. Verstanden?«

Ich schätzte ihn wirklich, diesen kleinen Ingenieur mit dem zitternden Schnurrbart, der komischen, dunklen Militärsonnenbrille und seinem gerechten Zorn. Und ich las Stolz auf ihren Captain in den Augen des Ersten Offiziers und des Funkoffiziers.

»Captain, ich muss mich entschuldigen. Ich bitte Sie um Hilfe.«

»Um die Hilfe meiner *Mannschaft*.«

»Ja, die Hilfe Ihrer Mannschaft. Vielen Dank.«

»Sorgen Sie dafür, dass auch die Marines überprüft werden, die an Bord gekommen sind. Ebenso Colonel Rush und Major Nakamura«, teilte DeBlieu seinem

Ersten Offizier in einem so trockenen Ton mit, wie ich ihn noch nicht von ihm gehört hatte.

»Jedermann«, stimmte ich zu.

»So ist es schon besser«, sagte DeBlieu. »Verdammt viel besser. Manchmal habe ich wirklich die Schnauze voll von euch Leuten.«

Der Erste Offizier Gordon Longstreet nahm gelassen die neuen Anweisungen entgegen. Clinton Toovik sah resigniert aus, als hätte er die ganze Zeit das Schlimmste befürchtet. Marietta Cristobel wirkte bedrückt, weil sie uns keine größere Hilfe war. Die finsterste Miene hatte die Schiffsärztin aufgesetzt. Sie trommelte mit den Fingernägeln auf einen Notizblock. Ihre Unruhe verleitete mich dazu, einen Stift fallen zu lassen, um einen Blick unter den Tisch werfen zu können. Ihr rechtes Knie wippte. Sie hatte eine Heidenangst.

Plötzlich ging ein Ruck durch das Schiff. Es gab ein Geräusch wie das von Stahlketten, die über einen Müllcontainer rasseln. Dann ein Knirschen wie von einem Autowrack in der Metallpresse und anschließend ein leises, schürfendes Geräusch wie von einer Slush-Eis-Maschine in einem 7-Eleven.

Clinton blickte auf. Es war fast so, als könne er durch die Stahlplatten des Rumpfs blicken und die Quelle des Geräusches erkennen. Jetzt klang es wie das Scharren von Klauen, die durch Stahl zu brechen versuchten.

»Wir haben das Eis erreicht«, meinte er.

Ich glaube nicht so recht an das Schicksal, doch dreißig Sekunden später klingelte das interne Telefon, als ob eine höhere Macht ein Nachlassen unserer Entschlossenheit befürchtete und die Arktis das Gefühl hätte, uns einen Köder hinwerfen zu müssen, damit wir weiterfuhren. DeBlieu nahm rasch ab. Die Brückenbesatzung hatte strikte Order, nur anzurufen, wenn es wichtig war.

Er lauschte eine halbe Minute lang, dann sagte er: »Danke.« Als er den Hörer auflegte, waren seine Lippen schmal.

»Wir haben ein Peilsignal der *Montana* aufgefangen«, erklärte er und erhob sich. »Sie liegt zweihundertsiebzig Meilen weit entfernt.«

Kapitel 9

Der Sturm brüllte von Norden heran und machte uns blind. Satellitenempfang war unmöglich geworden, selbst bei ausgeschalteten Störsendern. Die Natur führte aus, was der Captain zuvor angeordnet hatte, blockierte jegliche Kommunikation und schnitt das Schiff von der Außenwelt ab. Die Sicht war auf den Radarschirm reduziert. Die Brückenbesatzung starrte wie Wahrsager, die im Kaffeesatz lasen, auf einen Bildschirm, der mit den rötlichen Doppler-Anzeigen von Wind und Niederschlag pulsierte. Böen über neunzig Stundenkilometer, Tendenz steigend. Vor dem schneeverkleisterten Fenster stand eine Flagge stramm in einem Wind, der sie von ihrer Befestigung zu reißen und ins Nichts mitzunehmen drohte. Die gefühlte Temperatur war auf unter minus zwanzig Grad gesunken.

Von der Brücke aus wirkte Karen Vleska klein und einsam auf dem Vorderdeck, inmitten des peitschenden Ansturms von nassem Schnee. Sie schob sich gegen den Wind bis zum Bug vor und starrte von dort aus auf das Eis, durch das sich die *Wilmington* nun mit reduzierter Geschwindigkeit pflügte. Aus siebzehn Knoten waren erst fünfzehn, dann dreizehn und schließlich elf geworden. Ich ging in meine Kabine und schlüpfte in den Parka. Dann zog ich mir die Wollmütze über den Kopf, lief den Korridor entlang zur Luke nach draußen und betätigte den Hebel, der sie entriegelte.

Als ich ins Freie trat, explodierte der Lärm des Winds, der im Schiff nur gedämpft zu hören gewesen war. Die stählerne Reling war mit einer Frostschicht bedeckt, und Eispartikel prasselten mir mit jedem wütenden Windstoß ins Gesicht. Das heftige Schneetreiben warf mich nach links, als ich den kleinen Schutz der Aufbauten verließ und auf die lebende Galionsfigur zumarschierte, die in die Ferne blickte, als wäre das ein schöner Tag mit einer sanften Brise und sie eine Touristin, die das Nordpolarmeer vom Bug aus bewunderte.

Ich stellte mich wortlos neben sie, und eine Weile hingen wir schweigend unseren Gedanken nach. Erst schien sie meine Gegenwart gar nicht wahrzunehmen, doch sie wusste, dass ich da war. Als sie sprach, musste sie schreien, um den Wind zu übertönen. Ihr Gesicht blieb dem Sturm zugewandt.

»Ist es nicht herrlich? Die Schneesturm-Boutique.«

»Verzeihung?«

Sie drehte den Kopf unmerklich in meine Richtung. Sie hatte eine so starke Persönlichkeit, dass die Luftmoleküle sich mit ihr zu verschieben schienen. »Dieser Sturm ist so mächtig. Und doch können wir jederzeit hineingehen, eine heiße Dusche nehmen und uns ins Bett kuscheln. Als ich zum Pol wanderte, konnten wir sechs Wochen lang nicht baden. Jede Nacht schlüpften wir in unsere Schlafsäcke, und unser Atem kondensierte, verwandelte sich zu Eis. Nach einer Weile schliefen wir darin. Die Schlafsäcke wurden mit jedem Tag schwerer.« Sie lächelte. »Meine am wenigsten glückliche Erinnerung an diese Reise.«

»Aber trotzdem eine glückliche.«

Ich hatte den Eindruck, dass sie unter ihrem dicken Parka mit den Schultern zuckte, auch wenn ich es nicht sehen konnte. Ihr Seufzer war ein weißer Dunsthauch, der vom Wind davongepeitscht wurde. Die Auf-und-ab-Bewegung des Schiffs hatte sich der auf uns zulaufenden Dünung angepasst. »Colonel, ich finde, dass das Beste an einer Sache auch immer gleichzeitig das Schlimmste ist. Bei Menschen beispielsweise. Als ich zwanzig war, spielte ich mit meinen Freundinnen ein Spiel. Es ging um Männer. Wir nannten es: *Ich habe ihn geheiratet, weil … Ich habe mich von ihm scheiden lassen, weil …*«

»Und wie ging das?«

»Ungefähr so: Ich habe ihn geheiratet, weil er bei Partys immer im Mittelpunkt steht. Ich habe mich scheiden lassen, weil er nie den Mund halten konnte. Ich habe ihn geheiratet, weil er so elegant war. Ich habe ihn verlassen, weil er ständig neue Klamotten kaufte. Verstehen Sie? Wenn man nicht bereit ist, beide Seiten von etwas zu akzeptieren, sollte man es lieber gleich bleiben lassen.«

Sie schien sich wohlzufühlen in ihrer Haut und sich über ihre Beweggründe klar zu sein. Bei dem, was ich bisher für Derbheit oder Unhöflichkeit gehalten hatte, handelte es sich vermutlich nur um die Ungeduld, Dinge erst umständlich formulieren zu müssen.

»Warum Unterseeboote?«, fragte ich.

Sie warf mir einen scharfen Blick zu, als hätte ich

irgendwelche Hintergedanken bei der Frage. *Warum Unterseeboote, wo Sie doch nur eine Frau sind?* Aber so hatte ich es nicht gemeint, und das schien sie zu merken, denn der Blick verschwand so schnell, wie er gekommen war.

»Weil Unterseeboote an Orte gelangen, die Menschen sonst verschlossen bleiben.«

Das Schiff traf auf härteres Eis als bisher, und wir wurden gründlich durchgeschüttelt, fuhren jedoch unbeirrt weiter. Ihr Gesicht sah elfengleich aus unter der pelzbesetzten Kapuze. In den Handschuhen wirkten ihre Hände auf der Reling übergroß. Schmelzendes Eis lief in Rinnsalen durch die von Wind und Wetter geformten Fältchen auf ihren Wangen. Sie hatte die Haut einer Frau, die im Freien lebte, gegerbt durch die Natur. Sie würde schneller altern als die Haut einer anderen Frau. Doch ihre Augen würden jünger bleiben. Ihre Haltung war alles andere als gebeugt, so dass sie sich in die Gewalt des Sturms hineinzuwerfen, ihn willkommen zu heißen schien. Ihre Antworten klangen, als wären wir Touristen, die auf einer angenehmen Arktiskreuzfahrt miteinander plauderten, um sich besser kennenzulernen.

»Unterseeboote«, sagte sie, »erreichen völlig fremde Welten.«

»Und diese Polarexpedition? War das dasselbe?«

»Wenn zwei Dinge dasselbe wären, warum sollte man sie dann tun?«, fragte sie.

Sie blickte weiter geradeaus. Sie ignorierte mich nicht, sie wollte sich einfach den Anblick nicht entgehen lassen. Das Schiff wälzte sich in eine kleine, freie Fläche hinein – eine Lücke im Eis – und kämpfte sich dann durch eine Masse von Wellen, deren Kämme von den Böen gekappt und abgeflacht waren, bevor es in eine neue Scholle hineinstampfte. Aber das Eis wurde dicker und schloss sich zunehmend um den Rumpf.

Ich sah nach unten. Eis bedeckte jeden Zentimeter meines Parkas wie ein Überzug aus grauem klumpigem Matsch.

»Wenn Sie nie etwas zweimal machen«, meinte ich, »dann müssen die Menschen Sie ja schnell langweilen.«

Sie blickte mich unter Wimpern voller Reif an. Es war eine sehr persönliche Bemerkung gewesen. Ich war überrascht, überhaupt daran gedacht zu haben. Ich hatte mich seit zwanzig Jahren nicht mehr auf ein solches Abtasten eingelassen, und damals hatte ich meine Frau kennengelernt. *Du bist mir vielleicht ein harter Marine*, dachte ich.

»Colonel, mein Vater war Geschichtsprofessor. Meine Mutter lehrte Maschinenbau. Sie redeten ständig. Ihre Freunde waren ebenfalls Akademiker. Wir saßen beim Abendessen oder auf Partys auf den Veranden herum, und sie redeten und tranken und redeten und aßen. Sie sprachen von faszinierenden Orten, gingen jedoch nie hin. Sie diskutierten über Politik und gingen nie zur Wahl. Sie brachten mich dazu, die Welt da draußen für aufregend zu halten, und ich wünschte mir, die Dinge zu tun, vor denen sie Angst hatten, die Orte zu besuchen, die sie mieden. Lange Zeit dachte ich, sie wären einfach ängstlich, und machte mich über sie lustig. Aber ich verstand sie nur nicht. Einmal, mit achtzehn, hatte ich einen Streit mit meiner

Mutter und schrie sie an: *Du tust doch nie etwas! Du redest immer bloß!* Und sie lächelte, tätschelte mir den Kopf und sagte: *Aber Liebling, wir reden eben gerne. Du bist anders. Tu etwas. Das ist deine Art.*«

Es war ein seltsames Gespräch mitten in einem Schneesturm. Normalerweise unterhält man sich so mit einem Mädchen in einem kleinen Restaurant bei Kerzenlicht und einer Flasche Chardonnay. Doch sie schien sich in einem Orkan ebenso wohlzufühlen.

»Das klingt, als hätten Sie nette Eltern gehabt«, sagte ich.

»Ich habe Ihre Frage nicht beantwortet, um Konversation zu machen, Colonel, sondern weil ich jetzt Ihnen eine stellen darf«, entgegnete sie.

»Ach ja?«

»Die Marines nennen Sie ›Killer Joe‹. Warum?«

Ich hätte nie gedacht, dass einem in einem Schneesturm so heiß werden kann. Es heißt, dass schottischer Whisky einen wärmt, doch das war nichts im Vergleich zu der Hitze, die mich jetzt vom Kopf bis zu den Zehenspitzen durchfuhr. Sie erklärte mir, dass sie ein Gespräch von ein paar Marines mit angehört hatte, die in der Messe am Tisch hinter ihr saßen. Ich selbst hatte den Spitznamen in Quantico schon gehört: *Killer Joe*.

Sie sah mir jetzt direkt in die Augen, und durch die Flocken, die zwischen uns hindurchflogen, erkannte ich das Brennen wissenschaftlicher Neugier in ihr. Einen Moment lang hatte ich vergessen, wer ich war und warum ich Dinge nicht länger verdient hatte, die ich früher für das grundlegende Recht eines jeden Menschen gehalten hätte. Es war ein Fehler gewesen, mit ihr über etwas anderes zu reden als das U-Boot *Montana*. Ich hatte es nicht besser verdient.

Die Kälte in meiner Stimme überraschte sogar mich selbst. »Warum fragen Sie nicht einfach die Marines, was sie damit gemeint haben?«

»Ich mag keinen Klatsch. Wenn ich eine Frage habe, stelle ich sie der betreffenden Person direkt, oder ich halte den Mund«, sagte sie.

»Spitznamen unter Marines sind manchmal schwer zu erklären«, erwiderte ich.

»Heißt das, Sie wissen nicht, warum Sie so genannt werden? Oder sind Sie froh, dass die Antwort nicht gleich auf der Hand liegt?«

Was war das nur für ein Ausdruck in ihrem Gesicht? Amüsement über mein Unbehagen? Eine Herausforderung für den Missionsleiter? Ziellose, um sich greifende Neugier, die nirgends endete?

»Es heißt, dass wir alle damit leben müssen, wer wir sind.«

Die Antwort schien sie zu überraschen. Sie musterte mich. »Schön und gut, aber *Sie*«, meinte sie mit einer Geste zu dem tobenden Sturm hin, »sind der Mann, der die Führung übernimmt, wenn wir *da draußen* das Schiff verlassen. Obwohl Sie nicht derjenige mit der größten Polarerfahrung sind. Daher sind Sie nicht der Einzige, der mit Ihnen leben muss, Killer Joe.«

Sie sah aus wie eine Statue aus Eis, die Augenbrauen weiß, die Kapuze weiß gerändert, verschneite Schultern, weißer Atem.

»Das scheint mir ein guter Grund zu sein, die Marines zu fragen. Warum kommen Sie damit zu mir?«, gab ich zurück.

»Das ist Ihre Antwort?« Sie wirkte nicht verärgert. Es kam mir vor, als würde alles, was ich sagte, zu purer Information verarbeitet. Sie schaute durchs Mikroskop, und ich war die Probe auf dem Objektträger.

»Ja, das ist sie«, sagte ich.

Ich ließ Karen Vleska am Bug des Schiffs stehen, und eine Stunde später sah ich sie von der Brücke aus immer noch wie eine einsame Galionsfigur, das Gesicht den Elementen zugekehrt. Im heftigen Schneetreiben schien es so, als wäre sie der letzte Mensch auf der Welt.

* * *

Die Zeit verstrich im Schneckentempo. Das Funkfeuer ging an und wieder aus …

Zweiundneunzig Meilen trennten uns noch von der *Montana* …

Vierundsiebzig Meilen …

Die Satellitenverbindung war immer noch blockiert, es gab also keine Möglichkeit, zu erfahren, ob der chinesische Eisbrecher uns überholt hatte.

DeBlieu teilte der Crew die Wahrheit über die angeschlagene *Montana* mit. Es hatte keinen Sinn mehr, die Mission geheim zu halten. Er sagte seinen Leuten – während sie mit der Arbeit innehielten und die Lautsprecher anstarrten –, dass wir uns in einem Rennen zur Rettung anderer Seeleute befänden, vermittelte jedoch den Eindruck, es ginge nur um einen Wettlauf gegen die Zeit. Er erwähnte weder chinesische Eisbrecher noch Unterseeboote und sagte nichts von eventuellen russischen Bewegungen in der Region.

Zweiunddreißig Meilen …

Der Wind war jetzt selbst innerhalb des Schiffs vernehmbar, jedenfalls in jenen seltenen Momenten, in denen er nicht vom Krachen des Eises übertönt wurde. Es war noch dicker geworden, und beide Maschinen liefen mit voller Kraft – was sie laut DeBlieus Auskunft wahrscheinlich beschädigen würde –, und wir rammten, brachen, stampften und bockten wie ein Wildpferd weiter nach Norden. Auf den Treppen musste man sich am Geländer festhalten, wenn man das Deck wechselte. Während der Schlafenszeiten kratzte und kreischte das Eis auf der anderen Seite der Rumpfhaut. Ich lag schlaflos auf meiner Koje. Ich starrte an die Decke mit ihrem Gewirr aus Rohrleitungen und Kabelschächten, die mit jedem Aufprall von Stahl auf Eis erzitterten.

»Colonel, gute Neuigkeiten. Die Scholle treibt sie auf uns zu, und zwar mit gut drei Meilen pro Stunde. Wir hatten kurz Empfang. Dann waren sie wieder verschwunden.«

Zweiundzwanzig Meilen … Mannschaftsmitglieder mit Eishämmern und Baseballschlägern hackten auf die Eisschicht auf der Reling ein.

Wie DeBlieu vorausgesagt hatte, verdoppelte sich die Arbeitsmoral der Crew, sobald sie wusste, worum es ging. Sie erledigten jede Aufgabe noch sorgfältiger, achteten auf alle Details, ob es nun darum ging, in der Messe Steaks zu servieren oder die Raupenkette des Arktos zu überprüfen. Man sah es an ihrer Haltung und in ihren Gesichtern. Und immer mehr Mannschaftsmitglieder kamen allein oder zu zweit zu mir – für mich waren sie fast noch Kinder –, um ihre

Hilfe bei der Rettungsaktion anzubieten, falls wir sie brauchten.

»Ich bin in Norddakota aufgewachsen, Sir, und bin sehr schnell auf Langlaufskiern …«

»Eine Schwester von mir ist bei der U-Boot-Flotte, Sir. Ich weiß, sie würde wollen, dass ich mit Ihnen gehe.« Ihr Eifer beschämte mich, und mir wurde klar, dass – wie DeBlieu mir versichert hatte – die Männer und Frauen seiner Crew einen größeren Aktivposten darstellten, als ich vermutet hatte. Ich war ein Opfer meiner Überheblichkeit als Marine geworden.

Trotzdem war es ein Wettlauf gegen die Zeit, gegen den Tod und die weltlichen Mächte, die uns einen Strich durch die Rechnung machen wollten. Das Eis wurde immer dicker. Wir mussten ständig abstoppen, zurücksetzen und rammen, bis wir uns durch einen Riss hindurchzwängen konnten, bevor uns die nächste Scholle aufhielt. Dann abermals zurücksetzen und rammen. Mühsam arbeiteten wir uns voran. Der erste Eisberg trieb vorbei. Hoch und kantig passierte er uns in fünfzehn Meter Entfernung an Steuerbord. Ich sah Säulen aus Eis. Ich sah einen dahintreibenden Halbmond aus Eis. Die Berge tauchten auf und verschwanden wie gefrorene Monumente knapp am Rande unserer Sichtweite.

Inzwischen war die Offiziersmesse – ein großer, hell erleuchteter, bequemer Aufenthaltsraum am selben Gang wie die Kajüte des Kapitäns – zu unserem Hauptquartier geworden. Es gab hier einen langen Konferenztisch, dicken Teppichboden, bequeme Stühle und reichlich Kaffeemaschinen und Snacks.

Ein Marine stand vor der Tür Wache, während

Karen Vleska, Eddie und ich eine Liste von Materialien durchgingen, die in U-Booten der Virginia-Klasse zum Einsatz kamen: Gummiverbundstoffe, Kabel, Computerchips, Plastik und Bauteile aus strategischen Metallen, alles, was neu war und vielleicht – unter extremer Hitze – giftige Gase freisetzen konnte. Eddie versuchte, die Ergebnisse mit Tabellen von toxischen Chemikalien abzugleichen, um eine mögliche Quelle der Erkrankungen an Bord der *Montana* zu erkennen.

Weder Karen noch ich erwähnten unser Gespräch an Deck.

Elf Meilen … aber wir hatten inzwischen auf vier Knoten heruntergehen müssen.

War der chinesische Eisbrecher schon da?

Das Funkfeuer erlosch, ging wieder an, fiel aus und funktionierte wieder, und DeBlieu meinte, dass wir nach Osten abgekommen wären. Vielleicht hatte auch die Strömung das U-Boot nach Westen getrieben … wir mussten den Kurs ändern.

Eddie und ich brüteten über verschlüsselten Dateien, die der Direktor in der kurzen Phase durchgejagt hatte, in denen die Satellitenverbindung geöffnet gewesen war. Eddie lag auf seiner Koje, ich auf meiner.

»Hör dir das an, Nummer Eins«, sagte Eddie:

»Die *USA* sind militaristischer geworden, seit sie die Wehrpflicht gegen eine Freiwilligenarmee eingetauscht haben. Da im Kongress weniger Veteranen sitzen, ist er eher bereit zum Krieg. Die Demokraten wollen beweisen, dass sie keine Weichlinge sind. Die Republikaner sehen überall Feinde. Das Ergebnis ist ein angeschlagener Gigant, der durch militärisches Abenteurertum die Unterstützungsbasis im eigenen Land zu vergrößern sucht – und in Übersee Vorteile gewinnen will.«

»Was liest du da?«, fragte ich.

»Es ist ein Papier, das 2014 von Admiral Xu Lingwei Ha publiziert wurde und in dem er die USA als den wahrscheinlichsten Gegner ausmacht, dem China in einem zukünftigen Seekrieg gegenüberstehen wird. Daher drängt er zu raschen Vorbereitungen auf eine ›breit angelegte Konfrontation, zu der es an zahlreichen Punkten im Pazifik und im Hohen Norden kommen wird‹.«

Eddie hielt kurz inne und las dann weiter: »Die USA betrachten China als ihren Hauptwidersacher im Pazifik, und die Arktis ist eine Quelle von Reichtum und Macht für das kommende Jahrhundert. Die Russen sehen die Arktis als ihr privates Gewässer an. Während die Spannungen sich verstärken und die Region immer wichtiger für Sicherheit und Weltwirtschaft wird, steigt die Wahrscheinlichkeit, dass diese beiden Nationen auf militärische Aggression zurückgreifen werden, um ihre zweifelhaften Ansprüche durchzusetzen. Da wir keine Grenze zu diesem Ozean haben, muss die chinesische Arktispolitik darin bestehen, sich jetzt jeden möglichen Vorteil in der sich öffnenden Region zu sichern, bevor es zu einem unvermeidlichen Zusammenstoß kommt.«

»Friedfertiger Mensch«, sagte ich.

»Klar. Uncle Sam ist an jedem nur denkbaren Problem schuld. Zahnschmerzen? Die Amis. Dein in Peking hergestellter Wagen bleibt plötzlich auf dem Highway nach Lhasa stehen? Böse Satellitentechnologie aus dem Silicon-Valley, kein Zweifel! Übrigens, Numero Uno, da ich ein Meister des geschickten Themenwechsels bin: Ich habe dich vorhin draußen mit Dr. Karen gesehen.«

»Nur eine Besprechung«, erwiderte ich.

Eddie grinste. »Mann, wenn du anfängst, mich ihretwegen anzulügen, spüre ich, wie sich die Erde unter deinen Füßen bewegt.«

»Das ist das Eis, und es bewegt sich ständig.«

»Sagte ich dir bereits, dass sie Surferin ist?«

In Gedanken hörte ich sie fragen: *Warum nennt man Sie »Killer Joe«?*

»Eine Surferin? *Eine Surferin, Eddie?* Das ist jetzt besonders relevant. Lass uns etwas essen gehen. In ein paar Stunden werden wir jedes Quäntchen Energie brauchen.«

Noch neun Stunden, sagten die Instrumente.

* * *

Ich war immer wieder verblüfft von der Normalität, die einem drohenden Ausbruch von Gewalt vorausging. Der Bananenkremkuchen, den man in sich hineinschaufelte, bevor man zum M4 griff und in einen Schneesturm hinausging, schmeckte genauso wie der, den man um drei Uhr morgens zu Hause in der Küche im Bademantel aß. Der dampfende Kaffee vor einem duftete ganz genauso wie der, den man sich sonntags auf dem Sofa beim Lesen des Sportteils einschenkte, während Frau und Kinder einen missbilligend ansahen, weil sie zur Kirche gehen wollten. Die Köche hatten sich angesichts der bevorstehenden Gefahr besonders angestrengt, und die Schlange an der Essensausgabe reichte bis in den Hauptdurchgang. Die Mannschaft belud ihre Teller mit dicken Steaks und Kartoffelbrei. Es gab vier Sorten von Getränken, und die Obstkörbe bogen sich von Äpfeln, Birnen und dunkelroten Kirschen.

Wir aßen und sahen dabei auf dem großen Bildschirm die Sendungen des Armed Forces Network: CSI, Yankees Baseball und Jurassic Park 2, unterbrochen von Werbespots gegen Selbstmord und Fahren unter Alkohol. »Ein Soldat kam um drei Uhr morgens aus einer Bar getorkelt, ließ sein Auto an und …«

Bumm.

Das Messedeck neigte sich langsam zur Seite, und alle Gespräche verstummten. *»Keine Beförderung mehr, Süße, und das alles bloß, weil ich ein paar Drinks intus hatte«*, sagte der rotgesichtige Corporal auf dem Bildschirm. Essen hing wie erstarrt auf Gabeln in der Luft zwischen Teller und Mund. Die großen Bilder an der Wand, Fotos von Seismologen mit Schutzhelmen, die an den Rohren und Winschen des Hecküberhangs arbeiteten, von der Crew, die auf dem Eis mit nacktem Oberkörper ein Footballspiel austrug, vom Stapellauf der *Wilmington* im fernen Louisiana … alles schien leicht schief zu hängen.

Ein Stöhnen und Grollen lief durch den Rumpf.

Der Erste Offizier verschwand bereits eiligen Schritts aus der Messe. Alle Blicke richteten sich nach oben. Ich roch gedünstete Bohnen und Kartoffeln, Thunfischsalat und Schokoladeneis. Ein Stück Bananenkuchen, das am Rand eines Tisches balancierte, fiel zu Boden.

Eddie sprach aus, was alle dachten: »Auf was sind wir aufgelaufen?«

DeBlieu stand auf. Er hielt noch sein Lieblingsdessert in der Hand, Speckstreifen am Spieß mit Schokoglasur und Streuseln.

»Es ist unser Job, auf Dinge aufzulaufen«, meinte er. Während er es sagte, bemerkte ich, dass das schwere Rumpeln aufgehört hatte, das uns alle paar Sekunden durchgerüttelt hatte.

»Wenn wir ein Loch im Rumpf hätten, würde der Alarm losgehen, das ist die gute Nachricht«, erklärte DeBlieu, obwohl er nicht gerade glücklich wirkte.

»Und was ist die schlechte?«

»Spüren Sie es nicht? Wir haben gestoppt«, sagte er, während er sich auf den Weg zur Brücke machte und ich mich erhob, um ihm zu folgen. »Wir sitzen fest.«

Kapitel 10

Das Arktos-Amphibienfahrzeug schwebte in der Luft und schwankte wie ein prähistorisches Geschöpf in den Trossen, ein dreizehn Tonnen schwerer Dinosaurier, der in Todesangst über der Erde baumelte. Das panzerähnliche Eisfahrzeug wurde vom Lastenkran auf der Steuerbordseite aufs Eis gesetzt. Die Drahtseile wirkten dünn wie Fäden. Das Schiff lag seitlich geneigt in einem Sturm, der in Böen hundertzwanzig Kilometer erreichte. Das Entladen erfolgte auf der Leeseite, wo es wenigstens ein bisschen windgeschützt war. Ich sah zu, während das orangefarbene Gefährt auf halbem Weg zwischen Deck und Eis hin und her pendelte.

»Langsam, langsam«, befahl Captain DeBlieu. Er hatte die Hand auf die Schulter eines Lieutenants namens Matheson gelegt, der den Kran bediente. Wir standen in seiner winzigen, verglasten Kabine zusammengezwängt. Alle zwei Sekunden fegten sechzig Zentimeter lange Wischer den sturmgepeitschten Schnee davon. Der Kontrast zwischen der Wärme innen und dem tosenden Unwetter nur ein paar Zentimeter entfernt erzeugte ein unwirkliches Gefühl, das sich noch verstärkte, wenn ich einen gelegentlichen Blick auf die Welt dahinter werfen konnte.

»Gelandet! Zu schade, dass wir das andere Arktos nicht an Bord nehmen konnten. Sie werden mit dem Ding eine Menge Schlitten ziehen müssen, um alle Leute zurückzubringen, Colonel.«

Ich starrte irritiert aus dem Fenster. Es war wie eine Umkehrung des Schöpfungsvorgangs, als hätten wir ein gyroskopisches Zentrum der planetaren Energie erreicht. Wie konnte man irgendwo festsitzen, wenn alles um einen herum in Bewegung war? Welches Naturgesetz verlangte, dass die *Wilmington* sich um sieben Grad schief legte, während um uns herum alles vorbeifegte? Ich sah Eisblöcke, aufgetürmte Säulen, freie Flächen groß wie Fußballfelder. Es war gewaltig, herrlich und furchteinflößend. Es war Geburt und Tod auf einer planetaren Ebene. Man hatte mich darauf vorbereitet, aber es mit eigenen Augen zu sehen war etwas völlig anderes. Vor hundert Jahren hätte man hier noch auf solides Eis geblickt, so dick, dass es nicht einmal ein Orkan bewegen konnte. Eis, das schon bei der Plünderung Roms da gewesen war und als die Wikinger Amerika entdeckten.

Aber in letzter Zeit hatte das erwärmte Wasser angefangen aufzusteigen. Wie Eiswürfel in einem Glas Martini begannen die Polkappen zu tauen. Die Menge, die früher in einem Jahrtausend abgeschmolzen war, verschwand jetzt in fünf Jahren. Von der Strömung und von oben durch die Sonne erwärmt, war die Eisdecke geschwächt, und da draußen wirbelte alles durcheinander – Eisfelder von der Größe Belgiens krachten ineinander, Eisalpen, Eisberge und Eisplateaus verschmolzen zu einer weißen Hölle, dem polaren Wirbel einer von Stürmen heimgesuchten Welt.

»Wir sitzen fest«, verkündete der Erste Offizier Gordon Longstreet und zwängte sich zu uns in die Steuerkanzel. »Ein Eisblock von der Größe eines Chevrolets blockiert das Ruder. Ich weiß nicht, wie er in den Eissporn geraten konnte«, sagte er, womit er die verstärkte Stahlkonstruktion meinte, die das Ruder schützen sollte. »Aber er hat sich verklemmt. Der Wind drückt uns seitwärts, und das Eis türmt sich an Steuerbord auf.«

»Setzen Sie zurück und rammen Sie«, befahl DeBlieu. »Zurücksetzen und rammen.«

»Wie lange dauert es, bis wir uns befreien können?«, wollte ich wissen.

Das Gesicht des Captains war eine Studie in Anspannung. Seine Kiefermuskeln verkrampften sich. »Vielleicht dreißig Minuten. Oder drei Stunden, wenn nicht sogar«, antwortete er mit sinkendem Mut, »Wochen.«

Ich fand Major Pettit im Helikopterhangar, wo die Marines ihre Waffen überprüften. »Fertig machen zum Abmarsch.«

Eine Stimme in meinem Ohrhörer sagte: »Wir schnallen gerade Skier und Schlitten fest. Passagiere sind bereit, Sir.«

Während wir an Deck gingen, meldete sich Peter Del Grazos Stimme aufgeregt über Funk. »Ich habe die *Montana* erreicht! Ich konnte mit jemandem sprechen! Sie sind am Leben, mindestens achtzig von ihnen. Dann habe ich die Verbindung wieder verloren.«

»Wie weit sind sie entfernt?«

»Elf Kilometer, Sir.«

»Sind die Chinesen schon da?«

»Bis jetzt sind wir die Ersten.«

Das *bis jetzt* sprach eine deutliche Sprache. *Elf Kilometer*, dachte ich bitter. Nur elf Kilometer trennten uns von den Überlebenden, vielleicht sogar weniger, wenn der Wind sie weiter auf uns zutrieb, obwohl derselbe Wind auch gegen uns stehen würde.

Elf Kilometer könnte ich in weniger als einer Stunde joggen. Zu Hause wäre es ein Spaziergang von zwei Stunden.

Ich beschloss, Del Grazo mitzunehmen, da er sich von allen am besten dafür eignete, die Kommunikation aufrechtzuerhalten. Die Marines, die jetzt auf das Außendeck trampelten, trugen, um sich im Sturm nicht zu verlieren, Neonwesten über den Schnee-Tarnanzügen und der Schutzkleidung für extreme Kälte. Diese bestand aus winddichten, schweren Parkas, gefütterten Schneehosen und dreifingrigen Fäustlingen, die das Schießen ermöglichten. Ihre Augen wirkten roboterhaft unter den Sturmhauben. Die M4s hatten sie sich auf den Rücken geschlungen. Zwei Männer trugen M16-Sturmgewehre mit abnehmbaren M203-40-mm-Granatwerfern.

Karen und Clinton stießen auf der Rampe – der Landungsbrücke – zu uns, die von Deck 01 aufs Eis hinunterführte. Marietta Cristobel, unsere Eis-Expertin, würde an Bord bleiben. Zu mir hatte sie gesagt: »Ich kenne Eis aus dem Labor. Aber da draußen könnte ich Ihnen nicht einmal dabei helfen, eine zehn Stockwerke hohe Rumfabrik zu finden. Nutzen Sie den freien Platz für die Kranken. Sie werden ihn brauchen, nachdem das zweite Arktos in Barrow zurückgeblieben ist.«

Ein Arktos kann zweiundfünfzig aufrecht sitzende Personen transportieren, zusammengedrängt wie die Crew in diesen alten Unterseebooten aus dem amerikanischen Bürgerkrieg.

Andrew Sachs erschien auf Deck. Er war gekleidet wie alle anderen, und doch wirkte er irgendwie anders, als wäre die Ausrüstung seinem Körper so fremd, dass er sich darin wie ein Gefangener fühlte. Er bewegte sich steif. Ich war froh, dass wir das Fahrzeug nehmen konnten und uns nicht auf dem Eis auf ihn verlassen mussten. Es war keine Frage, dass er uns zur Last fallen würde, wenn wir zu Fuß gehen mussten.

Clinton Toovik stand wie ein Fels an der Spitze der Landungsbrücke. Er drückte seine Stirn gegen meine, um sich über den Wind verständlich zu machen, und trotzdem musste er schreien.

»Wir sollten die Temperatur im Arktos niedrig halten. Damit wir nicht schwitzen. Verschwitzt ins Freie zu gehen wäre unklug.«

»Gut.«

»Außerdem will ich ein Gewehr«, sagte Clinton.

»Die Waffen sind nur für die Marines da«, erklärte ich.

Sein Atem roch nach Mundwasser mit Minze. »Es gibt Eisbären. Und vielleicht auch Chinesen, wie Sie sagten. Hier sollte man nie unbewaffnet reisen. Ich war in der Armee. Ich kann mit einem M4 umgehen.«

»Clinton, die Marines werden uns beschützen.«

Er schnaubte. »Ich war Army Ranger. Und ich bin Jäger.«

Ich besänftigte ihn und unterdrückte meine Ungeduld, endlich aufzubrechen. »Ja, natürlich, aber diese Jungs haben eine Kampfausbildung in der Arktis.«

Clintons Gelächter wurde vom Wind davongetragen. Bedeutete das, dass er in diesem kreischenden Mahlstrom gute Miene zum bösen Spiel machen würde? Aber er fragte: »Wo denn? In Norwegen? In Norwegen ist es an manchen Tagen fünfzig, sechzig Grad wärmer. Minus fünfundfünfzig in Barrow. Null Grad in Norwegen. Norwegen liegt am Golfstrom. Der ist warm. Sie wollen, dass ich Sie begleite, Colonel? Dann will ich ein Gewehr.«

Ich wurde langsam gereizt und entgegnete: »Die Waffen sind nicht für Zivilisten da. Und jetzt lassen Sie uns losfahren, okay?«

»Zivilisten? Dann nehme ich an, die *Zivilisten* bleiben an Bord zurück, Colonel.«

Ich seufzte. »Geben Sie ihm ein M4«, befahl ich Major Pettit.

Plötzlich war auch Andrew Sachs da, klinkte sich ein und wollte ebenfalls ein Gewehr haben. Er überraschte mich. Er konnte sich sehr verstohlen bewegen.

Er sagte etwas davon, dass er Mitglied eines Schützenvereins sei.

»Tut mir leid, Mr Secretary. Aber wenn Sie mir damit drohen wollen, nicht mitzukommen, tun Sie sich keinen Zwang an«, erklärte ich und hoffte, er würde es tun.

* * *

Einer nach dem anderen schlüpften wir in das Arktos. Die Marines nahmen die Sitze entlang der Wände ein, den Rücken gerade aufgerichtet, die Sturmhauben aufgesetzt, die Jacken geöffnet, während aus der Heizung zehn Grad warme Luft in die Kabine zu strömen begann. Ich saß neben dem Fahrer, einem Lance Corporal, und verfolgte die Nachrichten aus dem Schiff. Wenigstens funktionierte der Funk noch, solange wir nahe genug bei der *Wilmington* waren, nur waren die besorgten Stimmen, die ich von der Brücke empfing, nicht gerade ermutigend.

»Beide Maschinen stopp! Sonst brennen sie durch!«

Der festsitzende Eisbrecher konnte nicht einmal mehr zurückweichen und rammen. Das Eis hielt das Ruder fest umschlossen.

Karen Vleska zwängte sich in den Sitz neben mir. Trotz des Dieselgeruchs konnte ich den Duft ihres Kokosnussshampoos wahrnehmen. Unsere Scheinwerfer leuchteten auf. Die Zeit schien verrückt zu spielen. Es war fast Mitternacht, und man hatte das Gefühl, es müsste eigentlich dunkel sein, doch die Sonne stand am Himmel. Dennoch war es nicht hell, denn der Sturm verdunkelte die Welt. Ich erinnerte mich an hundert Jahre alte Lithographien von im Eis eingeschlossenen Schiffen. Das Eis reichte hoch genug, um die Reling zu zerbrechen, in die Kabinen einzudringen und ganze Schiffe zu zerquetschen.

»Warum fahren wir nicht?«, fragte Eddie hinter mir den Fahrer.

»Äh, in welche Richtung, Sir? Das GPS funktioniert nicht.«

Scheiße!

»Können wir das Funkfeuer des U-Boots anpeilen?«

»Es ist wieder verschwunden.«

Ich wandte mich zu Del Grazo. »Dann benutzen Sie den verdammten Kompass.«

Seine normalerweise gut gelaunte Stimme mit dem Brooklynakzent klang plötzlich nervös. »Sir, so weit im Norden kann man dem Kompass nicht trauen. Der magnetische Norden und der geographische Norden liegen an unterschiedlichen Punkten. Wenn wir uns auf den Kompass verlassen, fahren wir höchstwahrscheinlich in die Irre.«

»Herrgott noch mal«, gab ich ratlos zurück. »Sie meinen, wir müssen einfach hier herumsitzen?«

Karen Vleska ergriff ruhig und gelassen das Wort, während sie durch die klappenden Scheibenwischer in das Chaos hinausblickte. »Clinton? Sie oder ich?«

»Ich«, erwiderte er. »Ich bin geübter darin. Öffnen Sie die Tür«, sagte er dann zum Fahrer. »Ich steige aus und führe Sie.«

»Wie?«

»Sastrugi«, erwiderte Clinton, als wäre das eine Erklärung.

»Kann mir das jemand mal ins Englische übersetzen?«, sagte Eddie.

Clinton schloss den Reißverschluss seines Parkas. »Es ist Englisch«, meinte er. »Behalten Sie mich im Scheinwerferkegel, Kommisskopf. Sastrugi sind vom Wind erzeugte Linien im Schnee. Der Wind bläst aus Nordwesten, daher zeigen die Sastrugi nach Südosten. Wir nehmen die Linien im Schnee als Wegweiser. Funktioniert immer.«

»Tut mir leid«, meinte Eddie.

»Kaufen Sie sich ein Wörterbuch«, empfahl Clinton.

»Warum können Sie uns nicht von innen den Weg weisen?«, fragte ich.

Clinton deutete zum Fenster, auf die mit Reif bedeckte Scheibe, den Schnee, die Dunkelheit. Der Sturm warf das starke Scheinwerferlicht auf uns zurück. Die Windlinien auf dem Boden waren nicht zu erkennen.

»Oh!«

Kurz darauf folgten wir dem großen Mann, der auf Skiern vorausglitt. Sein Rücken war zwischen dem Klappen der Scheibenwischer eine fluoreszierende orangefarbene Fläche und das M4 eine schräge weiße Linie wie ein Koppel mit Schulterriemen. Er kam gut voran, und der Tachometer sagte uns, dass wir für einen Schneesturm zwar mit respektablen, aber dennoch frustrierenden sechs Stundenkilometern nach Norden tuckerten.

Wir kamen etwa achthundert Meter weit.

Dann hob die Gestalt eine Hand im Fäustling und gebot uns, stehen zu bleiben. Das Funkgerät, das auf sein Mundmikrophon eingestellt war, gab ein statisches Kreischen von sich. Ich hörte Clinton an die Tür poltern.

Eddie, der alte Witzbold, rief: »Wer ist da?«

»Macht auf!«, sagte ich.

Clinton streckte den Kopf durch die Tür, und Schnee wirbelte herein. »Dünnes Eis voraus. Ich klettere jetzt aufs Dach. Wenn Sie mich draufschlagen hören, fahren Sie weiter.«

Ich starrte in die graue Masse, die für mich nicht anders aussah als die Landschaft, durch die wir uns bisher bewegt hatten. Wir warteten, bis Clinton hinaufgeklettert war, und fuhren wieder an. Plötzlich machte das Fahrzeug einen Satz, und wir hörten ein dumpfes Rumpeln. Wir kippten nach vorn und begannen nach unten zu rutschen, immer schneller. Dann spürte ich, wie der Auftrieb die Oberhand gewann, und wusste, dass wir durch das Eis in eine offene Rinne gekracht waren. Wasser strudelte in Schulterhöhe an den Fenstern vorbei.

Der Fahrer schaltete auf Wasserstrahlantrieb um, und wir pflügten durch ein Feld von schwimmenden Eisbrocken. Gefrorenes Wasser klirrte gegen Kevlar, während wir ein Minenfeld aus scharfkantigen Blöcken durchquerten. Die Kette drehte leer und versuchte, Halt an den massiveren Teilen zu finden, drückte sie jedoch stattdessen unter Wasser. Wir waren halb untergetaucht. Dann spürten wir einen Aufprall, und das Arktos reckte die Nase in die Höhe. Wir kämpften uns wieder aus dem Meer heraus und fuhren, von einer Seite auf die andere kippelnd, durch ein Feld von Gerölleis weiter.

Clinton schlug gegen die Luke. Wir hielten an, und er ging uns wieder auf Skiern voraus. Gelegentlich bückte er sich, um die Richtung der Sastrugi zu prüfen, und deutete, wenn er einen Richtungswechsel haben wollte, oder er schwenkte einfach nach links oder rechts ab.

Andrew Sachs war die ganze Zeit stumm geblieben, und als er jetzt sprach, klang seine Stimme höher, und sein normalerweise schon weißes Gesicht wirkte noch blasser. »Vielleicht konnte das Schiff freibrechen«, sagte er. »Vielleicht können wir zurück.«

Del Grazo schüttelte den Kopf. »Es ist nicht freigebrochen, Sir.«

Zuerst bemerkte ich die Änderung im Motorgeräusch nicht, dieses mechanische Stottern, weil ich gerade Befehle erteilte.

»Major Pettit, wenn wir ankommen, möchte ich, dass die überlebende Crew so schnell wie möglich auf die *Wilmington* zurückgebracht wird.«

»Ja, Sir.«

»Wir wissen nicht, was sie krank gemacht hat, also tragen Sie Masken.«

»Habt ihr gehört, Männer?«, fragte Pettit, von Nicken begleitet.

Erst da wurde mir das metallische Keuchen bewusst, das aus den Tiefen des Fahrzeugs kam. In einem Auto hätte ich gedacht, der Schalldämpfer wäre defekt oder der Auspuffkrümmer. Wir fuhren weiter, doch das Rattern von unten wurde immer lauter.

»Wenn die *Wilmington* sich befreien kann, werden wir versuchen, die *Montana* abzuschleppen.«

Das Arktos wurde jetzt von etwas in seinem Inneren durchgerüttelt, nicht mehr nur vom Eis.

»Wir müssen darauf gefasst sein, sie zu versenken, falls der Reaktor undicht ist oder die Chinesen …«

Wir hielten an, obwohl nichts unsere Weiterfahrt behinderte. Vor uns ging Clinton weiter, ohne zu bemerken, dass wir ihm nicht mehr folgten, aber dann sah ich ihn umkehren.

Der Fahrer runzelte die Stirn über seinen Instrumenten, streckte die Hand aus, als säße er in einem VW, und drehte den Zündschlüssel. Er trat mit dem Fuß aufs Gaspedal und versuchte, den Motor wieder anzulassen, während ein rotes Warnlicht leuchtete, das zuvor nicht zu sehen gewesen war.

Wir hatten noch Strom, die Wischer klappten, die Klimaanlage blies Luft in die Kabine …

Bei ausgeschaltetem Motor hörte man den Lärm des Sturms lauter. Wir hatten zwischen zwei gezackten Eissäulen angehalten, massiven Türmen, ein gefrorenes Stonehenge. Der Wind rüttelte an unserem Fahrzeug.

»Colonel, die Tankanzeige steht auf voll.«

»Überprüfen Sie den Tank manuell«, bat ich. »Ich begleite Sie.« Schließlich hatten wir zusätzlichen Treibstoff an Bord. Vielleicht hatte uns ein dummer Fehler – oder ein defektes Instrument – vorgegaukelt, wir hätten die Tanks gefüllt, während es in Wirklichkeit nicht der Fall war.

Oder hat jemand das Arktos sabotiert?

Eddie und ich sahen uns stirnrunzelnd an, während ich meinen Parka schloss, mich aus dem Sitz wand, an den ausdruckslosen Marines vorbeiduckte und in den Sturm hinaustrat.

Erst nehmen die Chinesen Kurs auf das U-Boot, und jetzt bleibt das Arktos stehen …

Der Wind peitschte mir ins Gesicht. Ich hatte ein brennendes Gefühl im Hals und spürte, wie sich meine Kehle zusammenzog. Ich konnte nicht direkt in den Wind hineinatmen. Im Sturm nahm ich alles wie durch einen weißen Tunnel wahr, dessen Seitenwände ein Kaleidoskop aus wirbelnder Bewegung waren. Zusammen mit dem Fahrer machte ich mich auf den Weg zum Heck. Die Klappe, die den Tankstutzen schützte, war zugefroren, und wir mussten ein Ka-Bar-Messer aus der Kabine holen und erst das Eis weghacken, bevor wir sie öffnen konnten. Der Fahrer zog den Messstab aus dem Tankstutzen – ein besonderes Merkmal des Arktos.

»Fast voll, Sir.« Dann schaute er genauer hin. »Verdammt, Sir, was ist das für ein blauer Belag? Das ist kein Treibstoff.«

Ich sah mir den Peilstab aus der Nähe an und dann, mit einem hohlen Gefühl im Magen, die Klappe über dem Tankdeckel. Ich entdeckte Spuren eines Brecheisens an der Karosserie um den Rand der Klappe herum, Kratzer im Lack wie an einer Autotür, die ein Dieb zu knacken versucht hat.

Jemand hat den Treibstoff manipuliert.

Oder waren die Kratzer vielleicht durch die Stahltrossen beim Verladen verursacht worden? Durch einen Unfall beim Hinein- oder Herausfahren? Doch diese Hoffnung widersprach jeder Logik.

Sieh dir den Messstab genauer an.

Ich kletterte zurück in die relative Wärme der Kabine. Eddie und ich wechselten einen Blick. Ich nickte leicht. Sein Mund presste sich zu einer harten, wütenden Linie zusammen.

Ich löste meine Fäustlinge von dem Peilstab und hielt ihn in die Höhe.

»Was ist das für ein blaues Zeug? Weiß das jemand?«

Del Grazos Atem beschleunigte sich. Er griff nach dem Stab, betrachtete ihn mit zusammengekniffenen Augen und schnupperte daran. Dann stieß er ein unglückliches Grunzen aus.

»Es ist … es ist ein Feuerlöschmittel, Colonel.«

Ich fluchte.

»Das Zeug stammt aus den tragbaren Kanistern. Als ich erstmals zur Truppe kam, war ich mit ihrer Wartung beauftragt. Im Pazifik. Ich werde den gottverdammten Geruch nie vergessen. Aber wie konnte das Feuerlöschmittel … warten Sie … *während einer Übung!*«, wunderte Del Grazo sich.

Ich rief mir das Bild der Notfallübungen vor Augen, die den Alltag der *Wilmington* prägten. Ein Alarmsignal ertönte. Minuten später füllte sich das Schiff mit weiß gekleideten Notfallmannschaften. Männern und Frauen mit vollständig bedeckten Gesichtern. Die Leute trugen Äxte und andere Werkzeuge bei sich, mit denen man den Benzintank hätte aufhebeln können. Alles rannte durcheinander, während der Marine, der den Hangar hatte bewachen sollen, nicht jeden gleichzeitig im Auge behalten konnte.

»Man bräuchte nur dreißig Sekunden, um den Tank aufzustemmen, den Schlauch hineinzustecken, zu sprühen und damit die Benzinleitungen zu verstopfen«, sagte ich.

»Während zwanzig weitere Leute in weißen Anzügen den Wachposten dadurch ablenken, dass sie einfach nur ihre Arbeit tun«, fügte Eddie hinzu.

»Major Pettit?«, fragte ich.

»Ich hatte dort zu jedem Zeitpunkt einen Mann postiert.«

»Nur einen Posten?«, fragte ich vorwurfsvoll. Das war unfair, denn einer hätte ausreichen müssen. Aber ich würde mich nicht dafür entschuldigen, besonders nicht bei dem Mann, der mit meiner Exfrau schlief.

»Ja, Sir. Einen.«

Del Grazos Mund war eine schmale Linie des Zorns. »Wir werden den Captain bitten, jeden zu befragen, der im Hangar gearbeitet hat.«

Eddie schüttelte den Kopf. »Jeder Mann hätte sich einen weißen Anzug überstreifen und so tun können, als gehörte er zur Crew.«

»Oder jede *Frau*«, setzte Dr. Vleska hinzu.

Major Pettit musterte unsere Gesichter. Karens Miene war steif, Sachs' angespannt, die des Fahrers furchtsam, und ich versuchte, ausdruckslos zu bleiben und Zuversicht auszustrahlen. Eddie sprach nur aus, was wir wohl alle dachten.

»Ist die Person, die das getan hat, auf dem Schiff? Oder hier bei uns?«

»Macht euch abmarschbereit«, sagte ich.

* * *

Lieutenant Del Grazo nahm Funkkontakt mit dem Schiff auf und bat den Captain, sich die Überwachungsbänder der letzten Tage vom Hubschrauberhangar anzusehen.

»Vielleicht finden wir etwas.«

»Ja, zwanzig Leute ohne Gesicht, alle gleich angezogen, und wer weiß, ob es zu diesem Zeitpunkt passiert ist? Vielleicht geschah es schon in Fairbanks. Oder Barrow«, sagte Eddie trübsinnig.

»Alles aussteigen«, befahl ich.

Durch die geöffnete Luke wirbelte der Schnee herein. Draußen halfen wir den Marines, die Schlitten abzuladen, verstauten die medizinischen Vorräte, Sprengstoff und Propangasflaschen – für die Gasheizungen der Überlebenden.

»Dicht zusammenbleiben. Achten Sie genau auf die Person direkt vor Ihnen. Folgen Sie den Anordnungen von Clinton oder Dr. Vleska, wer immer gerade an der Spitze geht. Lieutenant Del Grazo, können Sie Kontakt mit dem Schiff halten, während wir draußen sind?«

»Ich werde mein Bestes tun.«

Wir brachen auf, direkt in den Mahlstrom hinein. Das Arktos – unser fliegender Teppich – blieb hinter uns zurück. Clinton kniete sich hin und musterte das Eis, dann wählte er einen Kurs und brach nach Norden auf, diagonal zu den Linien im Schnee.

Ich blickte mich zu der weit auseinandergezogenen, unregelmäßigen Reihe hinter mir um: die Marines, Karen, Eddie, Andrew.

Wer ist der Spion?, fragte ich mich.

Was wird er als Nächstes tun?

Kapitel 11

Den Stock einsetzen, abstoßen, gleiten, so lernt man das Langlaufen. Aber das war nicht möglich in dem kreischenden Irrsinn, der um uns herum tobte, vor allem, weil wir Kevlarschlitten hinter uns herzogen, die – je nachdem, wer sie schleppte – mit bis zu zweihundert Kilo Vorräten beladen waren.

Aus drei Gleitschritten wurden zwei, dann einer, und schließlich bewegten wir uns vorwärts wie durch zähen Schlamm. Nach dem Feld mit Gerölleis kam eines voller dicht gedrängt stehender großer Blöcke. Der Himmel kippte seitwärts, als ich den Schlitten wie ein Zugpferd durch eine Lücke zog und stecken blieb. Pettit tauchte wie aus dem Nichts auf und streckte wortlos die Hand aus, um mir zu helfen.

»Zusammen, Colonel. Eins … zwei … *los!*«

Die Mitglieder unserer Expeditionsgruppe waren aneinander angeseilt wie eine Sklavenkarawane. Mit einem Mal fühlte sich das Eis schwammig an. Ich sah Clintons Schultern wegsacken, und ich wurde mit einem Ruck nach vorn gerissen, als unvermittelt die Oberfläche nachgab. Ich fiel und erwartete, ins Meer zu stürzen, doch es war nur eine kleine Eisspalte gewesen. Erschrocken, aber noch auf den Füßen stehend, kletterte ich wieder heraus, trat zurück, stemmte mich in die Zugseile und erstarrte erneut, als ich ein gewaltiges Rumpeln unter mir vernahm. Es folgte ein knackendes Geräusch, das sogar das Heulen des Winds übertönte, als würde irgendwo da unten massiver Fels auseinanderbrechen wie die Verschiebung einer tektonischen Platte bei einem Erdbeben. Es war die Art von Geräusch, bei der Minenarbeiter die Flucht ergriffen.

Der Nachhall verklang. Ich hätte nie gedacht, dass ich einmal so froh sein würde, nur das Heulen des Windes zu hören.

Clinton stapfte weiter in die Dunkelheit hinein, eine verschwindende Gestalt im Schein meiner Stirnlampe.

Wir hatten Salzpillen gegen Krämpfe dabei, Brandsalbe und Medikamente. Wir führten Militärrationen mit, die sich von selbst erhitzten, wenn man den Beutel aufriss. Es gab Zelte für den Fall, dass wir anhalten mussten. Dazu kamen Impfstoffe und Aerosolsprays. Wir hatten Wasserpacks. Außerdem wasserdichte Decken. Arm- und Beinschienen, Schutzanzüge gegen Gefahrenstoffe, Chemiekoffer für die verschiedensten Tests.

Wie viel Zeit war verstrichen? Eine Stunde? Zwei? Der eisige Wind dehnte jede Sekunde zur Ewigkeit. Ich spürte, wie mir das Zuggeschirr des Schlittens in Oberarme und Schenkel schnitt. Plötzlich ließ der Wind nach. Würde er endlich einschlafen? Nein, es war nur eine Atempause gewesen, dann stürmte es weiter.

Plötzlich überholte mich Major Pettit und schloss zu Clinton auf. Ihre Umrisse verschmolzen im Halbdunkel miteinander, und ich entnahm Pettits erregtem Gestikulieren, dass er sich lautstark ereiferte. Seine behandschuhte Hand stieß nach links. Clintons Parkakapuze drehte sich von links nach rechts. *Nein!* Als ich sie erreichte, diskutierten sie und beugten sich über Pettits eisverkrusteten Kompass. Er fuchtelte damit in der Luft herum wie ein Staatsanwalt mit seinem wichtigsten Beweisstück.

»Sie gehen in die falsche Richtung!«

Clinton kniete sich gelassen hin und fuhr mit dem Finger eine beinahe unsichtbare Linie wellenartigen Schnees entlang. Sastrugi.

Pettit schüttelte den Kopf. »Das ist Osten, nicht Norden.«

Die Erde schien sich in eine gewaltige Stimmgabel zu verwandeln. Dieses grauenvolle, berstende Geräusch wurde wieder lauter. Ich spürte, wie das Eis rüttelte und rumpelte wie ein metallenes Tier. Clintons Gesicht tauchte vor mir auf, ovale Augen, weiße Lippen, weiße Nase, die restlichen Züge hinter der schwarzen Sturmhaube verborgen. Er versicherte mir: »Es bewegt sich nur da unten, aber es bricht nicht. Dennoch sollten wir diesen flachen Bereich vor uns umgehen.«

»Aber das kostet Zeit.«

»Wenn wir es nicht tun, könnten wir einbrechen.«

Die Spuren unserer Skier füllten sich mit vom Wind verblasenen Eiskörnchen. Karen bewegte sich mühelos und unermüdlich mit gesenktem Kopf voran. Eddie rutschte immer wieder aus, hielt jedoch Schritt. Pettit marschierte die Linie auf und ab und sorgte dafür, dass seine Männer zusammenblieben. Wir mussten aussehen wie jede Kolonne von Seeleuten, die in den letzten fünfhundert Jahren in der polaren Leere verschwunden war.

Peter Del Grazo tauchte neben mir auf, nachdem er sich mit Pettit besprochen hatte. »*Clinton* ist der Spion, Colonel. Er führt uns in die Irre!«

Seine Augen unter der Balaklava brannten, und seine Stimme mit dem Brooklynakzent hatte nichts mehr von der Fröhlichkeit, die sie vorher ausgezeichnet hatte. »Er kann sich auf dem Schiff völlig frei bewegen, ist niemandem Rechenschaft schuldig. Er könnte einfach auf seinen Skiern davonfahren und uns zurücklassen.«

Eisiger Reif hing an Del Grazos Sturmhaube, sein Atem war eine weiße Wolke und sein Anorak wie mattiertes Kristall.

»Gehen Sie wieder an Ihren Platz«, sagte ich.

Wie weit kann das verdammte U-Boot noch weg sein?

* * *

An der Leeseite einer gewaltigen Eissäule legten wir zehn Minuten Rast ein. Es war eine einzeln stehende Formation, die wie ein Sandsteinfelsen aus dem Monument Valley aufragte, ein Turm, der uns ein wenig vor der Wut des Sturms schützte. Jemand verteilte Kakao. Langsam verlor ich das Gefühl in den Fingerspitzen. Wir setzten uns dicht gedrängt hin, um uns gegenseitig zu wärmen, und ich stellte mir vor, wie die Haut unter den Fäustlingen sich verfestigte, das Blut kristallisierte und die Finger zu blutigen Würsten wurden, die Beine bewegungsunfähig wie die von Statuen.

Andrew Sachs hält sich erstaunlich tapfer, dachte ich.

Er hatte sich nicht beklagt. Er hielt den Mund. Sein Geschick auf Skiern hatte mich überrascht, ebenso wie seine verborgenen Reserven, seine Fähigkeit, einen Schlitten zu ziehen. Er saß allein etwas abseits am Rand.

Einem der Marines waren die Lippen zusammengefroren. Die Luft drang ihm seitlich aus den Mundwinkeln und gefror zu Reif. Sein mühsames Atmen erinnerte an das eines Pferdes.

Der Mann ertrug es wortlos, sich die Lippen auseinanderreißen zu lassen. Karen Vleska empfahl ihm, den Mund beim Weitergehen offen zu halten und vom Wind abzuwenden, damit ihm das austretende Blut die Lippen nicht wieder zusammenfror. Del Grazo holte das Funkgerät von seinem Schlitten und versuchte, das U-Boot anzupeilen. Erfreut sah er auf.

»He, Clinton hatte recht, Colonel! Es liegt immer noch direkt vor uns.«

* * *

Clinton löste sich mit Karen in der Führung ab. Er stocherte mit seinem langen Eishaken vor sich herum.

»Dünnes Eis voraus.«

Vorsichtig bewegte er sich weiter und rollte das Seil ab. Seine Gestalt löste sich im Sturm auf, und ich dachte: *Das ist es, was Del Grazo vorausgesagt hat. Er wird sich losbinden. Er fährt uns auf seinen Skiern davon. Er lässt uns zurück.*

Die Gestalt kehrte zurück.

»Es gibt einen Weg hinüber, aber er ist schmal. Wenn wir schnell fahren, gleiten die Skier direkt über das Wasser.«

»Wir sollen mit den Skiern übers Wasser fahren?«, fragte Eddie ungläubig.

»Das Wasser ist nur an der Oberfläche. Direkt darunter liegt Eis. Wenn Sie schnell machen, gibt es kein Problem.«

»Aber das Wasser hat … wie viel? Ein Grad minus?«

»Schnell rein und raus«, erwiderte Clinton. »Im Osten und Westen ist es tiefer.«

»Aber ein Grad minus …«

»Bleiben Sie einfach in Bewegung. Die Stiefel sind wasserdicht. Und sollten Sie doch nass werden, konservieren die Wollsocken die Wärme. Was ist los mit Ihnen, Sie harter Marine? Muffensausen?«, bemerkte Clinton gelassen.

»Ich gehe zuerst«, sagte ich, um sie zum Schweigen zu bringen.

Er hatte recht. Es war leicht. Das Wasser reichte mir bis zu den Knöcheln. Doch das Eis hielt, und wir kamen alle durch. Die Socken hielten die extreme Kälte von meinen Füßen fern.

* * *

Wir wurden schneller und kamen gut voran, während der Wind für eine Weile von hinten blies, was irgendwie keinen Sinn ergab, doch was tat das hier oben schon? Dann ließ der Sturm nach, das Licht wurde zu einem helleren Grau. Vor uns tauchte eine bedrohliche, dunkle Silhouette auf. Berge aus Eis. Mir sank das Herz. Ivu, nannte Clinton es. Zwei Eisschollen, die sich ineinandergeschoben hatten.

»*Da* sollen wir rüberklettern?«, fragte Eddie neben mir. Der Wall musste mindestens zwölf Meter hoch sein. Zwölf Meter Eis. Ein vierstöckiges Gebäude. Wie klettert man mit Schlitten eine zwölf Meter hohe Eiswand hoch?

Der Wind pfiff von der sattelförmigen Silhouette zu uns herab, sauste um unsere Gesichter und jagte uns Eispartikel gegen die freiliegenden Hautpartien.

»Das ist gar nicht so schwierig«, meinte Clinton.

»Für Sie vielleicht«, gab Eddie zurück.

»So oder so, Kommisskopf. Sie werden es tun.«

»Haben Sie etwas gegen Marines, Clinton?«

»Haben Sie etwas gegen die Army, Schlauberger?«

Die Schlitten schienen das Doppelte zu wiegen, als wir sie über die Eiswand zogen. Wir zogen und zerrten und halfen uns gegenseitig, sie Zentimeter für Zentimeter hochzuhieven und vor dem Absturz zu bewahren. Und endlich, am Rande der Erschöpfung, hatten wir es auf die andere Seite geschafft.

Ein Marine hatte sich den Knöchel verstaucht. Wir waren seit sieben Stunden unterwegs, hatten aber vermutlich so viel Energie verloren wie bei zwei Tagen normaler sportlicher Aktivität. Der Sturm hatte unsere Sinne betäubt. Wir waren wie zerschlagen. Ich wusste, dass uns das unvorsichtig machen konnte.

Also rief ich eine weitere Rast aus, diesmal eine längere, und zwei schlaflose Stunden später brachen wir wieder auf und überwanden ziemlich schnell einen weiteren Pressrücken – schließlich waren wir inzwischen Profis –, kämpften uns durch ein Eisfeld, und zwei Stunden später, vom Gipfelpunkt eines weiteren Eisrückens aus, blickte ich hinunter und entdeckte durch das anhaltende Schneetreiben vierhundert Meter vor uns die lang gestreckte, dunkle Form eines Atom-U-Boots am Rand einer Rinne im Eis.

Wir hatten es geschafft.

Es sah aus, als läge das Unterseeboot am Ufer eines Flusses, nur dass statt Land zu beiden Seiten schneebedecktes Eis lag.

Ich erkannte die Silhouette. Es war die *Montana*.

Neben ihr auf dem Eis befand sich eine zusammengewürfelte Anzahl von rechteckigen, geschlossenen Rettungsinseln mit Zeltdächern, daneben standen orangefarbene Polarzelte. Das mussten die Überlebenden sein. Die kleinen Generatoren, die die Heizstrahler in den Unterkünften mit Strom versorgten, standen knatternd auf dem Eis und stießen dünne graue Rauchfahnen aus. Ich sah keine Menschenseele.

Meine Stimmung hob sich, doch als wir den Abhang voller Eisgeröll hinunterkletterten, begann das Eis wieder zu grollen. Wir hörten ein Geräusch wie von einem Eisenbahnzug, und die tiefen Vibrationen von unten setzten wieder ein. Für mich klang es genau wie zuvor, doch Clinton blieb abrupt stehen, legte den Kopf schief und hob die Hand, um uns Halt zu gebieten. Er ließ den Blick über die eisige Ebene wandern, die sich am Fuß des Pressrückens erstreckte. Wir warteten.

Plötzlich hörte ich ein dumpfes, berstendes Geräusch, einen zerfetzenden Laut, der im Wind vibrierte, tief und lebendig. Er hallte wider wie ein Donnerschlag in kilometerweiter Entfernung, nur dass er hier hoch im Norden ganz fehl am Platz klang. Vielleicht war sein Ursprung gar nicht so weit entfernt, sondern ganz nah. Und dann sah ich entsetzt, wie nur ein paar hundert Meter von der Ansammlung von Zelten und Rettungsinseln entfernt ein dunkler, gezackter Streifen auftauchte. Er lief rasch ein paar hundert Meter weit vom offenen Wasser auf uns zu, bis er am Fuß des Eishangs, auf dem wir standen, zum Halten kam.

»Das Eis reißt auf«, rief Karen. »Mein Gott!«

Der Riss hatte die Zelte verfehlt, doch er verbreiterte sich schnell. Dann hörte es so plötzlich auf wie bei einem Erdbeben.

Es wird gleich wieder losgehen. Das Eis ist nicht stabil.

Wir kletterten hinunter, doch jetzt war es ein Wettlauf um Leben und Tod. Unten angelangt, hielten wir so schnell wie möglich auf die Zelte zu, während Crewmitglieder der *Montana* – einige aufrecht stehend, andere auf allen vieren – in ihren Parkas auf das Eis herauskamen.

Sie bewegten sich affenartig, gebückt, schwankend, wie Höhlenmenschen, Neandertaler, evolutionäre Rückentwickler. Ein Mann kippte um. Andere winkten. Verbrannte, kranke Menschen. Und dann eine Frau, hustend, tief gebeugt.

Das waren vermutlich die Gesünderen.

Das Eis unter unseren Füßen war wie ein zersprungener Spiegel.

Krank oder nicht, ich muss diese Leute hier herausbringen, und zwar schleunigst.

Kapitel 12

Kapitän Zhou Dongfeng, Kommandant des neuesten taktischen Atom-U-Boots vom Typ 094 der Jin-Klasse der Volksrepublik China, fuhr das Periskop ein und gab Befehl, das Boot langsam und lautlos zurückzusetzen, fort von den amerikanischen Marines, die auf Skiern auf die ausgebrannte USS Montana *zuhielten. Er war mittelgroß, gut aussehend, hatte dichtes schwarzes Haar und war dreiunddreißig Jahre alt. Er war zornig, dass man ihm zuvorgekommen war, doch er wusste auch, dass die Amerikaner keine Ahnung von seiner Anwesenheit hatten. Das bedeutete, dass er seine Mission vielleicht doch noch erfüllen konnte.*

Ich habe noch nie versagt, *dachte er und erinnerte sich an den Anruf des Admirals vom gestrigen Tag, als er nördlich von Alaska und westlich des Zyklons gekreuzt hatte. Der Admiral war eine wohlbekannte Führungsfigur in der chinesischen Marine. Kapitän Zhou bewunderte ihn und eiferte ihm nach, war ihm jedoch noch nie begegnet.*

»Das amerikanische U-Boot führt den Prototypen des neuen Mark-80-Torpedos mit sich, der fortschrittlichsten Unterwasserwaffe der Welt. Möglicherweise hatten sie auch eine Art Biowaffe dabei, die versehentlich freigesetzt wurde. Wir hörten von einer seltsamen,

tödlichen Krankheit an Bord. Diese Krankheit macht mir große Sorgen.«

Kapitän Zhou Dongfeng hatte gegen starke Widerstände Karriere gemacht, seit er mit zehn Jahren den Hof seines Vaters, eines armen Bauern im trockenen Nordwesten Chinas, verlassen hatte. Er hatte die Schweinezucht immer gehasst, war ein hervorragender Schüler gewesen und hatte das Eintrittsexamen für die Marine mühelos bestanden. Unermüdlich hatte er sich zum Erfolg vorangetrieben, während alle anderen, die privilegierten Söhne von Regierungsmitgliedern und Militärs, mit Leichtigkeit und Protektion schnell durch die Ränge aufstiegen.

Nun hatte sich seine unaufhörliche Mühe endlich ausgezahlt. Man hatte ihm eines der neuesten U-Boote der Volksrepublik anvertraut und ihn in den Hohen Norden beordert, eine Region, die nach Pekings Ansicht im einundzwanzigsten Jahrhundert entscheidende Bedeutung erlangen würde. Als der Befehl eingegangen war, hatte er gerade neue, eisfreie Gebiete erkundet, von denen Peking hoffte, sie würden Abkürzungen für die chinesische Handelsmarine eröffnen. Er hatte vierzig der besten Seeleute bei sich. Kapitän Zhou wusste, dass die USA in Alaska Langstreckenraketen stationiert hatten, die auf China gerichtet waren. Falls es einmal zum Krieg kommen sollte – und mehr als nur ein paar Offiziere, die er kannte, hielten das für eine realistische Möglichkeit –, konnte die Kenntnis der nördlichen Seewege und des Seebodens den entscheidenden Unterschied ausmachen. Unterseeboote der Jin-Klasse waren mit Atomwaffen bestückt.

»Wie Sie wissen, steht es mit unseren Beziehungen

zu Amerika im Moment nicht zum Besten«, hatte der Admiral gesagt. »Vor zwei Wochen hat eines ihrer Schiffe bei ihren Kriegsspielen im Südchinesischen Meer eines unserer U-Boote gerammt. Die Amerikaner behaupten, es hätte sich um einen Unfall gehandelt, weil unser Boot so lautlos gelaufen sei, dass sie seine Anwesenheit gar nicht bemerkten. Achtundzwanzig Chinesen mussten sterben. Das U-Boot sank.«

Der Zorn des Admirals war spürbar. »Peking hat entschieden, die Erklärung der USA zu akzeptieren.«

Es war unverkennbar, dass der Admiral, ebenso wie Kapitän Zhou, fand, die Amerikaner hätten mit ihren Manövern so nahe bei China nichts verloren. Und dass es sich bei dem angeblichen »Unfall« entweder um eine bewusste Provokation oder das natürliche Resultat des aggressiven amerikanischen Verhaltens gehandelt hatte. Keine der Alternativen war akzeptabel. Der Verlust des U-Boots und so vieler Menschenleben war eine Demütigung und eine Katastrophe gewesen.

Der Admiral hatte gesagt: »Sie müssen das aufgegebene U-Boot vor den Amerikanern erreichen. Sie werden die Überlebenden mit Nahrung und Medikamenten versorgen. Beides werden Sie per Flugzeugabwurf erhalten, bevor Sie das Sturmgebiet erreichen. Während Sie der Mannschaft helfen, werden Sie alles in Ihrer Macht Stehende tun, um so viel wie möglich über die Systeme der Montana *zu erfahren.*

Sie werden behaupten, sich auf einer humanitären Mission zu befinden. Sie werden die Kontrolle über das Boot übernehmen. Sie werden auf die Ankunft des Schneedrachen *warten, um das amerikanische U-Boot wenn möglich abzuschleppen. Sie werden einen Prototyp des Mark-80-Torpedos an sich bringen, einschließlich der Konstruktionspläne und der begleitenden Technologie, falls vorhanden. Ich will Festplatten. Ich will, dass Sie den kranken Amerikanern wenn möglich Blut abnehmen. Sie sollen merken, dass wir ihnen auf die empfindlichen Zehen treten wollen.*

Übrigens muss jedes Ihrer Besatzungsmitglieder, das dieses U-Boot betritt, leider Schutzkleidung tragen und bei der Rückkehr vollständig dekontaminiert werden. Chemieduschen. Quarantäne. Sie sollen später auf den Schneedrachen *überstellt werden. Sie alle werden China einen großen Dienst erweisen.«*

Der Admiral akzeptierte keine Ausreden. Zhou hatte miterlebt, wie der Mann die Karrieren von Offizieren zerstörte, die seinen Erwartungen nicht gerecht wurden. Ein junger Kapitän – ein aufsteigender Stern – mochte zwar für Höheres vorgesehen sein. Doch wenn er versagte, würde der Admiral ihn versetzen oder degradieren lassen, und dann konnte er jahrelang in der Bürokratie versauern.

Allein beim Gedanken an den kahlen Schädel des Admirals, seine dünnen Augenbrauen, den schmalen Mund und die starre Miene – die er aus Chinas Marinenachrichten *kannte – bekam der Kapitän einen trockenen Mund. Er stellte sich einen kleinen, fensterlosen Raum vor, einen Stapel Akten auf dem Tisch, eine Einzimmerwohnung für seine Familie, Staub und den Geruch nach Schweinen im Wind … einen einsamen Mann, der den Kopf hängen ließ – das Schicksal eines Versagers.*

Noch vor Sekunden hatte er durch das Periskop den

Anblick seiner waidwunden 2,4-Milliarden-Goldmine bewundert. Der Admiral hatte gesagt: »Sie wird uns helfen, dem Abenteurertum der USA Grenzen zu setzen!«

»Die Biowaffe, Sir. Was wissen wir darüber?« Beim Gedanken an toxische Gase und künstlich geschaffene Mikroben hatte der Kapitän eine Gänsehaut bekommen.

»Im Augenblick ist unklar, ob die Krankheit von einer solchen hervorgerufen wurde. Es könnte auch eine natürliche Erklärung geben.«

»Sir, was ist, wenn das amerikanische Rettungsteam zuerst eintrifft?«

Das war natürlich eine logische Frage gewesen, doch beim darauf folgenden Schweigen brach Kapitän Zhou in Schweiß aus. Die Stimme des Admirals schien kühler geworden zu sein, als er antwortete.

»Alle Katzen lieben Fisch, doch sie haben Angst, sich die Pfoten nass zu machen.«

Was natürlich hieß: Ängstliche Leute sind mir nicht von Nutzen.

Der Admiral hatte hinzugefügt: »Ich bin sicher, dass das bei Ihrer Geschwindigkeit ausgeschlossen ist. Außerdem haben wir einen Agenten an Bord des amerikanischen Eisbrechers, der das Team bremsen wird.«

Kapitän Zhou wusste natürlich, dass nach internationalem Seerecht jedes Schiff, das in Gefahr war, zu sinken oder zu einer Gefahr für die Umwelt zu werden, geentert und gerettet werden durfte. Nur bei Kriegsschiffen war das etwas problematisch. Das Seerecht bestimmte, dass sie dem jeweiligen Land gehörten.

Er hatte die Frage einer bewaffneten Auseinandersetzung gegenüber dem Admiral zur Sprache gebracht: »Nur zur Klarstellung, Sir. Sollte sich jemand von der Mannschaft noch an Bord des U-Boots befinden, soll ich es dennoch entern?«

Der Admiral hatte ihm die passende Ausrede geliefert. »Sollte das U-Boot vom Eis zerdrückt werden, besteht die Gefahr einer weitreichenden Umweltkatastrophe, vor allem, wenn der Reaktor beschädigt sein sollte. Diese Katastrophe müssen Sie unbedingt verhindern.«

»Die Amerikaner könnten das möglicherweise anders betrachten.«

»Zweifellos. Aber ihre Satelliten sind blind. Und dank unseres Agenten kann die amerikanische Rettungsmannschaft nicht mit Washington kommunizieren. Er stört die Verbindung. Sie glauben, es läge am Sturm.«

Was der Admiral damit hatte sagen wollen, war, dass niemand erfahren würde, was auf dem Eis wirklich geschah. Genau wie bei der Kollision im Südchinesischen Meer würde es zwei unterschiedliche Versionen geben.

Der Admiral hatte taktvoll hinzugefügt: »Wenn es zum Kampf kommen sollte, kann Ihnen niemand einen Vorwurf daraus machen, wenn Sie sich verteidigen. Vergessen Sie nicht: Eine Niederlage schmeckt nur dann bitter, wenn man sich entscheidet, sie zu schlucken.«

Er hatte verstanden. Geben Sie ihnen Arzneimittel, geben Sie sich hilfsbereit, aber bringen Sie das amerikanische U-Boot in Ihre Gewalt, egal wie.

Kapitän Zhou Dongfeng machte sich keine Illusionen über den zweiten Teil der Botschaft des Admirals. Er bedeutete: Wenn Sie versagen, wenn irgendetwas schiefgeht, werden Sie die Verantwortung tragen, nicht ich.

Der Admiral hatte hinzugesetzt: »Die Amerikaner sind listig und verlogen. Die USA sind ein sterbendes Weltreich und darum gefährlich. Selbst ihr großer Diplomat Henry Kissinger hat unlängst vorhergesagt, dass es in der Zukunft zum Krieg kommen könnte. Unser eigener großer militärischer Denker Li Zhenfu von der Marineuniversität in Dalian meinte, wer die Schifffahrtsrouten der Arktis kontrolliert, hat die zukünftige Entwicklung der globalen Wirtschaft und die Zügel der internationalen Strategie in der Hand. Herr Kapitän, durch überlegtes Handeln könnten Sie Millionen von Menschenleben retten. Ich hege keinerlei Zweifel, dass Sie China und sich selbst Ehre erweisen werden.«

Das hatte den Kapitän an eine Geschichte erinnert, die er während der Offiziersausbildung gehört hatte. Über russische U-Boot-Kommandanten, die sich in den 1960er Jahren während der Kubakrise geweigert hatten, Atomraketen auf die USA abzufeuern, um damit einen Atomkrieg zu verhindern. Bei ihrer Rückkehr brach ihnen das das Genick. Sie wurden zu Sündenböcken gemacht und wie Aussätzige behandelt.

Der Admiral hatte seinen Gedankengang unterbrochen und ihm die Identität des Spions bei den Amerikanern durchgegeben, den Code für die Kontaktaufnahme und ein verschlüsseltes Foto des Agenten.

»Sie werden diese Person mit zurücknehmen, falls es nötig sein sollte.«

Bewunderung für den chinesischen Einfallsreichtum hatte Kapitän Zhou Dongfeng überkommen, als er die Identität des Spions erfuhr.

Aber jetzt musste er schnell handeln. Er blickte sich im Kommandoraum um und sah, wie angespannt die Gesichter seiner Besatzung waren. Er rief auf dem Monitor Fotos des U-Boots auf und winkte den Major zu sich, der die vierzig an Bord befindlichen Spezialeinsatzkräfte kommandierte. Ihr Training ähnelte dem der amerikanischen Delta Force. Es waren harte Männer, die bei frostigen Temperaturen in der Mandschurei für Einsätze bei kaltem Wetter ausgebildet worden waren. Man hatte sie nach Norden geschickt, um Landeübungen und Manöver auf dem Eisschild in internationalen Gewässern durchzuführen.

Es war reines Glück gewesen, dass sie sich gerade in Reichweite befunden hatten, als Peking die Position des havarierten US-Unterseeboots herausfand.

Der Major war ein breitschultriger, durchtrainierter und dunkelhaariger Perfektionist namens Li Youyoung, der rasch die Fotos studierte, während Kapitän Zhou Befehle erteilte.

»Wir ziehen uns aus der Sichtweite der Amerikaner zurück. Sie dagegen werden an Land gehen, sie auf Skiern umgehen und dabei den Presseisrücken als Deckung benutzen. Sobald Sie in Feuerposition sind, werden wir auftauchen. Schießen Sie nicht, bevor der Befehl dazu ergeht oder Sie selbst unter Beschuss geraten.«

»Ja, Kapitän.«

»Sie haben jemanden vom Außenministerium dabei, der auf Verständigung dringt.« Der Major schnaubte.

Kapitän Zhou Dongfeng fügte hinzu: »Ich werde ein Gespräch beginnen und den Kanal für Sie geöffnet lassen. Wenn Sie mich zu irgendeinem Zeitpunkt sagen hören: ›Ich versuche nur, vernünftig zu sein‹, *dann zeigen Sie sich, damit die Amerikaner begreifen, dass sie umzingelt sind. Ich möchte ihnen klarmachen, dass sie sich in einer unhaltbaren Position befinden, mit Ihnen hinter sich und uns vor sich.«*

Der Major meinte: »Ich hatte einen Cousin auf der Victory.« *Das war der Deckname des chinesischen Unterseeboots, das die Amerikaner bei dem angeblichen Unfall letzte Woche versenkt hatten.*

»Mein Beileid, Major.«

Wie Zhou Dongfeng wusste, trugen die Männer des Majors kurze Sturmgewehre, die mit Granatwerfern unter dem Lauf ausgestattet waren, und zwei QJY88-Maschinengewehre auf Dreibeinlafetten.

Der Kapitän sagte eindringlich: »Wir würden es vorziehen, einen Kampf zu vermeiden. Sie werden von sich aus keine feindseligen Handlungen beginnen. Doch wenn Sie mich sagen hören: ›Es tut mir leid. Ich habe alles in meiner Macht Stehende getan‹, dann werden sie augenblicklich präventiv das Feuer eröffnen.«

»Ja, Kapitän.«

»Dies ist das Foto eines Freundes aus China, der sich bei den Amerikanern befindet, jedoch für uns arbeitet. Sollte diese Person zu irgendeinem Zeitpunkt um Asyl nachsuchen, gewähren Sie es.«

Der Kapitän deutete mit dem Finger auf die Fotos auf dem Bildschirm. Sie waren körnig vom fallenden Schnee, doch die amerikanische Stellung war klar erkennbar.

Auf den Fotos lag die havarierte Montana *in einer Rinne, einer Lücke zwischen zwei Eisschollen. Sie schien an Pollern vertäut zu sein, die aus dem Eis herausgehämmert waren. Die Rinne war so breit, dass es fast so aussah, als wäre das U-Boot am Ufer eines Flussbogens vertäut. Zwischen beiden Seiten des »Flusses« lagen im Augenblick mindestens achthundert Meter, wodurch Zhous 094er-U-Boot reichlich Spielraum zum Manövrieren blieb. Doch natürlich war das Eis ständig in Bewegung, und eine Rinne konnte sich jederzeit verbreitern oder ganz schließen.*

Im Moment zog sich das chinesische Unterseeboot zurück, um außer Sicht zu sein, wenn es auftauchte.

Aber die isolierten Zelte und Rettungsinseln, in denen die amerikanischen Überlebenden der Montana-*Katastrophe Zuflucht gesucht hatten, waren auf dem Bildschirm deutlich zu erkennen. Sie standen dicht gedrängt zusammen, zehn Meter vom offenen Wasser und etwa hundert von dem angeschlagenen U-Boot entfernt.*

Kapitän Zhou Dongfeng teilte Major Li Youyoung mit, dass die US-Marines inzwischen vermutlich in das Unterseeboot eingedrungen waren. Doch er kannte ihre Zahl und wusste, dass sie keine Wachposten zurückgelassen hatten. Niemand hielt Ausschau nach einem chinesischen U-Boot, das in einem Schneesturm ein paar hundert Meter entfernt hinter einer Biegung auftauchen würde. Niemand hielt den Amerikanern den Rücken frei.

Der Major nickte zustimmend.

Kapitän Dongfeng gefiel der Mann.

»Lassen Sie Ihre Männer sich bereit machen!«

Der Major salutierte, machte zackig kehrt und eilte davon.

Als der Kapitän wieder ans Periskop trat, sah er, dass er sein Fahrzeug erfolgreich aus der Sichtweite der Amerikaner herausmanövriert hatte.

Daher konnte er jetzt unbesorgt auftauchen.

In seinem Mund schmeckte er Kupfer und Galle.

»Fertig machen, um die Truppen an Land zu setzen!«

Kapitel 13

Es war ein Sarg aus Stahl und Eis. Ich folgte Dr. Vleska durch das 2,4 Milliarden Dollar teure Wrack. Unsere Stirnlampen durchschnitten die Dunkelheit, während wir uns einen Weg durch die geschwärzten Gänge suchten und überall Staub aufwirbelten, denn selbst die nicht verbrannten Bereiche waren mit Ruß bedeckt. Unsere sperrigen Schutzanzüge waren für kaltes Wetter gedacht, und wir konnten sie über den Parkas der Küstenwache tragen.

Irgendwo hier drin war ein Giftstoff freigesetzt worden.

Draußen in den Zelten und Rettungsinseln bereiteten Eddie Nakamura und die Hälfte des Kontingents von Marines die sechsundneunzig Überlebenden auf die Evakuierung vor. Elf weitere Mitglieder der U-Boot-Besatzung waren seit meiner Abreise aus Anchorage der Krankheit oder ihren Verbrennungen erlegen. Schnelligkeit war entscheidend, aber ebenso Pflege.

Das Eis da draußen stöhnte ununterbrochen und drohte zu zerbrechen.

Unsere Führer waren ein Unteroffizier der *Montana*, Sam Apparecio, und ein SEAL, Lieutenant Mark Speck. Beide waren krank geworden, hatten aber überlebt. Apparecio war dafür ausgebildet, in einem Chemikalienschutzanzug zu arbeiten, nicht jedoch Speck. Wir blieben ständig irgendwo hängen, weil die Anzüge unsere Beweglichkeit einschränkten. Durch die engeren Durchgänge, die nur knapp über fünfzig Zentimeter breit waren, mussten wir uns seitlich schieben.

Beide hatten sie überlebt. Warum?

Wir atmeten aus Sauerstoffflaschen, und ich fühlte mich wie ein Bergbauinspektor nach einem Einsturz. Stellenweise dröhnte ein Echo des an der Oberfläche tobenden Winds durch die *Montana*, und wir ließen die Luken hinter uns geöffnet, damit das Wasser sich für den Fall, dass ich das U-Boot versenken musste, ungehindert ausbreiten konnte.

Es schien unmenschlich, von den beiden Seeleuten zu erwarten, dass sie funktionierten – nach allem, was sie durchgemacht hatten. Apparecio hatte freundliche Züge, war etwa zweiunddreißig Jahre alt und stammte aus Minnesota. Eine seiner Hände war vom Feuer verbrannt und bandagiert. Er hustete trocken wie ein Kohlebergarbeiter. Rauchvergiftung, dachte ich. Kein feuchter Auswurf wie bei den kranken Crewmitgliedern in den Zelten. Speck war ein pockennarbiger Mann mit Hakennase, groß, doch erstaunlich leichtfüßig. Er trug einen Arm in der Schlinge, weil er sich während der Evakuierung das Handgelenk gebrochen hatte.

Sie beantworteten jedoch mit aufgesetzter Munterkeit so tapfer meine Fragen, dass mir vor Stolz beinahe die Tränen gekommen wären, während wir den Zustand des Schiffs zu beurteilen versuchten, das

– nur wenige Tage zuvor – noch der Stolz von Amerikas Flotte gewesen war.

»Kann die *Montana* tauchen?«

»Unmöglich, Sir. Die Steuerung funktioniert nicht.«

»Und der Reaktor?«

»Schwer zu sagen, ob er beschädigt ist. Das hat der Skipper ganz klar gesagt. Man darf ihn nicht einschalten.«

»Wie steht es mit Elektrizität?«

»Das ist etwas anderes, Sir! Den Strom einzuschalten wäre denkbar. Lassen Sie mich nur diese Konsole hier öffnen. Es *könnte* möglich sein, Sir. Mit ein bisschen Glück«, sinnierte Apparecio, während er durch sein Visier in das Innenleben der Konsole starrte wie ein Automechaniker, der das Chassis eines Kleinwagens untersuchte. »Eine Kleinigkeit hier, Sir, eine Kleinigkeit da. Ich *könnte* den Hilfsstrom aktivieren. Soll ich es versuchen?«

»Warum nicht?«

»Wir werden die *Montana* wahrscheinlich trotzdem nicht bewegen können, Sir.«

»Aber wenn wir Elektrizität hätten, könnten wir Torpedos abfeuern«, wandte ich ein. Drei neugierige Augenpaare wandten sich mir im Schein der Stirnlampen zu.

»Nur für alle Fälle«, fügte ich hinzu.

Das Visier nickte. »Nun, wir bewahren die Aale normalerweise in den Rohren eins und zwei auf. Ich will sehen, was ich tun kann.«

Wir ließen ihn zurück, einen einsamen Mann in einer finsteren Höhle. Während wir weiter nach achtern vordrangen, blieb Dr. Vleska immer wieder stehen, um medusenähnliche Büschel von verbrannten Kabeln und zerschmetterte Computerbildschirme zu inspizieren. Plastikteile waren geschmolzen, und ohne Heizung bildeten sich Stalaktiten aus Eis von der Decke herab. Wir versuchten, scharfe Kanten zu meiden – zum Schutz unserer Anzüge –, während ich Proben abschabte: rosafarbene Rückstände von einem Lüftungsschacht, die verbrannte Haut einer Leiche in einem Gang, einen Mundabstrich von einem Mann, der an Rauchvergiftung gestorben war und in einer Toilette lag.

Ganze Abteilungen waren vom Feuer zerstört worden. Andere waren nur verräuchert.

Im Durchgang zwischen dem Maschinenraum und den Quartieren der Crew tanzten winzige Partikel in der Luft. Sie stammten von den feuergeschwärzten Vorhängen, die die einzelnen Kojen abgeschirmt hatten. Das tragbare Warngerät, das Speck bei sich trug, blieb stumm. Wenn es irgendwo toxische Chemikalien gab, dann sollte sein blecherner Summer ertönen.

Doch diese Warngeräte funktionieren bei Temperaturen unterhalb des Gefrierpunkts nicht exakt. Sie sind nicht für solche Klimata gebaut.

Irgendwo hier drinnen war die Krankheit ausgebrochen, die die Seeleute getötet hatte und draußen, in ihren provisorischen Unterkünften, immer noch tötete.

Bevor wir in das U-Boot hinabgestiegen waren, hatte ich in diese Rettungsinseln und Zelte hineingesehen. Die Szenen würden mich mein Leben lang verfolgen. Viele der Männer und Frauen litten unter schrecklichen Verbrennungen. Andere waren todkrank und lagen, eingehüllt in aus dem U-Boot geborgenen Decken und Schlafsäcken, mit fast vierzig Grad Fieber auf den wenigen geretteten Matratzen. Ein schrecklicher Husten schüttelte sie, und Brust und Gesicht waren von Flecken übersät. Die engen Behelfsunterkünfte trieften von Kondenswasser, wenn die Heizstrahler funktionierten. Wo sie ausgefallen waren, hingen die Zeltdecken schwer von kristallisiertem Atemhauch durch. Die Temperaturen im Freien lagen inzwischen bei minus zwanzig, im Wind bei minus dreißig Grad.

Ursprünglich war die Mannschaft des U-Boots in vier geschlossenen Rettungsinseln für die am schwersten Erkrankten und die Fälle mit den schlimmsten Verbrennungen verteilt worden. Drei Rettungsinseln blieben für die leichteren Fälle und Zelte für die Gesunden.

Doch in den letzten zwei Tagen hatte die Krankheit sich ausgebreitet. Eine Trennung war nicht mehr möglich. Jetzt befand sich in allen Unterkünften eine Mischung von Patienten. Die am schwersten erkrankten Personen lagen offensichtlich im Sterben und husteten schaumiges Blut aus, das ihnen auf den Wangen gefror und in die Kehle zurücklief. Ich hatte Männer und Frauen behandelt, deren Haut sich abschälte, deren Hände nach Wundbrand rochen, deren Gesichter Hauttransplantationen nötig hatten. Der Geruch nach verbranntem Fleisch und Haar hing überall in der Luft.

Alle Mitglieder des Evakuierungsteams trugen Gesichtsmasken, doch diese Sicherheitsvorkehrung, die in gemäßigteren Klimata funktionierte, wurde vom eisigen Wind zunichtegemacht. Der Atem gefror, Eis bedeckte den Stoff, und irgendwann konnte man nicht mehr atmen.

Zwei der Marines hatten mit Major Pettits Genehmigung ihre Masken abgesetzt. Wenn sie keine Luft bekamen, konnten sie nicht arbeiten.

Eddie und ich hatten den Sterbenden Morphium gespritzt. Wir hatten versucht, ihre Luftwege zu befreien, indem wir Massen von Auswurf, Blut und Schleim mit behandschuhten Fingern herausschabten.

Ich werde ihr Blut auf der Wilmington *untersuchen, in den Labors beim Hubschrauberhangar. Dort gibt es Mikroskope, Gefrierschränke für die Proben, Instrumente. Eine Menge davon ist für uns brauchbar. Ich werde das Seuchenkontrollzentrum in Atlanta anrufen. Der Direktor wird ein Expertengremium zusammenrufen, um die Sache per Videokonferenz zu besprechen. Wir werden eine Mischung von antibakteriellen und antiviralen Medikamenten zusammenstellen, um zu sehen, ob irgendetwas davon funktioniert.*

Aber im Moment lagen unsere am schlimmsten betroffenen Opfer noch in von ihrem Erbrochenen durchtränkten Bettzeug, zitternd wie Malariakranke, stöhnend von stechenden Gelenkschmerzen in Ellbogen und Knien. Viele Crewmitglieder waren in Decken gehüllt, die nach Durchfall stanken, während blaue Flecken in der Größe von Zehncentstücken auf ihren gefrorenen Wangen aufblühten. Ein einzelner Mann konnte gleichzeitig schwarze Verbrennungen im Gesicht haben und weiße von Erfrierungen an den Händen.

»Wo sind Ihre Offiziere?«, hatte ich die Leute gefragt.

»Tot, Sir.«

»Wissen Sie, von wo aus die Infektion ihren Ausgang nahm?«

»Nein.«

»Hatte ihr Schiffsarzt eine Idee, um welche Krankheit es sich handeln könnte?«

Hände tasteten nach meinem Unterarm, glitten ab, öffneten und schlossen sich hilflos. *»Ich weiß nicht. Ich habe Kinder zu Hause. Helfen Sie mir.«*

»Major Nakamura! Ich brauche hier mehr Xapaxin, schnell.«

Wir hatten keine Ahnung, welche Medikamente helfen könnten, wenn überhaupt. Den Opfern gegenüber gaben wir uns zuversichtlich, sagten ihnen, dass jetzt alles besser werden würde, vor allem, wenn wir sie auf die *Wilmington* zurückgebracht hatten und sie mit einer Luftbrücke an Land in beheizte Krankenhäuser gebracht werden konnten.

Doch als wir wieder im Freien waren, war Eddie in sich zusammengesunken und hatte gesagt: »Herrgott, das ist so ungefähr das Schlimmste, was ich je gesehen habe.«

»Bring sie so schnell wie möglich aufs Schiff zurück. Stell den Hangar unter Quarantäne. Unterbinde jeglichen Kontakt zwischen der Crew der *Wilmington* und der Rettungsmannschaft. Jeder, der hier war, bleibt im Hangar.«

»Numero, niemand könnte mehr für diese Jungs tun als du. Sie haben Glück, dass du hier bist.«

»Ich will kein Glück. Ich will ein Heilmittel.«

Dann nahm ich Major Pettit beiseite und erklärte ihm, dass seine Männer auf dem Schiff im Hangar würden bleiben müssen, wo sie sich von den Kranken fernhalten und Masken tragen sollten. Jeder, der mit der Mannschaft der *Montana* in Kontakt gekommen sei, könne ebenfalls erkranken, machte ich ihm klar, daher müssten wir sie unter Quarantäne stellen.

Der Hangar ist nicht einmal so sicher wie ein Labor der Gefahrenstufe drei, aber wenn wir ihn zum Schiff hin abschotten, die Tore offen lassen und das Ventilationssystem abschalten, können wir hoffentlich eine Ausbreitung verhindern, bis wir einen Hafen erreichen oder Luftunterstützung eintrifft.

»Marines lassen niemals einen der ihren zurück, Colonel«, teilte mir Pettit kalt und beinahe anklagend mit.

Er glaubt, ich hätte Angst. Du kannst mich mal, Pettit.

Ich wäre am liebsten mit ihnen gegangen. Doch der Ausgangspunkt der Erkrankung lag irgendwo im U-Boot. Ich musste ihn identifizieren und dann die *Montana* entweder versenken oder bewachen lassen, bis es der *Wilmington* gelang, sich aus dem Eis zu befreien und uns ins Schlepptau zu nehmen.

Eddie kann auch ohne mich anfangen. Clinton wird sie sicher zum Schiff zurückbringen. Ich wusste nicht einmal genau, wonach ich suchen sollte. Ein Schimmelpilz? Die Sporen könnten sich in ihren Lungen festgesetzt und zu wachsen begonnen haben. Oder ein Gas könnte sich verbreitet haben, verflüssigt, gefroren.

Wenn es Schimmel oder ein Gas wäre, warum hat sich die Krankheit dann weiter ausgebreitet, nachdem sie das U-Boot verlassen haben? Weil sie das Toxin bereits in sich trugen und es lediglich ein paar Tage brauchte, um seine Wirkung zu entfalten?

Nein, es ist viel wahrscheinlicher, dass es sich um eine Infektion handelt.

Ich schüttelte mich.

Ein Krankheitserreger.

Zufall? Oder böse Absicht?

Während wir uns langsam weiter durch das U-Boot arbeiteten, teilte ich Karen und Speck mit: »Ein Erreger, der sich über die Luft verbreitet, würde sich über die Ventilation verteilt haben. Verdammt, wenn ein einziges Mannschaftsmitglied eine Erkältung bekommt, hat sich bald die halbe Crew angesteckt. Jede erkrankte Person beschleunigt die Ausbreitung.«

Ich fragte mich, ob es sich bei der Quelle um jenes arktische Virus oder Bakterium handeln könnte, mit dem wir schon lange gerechnet hatten. Ein Virus wie jenes, das russische Wissenschaftler vor ein paar Jahren aus einem See in Sibirien gefischt hatten, völlig unbeschädigt, eine winzige Lebensform, die in einem beheizten Laboratorium wieder zum Leben erwacht war.

Ich war so mit dem Gedanken beschäftigt, dass es eine Weile dauerte, bis ich merkte, dass mir noch etwas anderes Sorgen machte.

Wie kommt es, dass ich, sobald wir hier angekommen waren, so ein seltsames Gefühl an der Kopfhaut bekam, eine Art Jucken, ein warmes Prickeln, so, wie ich es jedes Mal in Afghanistan gehabt hatte, bevor sich herausstellte, dass wir beobachtet wurden?

Vielleicht ist es nur ein ganz normaler Juckreiz. Schließlich juckt mir die Kopfhaut auch jetzt, hier im Unterseeboot, wahrscheinlich weil ich unter dieser Sturmhaube so schwitze.

Nein, das ist es nicht, dachte ich.

Ich fühle mich beobachtet.

* * *

»Chief«, bat ich Apparecio, »erzählen Sie mir mehr über Ihren Auftrag.«

»Sir, wir haben eine Wetterstation eingerichtet und anschließend die Bewaffnung unter arktischen Bedingungen getestet.«

»Irgendetwas Biologisches?« Ich betete, dass die Antwort Nein lauten würde.

»Nur die neuen Torpedos, Sir. Doch dann bekamen wir einen Notruf und mussten alles stehen und liegen lassen.«

»Einen Notruf?«, fragte ich überrascht.

»Wir erhielten den Befehl, mit einem Forscher zusammenzutreffen, der Hilfe benötigte. Ein Amerikaner … Irgend so ein Typ, der zu Fuß und mit dem Paddelboot zum Nordpol unterwegs war.«

Karen wirbelte herum und starrte ihn an.

»Er war über etwas Eigenartiges gestolpert. Wie hieß er gleich wieder? Nate … Nate irgendwas …«

»DiLorenzo?«, fragte Karen.

»Ja, genau!«

»Ich kenne ihn«, sagte sie. Sie klang besorgt. »Dieses Jahr unternimmt er eine Ein-Mann-Expedition, um die Aufmerksamkeit der Weltöffentlichkeit auf die Eisschmelze zu lenken. Er ist mit einem Faltboot und einem Schlitten unterwegs. Und Sie sagen, Nate sei in Schwierigkeiten geraten?«

»Nein, so war es nicht, Ma'am. Er hatte etwas entdeckt. Jedenfalls fuhren wir hin und tauchten auf. Es war ein schöner, sonniger Tag, Ma'am. Ich gehörte zur Rettungscrew. Ihrem Freund geht es gut, aber …«

»Aber was, Chief?«

»Nun, es war das, was er uns zeigte, Colonel. Eine absolut irre Sache. Ich konnte meinen Augen nicht trauen, weil es wie das Puppenhaus meiner sechs Jahre alten Tochter aussah, verstehen Sie? Ein Querschnitt, als hätte es den Rumpf eines Boots vollständig entzweigerissen, und nur eine einzige Kabine wäre auf wundersame Weise erhalten geblieben, und zwar vollständig intakt, Sir. Eine Hälfte war in einen halb abgeschmolzenen Eisberg eingebettet, die andere ragte aus ihm heraus. Keine Ahnung, was aus dem Rest des Boots geworden war. Vielleicht lag er zerquetscht irgendwo auf dem Meeresgrund. Aber diese Kabine. *Da saßen zwei gefrorene Männer am Tisch.*«

Karen und mir stockte der Atem, und wir starrten uns an.

»Vermutlich saßen sie da schon seit vielen Jahren«, fuhr Apparecio fort. »Zweifellos waren sie an diesem Tisch gestorben, Sir. Wie heißt es gleich wieder, wenn man in der Schule eine Szene in einem Schuhkarton einrichtet, so eine Art Bild, Sie wissen schon, um es der Klasse vorzuführen?«

»Diorama«, antwortete ich, und mein Pulsschlag

beschleunigte sich. *Warum hat mir der Direktor nichts davon erzählt? Oder hat er es selbst nicht gewusst?*

»Ja. Genau. Wie ein Ausstellungsobjekt hinter Glas in einem Museum. So sah es aus. In der Kabine befand sich auch eine alte Filmausrüstung, ein Stativ mit einer antiken Kamera. Und es gab einen Pott Kaffee, der in der Kanne gefroren war. Ich habe noch nie etwas so Verrücktes gesehen.«

»Und Sie haben die Leichen an Bord genommen«, sagte ich. Ich spürte, wie sich Hitze in meinem Schädel ausbreitete – die schlimmste aller Vorahnungen schien sich zu erfüllen.

»Ja, diese gefrorenen Jungs gehörten nämlich zur US-Armee, nicht wahr? Das stand jedenfalls auf der Filmdose, und die haben wir auch mitgenommen. Ein verbeultes altes Teil, Sir. Wirklich alt. Und die Decken. Messer. Wir wollten sie nicht so zurücklassen. Der Doc sollte die Leichen eigentlich in der Tiefkühlkammer aufbewahren, aber er war neugierig. Ich hörte von Chief Duerr, dass er eine der Leichen herausgeholt hätte, um sie zu untersuchen.«

Meine Kopfschmerzen verschlimmerten sich. »Und er taute sie auf.«

»Ich weiß nur, dass der Doc zwei Tage später krank wurde, dann der Skipper. Es ging alles so *schnell*. Am Morgen fühlten sie sich noch gut. Und am Abend waren sie tot. Dann breitete es sich aus. Colonel. Der Erste Offizier hat Washington vor seinem Tod davon unterrichtet, und …«

Ich blieb wie angewurzelt stehen und wandte den Kopf zu dem runden, freundlichen Gesicht des Chiefs mit seinem Fünftagebart. Der Schock traf mich mit voller Wucht.

»Er hat *Washington* unterrichtet?«

»Ich war selbst dabei, Sir. Er hat alles klar und deutlich geschildert.«

»Dass Sie zwei gefrorene Leichen an Bord genommen hatten.«

»Ja. Zu dem Zeitpunkt litt eine Menge der Jungs bereits unter Husten. *Es breitete sich so schnell aus.* Es wurde immer schwieriger, normal weiterzuarbeiten. Lieutenant Robbins starb. Und dann wurde Chief Duerr wirklich *schwer* krank und erledigte trotzdem noch drei Jobs gleichzeitig, weil alle anderen ausgefallen waren. Er war erschöpft, Sir – Duerr meine ich –, und dann beging er einen Fehler, und das Feuer brach aus. Es war ein Unfall.«

»Wie lautet der Name der Person in Washington, mit der der Erste Offizier gesprochen hat?«

»Das weiß ich nicht, Sir.«

Karen Vleska starrte mich wütend an. »Davon hat mir niemand etwas gesagt«, erklärte sie. »Auch nicht von dem Unfall.«

»Mir auch nicht.«

Sie musterte mich im Strahl der Stirnlampe und kam zu einem Entschluss.

»Dann hat man uns beide angelogen«, meinte sie.

Der Zorn begann wie ein kleines Pulsieren in meiner Brust und breitete sich darin aus. Der Direktor! Hatte er Bescheid gewusst? Hatte er uns fünfhundert Meilen vom nächsten Land entfernt in einen Schneesturm geschickt, in diesen Schlamassel, *und mir nicht alles gesagt?*

Oder hatte jemand in Washington Geheimnisse vor *ihm*?

»Wir müssen herausfinden, womit sich die Leute angesteckt haben«, sagte ich.

»Bevor es sich weiter ausbreitet«, fügte sie ruhig hinzu.

»Wir müssen auch diesen alten Film finden. Vielleicht ist darauf etwas zu sehen, das … Chief, wissen Sie, was daraus geworden ist?«

»Vielleicht ist er verbrannt. Vielleicht ist er zusammengeschmolzen. Vielleicht liegt er auch noch irgendwo herum. Ich weiß es nicht.«

* * *

Wir konnten ihn nicht finden. Nicht den geringsten Anhaltspunkt.

Ich fluchte innerlich, während wir nach Aufzeichnungen suchten: dem Logbuch des Captains, einem Notizbuch, einem Tagebuch, einem Aktenordner, einem USB-Stick, der hätte erklären können, was die *Montana* da an Bord genommen hatte … Aber es schien aussichtslos, in diesem Wrack so etwas zu finden. Die Kabine des Kapitäns, die Offiziersmesse, die Krankenstation, da war nichts zu machen. Auch nicht im Kontrollraum. Man hätte einen Monat gebraucht für eine richtige Durchsuchung.

Wir zogen geschwärzte, stählerne Schreibtischschubladen auf, öffneten Spinde, brachen das Schloss eines rußverschmierten Schreibtisches auf, der mit einer schneeigen Decke aus verbranntem Isoliermaterial bedeckt war. Nichts.

Aus unserem Marine-Motorola drang gelegentlich

statisches Rauschen. Möglicherweise versuchte uns jemand von draußen zu erreichen, vielleicht redeten sie aber auch nur miteinander. In unserer kalten Höhle konnte ich die verstümmelten Worte nicht verstehen, also machten wir einfach weiter. Wenn es eine wichtige Nachricht für mich persönlich war, würde uns schon ein Marine suchen kommen.

Was befand sich auf diesem Film? Konnte er uns überhaupt helfen?

Digitalmonitore waren explodiert. Tastaturen aus Plastik waren zu gefrorenen Klumpen geschmolzen, die leer klickten, wenn man sie berührte.

Dieser Film ist wahrscheinlich sowieso verbrannt oder nutzlos.

In der Kombüse des Unterseeboots befanden sich verrostete Schränke und Kochgeschirr aus Edelstahl. Neben der Spüle lag ein rotweißer Karton mit koscherem Sysco-Salz.

»Hier ist nichts, womit die Chinesen etwas anfangen könnten«, stellte ich fest.

Karen gab missbilligende Geräusche von sich. »O doch, sie könnten eine Menge von diesen beiden Torpedo-Prototypen im Bug erfahren.«

Draußen bewachten zwölf Marines die *Montana*. Sie sollten sicherstellen, dass das Eis nicht anfing, sich zu bewegen, aufzubrechen oder mit dem daran verankerten U-Boot und den Kranken in den Zelten davonzutreiben. Ich dachte an einen Vortrag zurück, den einer unserer Lehrer in biologischer Kriegsführung in Quantico einmal gehalten hatte.

»In den achtziger Jahren«, sagte ich, »entwickelte die Sowjetunion Chemiewaffen speziell für kalte Klimata. Diese Gase konnten noch bei einer Temperatur von minus vierzig Grad töten. Die Senfgase funktionierten selbst unterhalb ihres eigenen Gefrierpunkts.« Während wir weitergingen und Proben nahmen, fuhr ich fort: »Ihr Blausäuregas verfestigte sich bei minus fünfundzwanzig Grad zu Partikeln, die man durch Ventilationssysteme einleiten konnte.

Bei extremer Kälte sind chemische Schadstoffe nur schwer nachweisbar. Gase werden fest und zerfallen in Einzelteile, die an der Kleidung haften bleiben. Man kann solche Chemikalien, die an einem Schutzanzug kleben, in einen warmen Raum einschleppen, wo sie wieder gasförmig werden und die Menschen krankmachen, die schon glaubten, sie wären in Sicherheit … Lieutenant Speck, halten Sie diesen Detektor bitte tiefer. Einige dieser chemischen Wirkstoffe sammeln sich in Bodennähe.«

»Ja, Sir.«

»Und Sie wundern sich, wie ich dazu gekommen bin, mit Unterseebooten zu arbeiten? Mann, wie sind Sie *da* nur hineingeraten?«, sagte Karen.

»Ich liebe die Tropen.«

Sie wandte sich um und versetzte mir grinsend einen Puff gegen den Arm. Es war das erste Mal, dass sie sich mir gegenüber nicht rein professionell verhielt.

Aus dem Funkgerät drangen wieder statische Geräusche. Was war da draußen los?

Wo war diese verdammte Filmdose?

Ich betrachtete Karens Gesicht durch das glasklare Visier, sah hohe Wangenknochen und Augen, die meinen Blick erwiderten. Mein Mund wurde trocken.

Sie ist schön. Das ist selbst zu einem Zeitpunkt wie diesem nicht zu übersehen.

* * *

»Ich werde niemanden auf dem Eis zurücklassen«, sagte ich.

Unsere Suche wurde unterbrochen, als ich einen neuen Laut bemerkte, der von außen durch den Rumpf hallte. Es war nicht das unregelmäßige Scharren des Eises, sondern das rhythmische Hämmern von etwas Schwerem auf Stahl. Drei Schläge, dann Pause. Drei weitere, Pause. Wer immer uns vergeblich per Funk zu erreichen versucht hatte, hatte es aufgegeben und benutzte jetzt eine direktere Methode.

Als ich mich abwandte, um nach oben zu gehen, legte sich Karens Hand auf den Arm meines Schutzanzugs. Die Berührung war so sacht, dass ich sie kaum spüren konnte. »Glauben Sie wirklich, der Film könnte wichtig sein?«

»Ich weiß es nicht.«

»Lassen Sie mich noch einmal in den Kabinen des Kapitäns und des Ersten Offiziers nachsehen. Ich würde meinen, dass sie alles Wichtige dort aufbewahrt hätten. Vielleicht gibt es eine Stelle, die wir übersehen haben. Ich denke, wir haben uns sehr beeilt.«

»Gut.«

Ich hatte eine Vision, wie das Eisfeld sich teilte, der Riss sich erweiterte und das U-Boot steuerlos in der einen Richtung, die kranke Mannschaft in der anderen davontrieb. Ich hastete durch die Gänge, während das Hämmern gegen den Rumpf immer drängender wurde. Ich spürte, wie sich ein Eisstalaktit an der Schulter meines Schutzanzugs verhakte. Dann erreichte ich die Leiter zum Turm und kletterte so rasch hinauf, wie es mit dem unförmigen Kleidungsstück möglich war.

Als ich draußen auf der Brücke angelangt war und mich umsah, erstarrte ich.

In etwa fünfhundert Metern Entfernung näherte sich langsam eine große schwarze Silhouette.

Trotz des Schnees und des Zwielichts erkannte ich die stromlinienförmige Kontur nach den Fotos, die der Direktor gesendet hatte. Die rote Flagge schloss jeden Irrtum aus.

Es war ein chinesisches Unterseeboot.

Kapitel 14

Von der Brücke aus sah ich, wie das chinesische U-Boot etwa dreihundert Meter entfernt innerhalb der Rinne stoppte. Vielleicht glaubte der Kommandant, das sei weit genug, um selbst die Explosion unbeschadet überstehen zu können, wenn er ein Torpedo abfeuerte. Mit einem Torpedofächer konnte er gleichzeitig die *Montana* zerstören und die Evakuierten am Rand der Eisfläche töten. *Oder er kann einfach die Überlebenden überwältigen und das U-Boot kapern.*

Auf ihrem Turm wehte eine weiße Parlamentärsfahne neben der roten Flagge der Volksrepublik China.

Während Dr. Vleska und Lieutenant Speck von unten heraufkletterten, sah ich, wie die Chinesen ein Schlauchboot aussetzten. Zwei Gestalten in voluminösen Parkas und Pelzmützen kletterten hinein. Eine setzte sich in den Bug, die andere ging ans Steuer. Sie lenkte das Boot um die größeren Eisbrocken herum, die in den Querströmungen trieben und deren scharfe Kanten das kleine Boot aufreißen konnten.

Ich hielt mein Marine Motorola an die Lippen und hoffte, Chief Apparecio im Maschinenraum erreichen zu können. »Chief?«

Keine Antwort.

»Chief?«

Ich hörte statisches Rauschen, dann: »Hier, Colonel.«

»Wir könnten den Reservestrom jetzt wirklich brauchen.«

»Arbeite ... Vielleicht in ... *bzzzzzz* ... zehn ... *bzzzzzz*.«

Das Schlauchboot war noch etwa hundert Meter entfernt und kam schnell näher. Der Wind hatte sich gelegt, und der Schneefall hatte etwas nachgelassen. Es sah aus, als hätten die Strömungen noch zugenommen, und das Eis trieb in alle möglichen Richtungen gleichzeitig. Schollen kollidierten miteinander. Die Naturgesetze schienen außer Kraft gesetzt. Selbst Logik und Mathematik mündeten anscheinend so weit im Norden in Anarchie.

»Wenn wir Strom haben, wie lange dauert es dann noch, die Torpedos scharfzumachen, Chief?«, fragte ich, und Karen Vleskas Kopf schnellte zu mir herum.

Diesmal konnte ich ihn klar und deutlich verstehen. »Ein paar ... Minuten, Sir.«

»Machen Sie schnell. Wir brauchen sie vielleicht.«

Es entstand eine Pause, bevor der Chief mit einiger Ironie meinte: »Colonel, als ich das letzte Mal hinsah, zeigte unser Bug direkt aufs Eis. Bei einer Explosion in vierzig Meter Entfernung könnte uns die Druckwelle in Stücke reißen. Und selbst wenn ich Strom bekomme, bin ich nicht sicher, ob wir die Aale abfeuern oder programmieren können. Möglicherweise sind die Kontrollen im Torpedoraum beschädigt.«

»Eins nach dem anderen, ja? Zuerst die Elektrizität.«

Der chinesische Kapitän hatte sein U-Boot perfekt in Stellung gebracht. Ich stellte mir die offenen Torpedorohre unter der Wasserlinie vor wie riesige Schlünde. Innen lagen die mit Flossen besetzten Geschosse. Er musste sie nicht einmal steuern, da wir direkt vor seinem Bug lagen. Solche, die zur Vernichtung unserer Kranken und Verletzten bestimmt waren, würden ferngesteuert nach links ins Ziel gelenkt werden.

Ich versuchte, Major Pettit zu erreichen, während auf dem Eis Andrew Sachs auf Skiern auf mich zugefahren kam und wild die Arme schwenkte. Ich konnte nicht umhin, zu bemerken, dass er sich schneller und geschickter bewegte als bei unserem Marsch hierher. Gute Lernfähigkeit? Clinton Toovik trat aus einem Zelt und kam ebenfalls in meine Richtung. Ebenso Peter Del Grazo. Die Brieftauben kehrten heim, um Hilfe zu leisten.

Oder kommt einer von ihnen aus einem anderen Grund?

Pettits Stimme wurde knisternd über sein Halsmikrophon übertragen. »Ich kann es sehen, Colonel.«

»Übertragen Sie die Evakuierung den Unteroffizieren des Schiffs. Nicht schießen! Schaffen Sie mehr Männer hier rüber! Suchen Sie Deckung!«

»Negativ, Sir. Wir bräuchten Äxte, um uns im Eis einzugraben.«

»Keine Kuppen oder Eisrücken, hinter denen Sie sich verstecken könnten?«

»Nicht wenn Sie uns in der Nähe haben wollen. Dort ist alles flach wie ein Eierkuchen. Außerdem können wir die Kranken noch nicht abtransportieren. Wir sind gerade erst dabei, sie auf die Schlitten zu laden.«

Wie sich herausstellte, war der Passagier des chinesischen Schlauchboots, der mit der Pelzmütze, ein

Offizier, der Englisch sprach. Sprachkenntnisse waren eine weitere Fähigkeit, an der es in unserem arktischen Expeditionscorps mangelte. Der Mann winkte lächelnd. Er wusste, dass er besser nicht versuchte, einen Fuß an Deck zu setzen, doch er warf Lieutenant Speck einen verschließbaren Plastikbeutel zu, der ein chinesisches Handfunkgerät enthielt. Er gab sich als der typische gute Samariter am Schauplatz eines Unglücks. Sein Captain wolle helfen, erklärte er. Doch sein zur Schau getragener guter Wille wurde durch die drohende Silhouette des U-Boots hinter ihm ein wenig beeinträchtigt.

»Wir wissen, dass Sie sich in Schwierigkeiten befinden. Mein Captain möchte mit Ihnen sprechen, Sir. Ich werde übersetzen«, sagte er. Und er erklärte uns, wie das Funkgerät funktionierte. Es ähnelte unseren Motorolas, konnte in der Hand oder um den Hals getragen werden, war verschlüsselt und vermutlich mit automatischem Frequenzwechsel ausgestattet, um das Abhören oder Stören zu erschweren. Gut geeignet auf kurze Distanz bei gutem Wetter, jedoch lausig auf große Entfernung. Die Chinesen konnten ferngesteuert den Empfang ausschalten, wenn sie wollten. Und genau wie bei unseren Modellen konnte man weitere Personen mithören lassen, deren Geräte im selben Modus arbeiteten.

Ich hatte so ein Gefühl, dass mehr als eine Person zuhören würde. Vielleicht sogar jemand direkt in China.

Wäre es möglich, dass er nach Hause funken kann, während wir blockiert sind?

Das grüne Licht am Gerät leuchtete auf. Das bedeutete, dass die Gestalt, die uns von der Brücke des anderen U-Boots aus zuwinkte, gesprächsbereit war. Ich nicht. Ich schaltete das Ding aus und tat so, als würde ich in den Apparat sprechen. Schüttelte ihn, als würde er nicht richtig funktionieren. Ich hielt den Finger fest aufs Mikrophon gepresst, falls das Gerät trotzdem sendete. Mit der anderen Hand aktivierte ich unbemerkt mein Motorola, hob die Stimme und meldete mich auf der anderen Frequenz bei Major Pettit, während ich so tat, als würde ich laut in das chinesische Gerät sprechen.

Das chinesische Schlauchboot hatte sich zu weit zurückgezogen, um mithören zu können, doch ich wandte den Kopf ab. Vielleicht hatten sie ja einen Lippenleser.

»Bringen Sie die Kranken hinter dem Pressrücken in Sicherheit«, gab ich an Pettit durch.

»Ich sage es den Chiefs, aber sie sind immer noch beim Beladen.«

»Keine Schießerei. Keine plötzlichen Aktivitäten. Immer mit der Ruhe, klar?«

»Ja, Colonel. Ganz ruhig.«

Der Assistent des stellvertretenden Außenministers, Andrew Sachs, hatte inzwischen den Berg von durcheinanderliegenden Eisblöcken erreicht, an denen das U-Boot vertäut lag, und begann unbeholfen und immer wieder zurückrutschend den Aufstieg zur Brücke. Ich konnte ihn nicht einschätzen. Doch die Anwesenheit eines hohen US-Beamten würde uns vielleicht ein Druckmittel in die Hand geben, selbst wenn wir von der Welt abgeschnitten waren. Ich ließ ihn herankommen.

»Lassen Sie mich mit denen reden. Ich spreche Chinesisch«, rief er zu mir herauf.

Ach so?

Das kam nicht infrage. Ich würde Sachs keinesfalls das Funkgerät überlassen. Aber vielleicht konnte er chinesische Sprachfetzen übersetzen, falls wir welche auffingen.

Clinton folgte Sachs und begann einen langsameren, aber gleichmäßigeren Aufstieg als dieser. Er konnte sich als nützlich erweisen, wenn es galt, das Verhalten des Eises vorherzusagen.

Und Del Grazo verstand etwas von Elektronik. Er sollte Chief Apparecio unten helfen. Ich winkte ihn ebenfalls herauf.

Dann konnte ich es nicht länger aufschieben. Mit klopfendem Herzen drückte ich den rechten Knopf auf dem chinesischen Gerät. Das grüne Licht blinkte auf.

* * *

»Ich bin Kapitän Zhou Dongfeng«, sagte der Übersetzer herzlich in unserer Drei-Mann-Schleife. »Ich bedaure, dass wir uns unter so schlimmen Umständen kennenlernen müssen. Wir haben Ihr Notsignal aufgefangen, und wir können Sie mit Nahrung und medizinischen Vorräten versorgen. Ich habe einen ausgezeichneten Arzt an Bord, der Sie unterstützen kann.«

Der Akzent klang eher britisch als amerikanisch. Er sprach hervorragend Englisch. Andrew Sachs hatte inzwischen das Deck erreicht und bewegte sich auf den Turm zu. Ich bedeutete Del Grazo, nach unten zu gehen. Kapitän Zhou wiederholte: »Mein medizinischer Offizier steht zu Ihrer Verfügung.«

Ja, um unsere Jungs auszuhorchen, während er arbeitet. Nein danke.

Ich versuchte, dankbar zu klingen, während ich Kapitän Zhou antwortete: »Vielen Dank für Ihr Kommen, Herr Kapitän, und dass Sie die Sicherheit Ihres Schiffs in diesem furchtbaren Sturm aufs Spiel gesetzt haben. Ich freue mich jedoch, sagen zu können, dass die Situation unter Kontrolle ist. Wir transportieren die Verletzten zu unserem Eisbrecher ganz in der Nähe. Aber für zusätzliche Medikamente wären wir dankbar.«

Sachs kam heraufgeklettert, streckte die Hand nach dem Funkgerät aus und formte mit den Lippen: *Lassen Sie mich mit ihm sprechen.* Ich schüttelte den Kopf.

Zhous Stimme klang mitfühlend. »Ah, es tut mir leid, Ihnen das sagen zu müssen. Vielleicht wissen Sie noch nicht, dass die *Wilmington* manövrierunfähig im Eis festsitzt. Tatsächlich wird sie seit Ihrem Aufbruch immer weiter von Ihnen abgetrieben.«

Herrgott, woher weiß er das? Oder lügt er einfach?

»Colonel, mein Arzt ist besonders für die Behandlung von Brandverletzungen ausgebildet«, fügte Zhou hinzu.

Und jetzt lässt er mich wissen, dass er sogar meinen Rang kennt.

Sachs streckte abermals die Hand nach dem Funkgerät aus. Ich schüttelte den Kopf und bedeutete ihm, er solle lediglich aufpassen, ob ich eine korrekte Version von Zhous Worten erhielt, und mir außerdem chinesische Sprachfetzen – die vielleicht im Hintergrund zu hören waren – übersetzen.

Vielleicht unterhielt sich Zhou ja mit jemand anderem auf der Brücke, ohne das Gerät auszuschalten. Man weiß nie.

Sachs trat auf mich zu. Er war es nicht gewohnt, sich herumkommandieren zu lassen. »Colonel, ich verlange ausdrücklich …«

Mein Gesichtsausdruck brachte ihn zum Innehalten. Tatsächlich wich er einen Schritt zurück und hob die behandschuhten Hände, als wolle er sagen: *Na schön, machen Sie, was Sie wollen. Aber mir gefällt das nicht.*

Dreihundert Meter, dachte ich. Ein Torpedo, das aus dreihundert Meter Entfernung abgefeuert wurde, brauchte weniger als fünfzehn Sekunden, um sein Ziel zu erreichen. Wir würden das Geräusch des Abschusses nicht hören. Auch nicht das Summen seines Antriebs. Ohne Sonar würden wir nicht einmal wissen, wenn die Torpedorohre geöffnet wurden, falls sie überhaupt noch geschlossen waren. Vielleicht ließ sich durch den fallenden Schnee eine leichte Heckwelle an der Wasseroberfläche erkennen.

Bei so geringer Entfernung riskierte der Kapitän Schäden am eigenen Schiff durch die Druckwelle der Explosion. Es war Schach mit Menschen als Spielfiguren. Ich schlug Kapitän Zhou vor, die Medikamente ans Ufer zu schicken, wo wir sie übernehmen würden. Sachs nickte, als wollte er mir seine Zustimmung signalisieren. *Arschloch*, dachte ich.

»Wunderbar«, gab Zhou Dongfeng zurück. »Man hat mich überdies instruiert, Ihnen die Labors des

Schneedrachen zur Verfügung zu stellen, der bald eintreffen wird. Mein Arzt kann Blutproben nehmen. Vielleicht hilft Ihnen das dabei, die Krankheit zu identifizieren.«

Sachs nickte, als wollte er mich drängen: *Warum nicht?*

Hatte ich es mir nur eingebildet, einen langen Seufzer durch das Funkgerät zu hören, als ich das Angebot ablehnte? Oder hatte es sich um statische Störungen gehandelt? Zhous Stimme klang nun bestimmter und verlor den konzilianten Tonfall. »Also gut! Ich schicke Ihnen die Medikamente. Das andere Angebot bleibt bestehen, Colonel. Und in der Zwischenzeit, wenn Sie freundlicherweise das U-Boot verlassen würden, schicke ich ein Team, um die Schäden zu untersuchen und Sie an die Trosse zu nehmen, um Sie aus der Gefahrenzone zu schleppen. Das Eis droht Sie zu zerquetschen. Und Ihr Reaktor ist durch das Feuer mit Sicherheit in Mitleidenschaft gezogen worden.«

Ja, und in derselben Sekunde, in der deine Jungs an Bord kommen, fangen sie an, Dinge auseinanderzunehmen, Fotos zu schießen, Teile mitzunehmen und Diagramme anzufertigen. Nein, Herr Kapitän, ganz bestimmt nicht.

»Colonel, keiner von uns möchte doch, dass ein undichter Reaktor auf den Grund des Meeres sinkt«, fügte Zhou im Ton der Vernunft hinzu. Wir wussten beide – jedenfalls hätte ich darauf gewettet –, dass der Reaktor intakt war.

Ich hoffte, dass Chief Apparecio im Schein seiner Stirnlampe in der Dunkelheit unter mir Fortschritte machte und den Notstrom aktivieren konnte. Ich wusste nicht mehr, wie weit entfernt vom Torpedoraum der Bereich für die Reserveenergie lag. Aber ich sah unter mir keine Lichter aufleuchten, spürte kein Vibrieren, nur die tödliche Ruhe eines ausgebrannten U-Boots. Ich musste Zeit gewinnen und mir etwas einfallen lassen, um Zhou zurückzuhalten.

Wenn ich dem Chief befehle, sie zu versenken, wird er so schnell er kann die Seeventile öffnen, und sie wird nicht lange brauchen, um unterzugehen. Wenn die Chinesen hören, wie das Wasser hineinrauscht, werden sie dann feuern? Werden sie versuchen, uns zu entern und es zu verhindern? Warum sollten sie schießen? Das brächte nichts. Dadurch könnten sie das U-Boot nicht retten.

Dann kam mir ein ernüchternder Gedanke.

Aber was mache ich, wenn Zhou damit droht, auf die Überlebenden auf dem Eis zu schießen?

»Chief? Können Sie mich hören?«

»So gut wie fertig, Colonel. Wir sollten gleich wieder Energie haben. Nur diese … diese festsitzende Fronttafel hier …«

»Wie lange würde es dauern, das Schiff zu versenken?«

»Keine Ahnung, Sir. Die Ballastanzeigen sind tot. Um die Seeventile zu erreichen und zu öffnen, brauche ich etwa zehn Minuten. Weitere fünfzehn dauert es, bis sie sinkt. Aber es ist schwierig, hier unten voranzukommen. Manche Stellen sind überhaupt nicht zugänglich, und die Hitze könnte auch viel Schaden angerichtet haben.«

Dieser Kapitän weiß, dass wir keinen Kontakt mit Washington aufnehmen können. Was er da tut, ist dreist und gleichzeitig brillant, denn niemand kann mitverfolgen, was hier vor sich geht. Ich kann nur auf Zeit spielen und hoffen, dass sich etwas zu unserem Vorteil verändert und er keine Gewalt anwendet.

Aber es war der perfekte Hinterhalt, das musste ich zugeben.

Am Ufer hatten einige der Marines die gesünderen Mannschaftsmitglieder der *Montana* mit dem Beladen der Schlitten beauftragt. Mit übertriebener Langsamkeit bewegten sie sich Schritt für Schritt über das Eis auf mich zu.

»Wir rechnen damit, diese Probleme in Kürze im Griff zu haben. Ihr Angebot, uns abzuschleppen, muss ich ablehnen. Die *Montana* ist keineswegs aufgegeben worden. Wie Sie sehen, befinden wir uns an Bord«, sagte ich zu Zhou.

Ich hörte ein paar schnelle, erregte Wortfetzen auf Chinesisch, dann verstummte das Gerät.

»Jemand stritt sich mit ihm. Sagte ihm, er solle endlich handeln … etwas tun … aber ich konnte es nicht genau verstehen …«, erklärte Sachs.

Das grüne Licht leuchtete wieder auf, und diesmal klang die Stimme mit dem englischen Akzent angespannt. Sie verloren anscheinend die Geduld. »Colonel, die *Montana* befindet sich in unmittelbarer Gefahr, vom Eis zerquetscht zu werden. Sie haben Antrieb, Steuerung und Tauchfähigkeit verloren. Es befindet sich ein Atomreaktor an Bord – der möglicherweise undicht ist. Ich muss darauf bestehen, den Schaden zu inspizieren. Die Ankunft unseres Eisbrechers *Schneedrache* steht unmittelbar bevor. Ich bin sicher, unsere Regierungen werden sich über die Details einig werden. Das sollten wir den Diplomaten überlassen. In der Zwischenzeit müssen wir eine Umweltkatastrophe verhindern. Da sind wir bestimmt einer Meinung.«

Ich bemerkte zunehmende Aktivitäten auf dem Deck des anderen U-Boots. Eine Luke öffnete sich. Gestalten kletterten heraus. Mein Spiel auf Zeit war vorbei.

»Das wird nicht möglich sein, fürchte ich«, erwiderte ich.

»Colonel, wenn Sie aggressives Verhalten an den Tag legen, werde ich zur Selbstverteidigung gezwungen sein, und ich fürchte, dann werden die vielen kranken und verletzten Menschen weiter zu Schaden kommen. Ich versuche nur, vernünftig zu sein.«

Einen Moment später folgte ein Aufkeuchen in meinem Ohrhörer, und Pettit rief aufgeregt: »Scheiße, Colonel! Sie sind auf dem Pressrücken! Sie sind uns in den Rücken gefallen!«

Zhou Dongfeng ließ mir ein paar Sekunden Zeit, die veränderte Lage zu verarbeiten. Eine Reihe von chinesischen Soldaten hatte sich in hundert Meter Entfernung von den Überlebenden auf dem Eisrücken gezeigt und war dann wieder in Deckung gegangen. Jetzt war unsere gesamte Gruppe in einem potentiellen Kreuzfeuer gefangen. Die *Montana* – und die kleine Ansammlung von Rettungsinseln, Zelten und Schlitten – saß direkt im Schussfeld ihrer Torpedos. Und Zhous Soldaten auf dem Rücken hatten die Marines im Visier. Beinahe jeder meiner Schutzbefohlenen konnte innerhalb von Sekunden niedergemäht werden, wenn die Chinesen das Feuer eröffneten.

Chief, bringen Sie endlich die Stromversorgung in Gang!

»Ich kann Ihre Handlungsweise nicht direkt entgegenkommend finden«, sagte ich.

»Bitte, Colonel. Es handelt sich um eine reine Vorsichtsmaßnahme. Schließlich könnten Ihre fünfundzwanzig Marines …« – damit nannte er die exakte Größe meiner kleinen Truppe – »… den Zweck unserer Anwesenheit missverstehen.«

»Ich denke, den verstehen sie sehr gut.«

»Ich schicke Ihnen ein paar Helfer hinüber. Sie werden ihnen natürlich gestatten, an Bord zu gehen«, teilte Zhou mit.

* * *

Das Eis stöhnte und ächzte, und die reißenden Geräusche setzten wieder ein, hallten im Wind. Es klang wie Hohngelächter. Jemand zupfte an meinem Ärmel. Es war Clinton. Er zeigte auf das chinesische Funkgerät. Ich sollte es ausschalten. Er schien etwas Wichtiges zu sagen zu haben. Bisher hatte er immer recht behalten, wenn er eine Lösung vorschlug. Also schob ich das Gerät unter den Parka, falls das Ding auch dann noch übertragen sollte, wenn die Anzeige rot leuchtete. Mit anderen Worten, falls sie mir ein manipuliertes Gerät untergeschoben hatten.

* * *

»Zehn Minuten!«, flüsterte Clinton mir zu.

»Was heißt das?«

»Halten Sie sie noch zehn Minuten lang auf. Dann wird sich die Lage verändern.«

»Wie?«

Clinton fluchte auf Inupiaq. Er ergriff meinen Arm und blickte um sich. Während die chinesische Entertruppe in drei Schlauchboote kletterte, zischte er mir zu: *»Sie alle vergessen ständig, dass das Eis kein Festland ist! Es bewegt sich. Die ganze Zeit! Es ist kein Land, also bleibt es nicht, wo es ist!«*

Ich folgte seinem Blick und studierte die Umgebung: den mäandrierenden »Fluss«, der in Wirklichkeit eine Rinne zwischen zwei Eisfeldern war und kein festes Land durchschnitt, das chinesische Unterseeboot, das uns zugewandt lauerte.

Er hatte recht. Im Kopf hatte ich diese Bezugslinien als so unverrückbar betrachtet, als stünden wir uns im Hudson River gegenüber.

Aber das war kein Fluss.

»Das Eis wird uns helfen«, sagte Clinton.

Ich verstand immer noch nicht.

»Sehen Sie sich die verdammten Strömungen an, Colonel.«

»Sie drehen in alle möglichen Richtungen.«

»Das ist der springende Punkt.« Jetzt wirkte er zornig. »Ich war in der gottverdammten Army, Colonel. Ich bin ein Veteran. Diese Arschlöcher werden unser U-Boot nicht in die Finger bekommen«, sagte er. »Wenn das Eis spricht … *tun Sie, was getan werden muss!«*

* * *

Kapitän Zhou kam wieder auf Sendung. »Colonel, ich muss darauf bestehen, dass Ihre Marines aufhören, ständig die Stellung zu wechseln, und an Ort und Stelle bleiben.«

Ich tat wieder so, als würde das Funkgerät nicht funktionieren.

»Falls Sie mich hören können, Colonel, werde ich jetzt bis zehn zählen«, sagte er. »Danach muss ich von feindseligen Absichten ausgehen und präventives Defensivfeuer anordnen, wenn Ihre Marines nicht stehen blieben. Eins … zwei …«

Ich befahl den Marines, nicht mehr weiterzugehen. Sie gehorchten und verteilten sich ungefähr zwölf Meter vom U-Boot entfernt. Sie befanden sich in Schussweite der Chinesen auf dem Pressrücken und waren gleichzeitig nah genug am Eisrand, um von einem Torpedo getötet zu werden.

Ich fragte Karen über unser eigenes Motorola: »Wenn der Chief die Notstromversorgung in Gang bekommt, können Sie ihm dann dabei behilflich sein, die Torpedos scharfzumachen und abzufeuern?«

»Ich bin mit dem System vertraut.«

»Und?«

»Wir werden unser Bestes tun. Aber wenn Sie auf so knappe Distanz feuern …«

»Tun Sie's einfach«, erwiderte ich.

* * *

Zhou meldete sich wieder. »Übrigens, Colonel, wir hören ausgezeichnet hier drüben, und sollte in Ihrem Boot irgendeine Maschine anspringen – Hydraulik, Türen –, werde ich gezwungen sein, von feindlichen Absichten auszugehen.«

Er war kein Narr. Es gab nur eine einzige Möglichkeit, ihn für Clintons zehn Minuten aufzuhalten, und ich ergriff sie.

Ich erzählte Zhou einen Teil der Wahrheit. »Herr Kapitän, wir haben eine höchst ansteckende und nichtidentifizierte Krankheit an Bord. Ich bin sicher, wir werden in der Lage sein, das Problem in Kürze unter Kontrolle zu bringen, doch im Augenblick sind wir noch, wie Sie sehen können, in Schutzkleidung. Es ist nicht sicher, an Bord zu gehen, weder für Sie noch für uns.«

Hatte er gerade gelacht, oder war das nur Statik gewesen?

Seine Männer waren inzwischen in die Schlauchboote gestiegen und stießen vom U-Boot ab. Sie führten hölzerne Kisten mit sich. Womöglich hatten sie ihre eigenen Schutzanzüge.

»Herr Kapitän, haben Sie nicht gehört?«, versuchte ich es noch einmal. »Wir haben es hier mit einem Pathogen unbekannter Natur zu tun. Wir versuchen, seinen Ursprung festzustellen.«

»Ich habe Sie durchaus gehört. Interessante Geschichte, Colonel«, erwiderte er. Ein neuer, härterer Ton war in seine Stimme getreten. »Wenn ich Sie recht verstehe, geben Sie also zu, dass Ihr Schiff eine Biowaffe an Bord hatte, die Ihre eigene Crew infizierte.«

Ich war verdutzt. Das war die letzte Reaktion, die ich erwartet hätte.

»Das ist absolut nicht das, was ich gesagt habe. Eine solche biologische Waffe existiert nicht!«

Er hatte die Wahrheit falsch interpretiert. Aber dann traf mich ein anderer, erschreckender Gedanke.

Er hat bisher in jeder Beziehung recht behalten. Wäre das denkbar?

Nein, das ist unmöglich. Jedenfalls wenn es begonnen hatte, als Leichen aus einer lang vergangenen Zeit an Bord gebracht wurden.

»Ich versichere Ihnen, wir stehen kurz davor, die Quelle der Infektion zu identifizieren. Hören Sie? Herr Kapitän?«, rief ich.

Er meldete sich nicht. Plötzlich frischte der Wind wieder auf. Der Sturm, der eine Weile nachgelassen hatte, kehrte binnen Sekunden zurück und wurde immer heftiger. Der Schnee fiel dichter. Ich konnte den chinesischen Kapitän kaum noch sehen und schon gar nicht seine Absichten erraten.

Selbst das statische Rauschen schien lauter zu werden.

Ich schrie ins Funkgerät und machte mich auf Gewehrfeuer oder Torpedos gefasst. Es war der schlimmstmögliche Moment für einen Ausfall der Kommunikation.

Kapitel 15

»Eine Biowaffe«, wiederholte er zwanzig Sekunden später.

Wenigstens funktionierte das Gerät noch. Ich wünschte mir, sein Gesicht sehen zu können. Ich fragte mich, ob er mit Peking in Kontakt stand. Oder ob er seine Entscheidungen so einsam und allein treffen musste wie ich.

Während der Schneefall immer dichter wurde und Eispartikel wieder wie Maschinengewehrsalven gegen den Stahl und die entblößten Stellen meines Gesichts prasselten, sagte ich, um Zeit zu gewinnen: »Wenn es hilft, Sie zu überzeugen, bitte ich Sie, Ihren Arzt herüberzuschicken. Nehmen Sie Blutproben. Wir wüssten Ihre Laborausrüstung und überhaupt jede Hilfe bei der Identifizierung des Pathogens sehr zu schätzen.«

Hoffentlich behält Clinton recht mit seinen zehn Minuten.

Die Marines verharrten an Ort und Stelle, durch das Schneetreiben kaum noch erkennbare Statuen, verwundbar durch die chinesischen Waffen und sehr weite zwölf Meter vom U-Boot entfernt. Selbst wenn sie uns erreichen konnten, hätten sie noch diese glatten Eisblöcke erklimmen müssen, um an Deck zu gelangen, während sie von hinten völlig ungedeckt waren. Falls es zu einem Feuergefecht kam, hatten sie keine Chance.

»Gut. Ich schicke Ihnen Dr. Liu mit den Medikamenten hinüber«, erklärte Kapitän Zhou.

Ich hob das Fernglas und erkannte schemenhafte Gestalten auf der Brücke des anderen U-Boots. Die eine gestikulierte wütend, die andere stand in unterwürfiger Haltung da. Zhou spielte ebenfalls auf Zeit. Er hatte seine eigenen Vorstellungen davon, die Sache zu regeln. Andrew Sachs starrte mich mit einer Intensität an, die mir nicht gefiel. Ich wünschte, seine Gedanken lesen zu können.

Ich weiß, dass du wütend bist, aber warum?

Und ich dachte auch: *Zhou benutzt andere Kommunikationssatelliten als ich. Funktioniert sein System? Steht er in Kontakt mit Peking? Er wird die* Montana *nicht aufgeben.*

Das grüne Licht ging wieder an. Zhou bemühte sich angestrengt um Herzlichkeit. »Kommen Sie schon, Colonel. Wie sagen Sie in Amerika? Legen Sie die Karten auf den Tisch? Es hat einen Unfall gegeben. Ein experimentelles Toxin wurde freigesetzt. Möglicherweise eine rein defensive Waffe. Ja?«

Was tut er da? Zeichnet er meine Antworten auf? Um sie als amerikanisches Schuldbekenntnis nach China zu schicken?

Wie kann ich ihn davon überzeugen, dass ich die Wahrheit sage?

»Es ist außer Kontrolle geraten und hat Ihre Crew krankgemacht«, soufflierte Zhou.

»Das habe ich nicht gesagt.«

»Ein Unfall. Ein Sprengkopf. Ja, ein schlimmer Unfall.«

Zwischen statischem Rauschen, dem Prasseln von Hagelkörnern gegen den Rumpf, dem Stampfen von Sachs, der sich warmzuhalten versuchte, und dem Heulen des Winds fiel mir plötzlich ein neues Geräusch auf. Es war ein tiefes Vibrieren wie von einem weit entfernten Zug, der sich durch einen Tunnel näherte.

»Letzten Endes«, sagte Zhou, »führte Ihr Unterseeboot Waffentests unter extremer Kälte im hohen Norden durch, nicht wahr?«

Von wem erfährt er all diese Dinge?

»Ich werde keinen Kommentar zu seiner Mission abgeben, aber lassen Sie mich Ihnen versichern …«, erwiderte ich.

»Ja, ich würde Ihre Versicherungen gerne hören.«

»Die Vereinigten Staaten setzen keine biologischen Waffen ein. Sie sind illegal, unmoralisch, und wir haben alle Verträge zu ihrer Ächtung unterzeichnet.«

»Ich bin absolut vertraut mit unmoralischen Akten, Colonel. Zum Beispiel, als letzte Woche im Südchinesischen Meer ein chinesisches U-Boot gerammt wurde und achtundzwanzig unserer Seeleute starben.«

Er zeichnet das auf!

»Das war ein schrecklicher Unfall«, gab ich zurück.

»Ach so, *das* war ein Unfall.«

Es war schon eine seltsame Ironie, dass Zhou, der seine Torpedos auf uns gerichtet hatte und die *Montana* zu stehlen versuchte, dessen Soldaten uns in den Rücken gefallen waren, sich plötzlich als unschuldiges Opfer darstellte.

»Da besteht keinerlei Zusammenhang«, betonte ich.

Plötzlich schwankte der Boden unter mir.

Ich senkte den Blick. Wir hatten keine Energie. Was war passiert? Eine Sekunde lang befürchtete ich, ein Torpedo ohne Sprengkopf könnte uns getroffen haben. Doch dann wurde mir klar, dass es das Eis gewesen sein musste. Clinton versetzte mir einen Stoß und nickte zum Ufer hin. Dort hatten sich die Eisklötze leicht verschoben. Die obersten waren weggebrochen, und der Rest schien sich dreißig Zentimeter weiter vom Rumpf entfernt zu befinden als noch vor einer Sekunde.

Clinton nickte. *Fünf Minuten*, formte er mit den Lippen und hielt fünf Finger in die Höhe. Dafür hatte er sogar seinen Fäustling einen Moment lang ausgezogen.

Mir kam der Gedanke, dass die Laute des Eises jedes Geräusch überdecken mussten, das die *Montana* eventuell erzeugte, wenn wir den Strom einschalteten.

»Gehen Sie runter. Sagen Sie Bescheid, was vorgeht und dass sie den Strom einschalten und ein Torpedo scharfmachen sollen«, befahl ich Lieutenant Speck.

Während er hinunterstieg, behielt er seinen klobigen Kopfhörer auf. Er würde möglicherweise kontaminierte Luft atmen und riskierte sein Leben. Seine Entschlossenheit – und der Anblick der Menschen in den Zelten auf dem Eis – bestärkte mich.

Ich werde jeden von euch retten, den ich retten kann.

Die *Montana* schlingerte wieder. Diesmal gab es ein Geräusch wie von Fingernägeln, die über eine Tafel scharrten. Die Vibrationen schienen sich durch den Rumpf fortzusetzen und brachten den Stahl zum Erzittern.

Clinton stieß mich an.

»Sehen Sie? Hinter dem U-Boot. *Sehen Sie?*«

Ich hob das Fernglas und spähte in das Tosen der wirbelnden Eiskörnchen. Ich sah die geisterhafte Silhouette des U-Boots und dahinter undeutlich die Silhouette des Packeises. Das »Ufer« hatte zuvor die Form eines Bogens gehabt. Jetzt war es eine gezackte Linie und lag wesentlich näher am Heck des chinesischen Unterseeboots. Plötzlich verstand ich, was Clinton mir hatte sagen wollen. Meine Hoffnung stieg. Wenn das Eis gegen Zhous U-Boot stieß, schwang es vielleicht mit dem Bug von uns weg und kehrte uns die Breitseite zu. Wenn *wir* uns also auch weiterbewegten, dann …

Sie könnte direkt vor unseren Rohren zu liegen kommen. Die Bedrohungslage wird sich umkehren.

Ohne Clinton hätte mich die Bewegung des Eises völlig überrascht. Vielleicht hatte Zhou ebenso wenig Ahnung davon. Keiner von uns verstand viel vom Eis.

Ich hörte ein Bersten von tief unten, als wäre etwas Großes entzweigebrochen, und beinahe gleichzeitig ertönte ein sanftes Summen. Ein vager Schimmer leuchtete auf, und als ich den Blick senkte, sah ich gelbes Licht von unten kommen. Wir hatten Strom!

Hatten Zhous Leute das Einschalten bemerkt?

Vom chinesischen U-Boot kam kein Kommentar.

Nun, der Direktor hat angeordnet, das Boot zu versenken, wenn es sein muss.

* * *

Ihre Schlauchboote und die Entermannschaft standen bereit.

Der Entscheidungsprozess lief innerhalb von Sekundenbruchteilen ab. Es war wie eine schnelle Abfolge von Emotionen. In Worte gefasst hätte es vielleicht so geklungen:

Mein Gott, was soll ich tun? Entschließ dich!

Was ist wichtiger, die Montana *oder die Menschen auf dem Eis?*

Die Menschen.

Und welches ist der beste Weg, sie zu retten? Kapitän Zhou zu geben, was er haben will? Zu hoffen, dass das Eis uns weiter herumschwingt und uns in Schussposition bringt?

Wenn ich anordne, die Montana *zu versenken, wird Zhou ihre Schieflage bemerken und versuchen, uns rechtzeitig zu entern, um den Wassereinbruch zu stoppen. Dann käme es wahrscheinlich zum Kampf. Meine Marines hätten nicht den Hauch einer Chance.*

Wenn ich ihm das U-Boot übergebe, hat er keinen Grund mehr, uns zu töten.

Nein, das stimmt nicht. Er ist wütend über den Zusammenstoß mit dem chinesischen Unterseeboot letzte Woche. Er hat bereits einen kriegerischen Akt begangen, und zwar weil er genau wusste, dass niemand sehen kann, was hier vorgeht. Wenn er Zeugen zurücklässt, riskiert er eine Eskalation.

Ich habe keine Ahnung, wie seine Befehle lauten.

Ist Zhou so kaltblütig, dass er die Ermordung der gesamten Gruppe an Land anordnen wird?

Vielleicht ist genau das sein Auftrag.

Er hat bereits versucht, uns auszutricksen, indem er so tat, als wollte er verhandeln, während er tatsächlich seine Truppen ausgeschickt hat, um uns in den Rücken zu fallen. Soll ich riskieren, dass er sein Versprechen bricht, wenn ich ihm die Montana *übergebe?*

Verdammt, ich sollte ihn in das U-Boot lassen, damit seine Männer es besetzen und sich alle mit dieser verdammten Krankheit anstecken und vor Schmerzen kreischend untergehen.

Ich fasste einen Entschluss.

* * *

Ich fühlte einen weiteren Ruck durchs Boot gehen, und diesmal zersplitterte das Eis, an dem wir vertäut lagen. Der Bug der *Montana* schwang langsam in die Rinne.

Gleichzeitig sah ich, wie sich ein gezackter Riss auftat und vierhundert Meter nach Osten schlängelte, die Marines und Zelte jedoch verfehlte. Das Packeis – auf meiner Seite der Rinne – zerfiel rasch.

Ich wusste nicht, ob Zhou sich darüber im Klaren war. Seine Schlauchboote waren jetzt bis auf hundert Meter herangekommen, und der Abstand verringerte sich rasch. Ich legte die Lippen an mein Motorola-Funkgerät. Der Einschaltknopf gab unter dem Druck meines Drei-Finger-Fäustlings nach.

»Major Pettit, langsame Flankenbewegung.«

»Ja, Sir.«

»Chief Apparecio?«

»Torpedos in Rohr eins und drei, Sir.«

»Was brauchen Sie, um sie abzufeuern?«

In dem sich verschlimmernden Sturm verschwamm das chinesische U-Boot zu einer unscharfen Silhouette. Die Gestalten an Deck verschwanden. Die Schlauchboote waren nur noch kleine, schwarze, dahinhuschende Punkte. Meine Marines mussten inzwischen für die chinesischen Scharfschützen auf dem Pressrücken hundert Meter hinter den Überlebenden unsichtbar sein.

Ich hörte ein knarrendes Geräusch vom »Ufer« her wie das widerhallende Echo eines Donnerschlags – gefolgt von lautem Knistern. Ich konnte nicht erkennen, was auf dem Packeis hinter Zhou vor sich ging. Doch die Silhouette seines U-Boots schwang plötzlich mit einer Schnelligkeit herum, die die Möglichkeiten seines Antriebs weit überstieg. Er drehte in eine Richtung ab, wo er garantiert nicht hinwollte. Gerade noch hatte er mit dem Bug direkt auf uns gezeigt, doch innerhalb von sechzig Sekunden präsentierte er uns die volle Breitseite. Das Eis drückte ihn zur Seite.

Zhou erteilte vermutlich hektisch Befehle. *Zurück. Maschinen kehrt. Schaffen Sie uns hier raus. Befreien Sie uns vom Eis.*

Auf meinem Motorola kam Apparecios Stimme ausnahmsweise laut und klar durch. »Bereit, Sir. Es ist ziemlich wahrscheinlich, dass sie es hören, wenn ich die äußeren Luken öffne. Aber bei all dem Krach, wer weiß? Danach brauche ich noch zwei Sekunden, um den Schalter umzulegen.«

»Öffnen Sie die äußeren Torpedoluken. Aber noch nicht feuern.«

»Ja, Sir.«

Na, dann mal los, dachte ich.

Ich drückte die Taste des chinesischen Funkgeräts. Das smaragdgrüne Lämpchen leuchtete. Wenn es dem anderen U-Boot gelang, dem Schub des Eises auszuweichen, wäre mein Vorteil dahin. Er würde ohnehin nur bestenfalls ein paar Minuten lang anhalten.

»Kapitän Zhou? Sie liegen jetzt direkt vor unseren geöffneten Torpedorohren. Wir sind feuerbereit. Sie werden Ihren Männern auf dem Eis befehlen, augenblicklich die Waffen niederzulegen. Dann können Sie sie zurück an Bord holen. Ich habe einen Übersetzer hier und will Ihren Befehl mithören. Und auch die Antwort Ihrer Leute. Und zwar sofort!«

Schweigen.

»Kapitän, Sie haben mir gedroht, und jetzt bleiben Ihnen genau dreißig Sekunden, bevor ich feure. Neunundzwanzig … achtundzwanzig …«

Sachs hatte aufgehört zu übersetzen und brüllte aus vollem Hals: »Nein, nicht!« Seine Augen unter der Balaklava waren weit aufgerissen vor Entsetzen.

Zhou war bereit zu feuern. Und ich bin es jetzt auch.

Ein Schwall chinesischer Worte kam aus dem Funkgerät. Dem Tonfall entnahm ich, dass Zhou Befehle erteilte. Andrew Sachs hörte auf zu schreien. Er schien in sich zusammenzusinken.

»Er sagt, sie sollen ihre Waffen zurücklassen. Er sagt, sie sollen nicht kämpfen. Und … und *sie bestätigen den Befehl*!«

Meine Knie fühlten sich an wie Gummi. Doch es war noch nicht vorbei. Ich ließ den Kanal zu Zhou geöffnet, während ich Pettit Instruktionen erteilte und versuchte, mit gelassener Stimme zu sprechen, obwohl mir absolut nicht so zumute war. »Major Pettit, nehmen Sie die Waffen an sich und eskortieren Sie die Chinesen zu ihren Schlauchbooten zurück. Behandeln Sie sie höflich. Wie Gäste. Sie haben uns Arzneimittel gebracht. Ihre Leute werden sich auf ihr U-Boot zurückziehen.«

»Ja, Sir.« Zum ersten Mal hörte ich so etwas wie Bewunderung in seiner Stimme.

»Kapitän Zhou, ich hoffe, Sie konnten das hören. Keiner von uns hätte etwas davon, wenn es zum Kampf kommt. Sie werden die *Montana* nicht übernehmen, und es befindet sich auch keine Biowaffe an Bord. Drehen Sie ab. Ich wünsche Ihnen eine sichere Heimkehr.«

Keine Antwort. Doch er war noch da. Wut und Erniedrigung waren beinahe körperlich spürbar über den offenen Kanal, greifbarer als Worte, als würde das Funkgerät selbst atmen und Böswilligkeit in die Luft verströmen.

»Herr Kapitän?«, fügte ich hinzu. »Nur damit Sie Bescheid wissen. Es war mein Ernst, was ich über die Kranken sagte. Wenn Sie uns immer noch Medikamente zur Verfügung stellen wollen, wäre ich Ihnen sehr dankbar. Diese Arzneimittel könnten Leben retten. Aber ich glaube nicht, dass wir Ihnen Blutproben überlassen werden. Es wäre vielleicht zu diesem Zeitpunkt sinnvoll, den Kontakt zwischen unseren Crews auf ein Minimum zu beschränken.«

Keine Antwort. Es war schon seltsam, wie sehr die Streifen des Funkgeräts einem fest zusammengepressten Mund ähnelten.

»Ich wüsste Ihr Ehrenwort zu schätzen, Kapitän Zhou. Keine Kampfhandlungen. Sir? Ich muss es von Ihnen selbst hören.«

»Ich … gebe … es … Ihnen.«

Meine Hoffnung wuchs. *Es wird funktionieren.*

Da draußen im unaufhörlichen Sturm würden sich die Soldaten aufeinander zubewegen wie zwei unter Hochspannung stehende elektrische Leitungen, die keinesfalls in Kontakt geraten durften, sonst würde es Funken sprühen. Zwei Gruppen misstrauischer Männer. *Ja, es würde funktionieren*, dachte ich. Bestimmt. Aber natürlich geht immer genau dann etwas schief, wenn man glaubt, es könne nichts mehr passieren. Irgendwo knackte es im Eis, ein einzelnes, lautes Krachen, das unglücklicherweise sehr ähnlich klang wie ein Schuss.

Und sobald dieser erste »Schuss« gefallen war, ging die echte Schießerei los.

Kapitel 16

Die Arktis tötet durch Illusionen. Lichtspiegelungen sehen aus wie ein Rettungsschiff, doch wenn man darauf zuläuft, stürzt man ins eisige Wasser. Eisschollen wirken solide, auch wenn man sie besser nicht betreten sollte. Eisrücken zerbersten mit der Schnelligkeit und Lautstärke eines Gewehrschusses.

»Beschuss aus zehn Uhr! Beschuss aus zehn Uhr!«, gellte eine Stimme aus dem Motorola-Funkgerät.

Im Sturm klang es, als würden ganze Armeen aufeinanderprallen. Die Kakophonie setzte sich zusammen aus dem dumpfen Knallen der Marine-M203-Granatwerfer, den Dreiersalven der M4-Gewehre, dem Krachen der chinesischen Kurzgewehre, und tief darunter lag wie ein höhnisches, grollendes Gelächter das Knarren des Eisfelds.

Im Funk schwirrten die Stimmen von Männern durch die Luft, die geblendet durch den Sturm die Lage einzuschätzen versuchten, blind drauflosschossen und sich bemühten, das Feuer des Gegners zu orten.

»Bowhead eins-zwo, Bowhead eins-zwo. Hier Bowhead drei. Könnt ihr mich hören? Over.«

»Die Schüsse kommen von Sierra Echo, das ist ein Schlitzauge.«

»Los! Los! Links, schalten Sie ihn aus!«

»Hier sind Abdrücke im Schnee, Bowhead einszwo.«

»Feuer einstellen! Feuer einstellen!«, schrie ich. »Das war kein Schuss, sondern Eisbruch!«

Die Echos der Schüsse hallten jetzt aus allen Richtungen gleichzeitig. Man konnte unmöglich jemanden lokalisieren.

»Um Himmels willen, Feuer einstellen, Marines! Feuer einstellen!«

Ich hatte eine schlimme Vision, in der die Kranken und Verletzten des U-Boots auf dem Eis von Kugeln durchsiebt wurden. Die Zelte, Eddie, die zusammengeschobenen Schlitten, alle im Kreuzfeuer oder niedergemäht von den Chinesen. Die festgeschnallten Kranken waren zu schwach, um davonzukriechen oder auch nur in Deckung zu gehen.

»Runter!«

Ich wusste nicht, ob die einzelnen Kombattanten den Standort ihrer Gegner kannten. Es war genauso wahrscheinlich, von einem verirrten Schuss getroffen zu werden wie von einem gezielten. Ich brüllte ins Motorola, dass Chief Apparecio und Karen Vleska auf *keinen Fall ein Torpedo abfeuern sollten.*

Konnten sie mich überhaupt hören?

Major Pettit und seine Teamführer hatten ihren Männern sicher befohlen, auszuschwärmen und auf den Pressrücken oder die Schlitten zuzurobben. Sie würden jetzt kaum wahrnehmbare, geduckte Formen sein, die auf den letzten Ort zukrochen, wo sie die Chinesen gesehen hatten. Und die waren natürlich inzwischen ganz woanders.

Aus dem chinesischen Funkgerät drang wieder ein Schwall von Schimpfworten.

Für einen Zivilisten hielt Andrew Sachs sich tapfer. Er wirkte entsetzt, blieb aber besonnen. »Jetzt brüllt jemand etwas von einem Bären! Einem Eisbären! War das etwa der Auslöser? Ein hungriger Bär, und dann ...« Er lachte auf, doch mit leicht hysterischem Unterton. »Ein verdammter Eisbär! Diese Arktis!«

»Übersetzen Sie mir alles, was sie sagen.«

»Gerade warnt einer davor, dass wir eines ihrer Funkgeräte hätten. Dass wir alles mithören können, was sie sagen.«

Das chinesische Funkgerät verstummte.

Plötzlich knallte es, und ich hörte ein schrilles Zwitschern, was bedeutete, dass eine Kugel mich knapp verfehlt hatte. Ich riss Sachs zu Boden. Schweres Feuer prasselte gegen die Brücke. Ich hatte das M4 im Anschlag, schoss aber nicht zurück. Möglicherweise hatte uns ja einer unserer eigenen Marines unter Beschuss genommen. Ich stieß das chinesische Funkgerät zu Sachs hin und blaffte ihn an, ihnen zu sagen – er sollte es immer wieder in den Apparat brüllen, ob sie reagierten oder nicht –, dass wir nicht mit der Schießerei angefangen hätten. Dass er das Feuer einstellen sollte und ich versuchen würde, unsere Jungs auch dazu zu bringen.

»Hier spricht Colonel Rush! Feuer einstellen, Marines!«

Sachs vermutete, die Chinesen hätten wahrscheinlich das Frequenzband gewechselt. Doch er drehte weiter an den Einstellknöpfen und sprach in das Gerät hinein. Aber ich konnte nicht wissen, ob die

Empfehlung, das Band zu wechseln, nicht sogar von ihm gekommen war. Ich verstand ja nicht, was er sagte.

»Doc! Doc! Freed ist verwundet!«

»Feind rückt näher! Auf Schnellfeuer gehen!«

Dann hörte ich Major Pettit. »Wenn Sie weiterschießen, Crowley, schiebe ich Ihnen Ihre Waffe dahin, wo die Sonne niemals scheint, kapiert? Der Colonel hat befohlen, das Feuer einzustellen!«

Niemand lässt *gerne* auf sich schießen. Wenn man hört, dass die andere Seite damit aufhört, neigt man eher dazu, ihrem Beispiel zu folgen.

Die Schüsse – zumindest auf der amerikanischen Seite – schienen weniger zu werden. Vielleicht bildete ich es mir auch nur ein.

Die Kurzgewehre verstummten.

Keine Schüsse fielen mehr.

Nur der Wind war zu hören wie fernes Gelächter. Und das Stöhnen von Männern. Jemand schrie.

Ich versuchte, Eddie zu erreichen. »Major Nakamura?«

»Alles klar hier, Colonel.« Ich war erleichtert, dass er okay war. »Niemand verletzt, aber sie haben das gottverdammte Eis in Stücke geschossen. Heilige Scheiße, was für ein Massaker! Das Eis hatte keine Chance. Es ist toter als Julius Cäsar.«

Ich wechselte das Funkgerät. »Kapitän Zhou, können Sie mich hören?«

Nachdem ich mehrmals mühsam das Frequenzband umgeschaltet hatte, hörte ich beim dritten Versuch seine ausdruckslose, kalte Stimme. Anscheinend hatte er den Funk wieder eingeschaltet. »Ich höre.«

»Es war das Eis, das es ausgelöst hat. Oder möglicherweise ein Bär. Wir haben das Feuer nicht eröffnet.«

Stille. Glaubte er mir? Es musste ihm doch klar sein, dass ich sein Schiff hätte torpedieren können, es aber unterlassen hatte. Er musste auf den Einschlag und die Explosion gewartet haben. Er musste gehört haben, wie seine eigenen Leute etwas über einen Bären brüllten.

Ich versuchte es noch einmal. »Kapitän Zhou?«

»Der Kapitän sagt, dass er von dem Bären weiß, Colonel«, gab die Stimme des Dolmetschers widerwillig zu.

Ich erteilte Chief Apparecio so laut einen Befehl, dass Zhou es hören konnte: »Versenken Sie die *Montana*. Öffnen Sie die Seeventile oder die Torpedorohre. Legen Sie Sprengstoff. Tun Sie Ihr Möglichstes so schnell Sie können und kommen Sie dann rauf.«

»Ja, Colonel.«

Und zu Zhou sagte ich: »Lassen Sie uns weitermachen, wo wir begonnen hatten. Die Kranken und Verletzten versorgen. Nehmen Sie Ihre Männer an Bord. Wenn Sie uns immer noch mit Medikamenten aushelfen wollen, bedanke ich mich dafür. Und dann lassen Sie uns nach Hause fahren.«

* * *

Pettit meldete, dass die chinesischen Soldaten zu ihren Schlauchbooten zurückkehrten und zwei Verwundete mit sich trugen. Pettit requirierte eines der Schlauchboote. Die Chinesen würden ihre Waffen zurückerhalten, wenn sie das U-Boot erreicht hatten.

Ich wusste, dass bei der geringsten Provokation wieder Kampfhandlungen ausbrechen konnten.

Wir kletterten auf das Eis hinunter, während das Wasser donnernd ins U-Boot rauschte und die *Montana* Schlagseite bekam. Als das Eis zur Brücke hochgekrochen war, fragte Sachs: »Glauben Sie wirklich, dass er abzieht?«

»Nein. Ich denke, er wird auf Tauchstation gehen und weitere Befehle abwarten. Aber ich kann kein chinesisches Unterseeboot in die Luft jagen und damit den dritten Weltkrieg auslösen.«

Zu Kapitän Zhou sagte ich: »Ohne Ihre Einmischung hätten wir die *Montana* retten können. Es wäre möglich gewesen, sie zu bergen.« Ich legte einige Bitterkeit in meine Stimme, damit er zu Hause das Gesicht wahren konnte. Er würde meine Nachricht als die des amerikanischen Kommandeurs zweifellos aufzeichnen.

Sollen seine Chefs doch denken, dass Zhous Eingreifen uns ein Unterseeboot im Wert von 2,4 Milliarden Dollar gekostet hat. Genau genommen stimmte das ja.

Aber ich muss unbedingt herausfinden, was die Crew der Montana *krankmacht. Diese Krankheit könnte schlimmer sein als der Verlust des U-Boots.*

Vielleicht gab meine konziliante Geste den Ausschlag. Vielleicht hätte Zhou ohnehin so gehandelt. Er schickte jedenfalls zwei Schlauchboote mit Kisten voller Medikamente. Einige davon entsprachen denen, die wir selbst dabeihatten. Jeder vernünftige Arzt hätte damit die Behandlung der Symptome begonnen, die ich in den Zelten und Rettungsflößen beobachtet hatte. *Schon seltsam*, dachte ich, während ich die chinesischen und englischen Logos auf den Kisten und die Namen der Herstellerfirmen betrachtete, die unsere Länder belieferten. Die Waffen, mit denen wir uns umbrachten, unterschieden sich. Aber wir benutzten dieselben Arzneimittel, um Leben zu retten.

Unsere Leute wirkten angeschlagen, aber froh, am Leben zu sein.

* * *

Der Untergang begann langsam. Erst senkte sich der Bug, denn dort standen die Torpedorohre offen. Dann schob sich das lange, zylindrische Boot stockend nach vorn. Ich sah zu, wie seine aalartige Form in das aufschäumende Wasser glitt, ein letztes Aufspritzen … dann ragte nur noch die Heckflosse heraus … und schließlich war auch die verschwunden. Nur aufsteigende Blasen zeigten noch, dass je ein U-Boot hier gelegen hatte.

Zwei Marines lagen tot im Schnee. Zwei weitere waren verletzt, bandagiert und mit Morphium vollgepumpt, so dass sie keinen Schlitten ziehen konnten. Jetzt mussten wir auch noch Marines als Patienten versorgen. Dreißig Seeleute von der *Montana* lagen paarweise in verschiedenen Stadien der Krankheit auf Schlitten. Manche waren betäubt von den Medikamenten, andere hatten glasige Augen vor Erschöpfung oder vom Fieber. Die schlimmsten Fälle husteten gelben Schleim aus, ekelhafte, ansteckende Brocken, die eine Spur im Schnee hinterließen.

Was die Toten anging, so hasste ich den nächsten Befehl, den ich erteilen musste: Zurücklassen. Es gab nicht genügend Schlitten, um sie zu transportieren, und wir brauchten jede Sekunde, um die Bedürftigsten in Sicherheit zu bringen, wenn sie überleben sollten. Später – nachdem der Sturm sich verzogen hatte – konnte eine weitere Expedition ausgesandt werden, um die Leichen zu bergen oder zu verbrennen, abhängig davon, was sie letztlich krankgemacht hatte.

Niemand war darüber glücklich. Doch Pettit verstand. Die Gesünderen von der Besatzung der *Montana* konnten uns helfen, die Schlitten zu ziehen. Clinton würde uns zur *Wilmington* zurückführen oder zumindest in die Richtung, wo sie nach Angabe unseres Peilgeräts sein musste.

Das chinesische U-Boot war verschwunden, wenigstens von der Oberfläche. Eddie glitt auf seinen Skiern eine Weile schweigend neben mir her.

»Glaubst du, Zhou ist direkt unter uns oder eher ein Stück weiter links oder rechts?«, fragte er und ließ den Blick über das Feld aus Geröllleis schweifen.

»Ich wüsste lieber, wer ihm Informationen liefert.«

Wir betrachteten die Gestalten, die sich in unregelmäßiger Linie zurück zur *Wilmington* arbeiteten, sofern Clinton sie wiederfinden konnte.

»Sachs?«, schlug Eddie vor.

»Er spricht Chinesisch. Er wollte, dass wir das U-Boot ausliefern. Aber während der Kampfhandlungen hat er eine gute Figur gemacht.«

»Unsere bezaubernde Karen Vleska?«

»Verdammt, sie weiß viel, aber die Hälfte von allem, was die Chinesen interessieren würde, könnte sie ihnen auch so erzählen. Dazu musste sie nicht erst in die Arktis kommen.«

»Spricht da die Logik oder die Liebe?«

»Eddie!«

»Schon gut, schon gut. Dann vielleicht Clinton? Er ist immer da, wenn wir etwas brauchen, immer in der Nähe.«

»Was willst du damit sagen? Der nützlichste Helfer ist schuldig, nur weil er hilft?«

»Na ja, wenn die Wahrheit so offensichtlich wäre, hätten wir sie längst herausgefunden.«

Verdrießlich musste ich ihm beipflichten. »Aber eine Menge Inupiat haben Verwandte in Russland.«

»Und was genau hat Russland mit China zu tun?«

»Ich sage ja bloß!«, gab ich zurück. »Du weißt schon. Sie sind Rivalen.«

»Ich komme immer wieder auf Sachs zurück. Oder Del Grazo. Unser Kommunikationsgenie. Wir denken nie über ihn nach. Er weiß, wie man elektronische Geräte repariert, also weiß er auch, wie man sie sabotiert. Er sieht allen über die Schulter, nur achtet keiner darauf, was er tut«, meinte Eddie. »Er könnte derjenige sein, welcher. Schlicht und einfach.«

»Daran habe ich auch schon gedacht. Außerdem hat Del Grazo ständig mit dem Finger auf Clinton gezeigt.«

»Wie du auch?«

»Del Grazo war bei jeder Besprechung anwesend.«

Ich wandte den Kopf nach Del Grazo, der auf Skiern neben einem Schlitten herfuhr und mit einem der verwundeten Marines sprach. Er bückte sich, um die Decke des Mannes zurechtzuzupfen. Er tat sich ständig positiv hervor. Nur in einer verdrehten Welt wie der unseren konnte das als Indiz für das Gegenteil gelten.

»Pettit war ebenfalls bei allen Meetings dabei«, überlegte Eddie. »He, wäre das nicht toll? Der Liebhaber deiner Ex entpuppt sich als Spion? Sie hatte schon immer einen schlechten Geschmack, was Männer angeht. Sieh dir nur an, wen sie geheiratet hat.«

»Das ist nicht komisch. Ich glaube nicht, dass es Pettit ist. Ich denke, die Chinesen hatten schon vor unserem Eintreffen jemanden an Bord, der die ursprüngliche Mission beobachten sollte. Das wäre logischer. So viel Glück gibt es gar nicht, dass sie ihren Spion so schnell im Rettungsteam hätten unterbringen können.«

»Logischer vielleicht. Aber nicht unbedingt richtig.«

Ich seufzte. Wir betrachteten unseren Schlittenkonvoi. Er sah aus wie eine lange Schlange. Das Eis unter uns rumpelte wie ein tropischer Vulkan kurz vor dem Ausbruch. Ich hörte ein Geräusch wie von reißendem Stoff, und die Oberfläche wölbte sich. Es gab einen einzelnen, gewaltigen Ruck, und eine Spalte riss auf und überholte uns nicht mehr als zwei oder drei Meter rechts von uns wie ein gähnender Schlund.

Das Eis beruhigte sich wieder.

»Scheiße«, meinte Eddie ehrfürchtig und erschrocken zugleich. Genau wie ich dachte auch er an jenen Moment zurück, als wir den Ort, an dem die *Montana* gelegen hatte, verlassen hatten. Die beiden Eisschollen waren hinter uns zusammengestoßen. In einem gewaltigen Aufbäumen wurden die Kanten des Eises zermalmt, die Augenblicke zuvor noch wie massive Ufer gewirkt hatten. Wir bewegten uns auf unsicherem Grund. Das Grollen endete nie. Weit unten im Süden in den Marmorhallen von Washington nannten Männer, die bequem in ihren Sesseln saßen, diesen Vorgang »globale Erwärmung«. Dort handelte es sich um einen wissenschaftlichen Disput. Hier sah ich den Planeten mit eigenen Augen in Stücke gehen.

»Eddie, wir müssen so schnell wie möglich dafür sorgen, dass diese Menschen es trocken und warm haben«, sagte ich. Langsam erkannte ich, wie recht die Eskimos hatten, wenn sie dem Eis hundert verschiedene Namen gaben und ihm Respekt entgegenbrachten wie einem Raubtier. »Und ich wünschte, wir hätten den Film gefunden. Diesen gottverfluchten Film.«

Eddie nickte nachdenklich in Richtung der Schlitten. »Die Inkubationszeit der Krankheit – ich meine, wenn wir es auch bekommen sollten ... Ich frage mich, wie lange es dauert, nachdem wir an Bord sind ...«

Ich schnitt ihm das Wort ab und fauchte: »Ich hätte fast einen Krieg angezettelt, um diese Leute zu retten. Ich will nicht noch mehr verlieren und werde sie nicht zum Sterben zurücklassen oder riskieren, dass sie in die Tiefe gerissen werden, wenn das Eis wieder aufbricht.«

»He, ich bin ganz deiner Meinung, Mann. Ich sage ja nur.«

»Lass es bleiben. Find heraus, was sie krankmacht. Mach dich nützlich, um Himmels willen. Soweit wir wissen, könnten die Antibiotika es heilen oder abschwächen. In zwei Tagen wird es allen bessergehen. Der Spuk wird vorbei sein, und alle Marines können nach Hause.«

Eddie zögerte. »Dieser Film, was glaubst du, könnte drauf gewesen sein, Numero? Der Chief sagte, er wäre alt gewesen. Neunzehnhundertsechzig? Achtzig?«

»Das werden wir nie erfahren.«

»Ach, vielleicht war es ja nur ein alter Porno. Irgend so ein Mist. He, erinnerst du dich noch an diese Affen, Uno?«

»Wie könnte ich die je vergessen?«

»Ich träume manchmal von ihnen, und in den schlimmsten Alpträumen haben sie menschliche Gesichter. Von Personen, die mir nahestehen. Manchmal auch solchen, die ich gar nicht kenne. Erst wird der eine krank. Dann der Nächste. In Bussen, Zügen …«

Wir glitten eine Weile schweigend weiter voran. Nicht nachzudenken verschaffte mir eine kurze Erleichterung, doch dann rief ich mir ins Gedächtnis, dass das hierzulande schnell den Tod bedeuten konnte. In der Konzentration nachzulassen kam nicht infrage.

»Dreizehn-siebenundvierzig«, sagte Eddie leise.

»Du bist heute eine richtige Spaßbremse«, gab ich zurück.

Ich blieb stehen, und unsere Blicke begegneten sich durch die Schlitze der Balaklavas. Er hatte den alptraumhaften Gedanken endlich laut ausgesprochen, der die ganze Mission überschattete, seit ich herausgefunden hatte, dass die Krankheit *vor* dem Brand an Bord der *Montana* ausgebrochen war – angesichts des Hustens der Seeleute auf den Schlitten wäre jeder Arzt aus unserer Einheit darauf gekommen.

»Marseille«, meinte ich. Das war der französische Seehafen, der durch seine besondere Rolle in jenem

Jahr 1347 berühmt geworden war. »*Yersinia pestis.*« So lautete der Name des berüchtigten Passagiers, der damals dort an Land gekommen war.

Ich wusste, dass Eddie genau wie ich vor seinem geistigen Auge die erste Landkarte sah, die man uns gezeigt hatte, als wir zur Einheit stießen. Es war eine Karte aus der Vergangenheit – aus dem Jahr, als die Schwarze Pest in Astrachan in Zentralrussland ein winziges, überfülltes Schiff bestiegen hatte, das südlich nach Sarai am Asowschen Meer und über den großen türkischen Hafen Konstantinopel gesegelt war, bevor es schließlich in Marseille andockte.

»Die Pest hat sich durch ganz Europa gefressen«, sagte ich.

»Ja«, bestätigte Eddie verzagt, während wir aus der Spur traten, um die Schlittenprozession vorbeizulassen, die von den kräftigeren Marines angeführt wurde, unterstützt von Del Grazo und Sachs. Karen Vleska wechselte sich an der Spitze mit Clinton ab.

Der Alptraum aller Alpträume hatte *auf einem Schiff* begonnen. Einem einzigen Schiff, das mit hustenden Seeleuten und ein paar Ratten an Bord im Hafen eingelaufen war. Schwarze Ratten, nicht die braune Sorte, die man in New York in der U-Bahn sieht. *Rattus rattus.* Ratten, die von Flöhen befallen waren. Flöhen, die Bakterien trugen. Bakterien, die in den menschlichen Blutkreislauf eindrangen. Anfangs wurden nur ein oder zwei Straßenhändler am Dock von den Flöhen gebissen, vielleicht auch ein Bettler, der flehend die Hand ausstreckte, oder ein reicher Händler im Pelzmantel in seinem luxuriösen Haus mit Blick auf den Hafen.

Am ersten Tag hatte sich lediglich eine Handvoll verstreuter Männer und Frauen ahnungslos an Hand- und Fußgelenken gekratzt, an den Stellen eben, wo Flöhe bevorzugt beißen. Noch im Laufe dieses Tags bekamen ein paar Einheimische Fieber und Kopfschmerzen. Am dritten Tag setzten auch bei den robusteren Kranken Fieberschauer ein, erst wie bei einer aufziehenden Grippe, doch dann wurde aus den Schauern starker Schüttelfrost, und aus dem Schüttelfrost entwickelten sich Krämpfe. Die winzigen Bissspuren der Flöhe blühten zu Beulen auf, und kurz darauf bekamen auch *andere* Familienmitglieder Fieber, die die Kranken berührt, dieselbe Luft wie sie geatmet oder ihnen vielleicht ein paar Löffel Suppe gereicht oder eine Gutenachtgeschichte erzählt oder eine Bandage gewechselt hatten.

»Wir wissen nicht, was unsere Jungs haben«, sagte ich zu Eddie, während ich einen stöhnenden Mann auf einem Schlitten beobachtete, der von einem Marine vorbeigezogen wurde. »Aber wenigstens ist es definitiv nicht die Pest.«

»Fünfundneunzig Prozent«, meinte Eddie düster.

Das war der Prozentsatz der Menschen, die in ganz Europa an der Lungenpest gestorben waren, nachdem sie sich infiziert hatten. *Eine Sterberate von fünfundneunzig Prozent.* Rechnete man noch die Leute dazu, die nur die gute alte normale Pest bekommen hatten, die Schwarze Pest, nicht die Sorte, die die Lunge befiel, addierte sich das zu dreißig bis siebzig Millionen Toten. Klinisch ausgedrückt und das blanke Entsetzen hinter nüchternen Zahlen versteckend, wie Wissenschaftler es gern tun, bedeutete das eine

Sterblichkeit von insgesamt 30 bis 75 Prozent. Und alles hatte mit ein paar abgemagerten, hungrigen *Rattus rattus* angefangen, die in Marseille von einem Schiff gehüpft waren.

Einem einzigen Schiff.

Und in *jenen* Tagen war die Welt weit weniger dicht bevölkert gewesen. Es gab keine Flugzeuge, Autos und Züge, die die Ausbreitung der Seuche beschleunigt hätten.

»Ich werde mich von einer Horrorstory nicht davon abhalten lassen, unseren Jungs die Pflege zu verschaffen, die sie benötigen«, sagte ich. »Was immer sie haben, es ist kein zweites 1347.«

»Absolut nicht«, stimmte Eddie zu.

Aber wir waren unterwegs zu einem Schiff, und dieses Schiff würde uns hoffentlich zurück nach Barrow bringen, und Barrow besaß einen Flughafen, es gab Autos, Lastwagen und Flugzeuge, die die Menschen – Touristen, Einheimische, Wissenschaftler – in alle Welt transportierten, so dass … nun … es war ein düsteres Bild, das Eddie da malte.

Hör auf, dich verrückt zu machen.

»Setz endlich die rosarote Brille ab, Eddie. Dein ewiger Optimismus bringt uns hier nicht weiter«, sagte ich müde zu Eddie.

»Warum hat uns der Direktor nicht gesagt, dass sie von dieser Krankheit bereits wussten, Eins? Oder von den Leichen, die sie an Bord genommen hatten?«

»Wir werden ihn fragen, wenn wir die Gelegenheit dazu haben. Vielleicht wusste er es nicht.«

»Du wirst ein paar Entscheidungen treffen müssen, bevor wir das Schiff erreichen.«

Ich blieb stehen, und meine Stimme verhärtete sich. »Nein. Das habe ich bereits.«

Er beugte sich näher zu mir, doch ich gab ihm keine Chance, noch etwas zu sagen.

»Du willst, dass wir sie auf dem Eis zurücklassen? Uns davonmachen? Willst du darauf hinaus? Und was ist mit uns? Dir und mir? Den Marines? Uns allen? Wir waren alle dort. Wenn es das ist, dann sag es geradeheraus, statt blöde Witze zu reißen.«

Er wirkte verletzt. »Das habe ich nicht gemeint.«

»Nein? Dann erklär mir doch, *was* du sagen wolltest, Herr Doktor! Sie auf brüchigem Eis in der Nähe des Schiffs zurücklassen? Sie ins Wasser werfen? Ihnen eine Dosis Morphium spritzen? Was zum Teufel wolltest du sagen? Die Hälfte dieser Leute würde nicht bis morgen durchhalten, wenn wir so etwas tun.«

Er schlug die Augen nieder.

»Kein Wort davon«, befahl ich. »Wir wissen noch nicht, um welche Krankheit es sich handelt, aber wir werden damit fertig. 1347 gab es noch keine Antibiotika. Sie hatten nicht einmal ein Prozent der Möglichkeiten, über die wir heute verfügen – und die medizinische Versorgung war nicht gerade effizient. Wir werden diese Menschen retten. Etwas anderes will ich nicht hören, also halt lieber den Mund.«

Er erwiderte nichts, doch ich wusste, was er dachte.

»Eddie, das hat nichts mit dem zu tun, was in Afghanistan passiert ist. Es ist nicht so, als wollte ich da irgendeinen Ausgleich schaffen.«

»Natürlich, Uno. Das weiß ich doch.«

»So oder so, ich würde nichts anders machen. In

Afghanistan wussten wir, womit wir es zu tun hatten. Hier nicht. Das ist der große Unterschied.«

»Ich weiß. Wirklich. Absolut.«

»Du triffst hier nicht die Entscheidungen.«

»Und ich bin froh darüber.«

»Dann mach es mir einfacher, statt dich wie ein Arschloch zu benehmen.«

Er ließ sich zurückfallen, und ich glitt alleine weiter. Später sah ich, wie er sich ohne Zurückhaltung um die Kranken kümmerte und ihnen seine volle Aufmerksamkeit zuteil werden ließ. Er war ein guter Arzt. Er wusste, worum es ging. Die nächsten Stunden wechselten wir kein Wort miteinander. Ich hatte ein schlechtes Gewissen, weil ich ihn so angeblafft hatte. Er hatte mir nur seine Gedanken mitteilen wollen, nicht mich umstimmen. Er hatte allen Grund, eine Heidenangst zu haben. Und jedes Recht, offen mit seinem besten Freund zu sprechen.

Dreizehnhundertsiebenundvierzig, dachte ich, während ich mich abstieß und vorwärtsglitt, abstieß und vorwärtsglitt. Der trockene Husten der Männer übertönte das Zischen der Skier im Schnee. Der Sturm hatte wieder nachgelassen, aber da wir schon ein paarmal vergeblich gehofft hatten, er würde sich endlich ganz legen, rechnete ich damit, dass der Wind jeden Moment wieder auffrischte.

Del Grazo kniete sich mit dem Rücken zum Wind hin, um das Funksignal von der *Wilmington* anzupeilen. Dabei stellte sich heraus, dass wir vom Weg abgekommen waren, wenn auch nur um ein paar Grad. Clinton führte uns im Großen und Ganzen sehr zielsicher.

»Noch drei Kilometer, Colonel. Wir sind fast da.«

Ich sah ihn an. In seinen dunklen Augen standen Hilfsbereitschaft und Hoffnung.

»Danke, Del Grazo.«

»Kein Problem, Sir.«

Er sprach wie ein typischer New Yorker. *Nun*, dachte ich, *als chinesischer Spion würde er kaum herumlaufen und Dinge von sich geben wie: Konfuzius und mein Agenten-Meister sagen: Wer lernt, aber nicht nachdenkt, der ist verloren!*

»Zwei Stunden Rast im Windschutz hinter den Eisrücken da vorne, dann laufen wir den Rest der Strecke durch!«

»Ich versuche noch einmal die Satellitentelefone«, sagte Del Grazo.

* * *

»Klopf, klopf?«

Dr. Vleska streckte den Kopf hinter dem Eisblock hervor, an dem ich lehnte. Auf der Leeseite des Pressrückens waren wir vor dem Wind geschützt. Wir hatten heißen Kakao ausgegeben. Es wäre zu kompliziert gewesen, die Kranken in Zelte zu bringen, zu aufwendig, sie ab- und wieder aufzuladen, daher hatten wir die Propangasheizer angeworfen und die Schlitten im Kreis darum aufgestellt. Wir drängten uns um sie herum wie arktische Stadtstreicher um wärmende Feuer in Mülltonnen.

Ich hatte meinen eigenen Heizer nur für mich allein. Das Privileg des Kommandeurs.

Dr. Vleskas Augen wirkten riesig hinter dem Schlitz der schwarzen Balaklava, eisblau mit einem Hauch weiß. Über ihrer linken Augenbraue bildete sich eine Erfrierung in der Größe einer Münze.

»Hier«, sagte sie und reichte mir ein paar Kekse. »Nur noch drei Päckchen übrig. Das sagte ich als Pfadfinderin immer, wenn ich selbstgebackene Kekse von Haus zu Haus verkaufte. Bis alle weg waren. Effektive Verkaufstechnik. Wenn ich sagte ›eine Schachtel‹, dann kauften sie auch nur eine. Bei drei nahmen sie alle drei. Ich versuchte es auch mit vier, aber das war wohl zu viel des Guten. Warum funktioniert es mit drei und mit vier nicht? Harvard wird sich auf meine Keksstudie stürzen und mir zehn Millionen Dollar Forschungsgelder bewilligen.«

»Haben Sie auch Pfefferminzschokolade?«

Sie nickte beifällig. »Sehr beliebt in der Arktis. Sie macht ein so schön kühles Gefühl in der Kehle.«

»Ich nehme drei Tafeln.«

»Darf ich mich zu Ihnen setzen?«

»Sie sitzen doch schon.«

»Wer ist der Spion?«

Wieder einmal ließ der wankelmütige Sturm ein wenig nach. Das Thermometer war auf gemütliche minus fünfzehn Grad geklettert. Ich hatte mich am Ziehen der Schlitten beteiligt, und jetzt trocknete der Schweiß auf der Haut. Das ist nicht gut in der Arktis. Ich nippte an meinem heißen Kakao und starrte Karen Vleska an. Ich musste die Frage nicht aussprechen: *Woher wissen Sie davon?*

»Ich bitte Sie«, antwortete sie. Sie saß mit ihren bauschigen Schneehosen im Schneidersitz wie ein junges Mädchen beim Yogaunterricht. »Dieser chinesische Kapitän kannte Ihren Dienstgrad. Er wusste, wie viele Marines wir bei uns hatten. *Wer* hat es ihm verraten? Was meinen Sie?«

Als ich einfach nur lächelte, streckte sie mir die Handgelenke hin.

»Ach so, ich? Wollen Sie mir keine Handschellen anlegen?«

Flirtet sie mit mir? Oder will sie nur herausfinden, wie viel ich weiß? Im Zweifel beantwortet man am besten eine Frage mit einer Frage. »Was glauben *Sie* denn, wer es ist?«

»Sie natürlich.«

Ich begann zu lachen. Ich konnte nicht anders. Es war entspannend, und genau das hatte ich gebraucht. *Wir sind einfach nur ein Kaffeekränzchen draußen auf dem Eis*, dachte ich. *Setzen wir uns doch im Kreis hin wie bei einem altmodischen britischen Mörderspiel und finden wir heraus, wer der Täter ist.*

»Na ja«, meinte sie, »*Sie* überprüft doch niemand, oder? *Sie* haben den besten Zugriff auf Kommunikationsmittel. *Sie* werden immer als Erster informiert. *Sie* hatten dieses Privatgespräch mit Kapitän Wieimmer-er-hieß. *Sie* haben mit einem Zaubertrick die Schießerei beendet. Und«, fügte sie hinzu und beugte sich zu mir, »*Sie haben mein U-Boot versenkt.*«

»Sie meinen, die ganze verrückte Aktion war abgekartetes Spiel?«

»Manchmal *funktionieren* Pläne.«

»Wie erklären Sie sich das Auftauchen des Bären?«

»Wenn Sie der Spion wären, dann würden Sie mir genau diese Frage stellen!«

»Was soll ich sagen? Sie haben mich entlarvt …«

Als wir uns diesmal in die Augen sahen, hielten

wir länger Blickkontakt, als nötig gewesen wäre. Doch wer immer gesagt hat, *Augen sind der Spiegel der Seele*, hatte keine Ahnung. Augen sind Vorhänge, die einen daran hindern, etwas zu sehen. Sie sind die Kaninchen, die ein Magier aus seinem Zylinder zieht. Ein Lächeln in den Augen ist das Letzte, was man sieht, bevor man eine Kugel in den Bauch bekommt. Ich verlasse mich lieber auf die Pulsfrequenz als auf die Augen. Und meine war definitiv erhöht.

Sie kam näher. Ein Hauch von nasser Wolle überlagerte den Geruch nach Schnee, öligem Propangas und den Gestank nach durchgebrannter Elektronik. Der zusätzliche Anflug von Schweiß und Parfüm musste meiner Einbildung entstammen. »Ich werde noch ein kleines Nickerchen machen«, erklärte ich. Damit bedeutete ich ihr, dass ich allein sein wollte.

Sie stand auf und stieß einen Seufzer aus, der als dünne Wolke aus ihrem Mund kam, sich verteilte und auflöste. Ihr Atem hätte in verdichteter Form einem spitzen Eiszapfen geglichen, der auf meine Kehle gerichtet war.

»Tja, wenn Sie nicht der Spion sind«, meinte sie, »dann war es ziemlich bemerkenswert, was Sie vorhin erreicht haben.«

Ich hob die Augenbrauen.

»Sie haben die Torpedos nicht abgefeuert. Sie haben die Kampfhandlungen gestoppt. Sie haben ein Massaker verhindert. Sie haben alles riskiert.«

Wir musterten einander.

»Überrascht?«, fragte sie. »Dass mir mehr an den Menschen liegt als an dem Unterseeboot?«

»Lassen Sie das nicht Ihre Vorgesetzten hören,

sonst ziehen sie Ihnen den Verlust vom Gehalt ab. Zwei Milliarden abzuarbeiten dauert eine Weile«, erwiderte ich.

Sie ließ die Schultern auf eine Art hängen, die eine verletzliche Hilflosigkeit ausstrahlte. »Manchmal habe ich Schwierigkeiten, nette Dinge zu formulieren. Das Gegenteil kann ich besser.«

»Meiner Exfrau ging es genauso. Ist das bei allen Frauen so? Oder bloß bei denen, die ich kenne?«

»Ich weiß nicht, warum die Marines Sie Killer nennen. Das ist nicht in Ordnung. Es ist grausam. Sie sind kein Killer, oder? Sie können töten, aber Sie vermeiden es lieber. Also, worum geht es bei der Sache? Sie scheinen sie ganz falsch einzuschätzen.«

»Hervorragende Gesprächstechnik«, entgegnete ich. »Sollten Sie je Electronic Boat verlassen, kann ich Ihnen einen guten Job bei meiner Einheit verschaffen. Als Verhörspezialistin.«

»Tja, wenn Sie mir garantieren, dass Sie nicht der Spion sind, kann ich Ihnen das hier genauso gut geben«, sagte sie lächelnd und griff in ihren Parka. Als ich sah, was sie darunter hervorzog, sprang ich auf. Ich traute meinen Augen kaum.

»Der Erste Offizier hat das hier von der *Montana* mitgenommen, als sie das Schiff verließen. Es lag auf einem der Schlitten. Ich habe es gefunden, als ich nach etwas Essbarem suchte. Der Mann, der es bei sich hatte – er war bei unserer Ankunft bewusstlos –, kam gerade zu sich. Er sagte, der Erste Offizier hätte ihm befohlen, das den Rettungsmannschaften zu geben, falls welche kämen.«

Die Metalldose war alt. Sie maß ungefähr dreißig

Zentimeter im Durchmesser und war olivgrün. Sie hatte Beulen und Kratzer und trug den Stempel: Besitz der US-Army.

»Ziemlich alt«, stellte sie fest. »Was glauben Sie, aus welcher Zeit sie stammt?«

»Ich habe keine Ahnung.«

»Neunzehnhundertfünfzig?«

»Da können wir nur raten.«

Sie wandte sich zum Gehen, und ich starrte die Filmdose an. Mein Herz schlug heftig, doch ich war nicht sicher, ob das an ihrem Besuch oder dem Gegenstand in meiner Hand lag. Ich streifte einen Fäustling ab. Augenblicklich schloss sich die Luft um meine Finger wie ein kalter Schraubstock, und ich begriff, wenn ich das Metall auch nur berührte, würde meine Haut daran kleben bleiben und Erfrierungen erleiden.

Ich zog den Fäustling wieder an und überlegte, ob ich die Dose mit einem der Skistöcke aufhebeln sollte. Doch in einem solchen Sturm und bei diesem Wind konnte der alte Film – wenn überhaupt noch etwas darauf zu sehen war – leicht zerbröseln und von den wütenden Elementen zerstört werden. Ich schüttelte die Dose. Es klapperte tatsächlich etwas darin. War es Cellulosenitrat? Konnte uns das weiterbringen?

Mach dir keine großen Hoffnungen. Und mach vor allem keine Dummheit. Sonst ruinierst du den Film noch, bevor du ihn ansehen kannst.

Karen Vleska hatte sich etwa sieben Meter entfernt neben den Schlitten eines verletzten Mannes hingekniet. Sie schien mich zu beobachten. Ich wünschte, ich hätte einen Röntgenblick wie Superman gehabt und in die Dose hineinsehen können. »Besitz der US-Army«. Das Metall hatte dieselbe Farbe wie Uniformen, Fahrzeuge, Feldflaschen. Es konnte gar nicht anders sein, als dass der Film darin etwas mit dem Tod zu tun hatte.

Widerstrebend steckte ich die Dose in meinen Rucksack. Sie musste warten, bis wir wieder auf der *Wilmington* waren.

Zwanzig Minuten später machten wir uns fertig und brachen auf.

* * *

In der Ferne sah ich ein kopfstehendes Schiff am Himmel hängen. Es wirkte so real wie die Sonne, die sich um vier Uhr morgens gerade durch das Grau fraß, ein gigantischer, umgedrehter Eisbrecher wie eine stählerne Piñata. Ich starrte ihn mit offenem Mund an. Hunderte von Tonnen massiven Stahls, komplett mit allen Aufbauten, Antennen, Rettungsbooten, Winschen. Alles schien hier oben auf dem Kopf zu stehen. Warum nicht auch die Logik?

Als wir näher kamen, schien das umgekehrte Bild sich herabzusenken, und dann sah ich darunter eine zweite *Wilmington*, die aufrecht im Meer schwamm.

Zwei Schiffe gleicher Größe, Meter für Meter identische Bilder, Yin und Yang.

Mit geringer werdender Entfernung verschmolz die Fata Morgana nach und nach mit dem echten Schiff. Dann brach die Sonne durch, und ein enormes Prisma füllte plötzlich den Himmel wie die Orgelpfeifen einer Kathedrale, ein schimmernder Regenbogen, in dem die beiden Schiffe verschwammen. Die Konturen wurden unscharf, und ganz plötzlich war das in der Luft hängende Schiff völlig verschwunden. Der vertraute rote Rumpf lag einladend direkt vor uns in etwa achthundert Meter Entfernung und pflügte durchs Eis auf uns zu.

Eddie holte mich ein.

»Murphys Gesetz«, sagte er. »Sobald man das festsitzende Schiff erreicht, ist es plötzlich wieder manövrierfähig.«

Durchs Fernglas konnten wir die Männer und Frauen sehen, die winkend die Bugreling säumten. Ihre Freude ließ mir meinen Plan noch grausamer und gefährlicher erscheinen. Doch ich schob den Gedanken beiseite.

Eddie hatte recht gehabt. In wenigen Minuten, wenn die *Wilmington* uns erreichte und wir wieder mit ihrer Crew vereint waren, würde ich das größte Risiko meines Lebens eingehen. Denn es ging nicht nur um mein eigenes Leben, sondern auch das aller anderen.

Tue ich das wegen des Vorfalls vor zwei Jahren?

Ich würde die Kranken an Bord der *Wilmington* bringen und darauf vertrauen, dass es uns gelang, herauszufinden, woran sie litten, und gleichzeitig die Infektion an der Ausbreitung zu hindern.

Ich würde eine Wette darauf abschließen, dass wir cleverer waren als der Erreger. Und dass die Krankheit unserer Fähigkeit, sie aufzuhalten, unterlegen war.

Während das Schiff näher kam, verschmolz das Bild, das ich vor mir sah, mit einem anderen aus der Vergangenheit.

Die Erinnerung stand mir nur allzu deutlich vor Augen. Ich wünschte, sie wäre auch eine Fata Morgana gewesen.

Kapitel 17

Major Joe Rush und Major Edward Nakamura blickten aus den geöffneten Türen des Chinook-Helikopters, der sie und zwanzig Marines vom Stützpunkt in Kandahar nach Südwesten flog. Dort wurde wieder einmal ein Laboratorium für Biowaffen vermutet, diesmal an der Grenze zwischen Afghanistan, Pakistan und dem Iran.

Dem Kommandeur der Basis hatte es gar nicht gefallen, als diese zwei Offiziere aus Washington wie aus dem Nichts aufgetaucht waren, mit »Sonderbefehlen« um sich warfen und volle Kooperation einforderten. Nur zögernd hatte er eingewilligt, diesen Hubschrauber herauszurücken, der eigentlich für einen Angriff auf die Taliban im Norden benötigt wurde.

»Wir brauchen auch Marines«, hatte Rush hinzugefügt.

Joe und Eddie jagten Gerüchten nach: einem Gemunkel auf einem Dorfbasar hier, dem Tipp einer Prostituierten dort, dem Hinweis eines Bettlers, abgefangenen E-Mails und verstümmelten Telefonmitschnitten von der NSA. Diesmal stammte die »Information« von einem blutüberströmten Mann, den man in einem Keller an einen Stuhl gefesselt hatte und der die afghanischen Geheimdienstoffiziere, die auf ihn einprügelten, anflehte, aufzuhören: »Sie mischen Chemikalien!«

Während der Helikopter in ein Luftloch sackte, meinte Eddie: »Bestimmt wieder Hokuspokus, was wollen wir wetten?«

Schließlich hatte auch das »versteckte Labor« in Teyyareh sich als schmutzige Apotheke entpuppt, nicht viel größer als ein Wandschrank, in deren gesprungenen Glasvitrinen zehn Jahre altes Aspirin und getrockneter Seetang lagen, den der »Apotheker« als Viagra bezeichnete. Die »Höhle voller Laborgeräte« in der Nähe von Daulet Yar hatten sie verlassen vorgefunden. Nur Lagerfeuerreste wiesen darauf hin, dass sie einmal von den Taliban benutzt worden war. Sie entdeckten einen Haufen abgenagter Ziegenknochen und einen Latrinenbereich, in dem es von Buschratten nur so wimmelte. Das war alles gewesen.

Rush zweifelte nicht daran, dass al-Qaida auf der ganzen Welt biologische und chemische Waffen in die Hand zu bekommen versuchte – in Russland bemühten sie sich, alte Chlorgasbomben zu kaufen, in Syrien Nervengas, und im Sudan spielten sie in versteckten Labors mit dem Ebola-Virus herum.

Telefonate waren von Satelliten abgehört, aufgefangene E-Mails nach Virginia weitergeleitet worden.

In Washington hatten Joe und Eddie mit dem Direktor zusammen Schnappschüsse vom Zoll in Manila studiert, auf denen Männer zu sehen waren, die angeblich im »Import/Export« tätig waren, während sie in Wahrheit nach Erregern und Chemikalien suchten, die sie gegen US-Truppen oder Ziele wie London, Madrid und New York einsetzen konnten.

»Ich wusste gar nicht, dass es in Afghanistan mal Seen gab«, sagte Eddie mit einem Blick nach unten.

»Sie sind inzwischen ausgetrocknet«, erwiderte Joe.

»Schau mal, da liegt ein verdammtes Schiff mitten in der Wüste«, meinte Eddie, während der Hubschrauber sich nach vorn neigte und die Piloten nervös Ausschau nach verräterischen weißen Rauchwölkchen hielten, nach Rauchstreifen, welche die Spur von Flugabwehrraketen markierten. Unter uns erstreckten sich schlammige Ebenen, karge Maisfelder, Gärten mit Wassermelonen und vor allem Flüchtlingslager. Wohin man auch sah, lagen die jämmerlichen Überreste dessen, was einmal einer der großartigsten Seen Zentralasiens gewesen war.

Der Mann in Kabul, der am Stuhl festgeschnallt gewesen war, hatte den afghanischen Offizieren erzählt, während Eddie versuchte, sich nicht übergeben zu müssen: »Der Doktor aus Pakistan hat das Schiff in ein Labor umgebaut. Sie haben Sprengstoff am Boden von Ölfässern eingebaut und Chemikalien darüber gefüllt.«

»Ich habe davon gelesen«, sagte Eddie und richtete den Kinngurt seines Helms. »Da gab es Otter und Leoparden und frisches Wasser. Und schau dir den Schlamassel jetzt an. Das müssen tausend Quadratkilometer Müllhalde sein.«

Sie flogen über eine riesige Ansammlung von Zelten hinweg, über der eine dichte graue Wolke hing, erzeugt von viertausend offenen Kochstellen. Der scharfe Gestank nach menschlichen Fäkalien und Sumpfgasen strömte durch die geöffnete Tür des Bordschützen herein. Fünfzehn Kilometer weiter setzten sie auf ei-

ner leichten Kuppe auf, die aus rissiger, harter Erde bestand. Sie war umgeben von weichem Lehm, aus dem hohes Schilf spross wie der stoppelige Haarkranz eines Achtzigjährigen im Endstadium von Krebs. Die Marines sprangen heraus und trampelten auf Joes Befehl rasch einen Fußpfad entlang. Die Reihe ihrer Helme wurde von den hohen, vertrockneten, im Wind schwankenden Halmen verschluckt. Sie hielten auf das Schiffswrack zu, das außer Sicht dreihundert Meter entfernt wie ein toter Wal auf dem Trockenen lag.

Die einzigen Laute kamen vom Schlamm, der an ihren Stiefeln saugte, und dem Summen der Mücken. Als Joe den Blick senkte, sah er einen weggeworfenen leeren Sack mit der Aufschrift UNAID. Etwas Lebendiges wand sich darin. Eine Ratte oder eine Schlange. Er bemerkte einen lehmbespritzten, noch originalverpackten Twinkies-*Kuchen. Ein Stück weiter lag ein zusammengeknüllter Teil der* International Herald Tribune, *den ein Schmuggler wahrscheinlich als Toilettenpapier benutzt hatte. Die ganze Gegend war ein überquellender Friedhof von Schrott aus den Industrieländern. Der Ort, wo Twinkies und Dallas-Cowboys-T-Shirts sich zum Sterben niederlegten.*

Der Gefangene in Kabul war Hotelangestellter gewesen, ein kleiner, schwächlicher Mann, den die afghanische Sicherheitspolizei aufgegriffen hatte, als er eines der von ihr betriebenen Bordelle verließ. Unter der Folter brach er tränenüberströmt zusammen. Eddie hatte herausgehen und sich übergeben müssen, als er sah, was die Beamten ihm antaten.

Mit der noch brauchbaren linken Hand hatte der Gefangene eine blutbeschmierte Karte gezeichnet.

Später hatte ein Satellit die Lage des Wracks bestätigt, ohne jedoch Spuren menschlicher Anwesenheit zu entdecken, bevor er wieder in der großen Leere verschwand, aus der heraus militärische Späher in Schlafzimmerfenster sehen und auf den Dächern der Souks tief drunten nach Antennen Ausschau halten.

»Dort machen sie Gas«, hatte der Mann gestöhnt.

»Iran im Westen, Pakistan im Süden«, meinte Eddie. »Ein Himmelreich für Schmuggler. Selbst wenn in dem Schiff ein Labor sein sollte, wette ich fünf zu eins, dass sie Heroin herstellen.«

Der Schilfgürtel hörte abrupt auf, und das Schiff lag vor ihnen schräg auf der Seite, als wäre es vom Himmel gefallen. War es mit Sprengfallen gesichert? Die Männer sanken tief im braunroten Schlamm ein. Fliegen schwirrten so dicht, dass sie die Luft verdunkelten. In der Hitze flimmerte das Schiff. Es war einmal ein Fischereifabrikschiff gewesen. Seine Netze hatten Massen von glitzernden Fischen aus dem See gezogen. Jetzt war davon nur eine dünne Schicht schmutzigen Wassers übrig, in dem noch ein paar Bodenfische lebten und flache Sportboote fahren konnten, aber keine großen Schiffe mehr.

Der alte Rosteimer hatte den Einheimischen einst Nahrung und Respekt verschafft. Diese schönen Tage waren lange vorüber.

»Abdrücke von Stiefeln und Sandalen. Mindestens zwanzig Leute«, verkündete Eddie. »Spuren eines Lastwagens, hier flach und dort drüben tiefer. Hat er Fracht zum Wrack befördert oder abgeholt?«

»Major Rush, wir haben eine Leiter im Schilf gefunden!«

Die Marines formten einen Kordon zu Joes Schutz, während er als Erster mit schussbereitem M4 hinaufkletterte. Oben nahm er eine Bewegung wahr und fuhr herum – doch es war nur eine fette Ratte, die über das schräge Deck tapste, als wäre sie Reeder, Kapitän und Besatzung zugleich.

Alle erreichten das Deck ohne Zwischenfall.

Als sie ein paar Minuten später die Tür zur ehemaligen vorderen Messe aufrissen, stieß Eddie überrascht die Luft aus.

»Ach, du Schande, Eins. Dieser Hotelknabe hat die Wahrheit gesagt.«

Ein Labor.

* * *

Die Marines entdeckten zwei Wachen. Es waren Teenager mit AK-47s, die in einer Kabine schliefen und offenbar vorher Sex miteinander gehabt hatten. Die Stummel von zwei fetten Joints lagen auf dem Deck neben ihnen. Das Schiff stank nach Schimmel, Marihuana, Sex und Pisse.

»Wo sind die anderen Männer?«, fragte der Übersetzer – ein jemenitischer Einwanderer aus Orange County, Kalifornien.

Keine Antwort.

Der Übersetzer hatte eine .45er auf den Kopf des einen Teenagers gerichtet. Joe drückte sie ihm herunter, als der Bluff nicht funktionierte.

Die Marines meldeten, dass der Rest des Schiffs leer sei, dann bezogen sie Verteidigungsstellungen an Deck, falls die Leute, die das Labor betrieben, zurückkommen sollten.

»Major, der Hubschrauber ist sicher nicht unbemerkt geblieben«, sagte der Lieutenant, der den Zug kommandierte. »Ich schlage vor, wir beeilen uns.«

»Wo sind denn alle hin?«, fragte Eddie.

»Vielleicht sind sie auf der anderen Seite des Sees auf einen Big Mac im iranischen Geheimdienstministerium eingeladen. Mal sehen, ob wir in dem kleinen Labor einen Hinweis finden.«

* * *

»Sehr geschickte Heimwerkerarbeit«, meinte Eddie ein paar Minuten später gleichzeitig bewundernd und besorgt.

Joe begutachtete das »Labor« im Schein der Taschenlampe. Alarmsirenen schrillten in seinem Hinterkopf. Die Bullaugen waren zugeschweißt worden, so dass kein Licht eindringen und kein Luftaustausch stattfinden konnte. Die Abzugshaube und die kleinen Behälter waren hochmodern. Vier große Elektrolüfter füllten eine improvisierte Luftschleuse aus, die zwischen der Kabine und der Außentür zum Gang eingeschweißt war. Die Lüfter waren nach innen gerichtet, damit keine Luft hinausdringen konnte. Es war die primitive Version eines modernen Biolabors. Luft durfte niemals entweichen, denn sie konnte tödliche Keime enthalten. Das Stufe-Vier-Labor in Fort Detrick verfügte über Vakuum-Vorkammern, Unterdruck erzeugende Ventilatoren und dreifach abgedichtete Türen. In diesem Heimwerkerlabor hatte man jedoch Haushaltslüfter von irgendeinem Basar verwendet. Gummischläuche, Vakuumflaschen, Wasseranschlüsse, Bleiche und Wasserentkeimer, stählerne Milchkan-

nen und Pumpen ließen das Innere des Schiffs aussehen wie Dr. Frankensteins Labor.

»Baut das ja nicht zu Hause nach, Jungs«, warnte Eddie. »Könnte schlecht sein fürs Familienleben.«

»Wer immer hier arbeitete, hatte Mut«, meinte Joe.

»Vielleicht ist denen alles egal. Denk an all die Jungfrauen, die im Himmel auf sie warten. Ich habe nie verstanden, was an Jungfrauen so toll sein soll. Sie machen nur Zicken und treten einem in die Eier«, kommentierte Eddie.

»Dir würde jede Frau in die Eier treten.«

Der allgemeine Gestank wurde überlagert von einem Hauch von abgestandenem Alkohol und Lysol. In rostigen Spinden hingen Chemieschutzanzüge, Brillen und Gesichtsmasken, und in den Regalen standen Kartons mit Gummihandschuhen. Es gab drei antike Maytag-Kühlschränke, aber da im Moment der Strom fehlte, konnte ihr Inhalt bestenfalls verschimmelt sein.

»Mach auf!«

Eddie griff mit aufgesetzter Biomaske nach dem angelaufenen Griff. In einem befanden sich Ständer mit leeren Reagenzgläsern und Vakuumbehältern. Die anderen Schränke waren leer.

Joe runzelte die Stirn. »Der Hotelangestellte sagte, dass sie Bomben aus Ölfässern gebaut hätten.« Auf einem langen, hölzernen Arbeitstisch lag etwas, was aussah wie ein dickes grünes Kassenbuch. Doch als Joe es aufschlug, sah er keine Zahlenreihen, sondern Diagramme von Fassbomben.

»Wo sind die Ölfässer jetzt? Was enthalten sie?«

»Vielleicht können uns die Gefangenen das sagen,

obwohl sie nicht gerade wie Wissenschaftler aussehen. Eher wie die Typen, die bei mir zu Hause vor dem Taco Bell rumlungern und Klebstoff schnüffeln.«

Aber dann landeten wir – nach langen, frustrierenden Monaten – endlich einen zufälligen Glückstreffer. So etwas konnte kriegsentscheidend sein – Admiral Yamamotos Flugzeug wurde abgeschossen, nachdem Amerika den japanischen Kriegscode geknackt hatte; ein Unionssoldat im Bürgerkrieg fand General Lees geheime Befehle in einer weggeworfenen Zigarrenkiste, und die Nordstaaten gewannen die Schlacht von Antietam. Jetzt hatten zwei US-Majors in Afghanistan auf einem alten Tisch ein Kassenbuch gefunden. Und als sie darin blätterten, fanden sie Listen von Chemikalien in englischer Sprache.

Methylphosphonsäuredichlorid.

Isopropanol.

Isopropylamin.

Eddie sah Joe an. »O nein.«

Für Kampfstoffexperten waren diese drei Chemikalien wie eine Signatur.

In Gedanken sah Joe Luftaufnahmen der kurdischen Stadt Halabdscha vor sich, auf deren Plätzen, in deren Straßen, Gassen und Sportstadien mehr als fünftausend Tote lagen. Die Einheimischen nannten es bis zum heutigen Tag den Blutigen Freitag. *Es hatte sich 1988 ereignet – zweihundertfünfzig Kilometer nördlich von Bagdad regneten Saddam Husseins Gasgranaten auf die Zivilbevölkerung hernieder. Zehntausend weitere Menschen wurden verletzt. Und Tausende von ihnen sollten in den folgenden Tagen noch an Erbrechen, Diarrhö, Atemnot und Paralyse durch ein Gas sterben, das in Deutschland ursprünglich als Pestizid entwickelt worden war.*

»Sarin«, sagte Joe.

Es war dreihundertmal so toxisch wie Zyanid. Selbst in der milden Form, die 1995 in der Tokioter U-Bahn freigesetzt worden war, hatte es fünfzehn Pendler getötet. Es war möglicherweise die tödlichste Chemiewaffe, die es gab, und Joe starrte mit flauem Magen auf das Kassenbuch. »Was steht sonst noch darin?«, fragte er.

Auf der nächsten Seite ging es um Ausgaben, nicht um Sarin. Es handelte sich um die Kosten von Reis und Käse, wie der jemenitische Übersetzer erklärte.

»Für jedes Thema eine Seite. Blättere weiter.«

»Mannomann, dafür ist die Sitte zuständig«, sagte Eddie. »Aber reißt bitte das oberste Foto raus. Interessante Stellung! Weiter!«

Die nächste Seite zeigte ein Diagramm. Es war ein großer Kreis, um den herum unregelmäßige Linien verliefen, die möglicherweise Berge darstellen sollten. Pfeile wiesen von links nach rechts. Kleine »X«-Markierungen befanden sich innerhalb des Kreises, kleine »Y« zwischen den unregelmäßigen Linien. Truppen? Zelte? Lastwagen? Flugzeuge?

»Wer zum Teufel ist das?«, fragte Joe, als sie weiterblätterten.

Auf der nächsten Seite befanden sich vier Fotos eines dunkelhäutigen, gut aussehenden Corporal der US-Armee. Die Unterschriften waren arabisch. Auf zwei Bildern stand der Corporal vor einem kleinen, gepflegten, holzgetäfelten Haus, unübersehbar mit seinen Eltern, die aussahen, als stammten sie aus dem Nahen Osten, und einem jüngeren Burschen, der ihm genug ähnelte, um sein Bruder zu sein. Ein stolzer Soldat auf Heimaturlaub.

Auf dem nächsten Schnappschuss befand er sich in Afghanistan. Jedenfalls sahen die graubraune Wüste und die Reihen von Lastwagen im Hintergrund so aus.

»Was steht da geschrieben?«, fragte Joe den Übersetzer.

»Sein Name. Rana Amir Khan.«

»Was hat er in diesem Buch zu suchen?«, überlegte Eddie.

»Ich rufe den Direktor an«, sagte Joe.

Er ging hinaus auf Deck und schaltete das Satellitentelefon ein. Man konnte es nicht vorhersehen, aber manchmal funktionierten die Dinger wie durch Zauberhand. Dann wurde die eigene Stimme von einem Satelliten reflektiert und nach Washington geworfen, und wenn die Sekretärin des Direktors an den Apparat kam, klang ihre präkanzeröse Raucherstimme so deutlich, als würde sie dreißig Zentimeter neben einem in ein Megaphon brüllen. So war es auch diesmal.

»Der Direktor ist in einem Meeting, Herr Major.«

»Dann holen Sie ihn raus!«

* * *

Als sie nach Kandahar zurückkehrten, wusste Joe bereits, dass Rana Amir Khan der älteste Sohn pakistanischer Einwanderer war, die in Mankedo in Minnesota lebten. Er hatte die Highschool mit glatten B-Levels absolviert, war anschließend in die Armee eingetreten und nach Übersee geschickt worden. Auf seine erste Dienstzeit folgte eine zweite.

In seiner Bewerbung hatte er unter Religion »muslimisch« angekreuzt.

»Eine Menge guter US-Soldaten sind Moslems«, meinte Eddie.

»Ihre Fotos sind aber nicht in diesem Buch«, erwiderte Joe.

Sie hatten das Labor auf dem Schiff in Brand gesteckt und die Gefangenen mit zum Stützpunkt zurückgenommen. Bei ihrer Ankunft in Kandahar hatte der Direktor bereits gehandelt und seine Kontakte bei der National Security Agency spielen lassen. Durchsuchungsbefehle waren ausgestellt worden. Ermittler der Army vernahmen Corporal Ranas Eltern und versuchten, Rana selbst per Computer zu lokalisieren. Es hätte eigentlich ganz einfach sein sollen.

Doch der Direktor sagte: »Irgendwo scheint es zu haken.«

Noch in der Nacht gestanden die Gefangenen, dass das, was sich auf dem Schiff befunden hatte, mit Lastwagen abtransportiert worden war. Keiner der beiden Männer kannte das Ziel. Sie behaupteten, es habe nicht an mangelnder Kooperationsbereitschaft gelegen, dass sie nicht gleich mit dem jemenitischen Übersetzer gesprochen hatten. Vielmehr hätten sie seinen Akzent nicht verstanden und Todesangst davor gehabt, erschossen zu werden.

»Wir haben die Ölfässer aufgeladen«, teilten sie den Vernehmungsoffizieren mit. »Dann ging der pakistanische Doktor nach Hause. Man befahl uns, das Schiff zu bewachen, bis wir abgeholt würden. Das war vor zwei Wochen.«

Um Mitternacht leitete der Direktor eine Anzahl

beunruhigender E-Mails an Joe weiter, die Corporal Rana Amir Khan an seine Schwester geschickt hatte. Die ersten, zu Anfang seines zweiten Auslandseinsatzes, klangen noch fröhlich und gut gelaunt, obwohl er unzufrieden darüber war, ein weiteres Mal in Afghanistan gelandet zu sein, statt aufs College gehen zu können – ein entsprechendes Stipendium war nämlich der Grund, warum er sich zur Armee gemeldet hatte. Doch allmählich wandelte sich der Ton. Es begann zu dem Zeitpunkt, als andere Männer in seinem Zug anfingen, Rana »Kameltreiber« zu nennen.

»Ich mache gute Miene zu bösem Spiel, aber ich werde so wütend«, schrieb der Corporal. »Ich bin ein genauso guter Amerikaner wie sie. Und ich glaube, sie meinen es nicht nur im Scherz.«

Monate später, während die Sticheleien immer schlimmer wurden, erfuhr Rana, dass sein bester Freund vierundzwanzig Stunden vor dem Zeitpunkt entlassen worden war, an dem er ein Anrecht auf Förderung seines Studiums erworben hätte.

»Das hat die Army mit Absicht gemacht«, wütete Rana. »Sie schicken uns bedenkenlos in den Tod. Aber sie wollen uns nicht einmal das Studium finanzieren, wenn wir überleben. Diesen Erbsenzählern ist es doch lieber, wenn wir krepieren, damit sie ein paar Dollar sparen können.«

Seine Verbitterung wuchs. Tage wurden zu Monaten. Rana hatte das Gefühl, in der Falle zu sitzen. Er hörte auf, die anderen Soldaten Freunde zu nennen. Um Trost zu finden, flüchtete er sich in die Religion und begann, den Koran zu studieren. Er ging jedoch nicht mehr zu dem Imam der Army, und sein Hass trat *mehr und mehr an die Oberfläche. Als 2012 bekannt wurde, dass mehrere Marines einen Koran verbrannt hatten und ein Staff-Sergeant namens Robert Bale in einem kleinen Dorf in der Nähe von Ranas Stützpunkt siebzehn unschuldige Zivilisten massakriert hatte, die Hälfte davon Kinder, erkannte man in den E-Mails nicht mehr denselben Mann, der zwei Jahre zuvor fröhlich an seine Schwester geschrieben hatte.*

»Afghanistan ist die Hölle, und wir sind die Dämonen«, hieß es in der letzten E-Mail zwei Monate zuvor. »Ich werde eine Weile nicht mehr schreiben. Ich bin auf einer Sondermission. Mach dir keine Sorgen. Ich liebe dich.«

Joe fragte den Direktor, ob Rana einen Sondereinsatz habe.

»Nicht für uns«, erwiderte der Direktor. »Finden Sie ihn, und zwar schnell.«

* * *

»SNAFU, das Motto der ganzen Army«, spuckte Eddie siebenundzwanzig Stunden später aus. »Situation normal, all fucked up!«

Wegen bürokratischer Fehler hatte es lange gedauert, Rana zu lokalisieren. Es fing damit an, dass ein des Lesens und Schreibens unkundiger oder sonstwie unfähiger Beamter zwei Tippfehler in Ranas Computerakte eingebaut hatte, »6« statt »4« bei der Sozialversicherungsnummer und »L« statt »R« beim Namen.

»In ganz Afghanistan ist kein Corporal Lana Khan stationiert«, versicherte ein Captain der Personalabteilung.

Derartige Missverständnisse hemmten die gesamte Suche wie eine Art elektronischer Kobold. Es sei kein Soldat namens »Rane« auf der Luftwaffenbasis in Nimruz stationiert, teilte man ihnen mit.

»Nicht Rane. Rana.«

»Ach so! Ja, es gibt da einen Sergeant ›Hanna‹ Khan in einem Versorgungsdepot bei Kabul. Und ein Lieutenant Mohammed Rana aus Orange County ist gerade nach einer Dienstzeit im Irak auf dem Rückweg in die Staaten.«

»Er ist Corporal, um Himmels willen!«

»Ohhh! Ja! Warum sagen Sie das denn nicht gleich?! Ein Corporal Rana Khan ist auf einem Stützpunkt dreißig Kilometer von einem alten See entfernt, und zwar in …«

»Mein Gott, er sitzt keine halbe Stunde von dem Punkt entfernt, wo alles angefangen hat«, sagte Eddie und starrte die Uhr an der Wand an, als wäre sie der Zeitzünder einer Bombe.

Sie flogen zurück in die Provinz Kunar zu der gemeinsamen Basis von Army und Marines. Der kommandierende Colonel der Army meinte, ja, Rana sei hier stationiert, befinde sich jedoch momentan nicht auf dem Stützpunkt, sondern auf dem Rückweg von einer humanitären Aktion in einem Flüchtlingslager nahe am See.

Joe und Eddie standen dem Colonel in seiner klimatisierten Nissenhütte gegenüber und fragten, was für eine Art von humanitärer Aktion das denn sei.

»Herz und Verstand, Gentlemen. Wenn wir ihre Herzen und ihren Verstand gewinnen, dann folgt uns die ganze Provinz, das ist es, was ich immer sage.«

»Um was für eine Mission genau handelt es sich, Colonel?«

»Nun, wir hatten nach Thanksgiving etliche Truthähne mit Cranberrysauce übrig und dachten, wir könnten sie neben dem üblichen Brennstoff spenden. Corporal Khan ist einer der Lastwagenfahrer, die die Nahrungsmittel ausliefern und die leeren Ölfässer zurückbringen.«

Joe beugte sich vor. Sein Herzschlag beschleunigte sich bei dem Wort »Ölfässer«. Er hatte noch die Stimme des Gefangenen in Kandahar im Ohr, der sagte, sie hätten Ölfässer auf Lastwagen verladen.

Der Colonel war ein kleiner, zäh wirkender Mann mit Bürstenhaarschnitt, blassen blauen Augen und hohlen Wangen. Sein Akzent klang nach Boston. Auf dem Schreibtisch präsentierte sich seine Familie bei einem Highschool-Footballspiel auf der Tribüne. Der Stolz des Colonels auf seine humanitäre Mission war unübersehbar. Er erklärte: »Sie versorgen ihr Krankenhaus über Generatoren mit Strom. Wenn wir keinen Treibstoff schicken, geht ab Mitte des Monats gar nichts mehr. Und die Armee liefert uns sowieso mehr Diesel, als wir verbrauchen können.« Das Klingeln seines Telefons unterbrach ihn.

»Aha! Der Konvoi kommt gerade zurück. Er ist nur noch ein paar Kilometer entfernt.«

Sie rannten zum Tor der Basis und kamen gerade rechtzeitig, um die Staubwolke zu sehen, die die zurückkehrende Fahrzeugkolonne aufwirbelte … Bewaffnete Humvees fuhren vorn und hinten Eskorte. Dazwischen rollten neun mit Planen abgedeckte Lastwagen.

»Sagen Sie ihnen, sie sollen anhalten und da stehen bleiben, wo sie sind«, sagte Joe zu dem Wachposten. Er hoffte immer noch, die Fässer wären leer und Rana wäre nur einer von vielen angepissten, aber doch professionellen Soldaten. Nur glaubte er nicht mehr daran.

Der vorderste Humvee war vielleicht noch anderthalb Kilometer weit entfernt. Drei Minuten bei dem Kriechtempo, das der Konvoi vorlegte.

»Ich sagte, halten Sie sie auf!«

»Sir, es hat schon Hinterhalte gegeben … Es ist keine gute Idee, auf freiem Feld anzuhalten, Sir. Ich muss erst den Captain fragen.«

»Dazu bleibt keine Zeit!«

Der Captain war nicht gleich aufzutreiben.

Joe besaß als Major der Marines, der zudem nicht hier stationiert war, keinerlei Befehlsgewalt über den Wachposten der Army.

Das »Tor« war im Grund nur eine Öffnung in den Hesco-Schanzkörben und konzentrischen Rollen von Stacheldraht, die die Basis umschlossen. Der Sandsackwall des Wachpostens schützte zwei Personen und war mit einem M2-Maschinengewehr Kaliber 50 bestückt. Hereinkommende Fahrzeuge mussten sich durch einen Zickzackkurs aus betongefüllten Ölfässern schlängeln, die Attentate mit Autobomben verhindern sollten. Danach folgte ein zweiter Checkpoint, an dem die Fahrzeuge durchsucht wurden, bevor sie auf das Gelände des vierhundert Hektar großen Stützpunkts durchgelassen wurden, auf dem sich Zelte, Fertigbauten, Lagerhäuser und eine Turnhalle befanden. Zweitausend Mann waren hier stationiert.

Ein steifer Wind wehte aus der Richtung, aus der die Kolonne auf die Basis zurollte.

Der Wachposten wartete darauf, dass der Captain sich endlich meldete, und sagte zu Joe: »Man sollte meinen, der Wind ließe auch mal nach, aber das tut er nicht.«

Joes Blick fiel auf das M2. Es war zur Abwehr von Lastwagen- oder Autobomben gedacht, wenn man sie rechtzeitig als solche erkannte, was selten vorkam.

Er trat hinter den Sandsackwall, wo sich das Maschinengewehr auf seiner Dreibeinlafette befand. Keiner der Posten versuchte, ihn aufzuhalten.

Die Lastwagen waren nur noch achthundert Meter entfernt.

Endlich ging der Captain an den Apparat, und nach einem kurzen Wortwechsel befahl der Wachposten dem Konvoi, anzuhalten. Alle Humvees und Lastwagen fuhren an den Straßenrand. Bis auf einen.

Der Laster, der weitergefahren war, überholte die wartenden Fahrzeuge und hielt weiter auf das Tor zu.

Durchs Fernglas konnte Joe den Fahrer hinter der Windschutzscheibe erkennen. Es war Rana Khan. Jemand saß neben ihm, doch er war reglos in sich zusammengesunken. Die anderen Soldaten befanden sich hinten unter der Zeltplane bei den Ölfässern.

»Schießen Sie!«, befahl Joe.

Die Posten wechselten unsichere Blicke.

Khans Stimme ertönte, begleitet von statischem Rauschen aus dem Funkgerät. »Ich habe hier einen Verwundeten!«

»Feuer!«, wiederholte Joe. Immerhin schien keiner der Posten versuchen zu wollen, ihn aufzuhalten.

Khan sagte: »Code eins! Code eins! Er braucht dringend ärztliche Hilfe.«

»Sir, das sind Marines in diesem Lastwagen«, erklärte einer der Wachposten, als erwartete er, Joe würde deshalb seinen Befehl widerrufen.

Joe schnappte sich das Funkgerät des Mannes. »Fahren Sie rechts ran, oder wir schießen!«

Plötzlich begann Khan zu deklamieren: »Es gibt keinen Gott außer Allah, dem Gütigen und Geduldigen. Es gibt keinen Gott außer Allah, dem Allmächtigen und Weisen …«

Der Lastwagen war noch hundert Meter entfernt und beschleunigte.

»O Allah, vergib mir meine Sünden …«

Joe schrie den Wachen zu, sich in Sicherheit zu bringen. Der Wind wehte schräg von vorn. Er wusste, ein einziger Tropfen Sarin auf der Haut konnte genügen.

Er packte den Zwillingsgriff des M2 und feuerte. Er hörte das tiefe BANG-BANG-BANG der Waffe und spürte den Rückstoß bis in die Schultern. Die Posten rannten davon. Die Windschutzscheibe des Lastwagens zersplitterte, doch das Fahrzeug war gepanzert. Joe schwenkte den Lauf, hielt etwas vor und schoss weiter.

Khan sang: »Allah sei gnädig und …«

Der Lastwagen explodierte.

In einem Augenblick donnerte er noch auf sie zu, im nächsten schossen tausend glühende Stahlstücke durch die Luft und regneten unter einer pilzförmigen Wolke auf die Wüste herab. Schwere Motorteile krachten an der Stelle herunter, wo eben noch die Wachen gestanden hatten. Der Laster war nur noch sechzig

Meter vom Tor entfernt gewesen. Er musste randvoll mit Sprengstoff gewesen sein. Der Wind war jetzt so gefährlich wie gegnerische Artillerie. Joe brüllte die Männer an, die auf das Wrack zurannten, um Hilfe zu leisten. Er wollte, dass sie da verschwanden.

Er war so mit Schießen beschäftigt gewesen, dass er den Ziegenhirten mit seiner Herde fünfzig Meter vom Explosionsherd entfernt gar nicht bemerkt hatte – plötzlich war der Mann von einer Wolke eingehüllt. Er griff sich an die Kehle und fiel auf die Knie, während seine Tiere einfach umkippten. Der Mann wurde von Krämpfen geschüttelt wie ein Epileptiker, während die mageren Beine der Ziegen noch kurz zuckten und dann erstarrten. Die Jungs von der Army begriffen langsam, was los war.

»Heilige Scheiße, Sir. Was … was ist das für eine Wolke … was …«

Und Joe, der in die Knie gesunken war und wusste, dass er gerade nicht nur Rana Khan, sondern mit ihm acht unschuldige Marines und einen afghanischen Ziegenhirten getötet hatte, antwortete: »Sarin.«

Dieser Teil der Geschichte wurde später vertuscht. Die Wachen wurden auf Stillschweigen eingeschworen und mit Gefängnis bedroht, sollten sie jemals reden. Niemand wollte, dass die amerikanischen Truppen oder die Öffentlichkeit erfuhr, wie knapp dieser Anschlag vereitelt worden war und dass ein US-Soldat daran beteiligt gewesen war. Niemand, so erklärte der Direktor, wollte, dass im Kongress wieder die Debatte über einen Truppenrückzug entbrannte. Mit dem pakistanischen Professor, der das Sarin hergestellt hatte, »habe man sich befasst«. Corporal Khans Eltern er-

hielten ein Telegramm, dass ihr Sohn bei einem »Unfall ums Leben gekommen« sei. Den Rest sollte man ruhen lassen.

Aber später, als Joe keinen Schlaf mehr fand, als er jede Nacht die Szene noch einmal durchlebte, als seine Emotionen die Überhand gewannen und seine Frau sich von ihm abzuwenden begann, da hatte er beschlossen, auf seine Befehle zu scheißen, und ihr reinen Wein eingeschenkt. Zu dem Zeitpunkt hatte er dem Direktor bereits drei Jahre seines Lebens geopfert. Er würde ihm nicht auch noch seine Frau opfern.

Doch es war zu spät gewesen, und sie hatte gesagt: »Ich weiß, dass du ein Held bist, Joe. Ich weiß, dass du viele Leben gerettet hast. Aber du bist nicht mehr der Mann, den ich geheiratet habe. Dieser Mann hätte einen solchen Entschluss nicht innerhalb von Sekundenbruchteilen fällen können.«

»Ist das so schlimm?«

»Nein. Du hast tausend Menschen das Leben gerettet. Darum geht es nicht«, hatte sie ohne Groll erwidert. Nach sechzehn Jahren Ehe wusste sie, wo die Löcher in seiner Rüstung lagen und wo er verwundbar war. »Ich verlasse dich nicht, weil du diesen Menschen das Leben gerettet hast. Ich gehe weg, weil ich, wenn ich dich ansehe, die Toten vor Augen habe. Es ist allein meine Schuld. Nicht deine. Ich bin nicht stark genug für dich.«

Er hatte wie betäubt dagesessen und sich zu schuldig gefühlt, um zu protestieren. Sein Zuhause, das Gespräch, die Stadt Anchorage vor den Fenstern, alles war zu einer bedeutungslosen Bühne vor der

Kulisse seines vor Verlustangst pochenden Herzens geschrumpft.

»Joe, mein Vater hat mir einmal gesagt, dass wir uns alle ein Leben aussuchen, das rechtfertigt, was in uns steckt. Ich kann mir nicht helfen. Ich wünschte, ich müsste nicht so denken. Aber bist du ganz sicher, dass du nicht auf einer bestimmten Ebene diese Macht über Leben und Tod genossen hast? Ich kann einen Mann voller Fehler lieben, vielleicht brauche ich sogar einen. Aber keinen Gott voller Fehler. Wenn du nicht perfekt sein kannst, darfst du nicht Gott spielen.«

* * *

Joe tauchte aus seiner Versunkenheit auf. Die Männer auf den Schlitten husteten, und ihr Zustand verschlimmerte sich immer weiter. Über eine Laufplanke wurden sie aufs Schiff getragen.

Gequält dachte er: *Wenn es sein muss, werde ich sie töten, wenn es wirklich nicht anders geht. Denn sie sterben zu lassen wäre dasselbe. Aber vielleicht finden wir ja auf dem Film etwas, was uns weiterhilft.*

Suchen wir uns tatsächlich das Leben aus, das zu unseren innersten Antrieben passt?

Wann haben die Waffen begonnen, uns keine Wahl mehr zu lassen?

Kapitel 18

»Öffnen Sie die Dose nicht«, befahl der Direktor.

Die *Wilmington* stampfte in Richtung Barrow. Der Sturm war vorüber und die Luft im Gefolge des Zyklons kristallklar – der Blick vom Achterdeck wirkte atemberaubend und unirdisch. Es war wie auf einem anderen Planeten. Es gab vier Sonnen. Die in der Mitte war eine diffuse Scheibe, die oberhalb der weißen Landschaft auf einer Dunstschicht schwebte wie über einem See in Neuengland. Aber es gab noch drei kleinere »Nebensonnen«, wie Captain DeBlieu sie genannt hatte, eine diagonale Reihe von Satellitensternen, deren Strahlenkränze wie Prismen aus Rubinrot, Smaragdgrün, Türkis und Kobaltblau leuchteten.

Die Temperatur lag bei frischen minus sieben Grad. Scheinbar aus dem Nichts fiel staubfeiner Schnee, der wie Lametta bei einer Party glitzerte. Das Schiff schob kleinere Schollen beiseite, und das Eis war plötzlich so zahm wie ein eingeschüchterter Hund. Das dicke Packeis, durch das wir uns auf dem Weg nach Norden gekämpft hatten, war von Wind und Strömung nach Westen verschoben worden. Wir fuhren schneller. Aus der Messe hatte man uns eine reichliche Mahlzeit nach achtern geschickt, während wir arbeiteten. Wir glitten durch breite Passagen im

Eis, vorbei an schwimmenden Skulpturen. Da waren eine Insel aus Eis mit sanften Hügeln, eine schroffe Eiskathedrale und gefrorene Orgelpfeifen, die in den Himmel ragten, als wollten sie gleich Bach spielen. Über der Meereslandschaft stand eine einzelne, perfekt geformte Kumuluswolke. Ich hatte mich zum Telefonieren etwas abgesondert und war nicht sicher, ob ich den Direktor richtig verstanden hatte. Ich hoffte, mich getäuscht zu haben.

»Sir, wir müssen diese Seuche identifizieren, und zwar schleunigst.«

Sein Schweigen, als ich den Film zum ersten Mal erwähnt hatte, war als deutliches Rauschen über die Satellitenleitung gedrungen. Es hatte mehrere Minuten gedauert, bis er sich endlich wieder meldete.

»Joe, ich weiß, wie wichtig dieser Film sein könnte. Aber auch, wie empfindlich er ist. Darum dürfen Sie ihn nicht anrühren, bis die Experten sich damit befassen können. Leute, die wissen, wie man ihn intakt konservieren kann. Leute aus der militärischen Abteilung des Nationalarchivs in Culpepper.« Seine Stimme nahm einen besänftigenden Tonfall an. »Wir wollen doch nicht, dass er Ihnen zwischen den Fingern zerbröselt, Mann. Hören Sie, sobald Sie in Reichweite sind, schicken wir einen Hubschrauber. Tun Sie inzwischen Ihr Bestes.«

»Mein Bestes, Sir? Dafür würde ich eben gern einen Blick auf den Film werfen.«

Mit dem Telefon in der Hand verfolgte ich die Rettungsarbeiten. Mitglieder der Küstenwache mit Gesichtsmasken aus Gaze brachten Männer und Frauen auf Tragbahren durch die Rollschiebetore in den Hubschrauberhangar, als wäre er eine überdimensionale arktische Notaufnahme. Sechs Reihen von Feldbetten, die mit dem Deck verschraubt waren – drei kürzere Reihen für die Kranken und auf der anderen Seite drei längere für die, die in Quarantäne gehen sollten –, hatten den Raum in ein Krankenhaus verwandelt. Mit Tanzunterricht, samstäglichen Filmvorführungen, Basketballspielen etc. war erst einmal Schluss. Janice Cullen, die Schiffsärztin, hatte allen Patienten ein Feldbett zugewiesen und sie nach ihren Namen gefragt, sofern sie ansprechbar waren, oder ihn sich von anderen Patienten nennen lassen. Das System war gut durchorganisiert und lief genauso glatt wie bei den Übungen, die die Crew ständig durchführte. Aber ich wusste, was sich darunter verbarg, und das sah nicht nach Ordnung aus. Es waren Anarchie und Todesangst.

Über den Liegen hingen an Metallständern Infusionsbeutel mit Kochsalzlösung und Antibiotika. Janice Cullen und Eddie gingen von einem zum anderen, überprüften die Vitalfunktionen, fragten nach dem Befinden, blickten in Hals und Nasen und Ohren und maßen den Blutdruck. Die lungenentzündungsartigen Symptome erweckten den Eindruck einer bakteriellen Infektion. In vielen Fällen fanden wir Flüssigkeit in der Lunge. Wir verschrieben Cipro und Bactrim-Antibiotika.

»Ich glaube, die bakterielle Infektion ist sekundär«, hatte Eddie gesagt. »Ich denke, der Auslöser war ein Virus, das sie schwächte, und dann schlug die beidseitige Lungenentzündung zu. Wir geben ihnen Virostatika in Aerosolform. Ribavirin, Zanamivir und

Xapaxin, von denen wir dank unseres Kumpels Zhou reichlich haben. Wenigstens ein Gutes hatte die Sache also. Ich werde mir gleich im Labor die Blutproben ansehen. Sie haben dort gute Mikroskope, weil sie oft mit Säugetieren arbeiten. Wer hätte gedacht, dass die Labors einmal zu so etwas zweckentfremdet würden?«

Das Schlimmste hätte vorüber sein müssen – die Kranken und die Verletzten mit Brandwunden wurden versorgt, weitere Ärzte sollten in Barrow zu uns stoßen, Hubschrauber machten sich bereit, die ersten Patienten abzuholen, sobald wir in Reichweite waren, und amerikanische Jagd-U-Boote waren in unsere Richtung unterwegs, falls Kapitän Zhou Dongfeng noch in der Nähe sein sollte.

Der Direktor schaltete auf völlige Sachlichkeit um. Die nüchterne Stimme eines alten Insiders aus Washington, gestählt in den Vorstandsetagen von New York, eines vertrauenswürdigen Mannes, der Freunde in höchsten Kreisen hatte. »Bitte bestätigen Sie Ihre Befehle, Joe.«

»Ich habe Sie gehört, Sir.«

»Sie leisten großartige Arbeit, und wir sind alle stolz auf Sie. Sie haben die *Montana* davor bewahrt, in feindliche Hände zu fallen.«

Da stimmte etwas nicht. Sobald ich die Filmdose erwähnt hatte, war jeder Funke freundlicher Besorgnis verflogen gewesen. Wie mein persönlicher Machiavelli erklärte er mit väterlicher Autorität – was gleichzeitig eine deutliche Absage bedeutete: »Keine Sorge, wir werden diesen Film in null Komma nichts überprüft haben.«

»Ich muss Sie dringend bitten, sich das noch einmal zu überlegen, Sir.«

»Ein wenig Vorausschau jetzt könnte später viele Menschenleben retten.«

»Sir, ich bin nicht sicher, ob Sie sich des Ernstes der Lage völlig bewusst sind. Wenn ich vielleicht …«

»Joe«, schnitt er mir das Wort ab. »Sie wurden für diesen Job ausgewählt, weil Sie harte Entscheidungen fällen können. Sie haben versucht, das U-Boot zu retten, und es versenkt, als das nicht mehr möglich war. Sie haben einen Gegner ausmanövriert, als er sie in die Ecke gedrängt zu haben schien. Sie leisten immer tausend Prozent. Ich verstehe Ihren Wunsch, alles in Ihrer Macht Stehende zu tun, doch Sie sind gleichzeitig müde und überanstrengt, und das bedeutet Fehleranfälligkeit.«

»Aber Sir«, äußerte ich vorsichtig. »Ich schlage vor, dass ich den Prozess langsam und vorsichtig beginne, immer nur ein Stück auf einmal abrolle und …«

»Colonel! Lassen Sie es bleiben! Wir werden in fünf oder sechs Tagen eine Antwort haben. Verstanden?«, blaffte der Direktor.

»Ja. Ja.«

»Sie klingen nicht allzu enthusiastisch, Joe. Das können Sie besser.«

»In fünf, sechs Tagen könnten wir viele Menschenleben verlieren.«

Sein Tonfall wurde sanfter. Er wusste, dass er gewonnen hatte. »Joe, an Ihrer Stelle wäre ich auch frustriert. Aber wir werden die Sache so schnell wie möglich erledigen. Ich habe Sie für einen Orden vorgeschlagen. Also! Was unternehmen Sie, um den Spion zu entlarven, den Sie an Bord haben? Das ist unsere vordringlichste Aufgabe. Das Leck zu stopfen.«

»Ich habe den Captain gebeten, die Überwachungsbänder noch einmal zu studieren, die während der Übungen im Hangar entstanden. Vielleicht bekommen wir dadurch einen Hinweis darauf, wer das Arktos sabotiert hat. Der Erste Offizier führt eine gründliche Durchsuchung durch. Spind für Spind, Lagerraum für Lagerraum, Labor für Labor. Der Funkoffizier wird alle Laptops an Bord überprüfen, ob sie mit Fremdsoftware infiziert sind.«

»Und wer kontrolliert ihn?«

»Sein Assistent. Außerdem werden wir die Satellitenverbindung wieder schließen, sobald wir hier fertig sind, Sir. Wenn wir in Hubschrauberreichweite sind – laut DeBlieu in weiteren hundertsiebzig Seemeilen – und wenn das Wetter hält und das Eis uns nicht einschließt, würde ich empfehlen, Sicherheitsbeamte an Bord kommen zu lassen, um die Ermittlungen weiterzuführen. Aber natürlich werden wir die Satellitenverbindung wieder öffnen müssen, um uns mit dem CDC zu beraten.«

»Es wird fürs Erste keine Beratungen geben«, sagte er.

Ich spürte, wie mir der Atem stockte. »Wie bitte?«

»Joe, bis wir wissen, wer der Spion bei Ihnen an Bord ist, müssen wir einfach alle ausgehenden Anrufe blockieren. *Wir* schalten *Sie* ab. Kommunikationsquarantäne. Wenn es nötig wird, öffnen wir die Verbindung und rufen Sie an. DeBlieu wird auf Ihrer

Seite den Funkraum verschließen. Aber Sie haben ja noch Ihre USB-Stick-Bibliothek dabei. Darauf müssen sich ja Hunderte von Büchern befinden. Jede Menge medizinische Informationen. Sie bauen diese Sammlung doch schon seit Jahren auf. In der Zwischenzeit …« Er zögerte, und ich sah vor meinem geistigen Auge seine Sekretärin in der Tür stehen, die stumm mit den Lippen malte: *Ihre Elf-Uhr-Verabredung.*

»In der Zwischenzeit habe ich vollstes Vertrauen in Ihre Entscheidungen, Joe«, beendete er seinen Satz.

Ja, außer wenn ich eine Filmdose öffnen will.

»Selbst die harten Entscheidungen, die auf Sie zukommen«, fügte er dann etwa sanfter hinzu.

Was soll denn das wieder heißen?

»Joe, Sie wissen besser als jeder andere, welch gewaltigen Rückstand unser Land in der Arktis hat. Wir, also das Pentagon, wir haben versucht, vier aufeinanderfolgende Regierungen davon zu überzeugen, dieser Region mehr Beachtung zu schenken. Doch bisher haben wir immer noch nur die *Wilmington*, die da oben das Eis bricht. Wenn wir sie verlieren, sind wir bewegungsunfähig. Wir verlieren den *Zugang* zu einem ganzen Ozean, der sich gerade eben erst zu öffnen beginnt. Das kann sich die Nation nicht erlauben.«

Will er damit wirklich das sagen, was ich glaube? Ich spürte ein Kratzen in der Kehle, ein dumpfes Gefühl, das sich bis in meinen Magen ausbreitete.

»Joe, wenn diese Krankheit sich verschlimmert, wenn Sie zu dem Schluss kommen sollten, dass es zu riskant für die Gesunden wäre, die Kranken auf dem Schiff zu behalten, ich meine, dann müssen Sie abwägen, was auf dem Spiel steht.«

Ich stieß die Luft aus. »Sie meinen, ich soll sie *aussetzen?*«

»Nein, nein, natürlich nicht. Ganz und gar nicht. Aber ich bin nicht vor Ort. Sie schon. Ich sage nur, Joe, dass Sie schon immer in der Lage waren, gut durchdachte und harte Entscheidungen zu treffen.«

Mein Gott! Er erzählt mir tatsächlich, es wäre okay, diese Leute auf dem Eis zurückzulassen, wenn ich zu dem Schluss kommen sollte, dass sie das Schiff verseuchen! Darum kappen sie meine Verbindung zum Seuchenkontrollzentrum. Sie wollen vermeiden, dass irgendein Komitee sich einmischt. Sie wollen nicht, dass sonst jemand davon erfährt. Großer Gott!

»Nun, Joe, ich bin sicher, so weit wird es nicht kommen. Viel Glück. *Ich* rufe *Sie* alle paar Stunden an, um mich auf den neuesten Stand bringen zu lassen. Nur dann öffnen wir eine Verbindung.«

»Sir, wenn ich eine Bitte äußern darf. Wenn Sie mich vielleicht direkt mit demjenigen sprechen ließen, wer immer es ist, der …«

»Ich habe vollstes Vertrauen, dass Sie das Richtige tun werden.«

Weg war er. Sein Lob schmeckte bitter wie Galle. Eddie trat zu mir, warf einen einzigen Blick auf meine Miene und fragte: »Was ist los, Uno?«

Die Filmbüchse lag in meiner linken Hand. Ich umklammerte sie so fest, als könnte sie über Bord springen, wenn ich mich entspannte. Meine Kiefer schmerzten. Die Sehnen an meinem Hals waren angespannt wie Seile. Ich hob nur die Dose und schüttelte den Kopf.

Er zuckte zusammen, als hätte man ihm einen Schlag versetzt. »Er hat *Nein* gesagt?«

Eine Welle von Müdigkeit wollte mich übermannen, doch dann stieg der Zorn in mir auf, und ich gab mir einen Ruck.

»Er sagte, wir sollten es den Experten überlassen. Oberflächlich klang es vernünftig«, erklärte ich, während ich das Gespräch noch einmal Revue passieren ließ. »Aber ich hatte das Gefühl, dass er schon von der Filmdose gewusst hatte, bevor ich sie erwähnte.«

Eddie wartete geduldig, während ich laut nachdachte.

»Er klang überrascht, ja, *das ganz bestimmt*, aber ich weiß nicht so recht. Es war nicht die richtige Art von überrascht.«

»Und was wäre die richtige Art gewesen?«

Ich lächelte grimmig. »Das ist die Frage, nicht wahr? Das Need-to-know-Prinzip. Kenntnis nur bei Bedarf. Und weißt du was? Mir fallen auf Anhieb acht gute Gründe ein, warum Bedarf besteht, diese Dose zu öffnen.«

Eddie stieß einen langen weißen Hauch aus.

»Acht tote Marines«, sagte ich. »In Afghanistan.«

»Das war eine völlig andere Situation.«

»Ganz genau. In Afghanistan gab es keine Alternative. Und dabei fallen mir hundert weitere gute Gründe ein. Da drüben.« Ich deutete auf die lange Reihe von Tragbahren, die sich auf die bereitstehenden Feldbetten zubewegte. »Außerdem«, fügte ich mit einem Blick nach oben zu den Aufbauten des Schiffs hinzu, wo die Männer und Frauen der Besatzung ihre Arbeit taten, »gibt es da oben noch mehr Gründe.«

»Bist du sicher, Uno?«

Ich lachte. »Sicher? Wie kann man jemals sicher sein? Aber ich mache das Ding hier auf. Mir können sie nichts anhaben – ich bin sozusagen schon im Ruhestand –, also kommst du nicht mit. Wenn der Film mir unter den Fingern zerbröseln sollte, mache ich die Büchse wieder zu. Wenn ich etwas finde, erfährst du es als Erster.«

»Nein. Ich werde es deshalb als Erster erfahren, weil ich dabei sein werde.«

»Offiziell begleitest du mich also, um mir die Sache auszureden, richtig?«

Eddie grinste. »Tu das nicht. Lass das bleiben! Ich bitte dich, nein, ich flehe dich an. Gehorche den Befehlen des Direktors!«

Er wischte sich die Nase am Ärmel ab.

Mit einem scharfen Stich der Sorge fragte ich: »Wirst du krank?«

»Nee. Das ist nur die trockene Luft. Aber«, sagte er stirnrunzelnd, »Clinton gefällt mir überhaupt nicht, offen gesagt.«

Captain Maurice DeBlieu löste sich von den Rettungsmannschaften und folgte uns durch den Hangar die Stahlstufen hinauf zum Labyrinth der Labors ein Deck höher. Es war das erste Mal in meiner militärischen Laufbahn, dass ich einen direkten Befehl missachtete.

Direktor, was weißt du, was du mir nicht gesagt hast?

Die Schritte unserer Stiefel hallten auf dem Metall,

während wir zu den Labors gingen. Einige wurden dazu genutzt, Sedimentproben zu analysieren oder Sonarbilder vom Meeresgrund anzufertigen. Das Biolabor sah ganz ähnlich aus wie die, in denen ich in Washington oder auch in Zelten in Afghanistan gearbeitet hatte. Ich kannte diese Art von Räumlichkeiten. Ich fühlte mich wohl darin, sofern man das unter den gegebenen Umständen so ausdrücken konnte.

Bisher hatten die Forscher das Labor benutzt – wie DeBlieu mir bei der ersten Besichtigung des Schiffs erzählt hatte –, um die Versauerung des Ozeans zu quantifizieren, verhungerte Eisbären zu untersuchen oder die Luftsäcke von männlichen Walrössern, mit denen sie sich über Wasser hielten, wenn das Eis geschmolzen war … Oder um die lokale Kabeljaupopulation zu überwachen, die in die wärmer gewordenen Gewässer einwanderte, manchmal auch Grashüpfer, die vom Himmel fielen. Alles neue Lebensformen, die mit der zunehmenden Erwärmung des Hohen Nordens auftauchten.

Aber keine dieser Proben war vermutlich so wichtig gewesen wie die, die ich jetzt zu sehen erwartete.

Alle vertrauten Gerätschaften waren vorhanden: Pinzetten und Vergrößerungsgläser, Chemikalien und Monitore zur Darstellung der Bilder, sogar eine Dekontaminationsdusche für den Fall, dass – an einem normalen Tag – ein Chemieunfall geschah.

Ich legte die Dose auf einen Tisch, auf dem zuletzt vermutlich Fischbäuche aufgeschlitzt worden waren. Wie die anderen auch trug ich Mundschutz, Schürze und Gummihandschuhe.

»Die drei Musketiere im Kampf gegen die Seuche«, verkündete Eddie. »Einer für alle, alle für einen.« Der ewige Witzbold. Wahrscheinlich würde er noch auf dem Totenbett Witze reißen.

Die Dose lag auf dem Labortisch wie ein Patient in Narkose. Ich zögerte. Vielleicht hatte der Direktor ja recht. Vielleicht würde ich den Film zerstören, wenn ich sie öffnete. Vielleicht irrte ich mich, wenn ich dachte, dass uns Dinge verheimlicht würden. Vielleicht hatte der Film, der in der Büchse zusammengerollt lag – selbst wenn er noch intakt war –, nicht das Geringste mit dem schrecklichen Leiden zu tun, das sich nur wenige Meter von uns entfernt abspielte.

Das Licht der Leuchtstoffröhren hob die Dellen im Metall hervor. Ich hatte eine Vision von dieser Dose, wie sie im Eis eingeschlossen wartete, während die Jahre vergingen, Schnee fiel und Stürme das Wrack peitschten und Eisbären an den beiden mumifizierten, mit einer Eisschicht überzogenen Leichen vorbeistrichen. In Zellulose eingebettete Bilder, die geduldig im Dunkeln ausharrten, bis eines Tages die *Montana* nahebei aufgetaucht war.

»Hast du's dir anders überlegt?«, fragte Eddie.

»Nein, Eddie.«

»Worauf warten Sie dann?«, wollte DeBlieu wissen.

Ich hielt den Atem an und begann, langsam den verklemmten Deckel der Dose zu lockern.

Kapitel 19

Der Film zerbröselte mir unter den Fingern.

Der erste Meter – einen Augenblick lang war er noch vollständig, und eine Sekunde später blickte ich verzweifelt auf einen Haufen glänzender Fetzen auf der Arbeitsplatte herunter.

Ich hörte den Atem der Männer hinter mir und das Knistern gealterten Celluloids. Ich versuchte es mit einem zweiten Streifen und vernahm einen Laut wie von zerknülltem Wachspapier. Ein weiteres zehn Zentimeter langes Stück brach ab. Fünf davon blieben intakt. Es waren keine Bilder darauf zu sehen, nur ein gespenstisches Weiß. Entweder waren die Bilder schon lange verblasst, oder es handelte sich nur um den Vorlauf.

Zerstörte ich Beweismaterial? Ich versuchte, ein drittes Stück abzurollen, und es gelang mir, mit der Pinzette einen weiteren, fünf Zentimeter langen Streifen abzuziehen.

»Gut gemacht«, sagte Eddie.

Ich konnte DeBlieu hinter mir riechen. Es war eine Mischung aus Old Spice und Irish-Spring-Seife, unter die sich ein Hauch von Brathuhn mischte, seiner letzten Mahlzeit. Ich breitete den Streifen vorsichtig auf dem Leuchttisch aus. Mit der freien Hand rückte ich eine Standlupe darüber. Das Licht der Deckenlampen spiegelte sich in der Linse, bis die Schatten der Männer hinter mir sich darüberlegten. Ich spürte, wie sich das Labor sanft mit dem Schiff bewegte, während ich mich vorbeugte und durch die Lupe sah.

»Da ist etwas!«, sagte ich.

Ein Einzelbild sprang mir ins Auge. Es zeigte vier Soldaten in Uniform, die vor der Eingangstür einer Nissenhütte posierten. Einer in der Mitte, offenbar der Witzbold der Truppe, hatte die Hand wie Napoleon unter das Hemd geschoben und salutierte mit der anderen. Gute Kameraden, die schon lange tot waren. Die Hüte, die sie in den Händen hielten, hatten weiche Krempen. Es war eine amerikanische Armeeausführung aus dem frühen zwanzigsten Jahrhundert. Die Männer trugen Hosenträger und hatten die Hosen in hohe Stiefel gestopft. Ihre Schnurrbärte waren ein wenig buschig für meinen Geschmack, aber sauber gestutzt, und die beiden Männer, die die Hüte abgesetzt hatten, trugen das Haar in der Mitte gescheitelt.

»Das stammt aus dem frühen zwanzigsten Jahrhundert. Es ist ein Stummfilm«, erklärte ich leise. »Älter, als wir angenommen hatten.«

Was für eine Bedeutung konnte der Film für das U-Boot *Montana* haben? Ich bemerkte ein Schild neben der Tür der Nissenhütte und hörte mich selbst die Worte in entsetztem Staunen vorlesen. Sie ließen mir das Blut in den Adern gefrieren.

»Fort Riley, Kansas, neunzehnhundertachtzehn.«

»Ach, du Scheiße«, flüsterte auch Eddie fast ehrfürchtig.

Und DeBlieu fragte ungeduldig: »Und, ist das wichtig? Was war in Fort Riley neunzehnhundertachtzehn?«

Keiner von uns antwortete. Wir hofften immer noch, dass wir uns vielleicht irrten. Nachdem mehrere weitere Streifen zerbröselt waren, konnte ich ein längeres Stück von der Rolle lösen. Vielleicht waren die Teile des Films, die weiter innen in der Spule lagen, geschützter gewesen und deshalb in einem besseren Zustand.

»He, ich habe etwas gefragt«, sagte DeBlieu.

Mit unwirklich erscheinender Langsamkeit zog ich den Film weiter heraus. Es dauerte viele Einzelbilder, bis sich ein Ellbogen bewegte oder ein Bein hob. »Sie packen gerade. Sie füllen ihre Tornister. Sie gehen auf Reisen«, stellte ich fest.

Vielleicht hätte ich da aufhören und dem Befehl des Direktors folgen sollen. Doch inzwischen war ich zu aufgeregt und besorgt wegen dem, was ich zu finden fürchtete.

Ich berichtete meinem faszinierten Publikum: »Jetzt befinden sie sich innerhalb eines Gebäudes. Es ist eine Lagerhalle. Ich sehe gestapelte Springfield-Gewehre. Und Maschinengewehre. Andere Soldaten helfen ihnen, sie in Lastwagen zu verladen. Moment! Ab hier hat jemand Zwischentitel eingefügt. Handschriftlich. Eddie, hast du je von *Projekt Weiß* der US-Armee gehört?«

»Nein.«

»Hier steht: ›Teil 2‹. Glaubst du, das defekte Stück Film war Teil 1?«

»Ich bin mit Teil 2 zufrieden, wenn wir ihn sehen können.«

Ich drückte das Auge so fest gegen das Okular der Lupe, dass es in meinen Kopf einzudringen schien. Eddie stöhnte. »Aber sie verladen doch nur Gewehre, richtig? Nur Waffen.«

DeBlieu wiederholte, als hätten wir seine vorhergehenden Fragen nicht gehört: »Was ist mit Fort Riley? Der Film ist hundert Jahre alt. Was hat das mit uns zu tun?«

Ich hob die Hand, um ihm zu verstehen zu geben, dass ich ihn gehört hatte. Es war zu früh für eine Antwort. Der Film musste auf dem alten Boot entwickelt worden sein. Während ich ihn weiter abspulte, begannen Filmschlaufen, vom Tisch herabzuhängen. Eddie kramte hinter mir herum und improvisierte eine Methode, den Streifen wieder aufzurollen … Er schnitt mit dem Messer einen Schlitz in einen Holzpflock und steckte das Ende des Films hinein. Dann rollte er ihn darauf auf, während ich ihn gleichzeitig abwickelte. Später würden wir ihn wieder zurückspulen, falls das möglich war.

Enttäuschenderweise gab es viele leere Einzelbilder. Es war, als würde man einen alten Film anschauen, aber nur jedes vierte oder fünfte Bild sehen können … manchmal auch neun oder zehn hintereinander, bevor die Serie wieder abriss.

Endlich schien das Celluloid stabil genug zu sein, dass ich es Bild für Bild unter der Lupe durchziehen konnte.

Ich las laut vor, während ich aus dem neuen Jahrtausend in das vergangene Jahrhundert zurückblickte: »ZUTRITT VERBOTEN. NUR FÜR AUTORISIERTES PERSONAL.«

Kleine Gestalten bewegten sich ruckartig. Jetzt standen die Soldaten in Zivilkleidung an einem Dock und luden die Kisten mit Granaten und Springfield-Gewehren an Bord eines Boots. Die Zeit verlief in Sprüngen. Die Gangway schien sich unter der Last durchzubiegen, während die Männer zwischen dem Ufer und einem zivilen, zwölf Meter langen Boot hin und her liefen. Es gab auch eine Totale, in der man den Schiffsnamen *Anna* lesen konnte. Der Spaßmacher, der vorher so getan hatte, als wäre er Napoleon, legte, die Daumen in den Gürtel gehängt, am Dock ein kleines Seemannstänzchen hin.

»Jetzt sind wir auf See«, sagte ich. Graue Wogen rollten durchs Bild. Solche gab es im Unterschied zu den Männern, die sie gefilmt hatten, heute noch. Ein Wal blies eine Wasserfontäne in die Luft. Dann waren es drei. Ich fluchte, als ein ganzes Segment des Films abriss, und als ich wieder etwas sehen konnte, befanden sie sich in einem steinigen Waldgebiet. »Nun sind eine ganze Menge neuer Leute bei ihnen. Die Kisten haben sie auf Maultiere umgeladen. Sie bewegen sich über einen Pfad, der zwischen hohen Nadelbäumen verläuft.«

»*Projekt Weiß.* Waffenlieferungen«, sagte DeBlieu.

Es war wie ein alter Charlie-Chaplin-Film. So bewegten sich keine echten Menschen. Jetzt stand der Clown auf einem Baumstumpf, während die Maultierkolonne vorbeizog. Er krümmte sich zusammen und spielte den Affen, schwang die Arme, kratzte sich in den Achselhöhlen und trommelte sich gegen die Brust.

»Er hat gerade einen Hustenanfall«, stellte ich fest.

»Willst du es DeBlieu sagen? Oder möchtest du, dass ich es tue?«, fragte Eddie.

Ich spürte eine Welle der Verzweiflung über mir zusammenschlagen. Im Film führte jetzt offensichtlich der Spaßvogel die Kamera, denn die anderen hatten sich zu einem Gruppenbild zusammengestellt – in langen Mänteln, Gewehre über der Schulter, Uniformmützen aufgesetzt. In der Szene war das Husten kein Thema. Der Clown hatte einfach nur zufällig gehustet, während sie drehten. Die Kamera schwenkte weg zu einem Einschnitt im Wald, und in der Ferne sah man einen sich bewegenden Punkt.

»Da kommen Reiter. Ungefähr dreißig. Ein Dorf. Strohgedeckte Hütten. Holzwände. Die Reiter tragen Fellmützen mit Ohrenklappen, weite Hosen und Gewehre über der Schulter. Kleine, magere Pferde. Patronengurte … die Typen sehen aus wie Kosaken. Mann, sie haben sogar Zwirbelbärte!«

Die Amerikaner winkten. Es war ein verabredetes Treffen. Aus der Nähe wirkte es so, als würden die Reiter wütend in die Kamera starren, erzürnt über ihre Anwesenheit. Ihre Kleidung bestand aus geflickten Bauernsachen, einige trugen ausländische Uniformen und ein Mann sogar eine elegante Melone mit tief ins Gesicht gezogener Krempe und einen langen pelzbesetzten Mantel, der besser ins Theater gepasst hätte.

»Colonel, wer sind die?«, fragte DeBlieu.

»Sie tragen eine Fahne. Es ist ein doppelköpfiger Adler über einem Wappen, die Flagge des zaristischen Russlands.« Ich lehnte mich zurück und sah zu DeBlieu hoch. Jetzt verstand ich. »Sie haben den

Weißrussen Waffen für den Kampf gegen die Rote Armee geliefert.«

DeBlieu wirkte verwirrt. »Warten Sie mal. Amerika hat 1918 gegen Russland gekämpft?«, fragte er.

»Ja. Woodrow Wilson hat Truppen in den Kampf gegen die Kommunisten geschickt«, antwortete Eddie, der mit Militärgeschichte vertraut war.

»Tatsächlich?«

Ich spürte DeBlieus Hand auf meiner Schulter ruhen, während er sich näher beugte. »Was ist aus diesen Soldaten geworden?«

»Soll ich eine Geschichtsstunde halten oder weitermachen?«, gab ich zurück.

Seine Hand verschwand. Ich sah auf. Er wirkte verärgert, aber er hielt den Mund.

Ich rollte den Film weiter ab und hatte ein schlechtes Gewissen, weil ich die Geschichte verfolgen konnte und die anderen nicht.

»Die Waffenlieferung muss inzwischen abgeschlossen sein, denn sie sind wieder auf dem Boot. Mission erfüllt! Sie klopfen sich gegenseitig auf die Schulter. Sie stoßen auf den Erfolg an. Diesmal hustet der Spaßvogel kräftig. Alles erledigt! Außer … verdammt! Plötzlich werden sie von einem Kanonenboot verfolgt … es ist ein bolschewistisches Schiff … ich sehe die Kanone feuern … ein Aufspritzen … Die Granate hat sie knapp verfehlt.«

Das bolschewistische Schiff kam immer näher. Ich betete unwillkürlich, dass unsere Jungs es schaffen würden. Plötzlich änderte sich abrupt die Perspektive. Die Kamera stand jetzt am Bug des Boots und zeigte den Spaßvogel, der ganz ernsthaft nach vorn deutete, als wollte er den Kapitän zu mehr Tempo anspornen. In der Ferne zeigte sich eine Nebelbank … Ich konnte fast hören, wie der Mann rief: *Schneller!*

»Sie sind immer noch nicht getroffen worden.«

Die Kamera kippte zur Seite. Braune Altersflecken fraßen das Bild auf. Dann war nichts mehr zu sehen. Ich spulte weiter, während Eddie den Film aufrollte.

»Da sind sie wieder«, sagte ich erleichtert. »Es ist wolkig um sie herum … nein … Ich vermute, sie haben sich in die Nebelbank geflüchtet und sind entkommen. Sie stehen am Bug und blicken nach vorne. Da ist ein Zwischentitel. Zwei Tage später. Oh, oh. Scheiße. Mann, sie müssen extrem weit nach Norden abgekommen sein, denn *sie stecken im Eis fest*!«

Aber es war nicht die Art von Eis, das die *Wilmington* gerade durchschnitt oder das, das ich in der Umgebung der *Montana* gesehen hatte. Vor meinen Augen breitete sich jenes Monstereis aus, von dem ich in Geschichtsbüchern gelesen und das ich auf alten Lithographien gesehen hatte. Wahre Berge von Eis. Das waren die Anden, die Alpen des Eismeers. Die Wände, die die kleine *Anna* umschlossen, schienen mit jedem Bild höher zu wachsen. Ich bemerkte, dass nun auch einer der anderen Männer zu husten begonnen hatte.

Ich lehnte mich zurück. »Sie sind zu weit nach Norden gefahren«, sagte ich. »Sie sind entkommen, aber jetzt werden sie krank.«

»Sind das die Leichen, die auf dem U-Boot gefunden wurden?«, wollte DeBlieu wissen.

»Es gibt keine andere Möglichkeit.«

Das Bild sprang wieder um, und auch mein Herz

machte einen Satz, weil ich es jetzt sehen konnte. Ich hatte gewusst, dass es so enden würde, und dennoch gehofft, mich zu irren.

»Sehen Sie selbst«, sagte ich zu DeBlieu.

Ich richtete ihm das Vergrößerungsglas ein. Er legte das Auge daran. Ich zog weiter den Film auf mich zu. Ich hörte ihn aufstöhnen.

»Sie sind alle krank«, stellte er fest. »Sie haben alle dasselbe.«

Eddie seufzte. »Sie haben weitergefilmt, Uno. Bis zum bitteren Ende.«

Es war ein Film des Todes. Erst erkannte ich gar nicht, dass es der Spaßvogel war, der da in der Koje lag. Von seinem Grinsen war nichts übrig geblieben. Kein Herumalbern mehr. Eine Nahaufnahme zeigte, wie er aus der Nase blutete, genau wie die Patienten auf der *Montana*. Die Kamera wich zurück. In der oberen Koje lag lethargisch ein weiterer Kranker mit geschlossenen Augen. Er schlug sie auf. Sein Mund bewegte sich. Die Vergangenheit verschluckte seine Worte. Es hatte noch nicht die nötige Technik gegeben, um sie einzufangen. Die Hand eines Mannes, der außerhalb des Bildrahmens stand, legte dem Clown eine Kompresse auf die Stirn. Die Kamera schwankte heftig. Vielleicht hatte der Mann, der sie bediente, ebenfalls husten müssen, während er seine Arbeit tat und sich von dem abzulenken versuchte, was, wie sie vermutlich alle gewusst hatten, unvermeidlich war.

Eddie nahm den Platz am Okular ein und beschrieb die nächste Szene. Es war der Anfang vom Ende. Drei der Männer auf dem Boot hievten mühsam den in ein Leichentuch gehüllten Körper des Spaßvogels über die Bordwand. Dann die Aufnahme eines Berges aus Eis. Das Boot war in ihm festgefroren, eine Eisschicht bedeckte die Schandecks und Kabinenaufbauten. Das Deck war eisglatt, und die Männer husteten und übergaben sich, während sie versuchten, es wegzuschlagen. Umschnitt auf den Mast, der inzwischen eine Eissäule war. Ein weiterer Toter ging über Bord und plumpste in seinem Leichentuch über die Reling auf eine Eisscholle. Ein Eisbär beugte sich über ihn.

»Genug jetzt! Sie wissen, was es ist! Ich verlange eine Erklärung. Sofort!«, befahl DeBlieu.

Erklärung? Es ist seltsam. Man kann eine entsetzliche Vermutung haben oder sich ihrer sogar sicher sein, und doch will man es nicht laut aussprechen. Denn das wäre der letzte Schritt. Dann wäre es real.

»Man nannte es die Spanische Grippe«, erklärte ich.

»Auch wenn sie nicht in Spanien ausbrach«, fügte Eddie hinzu.

»Die ersten Fälle tauchten 1918 auf, kurz vor dem Ende des Ersten Weltkriegs.«

DeBlieu hörte ernst und angespannt zu.

»Neunzehnhundertachtzehn«, meinte ich. »Das müssen Sie sich vorstellen. Die ganze Welt im Krieg. Millionen von Männern in den Schützengräben. Giftgasgranaten. Zum ersten Mal Kampfflugzeuge. Die ersten Panzer. Und dann, wie aus dem Nichts, als hätte das nicht schon genügt, tauchte diese unbekannte Krankheit auf.«

»In Fort Riley«, sagte Eddie. »In Kansas.«

»Warten Sie, Sie reden da von der Spanischen Grippe«, wandte DeBlieu ein. »Und sie kam aus *Kansas?*«

»Genau wie der Zauberer von Oz«, fügte Eddie hinzu.

»Ich dachte, ihr wären in Europa Millionen von Menschen zum Opfer gefallen.«

»O ja. Aber dort fing sie nicht an. Das haben wir bereits in unserer ersten Woche bei der Einheit gelernt«, entgegnete ich. »Diese Grippe war die schlimmste Seuche in der Geschichte der Menschheit.«

»Ich dachte, das wäre die Schwarze Pest gewesen.«

»Nein. Es heißt – so lautet zumindest die *Theorie* –, dass Soldaten, die sich in Fort Riley freiwillig meldeten und von den Schweinefarmen in der Umgebung stammten, bereits infiziert waren, als sie in die Armee eintraten. So begann die Ausbreitung. Die Ärzte hatten noch nie etwas Vergleichbares gesehen. Jüngere Menschen traf es am schlimmsten. Gesunde Menschen, deren Immunsystem auf Hochtouren arbeitete. Bei ihnen war die Sterblichkeit am höchsten. Manche Opfer wurden am Morgen krank und starben noch am selben Abend.«

»Wie auf der *Montana*«, stellte DeBlieu tonlos fest.

»Ja. Und wie auf der *Anna*. Diese Jungs wussten vermutlich nicht, dass sie infiziert waren, als sie Anker lichteten. Mehrere Truppenkontingente aus Fort Riley wurden nach Europa geschickt. Dort, in den Schützengräben, breitete sich die Krankheit in Windeseile aus«, berichtete Eddie. »Aber sie blieb nicht auf die Schützengräben beschränkt. Letztlich erkrankten fünfhundert Millionen Menschen daran. Zwanzig bis fünfzig Millionen starben, nach anderen Schätzungen bis zu achtzig Millionen. Die Spanische Grippe veränderte den Ausgang des Kriegs, warf

Schlachtpläne über den Haufen und tötete in einem einzigen Jahr mehr Menschen als der Schwarze Tod in vier. Fünfzehntausend Tote gab es allein in Philadelphia. In ganz Amerika machten die Theater zu. Die Schulen blieben geschlossen. Hätte nicht gleichzeitig der Krieg gewütet und die Schlagzeilen gefüllt, würde heute jedes Schulkind in den USA die Geschichte kennen. Damals wurde die Sache heruntergespielt. Oh, man wusste schon, dass die Menschen in der *eigenen* Stadt krank waren, doch niemand außerhalb der US-Regierung kannte das ganze Ausmaß.«

Ich dachte an die Fotos zurück, die man uns gezeigt hatte. »Es gab keine Menschenansammlungen mehr. Die Leute hatten Angst davor. In manchen Städten gingen Polizisten und Feuerwehrleute nicht mehr zum Dienst. In einigen Ländern musste man die Toten mit Schaufelbaggern in Massengräbern verscharren. Die Grippe wütete auf der ganzen Welt. Denken Sie nur, wenn man im September 1918 zu einem Spiel der New York Yankees ging, trug die Hälfte der Besucher auf den Rängen OP-Masken. Nachbarn mieden einander. In Teilen von Alaska verzeichneten die Eskimodörfer Todesraten von fünfundneunzig Prozent. Alaska – die Eskimos – traf es am schlimmsten.«

»Wie hat man die Grippe gestoppt?«, fragte DeBlieu entgeistert.

Ich schüttelte den Kopf. »Gar nicht. Die Krankheit verschwand einfach wieder. Sie mutierte zu einer weniger tödlichen Form. Aber es bestand immer die Befürchtung, dass sie irgendwann in der ursprünglichen Form wieder ausbrechen könnte. Damit hat sich auch unsere Einheit befasst. Es sind zahllose Abhandlungen darüber geschrieben worden, und auch bei Konferenzen und in Seminaren wird die Frage immer wieder thematisiert. Hätte man die Krankheit damals nicht Grippe, sondern Pest genannt, dann hätten Sie bestimmt schon davon gehört. Die entscheidende Frage, die große Befürchtung seit hundert Jahren lautet: *Falls diese Grippe zurückkehrt, werden wir sie dieses Mal aufhalten können?*«

»Aber Sie sagten doch, sie wäre ausgestorben«, entgegnete DeBlieu.

Und Eddie erwiderte: »Das galt auch für die Schwarze Pest. Zum ersten Mal tauchte sie sechshundert nach Christus in der Türkei auf. Dann kehrte sie 1347 in Europa zurück, bevor sie wieder verschwand. 1890 kam es in China und Indien zu Ausbrüchen. Jedes Mal starben Millionen von Menschen.«

»Und jetzt ist die Spanische Grippe zurückgekehrt«, sagte ich.

Und Eddie fügte hinzu: »Die Weiße Pest.«

* * *

DeBlieu ließ sich schwer auf einen Stuhl fallen. Einen Moment lang schwiegen wir. Dann sagte DeBlieu mit einem Anflug von Hoffnung: »Aber heutzutage haben wir viel bessere Arzneimittel, nicht wahr? Ich meine, 1918 wussten die Ärzte viel weniger als heute.«

»Richtig«, bestätigte ich.

»Zum Beispiel die Sprays und Pillen, mit denen Sie die Menschen im Hangar behandeln. Alles neu. Nicht einmal Penizillin gab es damals. Man kann das also gar nicht miteinander vergleichen.«

»Definitiv«, sagte Eddie. »Sie haben absolut recht.«

»Also bitte sagen Sie mir«, spann DeBlieu hoffnungsvoll den Faden weiter, »dass es dieses Mal, selbst wenn es sich um die Spanische Grippe handeln sollte, genau wie mit allen anderen Krankheiten sein wird, die früher einmal tödlich waren, inzwischen jedoch ihren Schrecken verloren haben. Polio. Cholera. Die Geißeln der Vergangenheit, heute weitgehend besiegt. Sie können damit fertigwerden. Darum haben Sie die Kranken an Bord genommen. Sie verfügen über ein ganzes Arsenal von Medikamenten. Wir sprechen hier von etwas, was nur in der Vergangenheit furchteinflößend war.«

Eddie starrte ausdruckslos vor sich hin. Ich seufzte. Auf dem Deck unterhalb des Labors sahen wir uns genau mit jenem Problem konfrontiert, das wir vor fünf Jahren gegenüber dem Verteidigungsministerium angesprochen hatten, wodurch der Direktor auf uns aufmerksam geworden war. Dass eine neue Seuche im Hohen Norden ausbrechen könnte statt in den Tropen.

»Ich wünschte, das könnte ich Ihnen versprechen, Captain«, sagte ich. »Aber wenn Leichen aus Fort Riley diesen Ausbruch ausgelöst haben, handelt es sich um den ursprünglichen Erregerstamm. Und wir haben keine Ahnung, ob die Menschen in den letzten hundert Jahren eine gewisse Resistenz dagegen aufgebaut haben oder … Sie wissen schon …«

»Oder ob wir eine noch tödlichere Mutation vor uns haben«, fügte Eddie düster hinzu.

DeBlieu argumentierte störrisch weiter, als könnte er damit etwas an den Fakten ändern. »Aber wenn Sie damit gerechnet hatten, warum hat dann in all den Jahren niemand an einem Gegenmittel gearbeitet?«

»Das war ohne Proben des ursprünglichen Erregerstamms nicht möglich. Erst in den letzten zwei Jahren ist es Forschern gelungen, in Alaska und russischen Eskimodörfern alte Opfer der Spanischen Grippe auszugraben, so dass sie versuchen konnten, das Virus zu rekonstruieren. Die Sache ist umstritten. Manche Wissenschaftler befürchten, dass schon das allein einen neuen Ausbruch auslösen könnte. Doch die Vorteile schienen die Risiken zu überwiegen, und es gelang tatsächlich, ein Virus wiederherzustellen. Es war allerdings nicht der ursprüngliche Stamm. Nicht das, was wir hier vor uns sehen.«

»Jetzt werden wir es wohl bald herausfinden«, sagte Eddie mit gesenktem Blick, als könne er durch den Stahl des Decks in die improvisierte Krankenstation auf dem Hangardeck hinabsehen.

DeBlieu war entsetzt und hatte Mühe, die Situation zu verarbeiten. Mit leiser, zorniger Stimme fragte er: »Und Sie haben es auf *mein Schiff* gebracht?«

»Bis vor fünf Minuten wussten wir ja noch gar nicht, um was es sich handelt. Und wir hätten keine US-Soldaten auf dem Eis zurücklassen können. Hören Sie, lassen Sie uns den Film weiter ansehen«, erwiderte ich besänftigend. »Vielleicht gibt er uns einen Hinweis darauf, was zu tun ist. Auf ein Gegenmittel. Etwas, was sie *damals* vielleicht nicht einmal wussten, was *wir* aber heute erkennen würden.«

»Wenn sie ein Gegenmittel besessen hätten, glauben Sie denn, sie hätten es nicht benutzt?«, schnarrte DeBlieu und wich zurück.

»Vielleicht wussten sie gar nicht, dass sie es besaßen. Vielleicht konnten sie die Arbeit nur zu siebzig Prozent vollenden, und wir können den Rest erledigen. Mittlerweile verfügen wir, wie Sie selbst sagten, über neuartige Medikamente. Und wir werden sie einsetzen. Wir sind bereits dabei.«

»Vielleicht«, sagte DeBlieu, als wären das Wort und der Zweifel, der sich darin ausdrückte, eine Beleidigung seines Gespürs für Gut und Böse.

»›Vielleicht‹ ist das Beste, was wir tun können«, betonte ich.

Die Ungeheuerlichkeit der Enthüllung schien die Luft aus dem Labor zu saugen. DeBlieu traf es wie ein physischer Schlag. Er stand völlig still. Eine Ader pulsierte auf seiner Stirn. Er war ausgebildeter Ingenieur, der Kommandant, dem man die Sicherheit von Amerikas einzigem Eisbrecher anvertraut hatte. Sein innerer Zwiespalt musste enorm sein – auf der einen Seite die Verantwortung gegenüber seiner Crew, auf der anderen seine Ausbildung, bei der die Rettung von Menschen im Vordergrund stand. DeBlieu starrte die Filmstücke angewidert an, als würde das Celluloid selbst von Massen von Mikroben wimmeln.

Ich hatte erwartet, Furcht in seiner Miene zu lesen. Oder Härte. Nur nicht Traurigkeit. Und die war es, die in seine braunen klugen Augen trat. »Nein, das Beste, was wir tun können, ist etwas anderes, Colonel. Ich ziehe meine Leute vom Hangar ab. Es tut mir leid um die Patienten. Es tut mir leid, dass sie krank sind. Aber meine Verantwortung liegt anderswo. Sie werden jeden einzelnen dieser Patienten wieder auf dem Eis absetzen«, erklärte er.

»Welchem Eis?«, fragte Eddie. »Das feste Eis liegt längst hinter uns. Wir nähern uns Barrow. Was erwarten Sie? Dass wir sie in Rettungsinseln aussetzen?«

DeBlieu richtete sich gerade auf und trat einen Schritt zurück. »Tun Sie, was Sie tun müssen«, sagte er mit beunruhigender Entschlossenheit. »Aber schaffen Sie sie von Bord. Bis dahin, Colonel, muss ich Sie leider Ihres Kommandos entheben.«

Ich fuhr scharf herum.

»Meine Befehle lauteten – wie Sie wissen –, die Leitung Ihnen zu übergeben, es sei denn, es drohe nach meiner Einschätzung unmittelbare Gefahr für mein Schiff«, verkündete er.

»Captain, wir haben keine Zeit, darüber zu diskutieren …«

»Ich stimme Ihnen vollständig zu. Also suchen wir uns eine stabile Eisplatte, aber selbst wenn wir keine finden, werden wir – nein, ich muss mich korrigieren – werden Ihre Marines die Kranken vom Schiff schaffen, aufs Eis oder in Rettungsinseln. Sie werden mit allem versorgt werden, was sie brauchen. Medikamente, Zelte, Heizung. Sagen Sie, was immer Sie brauchen, und Sie bekommen es.«

»Dafür ist es ein bisschen zu spät«, entgegnete ich.

Als wollte er meine Aussage unterstreichen, tauchte Del Grazo plötzlich in der Tür auf. Er wirkte verstört, wollte sich seine Furcht aber nicht anmerken lassen. Es klappte nicht.

»Colonel Rush, wir brauchen Sie. Clinton ist schwer erkrankt«, sagte er.

Kapitel 20

Fünf Stimmen in Washington

»Glauben Sie, Colonel Rush wird sich den Film ansehen?«

»Unglücklicherweise ja.« Der Direktor nickte. »Er ist zu engagiert, um es zu lassen, Befehl hin oder her.«

Es wurde langsam dunkel in Washington, doch die Lichter blieben ausgeschaltet in dem Eckbüro in der dritten Etage des vierstöckigen Gebäudes, das diagonal gegenüber dem Weißen Haus am Lafayette Park lag. Draußen herrschten Temperaturen von über dreiunddreißig Grad, und graues Dämmerlicht – gedämpft durch die Ausdünstungen des Berufsverkehrs – sickerte durch die engmaschigen Gardinen, die vor den raumhohen Fenstern hingen.

Während früherer Regierungszeiten hatten untere Behörden des Weißen Hauses das Gebäude genutzt, beispielsweise die Gremien für Umweltschutz oder Sicherheit am Arbeitsplatz.

Doch der gegenwärtige Nationale Sicherheitsberater Dr. A. R. Klinghoff von der Michigan State University, der »Kissinger des 21. Jahrhunderts«, wie er von Experten genannt wurde, hatte sich entschieden, das abgewohnte, aber gemütliche Gebäude zu seinem Sitz zu machen. Dabei hatte er es dem unpersönlich grauen, massiven und verschnörkelten Executive Office Building aus der Eisenhowerära auf der anderen Seite der Pennsylvania Avenue vorgezogen, in dem es im Winter zu heiß und im Sommer zu kühl war.

Klinghoff war der jüngste Sohn von Wiener Flüchtlingen, einem Professor und einer Anwältin, die vor den Nazis geflohen waren, als Deutschland sich Österreich 1938 einverleibte. Er war mit Geschichten darüber aufgewachsen, was passieren konnte, wenn man offene Bedrohungen missachtete, und hatte seine Karriere darauf aufgebaut, geeignete Gegenmaßnahmen zu entwickeln.

Alle fünf Anwesenden – sie diskutierten jetzt seit über acht Stunden – waren alt genug, um sich daran zu erinnern, dass man von hier aus einmal auf eine vielbefahrene Pennsylvania Avenue hinuntergeblickt hatte, die Straße, die am Weißen Haus vorbeiführte. Heute war es nur noch eine von Betonbarrieren massiv gegen Autobomben abgeschirmte Fußgängerzone. Alle im Raum waren sich schmerzhaft bewusst, wie sehr sich das offizielle Washington in den letzten zwei Jahrzehnten eingeigelt hatte. Jeder Einzelne von ihnen war in gewisser Hinsicht für die nationale Sicherheit verantwortlich. Und jeder hatte auf seine Art die Alpträume der Nation geerbt.

Admiral Bud »Red« Burgoyne war Chef der Marine der Vereinigten Staaten. Er war sechsundfünfzig, hatte ein rotes Gesicht, krumme Beine, eine Boxernase und einen seltsam schmalen, agilen Körperbau. Mit siebzehn hatte er in Erwägung gezogen, Tänzer zu werden. Stattdessen war er zur Marine gegangen, wo er als Boxer den Titel im Mittelgewicht errungen hatte, indem er seine gute Beinarbeit geschickt dazu einsetzte, den gegnerischen Schlägen auszuweichen. Er hatte den Karrierewechsel nie bereut.

Richterin Eileen Marcus – Ministerin für Innere Sicherheit – war als Vorsitzende von zwei Verfahren gegen Terroristen in New York zu nationaler Bekanntheit gelangt. Sie war eine weithin angesehene Juristin, in deren Aufgabenbereich der Betrieb des einzigen Eisbrechers der Nation fiel. Mit einundsechzig hatte sie vier Enkelkinder, malte in ihrer Freizeit alte Eisenbahnhöfe auf dem Land und liebte Saxophonjazz und Kreuzworträtsel.

Zu den Anwesenden gehörte außerdem Nate Grady, der unter zwei Präsidenten unterschiedlicher Parteien als Medienberater fungiert hatte. Grady war neununddreißig und hatte kein Verständnis für Extremisten, ob von links oder von rechts. Das Time *Magazin titulierte ihn als »einen der letzten Politiker der Mitte in Washington«. Da er so gut wie kein Sozialleben führte, wohnte er in einem Zweizimmerapartment an der Connecticut Avenue, ging jeden Abend nach Hause, aß Suppe vom Schnellimbiss oder mexikanisches Essen und fuhr einen vierzehn Jahre alten Honda. Äußerlich ähnelte er dem Verbraucherschutzanwalt Ralph Nader, war groß, elegant, trug eckige braune Anzüge und Schuhe mit Gummisohlen. Er schlief gut und wachte manchmal mit einem Lächeln auf, wenn er davon geträumt hatte, dass er für die Boston Red Sox Baseball spielte.*

Klinghoffs Stellvertreter, Dr. Joe Rushs einundfünfzig Jahre alter Chef, saß in einer Ecke. Elias Pelfrey trug einen scharf geschnittenen, dunkelblauen Nadelstreifenanzug, dazu ein weißes Hemd und eine braune Krawatte. Die braunen lockigen Haare waren kurz geschoren, um sie zu zähmen, und seine gelassene Art wurde durch ein leichtes Hinken unterstrichen, das von einer alten Footballverletzung am College stammte. Er wäre zweimal beinahe zum Nationalen Sicherheitsberater ernannt worden. Die großen Namen in der Gruppe konnten ihn nicht einschüchtern.

»Der Präsident verlangt eine Empfehlung, was das fünfte Protokoll angeht«, sagte Klinghoff. »Und er hofft, dass sie einstimmig ausfällt, falls etwas an die Öffentlichkeit dringt.«

»Wozu es normalerweise kommt«, bekräftigte Grady.

Die Fenster waren vierfach verglast, kugelsicher und schalldicht. Kaffeebecher in Erdfarben erkalteten auf den Tischen. An den Wänden hingen Ansel-Adams-Fotografien: das Yosemite Valley, der Grand Canyon, die Grand Tetons. In ihren seltenen Urlauben wanderten Klinghoff und seine Frau leidenschaftlich gern.

Das fünfte Protokoll war 2007 entworfen worden und enthielt geheime Pläne für den Fall, dass ein begrenztes Gebiet der USA – ein Bürogebäude, ein Gefängnis, eine Kleinstadt, solange es nicht größer war als zweieinhalb Quadratkilometer – von tödlichen, ansteckenden Mikroorganismen infiziert wurde.

»Nur eine schnelle, chirurgische Operation kann eine globale Katastrophe verhindern«, hieß es in dem Protokoll.

Unter Klinghoffs Tisch befand sich ein Knopf, mit dem sich ein Audiorekorder einschalten ließ. Er zeichnete folgende Diskussion auf:

BURGOYNE: Ich hatte Ihnen empfohlen, den Befehl zu geben, den Film bereits auf dem U-Boot zu zerstören. Sie zogen es jedoch vor, ihn zu erhalten.

KLINGHOFF: Wir werden diese Diskussion unter der Prämisse fortsetzen, dass Dr. Rush den Film mittlerweile gesehen hat.

BURGOYNE: Was unglücklicherweise mehr ist, als man von uns behaupten kann. Trotzdem, der Gedanke, unsere eigenen Leute auszulöschen … Es muss doch einen anderen Weg geben.

GRADY: Wäre es Ihnen lieber, dass sie das Festland erreichen? Dass die Krankheit sich ausbreitet? Sie haben doch die Prognosen gesehen.

PELFREY: Wie soll sie sich an Land ausbreiten, wenn wir das Schiff stoppen? Lassen Sie es auf hoher See bleiben, bis die Krankheit sich ausgetobt hat oder wir einen Weg gefunden haben, sie zu bekämpfen.

KLINGHOFF: Sie wissen, dass das eine Illusion ist, Elias. Sie haben doch das Seuchenzentrum in Atlanta gehört. Sie können wahrscheinlich dekontaminieren, doch nicht mit hundertprozentiger Sicherheit. Sie sagen, wenn wir medizinisches Personal an Bord schicken, riskieren wir dessen Leben. Sie sind sich nicht im Klaren darüber, ob scheinbar gesunde Crewmitglieder – selbst nach Monaten – noch als Überträger fungieren könnten. Wir haben alle gehört, wie Dr. Graves erklärte, dass Noroviren – die im letzten Dezember halb Washington lahmlegten – auf allen möglichen Oberflächen überleben können. Büchern. Toiletten. Und Sie werden sich an das Labor in Virginia erinnern, in dem *1990* Ebola ausbrach. Noch ein Jahr später – nach der

Entlassung aus der Quarantäne – wurden zwei Mitarbeiter positiv getestet. Es war reines Glück, dass dieser Virenstamm für den Menschen ungefährlich war. Das gesamte Gebäude musste dem Erdboden gleichgemacht werden.

PELFREY: Ja, aber Wissenschaftler äußern sich nie mit hundertprozentiger Gewissheit.

KLINGHOFF: Weil sie wissen, dass es immer Überraschungen geben kann.

MARCUS: Hätten Sie vor zwei Jahren auf mich gehört, dann hätte sich das vermeiden lassen. Ein einziger Eisbrecher! Ich habe mehr gefordert! Wenn Sie dieses Schiff zerstören, bedeutet das das Ende unserer Ambitionen im Hohen Norden. Die verdammten Russen besitzen zwanzig Eisbrecher! Hätte ich mehr gehabt, dann wäre einer bestimmt in der Nähe gewesen und hätte die *Montana* frühzeitig erreichen können.

BURGOYNE: Hätte die Navy Eisbrecher, so wären sie bewaffnet.

KLINGHOFF: Darüber sprechen wir später. Zum jetzigen Zeitpunkt können wir, wie schon gesagt, nur eine Dekontaminierung versuchen. Mit Chlorwasserstoffgas über die Ventilationsanlage. Gründliche Reinigung, Quadratzentimeter für Quadratzentimeter. Und dann Tests. Zahllose Tests, bevor das Schiff wieder auslaufen darf.

GRADY: Und was ist, wenn die Seuche trotzdem ausbricht? Sie sollten sich einmal hören! »Versuchen« zu dekontaminieren.

MARCUS: Ja, retten wir das Schiff. Töten wir die Crew.

GRADY: Retten wir Millionen von Amerikanern an Land. Wenn die Seuche sich verbreitet, würde selbst eine Sterblichkeitsrate von nur einem Prozent vier Millionen Tote bedeuten. Im Augenblick beträgt die Rate jedoch fünfundzwanzig Prozent und könnte sich noch erhöhen.

MARCUS: Abstoßend!

GRADY: Vielleicht haben Sie ja eine bessere Idee. Es gibt einfach keine hundertprozentig sichere Möglichkeit, so viele Infizierte und potentiell Kranke unter Quarantäne zu stellen. Hören Sie, unsere Gruppe hat in den letzten sechs Jahren zwei Studien zur Dekontaminierung bewohnter Gebiete in Auftrag gegeben, falls es zum Schlimmsten kommen sollte. Alle räumen die Möglichkeit ein, dass es nötig werden könnte, die Kranken einzuschläfern. Und alle stimmen darin überein, dass überlebensfähige Kranke in Isolierstationen untergebracht werden müssen. Aber in diesem Fall hieße das, sie Hunderte von Kilometern weit in Flugzeugen zu transportieren, die wiederum dekontaminiert oder vernichtet werden müssten. Die Besatzungen wären dem Infektionsrisiko ausgesetzt, und Überträger würden in dicht bevölkerte Gegenden in Krankenhäuser verbracht, die nicht dafür ausgerüstet sind, so viele Isolationsfälle auf einmal aufzunehmen. Daher müssten wir sie an mehrere Orte ausfliegen. Wenn nur ein Kranker durch die Maschen schlüpft, wenn ein Lastwagen eine Panne hat, wenn in einer ganzen Kette von Abläufen nur ein einziger Fehler passiert und ein einziger Erreger entkommt, dann haben wir den Schlamassel.

PELFREY: Ich möchte darauf hinweisen, dass …

GRADY: Ich bin noch nicht fertig. Was würden Sie denn vorschlagen, Sir? Die Kranken auf einen Leichter zu verladen? In vier Wochen friert der Ozean zu. Dann könnten die Einheimischen ihn zu Fuß erreichen. Oder das Eis zerquetscht den Kahn. Sie könnten ihn nicht bewachen, wir verfügen nicht über Schiffe, die dem Eisdruck standhalten. Was also tun? Den Leichter fortschleppen? Wohin denn? Keine Tiefwasserhäfen weit und breit! Ihn sechshundert Meilen weit nach Nome abschleppen? Eine größere Stadt, aber auch sie friert zu. Und lassen Sie uns die Herbststürme nicht vergessen. Ein Leichter wäre ihnen vermutlich gar nicht gewachsen. Und dann das Ganze im Fernsehen! Hören Sie, das ist die Arktis. Sie wissen genau, dass es irgendwann zu einem Notfall kommen würde. Wir sind nicht darauf vorbereitet.

MARCUS: Dann bringen wir sie nach Barrow. Dort gibt es einen alten Air-Force-Stützpunkt und eine Forschungsstation.

GRADY: Ha! Barrow hat eine Bevölkerung von fünftausend Eskimos, alles Wähler und viele Veteranen, und ich darf Sie daran erinnern, dass die Ureinwohner *1918* am anfälligsten für die Grippe waren. Ganze Dörfer starben aus. Der Stützpunkt ist nicht für eine Quarantäne eingerichtet. Die Mannschaften, die die Kranken dorthin bringen, wären einem Risiko ausgesetzt. Die Nissenhütten sind achtzig Jahre alt und müssten erst instand gesetzt werden. In der Arktis können Sie alle Kosten mit vier multiplizieren. Wollen Sie vorschlagen, dass wir in aller

Eile etwas zusammenschustern und dann die Daumen drücken, dass die Vorsichtsmaßnahmen schon ausreichen werden? Einfach darauf hoffen, dass die tödlichste Krankheit, mit der die Menschheit es je zu tun hatte, nicht ausbricht – wenn sie nur ein oder zwei Kilometer entfernt von einem dicht bevölkerten Gebiet vor sich hin köchelt? Glauben Sie, die Menschen, die in der Stadt wohnen, würden einfach stillhalten? Glauben Sie, die Senatoren für Alaska würden den Mund halten?

[An dieser Stelle registriert das Band, dass Grady einen Laut des Abscheus ausstößt.]

KLINGHOFF: Eileen, das hieße, eine Katastrophe geradezu herauszufordern.

MARCUS: Und die Ermordung von zweihundert amerikanischen Marines und Seeleuten würden Sie nicht als Katastrophe bezeichnen?

PELFREY: Sie haben das Mitleid nicht gepachtet, Eileen. Meine Leute sind da oben.

GRADY: Eine Tragödie. Schrecklich, furchtbar. Doch lassen Sie uns darüber sprechen, wie wir den Schaden begrenzen können. Szenario Nummer eins: Das Weiße Haus erfährt, dass sich eine tödliche, hochansteckende Krankheit an Bord befindet. Nachdem der Präsident das Schiff unter Quarantäne gestellt hat, beschließt er – nach Rücksprache mit den führenden Experten für ansteckende Krankheiten –, dass im Interesse der amerikanischen Bürger die tapfere Crew – ohnehin an der Schwelle des Todes stehend – eingeschläfert werden muss. Wir bringen das Schiff in amerikanische Gewässer. Wir transferieren die Crew auf einen Leichter und sagen ihr, dass sie an Land gebracht wird. Dann schläfern wir sie friedlich ein, besprühen sie mit irgendetwas. Was aus dem Schiff werden soll, können wir uns später überlegen.

MARCUS: Vergasen wir sie doch einfach wie in Auschwitz.

GRADY: Das muss ich mir nicht bieten lassen! Jede Person hier im Raum weiß seit Jahren, dass wir eines Tages mit dem Ausbruch einer Seuche rechnen mussten. Jetzt ist es Wirklichkeit geworden. Sie hatten kein Problem damit, entsprechende Maßnahmen zu befürworten, solange sie bloße Theorie waren, Eileen. Auschwitz? Die Menschen dort haben gelitten. Ich sage, wir schläfern unsere Leute ein. Wir könnten sogar überlegen, ob es sinnvoll wäre, anzudeuten, dass die Krankheit von einem feindlichen Land ausgelöst wurde. Wir könnten sagen, dass wir die Leute zur Strecke bringen werden, die das getan haben. Nicht ruhen werden, bis unsere toten Landsleute gerächt sind. Der Präsident hat von Anfang an volle Kontrolle. Und wir werden den Eisbrecher dreifach dekontaminieren. Natürlich wird der Kongress durchdrehen, wenn er da draußen einen potentiellen terroristischen Feind wittert. Die Gouverneure der einzelnen Staaten natürlich auch. Die Senatoren. Jeder verdammte Kandidat für ein Amt. Was soll das heißen, Terroristen haben eine biologische Waffe eingesetzt? Wie ist sie in ihre Hände gelangt?

KLINGHOFF: Ich glaube nicht, dass ich in dieses Wespennest stechen möchte.

BURGOYNE: Nun, Ihr Szenario setzt voraus, dass die

Crew einfach mitspielt. Sie wird den Befehl erhalten, die Waffen zu übergeben. Darf ich Sie daran erinnern, dass sich fünfundzwanzig Marines an Bord befinden, die problemlos einen Hubschrauber vom Himmel holen könnten? Wenn die auch nur den geringsten Verdacht schöpfen, was Sie im Schilde führen, dann zetteln sie einen kleinen Krieg an.

GRADY: Also schön, dann Szenario B. Wir versenken das Schiff. Ein Unfall. Wie damals bei dem U-Boot, der Thresher. Ein einziger Fächer Torpedos oder Raketen würde ausreichen. Niemand an Bord wüsste, wie ihm geschieht. Sie sind von jeder Verbindung abgeschnitten. Eine Tragödie. Aber wenn wir uns dafür entscheiden, müssen wir es jetzt tun!

PELFREY: Warum lassen wir das Schiff nicht erst einmal in Ruhe und warten ab, welche Fortschritte Dr. Rush erzielt? Die Montana ist inzwischen sehr gründlich in Quarantäne gegangen, so dass sich die Krankheit nicht ausbreiten kann, um Himmels willen.

MARCUS: Ich stimme zu. Werfen wir Nachschub ab. Suchen wir medizinische Freiwillige. Ich bin sicher, viele Ärzte würden helfen, auch wenn sie das Risiko kennen. Wir zeigen Mitgefühl. Wir retten so viele Menschenleben wie möglich. Nachdem die Krankheit abgeklungen ist, isolieren wir die Überlebenden, bis wir sicher sind, dass sie nicht mehr ansteckend sind. Das ist Amerika! Das ist der Unterschied zwischen uns und … diesen anderen Ländern.

KLINGHOFF: Ich finde, das klingt nicht schlecht.

GRADY: Sicher, auf den ersten Blick schon. Großmütig. Nur … zunächst einmal haben wir gerade festgestellt, dass die Überlebenden möglicherweise noch ansteckend sein könnten, und zweitens sollten wir die Sache realistisch betrachten. Erinnern Sie sich noch an Präsident Carter und den Iran? Zweiundfünfzig Amerikaner wurden als Geiseln genommen. Statt reinzugehen, anzugreifen und Leben zu retten, hielt Carter sich zurück. Schließlich spielte er den großen Menschenfreund. Er wollte sinnloses Töten vermeiden. Und was geschah? Sobald die Presse davon Wind bekam, war es jeden Abend in den Nachrichten das zentrale Thema. Glauben Sie, in unserem Fall wäre das anders? Schiff des Todes am ersten Tag! Schiff des Todes am achtzigsten! Berichte auf jedem Bildschirm in der ganzen Welt. Fotos. Interviews mit den Familien. Der Kongress verlangt eine Untersuchung, und irgendjemand gräbt den Teil aus, den wir lieber nicht publik werden lassen würden. Washington ist gelähmt. Der Vertrag mit Russland? Die Gesundheitsreform? Kann warten! Und wenn wir endlich beschließen, etwas zu unternehmen, fällt uns irgendein Gericht in den Arm. Zu spät.

KLINGHOFF: Hmmmmmm.

MARCUS: Darf ich daran erinnern, dass die Geiseln im Iran am Ende ohne einen einzigen Verlust freikamen?

GRADY: Doch, es gab einen Toten. Der Präsident war mausetot. Was passiert, wenn Colonel Rush, der bereits einen Befehl nicht befolgt hat, falls er sich den Film angesehen haben sollte, seine Marines zurückschießen lässt? Oder wenn jemand an Bord irgendwie ins Internet kommt, über die Geschichte bloggt und der Film veröffentlicht wird? Oh, dann hätten wir wirklich alles unter Kontrolle. Und zwar auf YouTube.

BURGOYNE: Wir wären erledigt.

GRADY: Wir brauchen hier eine Art von Triage.

BURGOYNE: Ich fürchte, er hat recht.

GRADY: Ich sage, wir versuchen, das Schiff zu dekontaminieren, nachdem wir die Menschen an Bord, die ja sowieso alle krank würden, wenn wir ehrlich sind, eingeschläfert haben – auf humane Art, versteht sich. Oder wir blasen das Schiff einfach weg.

PELFREY: Sie sind nicht alle krank. Einige erholen sich bereits! Manche werden überhaupt nicht krank werden!

GRADY: Das wissen Sie nicht mit Sicherheit. Die Todesrate könnte sich steigern. Und außerdem ist das Schiff nicht einmal das eigentliche Problem. Das ist die andere Sache.

MARCUS: Das klingt, als würden Sie über Haustiere sprechen. Einschläfern! Sagen Sie doch offen heraus, was Sie meinen. Es ist Mord!

PELFREY: Joe Rush und Edward Nakamura. Ich arbeite seit zwei Jahren mit ihnen … Ich war bei ihnen zu Hause zu Besuch.

[An dieser Stelle zeichnet das Band Stille auf.]

KLINGHOFF: Eileen, Sie machen es uns wirklich schwer.

MARCUS: Ha! Ich mache es schwer, sagt er.

KLINGHOFF: Erinnern Sie sich noch daran, wie der Präsident Ihnen diesen Job angeboten hat? Als Sie sagten, Sie könnten harte Entscheidungen treffen, wenn es nötig wäre? Als Sie sagten, Sie wollten diejenige sein, die sie trifft. Dass Sie niemals davor zurückschrecken würden, wenn seine Wahl auf Sie fiele?

MARCUS: Das ist nicht fair. Ich schrecke nicht zurück. Ich frage mich, welche Alternative die beste ist.

[Hier verzeichnet das Band Stimmengewirr, weil alle durcheinanderreden. Nur Wortfetzen sind zu verstehen … »Ja, aber …«, »Ich wünschte, er hätte den Film zerstört …«, »Wie konnten die Chinesen davon erfahren …«]

KLINGHOFF: Es wird Zeit, abzustimmen. Wenn möglich, würde ich Einstimmigkeit bevorzugen. Wer dafür ist, hebt die Hand. Szenario A: Wir versuchen, die Überlebenden auf Leichter zu überführen und die Marines zu entwaffnen. Dann lassen wir die Krankheit abklingen und schleppen die Leichter nach Süden. Alle dafür? Nur eine Stimme? Also gut! Option B: Wir warten sechsunddreißig Stunden ab, ob Dr. Rush das Wunder gelingt, dann zerstören wir das Schiff und verkünden den wahren Grund dafür. Niemand für Ehrlichkeit, was? C: Raketen oder Torpedos. Ein Unfall. Hmmm, drei von fünf Stimmen. Eileen? Ihre Stimme!

MARCUS: Es muss eine andere Möglichkeit geben.

KLINGHOFF: Der Präsident erwartet unsere Empfehlung in zwölf Minuten.

MARCUS: Ich stimme für Quarantäne.

PELFREY: Sir, es sind die sechsunddreißig Stunden, die mir Sorgen machen. Die Zeitspanne erscheint mir zu kurz. Colonel Rush wird Medikamente verabreichen. Sie müssen Zeit haben, zu wirken. Erst dann haben wir die Möglichkeit, zu beurteilen, ob die Behandlung anschlägt. Können wir ihm nicht ein wenig länger geben?

KLINGHOFF: Mr Grady?

GRADY: Je länger Sie ihnen Zeit lassen, desto größer ist das Risiko, dass die Geschichte an die Öffentlichkeit kommt. Und wenn es erst einmal so weit ist, dann ist alles aus.

KLINGHOFF: Ach, ein paar Stunden machen doch keinen so großen Unterschied. Können wir uns auf achtundvierzig Stunden einigen, Direktor Pelfrey?

PELFREY: Ginge nicht noch etwas mehr?

KLINGHOFF (irritiert): Wie viel denn?

PELFREY: Fünf Tage. Wir wissen nicht einmal, wie lange die Inkubationszeit dieser Krankheit ist. Um Himmels willen, geben Sie meinen Leuten eine Chance!

GRADY: Das hieße, das Schicksal herauszufordern.

KLINGHOFF: Also gut, sagen wir fünfzig Stunden! Okay! Abstimmen bitte. Eileen, immer noch Nein? Elias? Okay. Ich fasse zusammen: Ich werde dem Präsidenten mitteilen, dass die Seuche, nachdem sie ursächlich war für den Untergang eines U-Boots der *US*-Marine, auf ein zweites Schiff übergesprungen ist. Wir empfehlen ein Zeitfenster von fünfzig Stunden, um zu sehen, ob Colonel Rush mit seiner Behandlung Fortschritte erzielt. Danach gestatten die Notstandsgesetze dem Präsidenten die Anwendung des fünften Protokolls. Es könnte sein, dass er unseren Rat ohnehin ignoriert. Es wäre ja nicht das erste Mal.

PELFREY: Nur zwei Tage. Mein Gott!

KLINGHOFF: Es sind ein bisschen mehr als zwei. Zweifellos ausreichend Zeit, um festzustellen, ob die Behandlung anschlägt. Dr. Graves sagte, dass Virostatika sehr schnell wirken. Wir sind mitfühlende Menschen. Wir geben ihnen eine Chance. Wir sind alle hier, weil wir in der Lage sind, harte Entscheidungen zu treffen, und dies könnte unsere härteste überhaupt sein. Ich danke Ihnen allen. Und nun: Dürfte ich Sie vielleicht einen Augenblick zum gemeinsamen Gebet für Colonel Rushs Bemühungen bitten, bevor ich dem Präsidenten Bericht erstatte?

* * *

Im Weißen Haus dankte der Präsident Klinghoff und saß dann noch lange allein im Dunkeln im Oval Office. Er war ein mittelgroßer, schlicht wirkender, zäher Mann, ein ehemaliger Gouverneur, der es seit seiner Kindheit als Sohn eines kleinen Rinderfarmers in Montana weit gebracht hatte. Er erinnerte sich noch gut an seine Jugend auf dieser schönen Ranch, auch an den schlimmsten Tag, als er acht Jahre alt gewesen war. Sein Vater hatte ihn mit auf die Ostweide genommen, wo sie eine Herde von achttausend erstklassigen Fleischrindern inspizierten. Er hatte geschluchzt, als sein Vater ihm sagte, dass alle Tiere erschossen, verbrannt und vergraben werden müssten, weil eine Kuh mit einer Krankheit infiziert sei, die man »Rinderwahnsinn« nannte und die das Gehirn aufweichte.

Um die Menschen im nächsten Ort und auch diejenigen in ganz Amerika zu schützen, die vielleicht eines Tages Rindfleisch aus Montana aßen, musste die gesamte Herde vernichtet werden, auch wenn das den Verlust der Ranch bedeutete.

»Das ist nicht fair«, war der Junge herausgeplatzt.

»Es ist das Richtige«, hatte sein Vater entgegnet.

»Aber du sagst, dass wir alles verlieren werden.«

»Wenn man eine harte Entscheidung zu treffen hat, sollte man sie nicht auf die lange Bank schieben, denn sie wird mit jedem Tag schwerer.«

Um drei Uhr morgens griff der Präsident zum Telefon und rief einen alten Zimmergenossen an, der mittlerweile General der Air Force in Seattle war. Er sagte dem General, worum es ging, bat ihn aber darum, es nicht als Befehl, sondern als persönliche Bitte anzusehen. Er würde es verstehen, wenn der General sich weigerte.

»Herrgott, Mike«, sagte der Luftwaffengeneral. Aber er erklärte sich einverstanden. »Die Wolkendecke da oben wird wieder dichter, daher werden die Satelliten blind sein«, fügte er dann noch hinzu.

Der Präsident legte auf. Er hatte entschieden, dass zwei Tage eine zu lange Wartezeit bedeuteten.

In zwanzig Stunden würde das Schiff zerstört werden, wenn es keine definitiven Fortschritte gab. Anschließend würde die Meeresoberfläche mit Öl eingesprüht und angezündet werden, um Leichen und Treibgut zu verbrennen. Erst dann würde der Präsident vor die Fernsehkameras treten und die Wahrheit über den ganzen Vorfall erzählen, abgesehen von der Sache mit dem alten Film.

Er rechnete damit, dass das womöglich das Ende seiner Karriere bedeutete. Seine Gegner würden seinen

Rücktritt fordern und vielleicht sogar ein Gerichtsverfahren. Doch das würde er überstehen, und außerdem war beides nicht so wichtig. Er war mit dem Versprechen angetreten, dass er der richtige Mann sein würde, wenn es in seiner Amtszeit zu einer Notsituation kam – wie es jedem Präsidenten irgendwann passierte. Jetzt war der Augenblick da.

Er fragte sich, ob er damit leben konnte.

»Du hast es selbst gesagt, Daddy«, bestätigte er laut.

Der Präsident schaute durchs Fenster auf den Rosengarten hinaus, ohne ihn wahrzunehmen. Nach einer Weile kam die First Lady herein, da sie aufgewacht war und gesehen hatte, dass seine Seite des Betts leer war. Sie kannte seine Gewohnheit, allein im »Arbeitszimmer« zu sitzen, wenn ihn etwas belastete. Sie holte sich eine Wolldecke aus dem Schrank und legte sich auf eines der beiden Sofas. Wenn er aufgewühlt war, schlief sie gerne in seiner Nähe. Er genoss ihre Gesellschaft, auch wenn er es nicht sagte.

Sie schlief noch, als die Sonne aufging. Und er merkte nicht, dass es heller wurde, auch wenn der Rosengarten in der Pracht des Morgentaus eine Augenweide war – vor allem für einen Jungen, der auf einer von Dürre geplagten Ranch aufgewachsen war und sich nach dem Bankrott seiner Familie wieder nach oben gearbeitet hatte.

Kapitel 21

Clinton war in schlechter Verfassung. Er lag röchelnd auf einem Feldbett in Reihe zwei. Es war das letzte freie Bett gewesen. Jetzt gab es keine mehr, wenn weitere Menschen erkrankten. Er hatte beinahe vierzig Grad Fieber. Er zitterte. Schweiß lief ihm von der Stirn und durchweichte sein Bettzeug. Janice Cullen hatte einen Tornister als Kissen ans Kopfende des Feldbetts gelegt, da es keine andere Möglichkeit gab, ihn aufrecht hinzusetzen; das schien besser für die Patienten zu sein, deren Lunge sich mit Flüssigkeit füllte.

»Wir haben keine Infusionsnadeln mehr«, teilte Cullen mir mit. Ihre Augen waren klar, ihre Stimme klang fest. Sie mochte Angst vor Stürmen haben, aber nicht vor Seuchenausbrüchen, so viel war klar. Sie hatte Mumm.

Mit ihrer OP-Maske beugte sie sich über Clinton und half ihm, aus einem Wasserglas zu trinken. *Sorgt dafür, dass sie nicht austrocknen.* Und dank der Chinesen hatten wir reichlich Virostatika. Wenigstens ein Gutes hatte die Konfrontation also gehabt. Die Ärztin steckte Clinton die Spitze einer Sprühflasche in jedes Nasenloch und ließ die Medizin dann auf dem Nachttisch zurück, einer Holzkiste, wo sie sich in Clintons

Reichweite befand. Jeder Patient hatte so einen. Darauf lagen Brillen, Tablettenröhrchen und – ganz wie in einem richtigen Krankenhaus – auch Bücher oder Magazine, die die Besatzung gestiftet hatte.

Auf Clintons Kiste lag ein Exemplar des *Outside*-Magazins. Das Titelblatt zeigte ein glückliches Pärchen beim Skilanglauf auf einem Schneefeld. *Abenteuer in der sich öffnenden Arktis!* lautete der Titel.

Clinton hustete Schleim. Seine Decke war mit Erbrochenem besudelt. Wir hatten unsere Masken mit einem Desinfektionsmittel getränkt, daher roch ich hauptsächlich dieses und nicht die Ausdünstungen der Kranken.

Dieser Mann hatte uns das Leben gerettet, und ich erinnerte mich – während ich ihn untersuchte – an das, was Eddie gesagt hatte. 1918 hatte die Todesrate der Spanischen Grippe in den Eskimodörfern bis zu achtundneunzig Prozent erreicht. Alaskas Ureinwohner waren mit am schlimmsten betroffen gewesen. Das klang logisch. Sie waren seit dem ersten Kontakt mit den Weißen schon durch normale Grippe und andere Krankheiten stark geschwächt worden, bei denen man sich in Ohio vielleicht eine Woche ins Bett legte, die im Hohen Norden jedoch tödlich wirkten.

»Geschwollen«, sagte ich, während ich die Lymphknoten an Clintons Hals abtastete. »Holen Sie eine Extradecke, er hat ja praktisch Schüttelfrost.«

»Keine mehr da«, erwiderte Cullen.

»Dann einen Parka. Lassen Sie zusätzliche Jacken herschicken. Alles, was die Crew entbehren kann. Wir müssen sie warm halten. Die Mannschaft soll die

Kleidungsstücke draußen vor der Schleuse hinlegen. Keine zusätzlichen Leute kommen hier herein.«

Cullen blickte DeBlieu Zustimmung heischend an, und der Captain nickte steif.

»Es ist jetzt zu spät, jemanden auszusetzen«, sagte ich zu ihm. »Wir haben keine Ahnung, wer bereits infiziert ist, und das schließt uns selbst mit ein. Wenn Sie also nicht willens sind, den kompletten Hangar mit mehr als hundert Menschen zu räumen – einschließlich Ihrer selbst –, dann bleiben wir.« DeBlieu sah aus, als hätte er mich am liebsten geschlagen. Sein Atem kristallisierte mit jedem Zug. Die Geräusche um uns herum klangen überlaut in unseren Ohren: Keuchen, Husten, Röcheln. Jemand rief stöhnend nach »Linda«. Ein anderer übergab sich.

DeBlieu sagte leise, damit die Leute in unserer Nähe die Feindseligkeit zwischen uns nicht bemerkten: »Gott möge Sie verdammen.«

Ich beugte mich zu unserem Patienten. »Clinton?«

Seine mandelförmigen Augen waren blutunterlaufen und nicht ganz klar.

»Clinton, wo tut es Ihnen weh?«

Er richtete den Blick undeutlich auf mein Gesicht. »Suchen Sie sich's aus.«

»Wo ist es am schlimmsten?«

»Nehmen Sie die Telefonnummer meiner Frau und rufen Sie sie an, wenn Sie können. Richten Sie ihr etwas aus.«

»Das wird nicht nötig sein. Wir werden das Fieber herunterbekommen, und bald können Sie sie selbst anrufen.«

Seine Zunge war bläulich angelaufen. Er hustete pausenlos, feucht und scheußlich.

Clinton schloss die Augen. »Gehen Sie nicht nach Barrow«, sagte er.

»Wie bitte?«

»Bringen Sie uns nicht an Land. Ich habe zwei Kinder. Ich habe eine Frau. Ich weiß, was los ist, Colonel. Die Ältesten haben uns davon erzählt, was geschehen ist, als ihre Großeltern noch Kinder waren. Sie wurden krank, nachdem sie mit Walfängern zusammengetroffen waren. Und Sie sind alle Walfänger.«

Außenseiter. Wie ich. »Geben Sie sich nicht auf, mein Freund«, sagte ich. Das Wort »Freund« lag mir bitter auf der Zunge. »Ich werde Ihnen jetzt Blut abnehmen, okay? Um es im Labor zu testen.«

Clinton starrte mich mit leerem Blick an. Ich dachte, das Fieber hätte ihn überwältigt, doch dann sagte er: »Wir haben keine Bestattungsinstitute in Barrow, wissen Sie. Wir setzen unsere Toten selbst bei.«

* * *

Major Pettit trat mir am Fuß der Treppe zu den Labors in den Weg. Wie die anderen Marines trug auch er eine medizinische Schürze und Handschuhe. Ich versuchte, mich an ihm vorbeizuschieben. Pettit sprach unterdrückt. »Haben Sie einen Moment Zeit, Sir?«

Zehn Schritte weiter sah ich, wie Andrew Sachs einem der Kranken die Stirn abtupfte. Karen Vleska kühlte einen fiebernden Kopf mit Eis – daran wenigstens bestand kein Mangel. Clintons Worte hallten immer noch in meinem Kopf nach, und sie trafen mich hart. Hatte ich einen Fehler gemacht und die Gesundheit aller aufs Spiel gesetzt, nur weil ich mich wegen der Ereignisse in Afghanistan schuldig fühlte? War meine professionelle Einschätzung von persönlichen Problemen beeinflusst worden? Das war es, was *sie* dachten. Der Direktor. DeBlieu. Clinton. Alle.

»Ich bin in Eile, Major. Wenn es nichts Wichtiges ist …«

»Sir, ich wollte nur sagen …«

»Spucken Sie es aus.«

Er straffte sich, und seine Worte kondensierten in der kalten Luft. »Colonel, ich habe mich in Bezug auf Sie geirrt. Ich entschuldige mich für die Dinge, die ich gesagt habe. Ich bin stolz darauf, unter Ihnen zu dienen, und den Männern geht es genauso. Sie haben mich gebeten, Ihnen das zu sagen. Marines lassen ihre Verwundeten nicht zurück. Und Sie tun das auch nicht.«

Verblüfft schaute ich dem Geliebten meiner Exfrau in die Augen und erkannte darin den rauen Respekt eines Marines. Er war der Letzte, von dem ich erwartet hätte, dass er mir in irgendeiner Hinsicht den Rücken stärkte.

»Das war aber nicht wichtig, Major«, erwiderte ich barsch.

Ich drängte mich mit abgewandtem Blick an ihm vorbei, damit niemand die Tränen sehen konnte, die ich wegblinzelte. *Dämliche Tränen*, dachte ich wütend. *Dämliche, idiotische Tränen.*

* * *

Dass die Vereinigten Staaten nur einen einzigen Eisbrecher besaßen, hatte immerhin *einen* Vorteil: Bei seiner Ausrüstung war nicht an der Ausstattung der Labors gespart worden. Es gab sogar ein Elektronenmikroskop, das, wie DeBlieu sagte, normalerweise dazu diente, Walrossblut oder eigentlich weiter südlich heimische Fischarten zu analysieren, die mittlerweile nach Norden wanderten. Manchmal waren es auch mit der Dredsche gesammelte Bodensedimente, mit denen die Wissenschaftler Informationen sammelten, die den USA vor den Vereinten Nationen dabei helfen sollten, ihren Anspruch auf das unterseeische Territorium zu begründen.

Jetzt würde es mir helfen, Clintons Blut zu untersuchen.

Das Gerät stand in einem eigenen Raum und hatte keinerlei Ähnlichkeit mit dem alten Mikroskop, das mir meine Eltern zum elften Geburtstag geschenkt hatten. Es war in einen zwei Meter langen Tisch eingebaut und bestand aus einem U-Boot-artigen Turm, Einstellknöpfen, zwei Okularen wie bei einem Periskop und zwei Monitoren, auf denen das erzeugte Bild angezeigt wurde.

Ich würde Clintons Blut nicht direkt betrachten können, wie unter einem normalen Mikroskop, dafür aber eine 3-D-Darstellung sehen.

Nun, wenigstens in einer Hinsicht hat der Direktor recht gehabt, und das ist die Qualität meiner elektronischen Enzyklopädie. Es gibt jede Menge Elektronenmikroskopaufnahmen von Zellen der Spanischen Grippe. Sie ist umfassend dokumentiert, seit Ärzte am Seuchenkontrollzentrum ihre DNA aus einer in Alas-

ka ausgegrabenen Leiche haben isolieren können. Mal sehen, ob Clintons Blut genauso aussieht. Das würde bestätigen, dass wir es mit dem Erregerstamm von 1918 zu tun haben.

Ich injizierte ein wenig von Clintons Blutprobe in eine Petrischale, stellte diese in die Vakuumkammer und schloss die kleine Klappe darüber, ziemlich am Fuß des Mikroskopturms. Dann legte ich einen Schalter um, und die Maschinerie begann zu summen. Mit einem zweiten Schalter löste ich den hochvoltigen Elektronenbeschuss aus. Ich stellte es mir so vor, als würden sie von einer Pistole oben im Turm abgefeuert und durch eine Kondensationslinse auf die Schale konzentriert. Die Elektronen durchdrangen ihren Inhalt, breiteten sich auf der anderen Seite konisch wieder aus und setzten sich auf einem fluoreszierenden Schirm – ähnlich wie bei einem Kopiergerät – zu dem Bild zusammen, das ich fasziniert durch das Okular betrachtete.

Es war ein 3-D-Bild von Clintons Blut in zwanzigtausendfacher Vergrößerung.

Ich hörte meinen eigenen Atem. Monitor eins zeigte das Original der Spanischen Grippe. Sie sah aus wie eine kleine Armada brauner eiförmiger U-Boot-artiger Formen, die auf ein exotisch wirkendes Büschel langer grüner Unterwasserblätter zuschwammen. Es war eine Nano-Welt, und die gewölbten Oberflächen der Angreifer waren mit scharfen Stacheln besetzt wie Treibminen.

Bei den vergrößerten Blättern handelte es sich in Wirklichkeit um Zilien, mikroskopische Härchen aus der Lunge eines Schweins, das man mit dem rekonstruierten Virus infiziert hatte. Die braunen Schwimmkörper waren Grippeviren, die zur Infektion ansetzten.

In hunderttausendfacher Vergrößerung verschwand die Unterwasserlandschaft und wurde durch rot eingefärbte stäbchen- und eiförmige Zellhaufen ersetzt. Es sah aus wie eine Massenversion dessen, was man in einer Lavalampe sieht. Sie dehnten sich, zogen sich zusammen und teilten sich zu neuen Zellen, während sie die gesunden Zellen des Schweins attackierten. Jede Angreiferzelle enthielt ein gallertiges Zentrum, ihre Nukleinsäure, umgeben von einer Schutzschicht, dem dünnen Kapsid.

Ich verglich die beiden Bilder, eines auf jedem Bildschirm.

Ich hörte Eddie hinter mir scharf die Luft einsaugen. Das 3-D-Bild flimmerte in höchster Auflösung. Bis zu den kleinsten Riefen und Stacheln und Streifen war alles deutlich zu erkennen. Es war so etwas wie der Personalausweis einer Mikrobe.

Nicht überrascht, aber dennoch nicht weniger entsetzt, erklärte Eddie: »Sie sind identisch.«

* * *

Die Luft im Hangar unten wimmelte von exakt denselben Partikeln, und jedes Mal, wenn jemand hustete, wurden es mehr. Aus meiner USB-Bibliothek wusste ich, dass die Spanische Grippe nach einer Inkubationszeit von ein bis drei Tagen ausbrach. Unser erster Kontakt mit der *Montana* war schon mehr als vierundzwanzig Stunden her.

»Beste Infektionszeit, Uno«, meinte Eddie.

»Haben wir genügend Virostatikaspray für alle, auch die Gesunden?«

»Ja, dank unserem guten alten Kumpel Zhou.«

»Dann sollen es alle Patienten als Präventivmaßnahme nehmen. Wenn danach noch genug übrig ist, versorgen wir den Rest des Schiffs damit.«

»Das Zeug verlangsamt die Ausbreitung einer normalen Grippe. Aber alle Grippen sind verschieden.«

»Ich würde wirklich gerne mit dem Seuchenbekämpfungszentrum sprechen.«

»He, wir sind besser vorbereitet als 1918, One.«

Er war eben der ewige Optimist. Ich dachte: *Ja, statt achtzig Millionen Toten wird es diesmal vielleicht nur zehn Millionen geben.*

»Mal sehen, was uns sonst noch so einfällt«, erwiderte ich.

* * *

Die einzige Arznei, die bis jetzt funktionierte, war Kaffee. Wir hatten eine riesige Kaffeemaschine der Küstenwache im Nasslabor installiert, die das starke, dunkle Gebräu literweise lieferte – das Aroma von Maxwell-House-Kaffee drang bis in den letzten Winkel. Auf den Tischen lagen dicke Sandwiches – Bratenscheiben auf Roggentoast. Die Köche hatten sie aus der Messe herübergebracht und im Gang vor der Tür abgelegt. Keinerlei Kontakt zwischen der Crew außerhalb und innerhalb des Hangars war gestattet.

An einem fehlte es auf dem Schiff bestimmt nicht: an Nahrung.

»Kann ich helfen?«, hörte ich die fragende Stimme von Karen Vleska.

Als sie sich ins Labor schob, wirkte sie verletzlicher, unsicherer als zuvor. Das war nicht mehr das energiegeladene, agile Persönchen, als das ich sie kennengelernt hatte. Ich sah eine blaue Ader an ihrem Hals pochen, entdeckte eine winzige Sommersprosse an ihrer Wange, während sie einen Stuhl heranzog und sich neben mich setzte. Sie trug Cordhosen und einen dicken Skipullover mit einem braunen Elchlogo darauf. Ihre Stiefel waren schwarze Merells, und sie roch wie wir alle nach ungewaschenen Kleidern und Chemieduschen. Im Land der Seuche trugen wir alle grundsätzlich immer eine Gesichtsmaske.

»Da unten kann ich nichts anderes tun, als gemeinsam mit Del Grazo und Marietta Stirnen mit kalten Handtüchern abzutupfen.«

»Glauben Sie mir, für die Patienten ist das keine Kleinigkeit«, antwortete ich.

Eddie saß an seinem eigenen Laptop. Die Crew hatte unsere beiden Computer heruntergebracht. Wir erforschten die Tiefen meiner USB-Stick-Bibliothek und gingen systematisch Artikel, Berichte und Spekulationen über die Krankheit durch.

»Sagen Sie mir, wonach Sie suchen«, forderte sie mich auf.

»Behandlungsmöglichkeiten. Alte Tagebücher. Alles, was helfen könnte«, sagte ich. Meine Augen brannten vom ununterbrochenen Starren auf den Bildschirm.

Sie rollte ihren Stuhl dicht neben meinen. Knie an Knie. »Vier Augen sehen mehr als zwei«, meinte sie.

* * *

Seit 1918 wurden über zehn Millionen Seiten über die Spanische Grippe geschrieben. Symptome, Geschichte, Spekulationen, Behandlungsmöglichkeiten. Ich hatte Hunderte von Fotos von Schülern mit OP-Masken im Klassenzimmer, verschreckten Kindern, Reihen von Patienten unter Quarantäne in einem Feldhospital der französischen Armee, verängstigten Ärzten, die sich weigerten, ihre Stationen zu betreten, Gesundheitswarnungen in Tageszeitungen, die den Leuten dringend davon abrieten, das Haus zu verlassen. Und aus jüngster Zeit Ergebnisse über das in Atlanta vom Seuchenkontrollzentrum CDC rekonstruierte Virus.

Das Problem war nicht, dass wir zu wenig Informationen gehabt hätten. Es waren viel zu viele.

»Alles, nur kein Heilmittel«, stellte Eddie fest.

Ich hatte das Tagebuch eines Arztes entdeckt, der 1918 auf einer Sioux-Reservation in Süddakota gearbeitet hatte. *Die Überlebensrate liegt höher bei Patienten, die im Bett nicht liegen, sondern sitzen.*

Eddie las laut aus einem Memo vor, das auf dem Höhepunkt der Pandemie im Philadelphia General Hospital verfasst worden war. »›*Wir hatten einigen Erfolg damit, Gesunde mit dem Blut von Überlebenden zu impfen. Die Rate von Neuerkrankungen sank.*‹«

Karen atmete hörbar durch. »Sie meinen, einfach einer Person das Blut einer anderen zu spritzen?«

»Ja«, erwiderte Eddie. »So hat man das vor hundert Jahren gemacht.«

»Und das hat funktioniert?«, fragte sie schockiert.

Ich rieb mir erschöpft die Augen und tastete nach meinem Kaffee. Ich rührte drei Tütchen Zucker hinein. Solange es meine Konzentrationsfähigkeit verbesserte … »Im Blut von Überlebenden befinden sich Antikörper.«

»Aber was ist mit der Warnung, Körperflüssigkeiten auszutauschen? Was ist mit Aids?«

Ich nickte. »Die ersten Bluttransfusionen wurden im achtzehnten Jahrhundert in Frankreich durchgeführt, Karen. Die Ärzte verbanden die Patienten mit Schläuchen und pumpten das Blut mit einer Fußpumpe zwischen ihnen hin und her. Gröber geht es nicht, und ohne Desinfektionsmittel starben einige Menschen dabei. Aber manchmal half es auch. Natürlich wusste man damals noch nichts von den verschiedenen Blutgruppen.«

Karen räusperte sich tief in der Kehle. »Schlagen Sie vor, Blut von den Überlebenden zu sammeln und es den Kranken zu injizieren? Das klingt so … nach einer Verzweiflungstat.«

»Es ist eine Verzweiflungstat. Aber es geht nicht nur um die Kranken. Die Antikörper müssten theoretisch die Gesunden vor einer Infektion schützen. Außerdem würden wir zugleich Lymphozyten übertragen, aktive Viruskillerzellen. Eddie, meinst du, wir können den Überlebenden genug Blut abnehmen, um so viele Leute zu impfen, vorausgesetzt sie hätten dieselbe Blutgruppe? Genug für den Fall, dass die Medikamente nicht wirken?«

»Können wir das Blut von verschiedenen Spendern mischen?«

»Zu gefährlich. Das würde das Unverträglichkeitsrisiko erhöhen. Eins zu eins. Und Blutgruppe zu Blutgruppe.«

Es war nicht gerade eine perfekte Behandlungsmethode. Aber wir riefen über die Sprechanlage des Schiffs zu Lieutenant Cullen hinunter und fragten für alle Fälle, wie viele Spritzen an Bord seien. Sie sagte uns, dass sie knapp würden. Wenn wir impfen wollten, mussten wir die Injektionsnadeln mehrfach verwenden.

»Na toll«, sagte ich. »Zu allem Überfluss auch noch verschmutzte Nadeln.«

»Wir könnten sie nach jeder Spritze desinfizieren«, schlug Eddie vor. »Falls es so weit kommt. Im Labor-Sterilisator.«

»Wir holen Chief Apparecio und die anderen Überlebenden herauf. Nehmen ihnen Blut ab. Es enthält die Antikörper. Wir behandeln die Spritzen mit Heparin. Nur ein paar Milliliter, damit das Blut nicht gerinnt. Dann injizieren wir jedem Patienten fünfzig Kubikzentimeter, damit das Zeug reicht. Wenn es zum Schlimmsten kommt …«

»Wenn es zum Schlimmsten kommt, versuchen wir es mit Doktor Unos patentiertem, hausgemachtem Wunderimpfstoff. Stoppt Haarausfall. Heilt Gicht. Baut Muskeln auf. Tötet garantiert jede Grippe«, beendete Eddie den Satz für mich.

»Es wäre schon eine Hilfe, wenn wir Elisa-Tests hätten«, sagte ich.

»Was sind Elisa-Tests?«, fragte Karen.

»Eine Methode, krankheitstypische Proteine nachzuweisen«, erklärte Eddie.

»Reden Sie Klartext.«

»Man nimmt eine Mikrotiterplatte und …«

»Eine was? Klartext, hab ich gesagt!«

Ich seufzte. »Das sind Plastikschalen mit kleinen Vertiefungen darin. In jede Vertiefung gibt man eine Blutprobe und fügt ein bestimmtes Reagens hinzu. Damit kann man Proteine isolieren. Wir würden gerne die viralen Proteine oder Enzyme identifizieren, um sie abschalten zu können. Wenn uns das gelänge und wenn wir computergestützte Designmöglichkeiten hätten ...« Ich fluchte. Ein Gefühl der Sinnlosigkeit überkam mich. »Gottverdammt noch mal! Das verfluchte Seuchenkontrollzentrum könnte das alles problemlos machen. *Die* haben alles, was dazu nötig ist. Warum zum Teufel haben sie uns von ihnen abgeschnitten?«

Karen legte mir die Hand auf den Unterarm, um mich wieder runterzuholen. »Wie sehen diese Mikroplatten aus, Joe?«

Joe. Wir durchstöberten das Labor. Wir fanden keine Elisa-Tests.

Im Trockenlabor hatten wir auch keinen Erfolg. Das wäre ja auch zu einfach gewesen.

Als ich wieder vor den Bildschirmen saß, trank ich noch mehr Kaffee, doch selbst der schien inzwischen seine Wirkung verloren zu haben. Ich seufzte. »Geben wir den Medikamenten eine Chance, zu wirken, bevor wir anfangen, die Leute zu impfen.«

»Wie lange kann das dauern?«

»Es dürfte ziemlich schnell gehen. Ein, zwei Tage.«

Karen Vleska stand auf, streckte sich und ging zu den Leckereien, die die Köche heraufgeschickt hatten: *Chips Ahoy!*-Schokokekse, glänzend rote Washington-State-Äpfel, Energieriegel mit Erdnussbutter, Tütchen mit Nestlé-Kakao.

Sie nahm einen Apfel, zog die Gesichtsmaske herunter und biss hinein. Das frische Knacken war für uns alle das Zeichen, eine Pause einzulegen.

Ich riss die Verpackung von einem Energieriegel auf. Apfel-Zimt-Geschmack. Eddie entschied sich für die Kekse.

Nachdem sie eine Weile stumm gekaut hatte, meinte Karen: »Wissen Sie, mein Freund ging als Kind auf eine humanistische Schule …«

Ich dachte: *Richtig! Der Freund. Ich kann aufhören, mir über sie Gedanken zu machen.* Dann fragte ich mich: *Und überhaupt, wie komme ich dazu, ausgerechnet jetzt über so etwas nachzudenken?*

»Humanistische Schule?«, fragte Eddie.

»Es war eine Privatschule für Atheisten«, antwortete sie und lehnte sich zurück. Die Bewegung entblößte eine pochende Ader an ihrem Hals mit einer Konstellation aus drei Sommersprossen daneben. Das Elchlogo spannte sich über der Rundung ihrer Brust. Die glänzende Silberfrisur trug sie hochgesteckt. »Seine Eltern glaubten nicht an Religion, aber sie wollten dennoch, dass ihre Kinder mit Werten aufwuchsen. Mein Freund Carl sagte, dass sie ihnen in der fünften Klasse eine Aufgabe gestellt hätten: Ein Museum brennt. Ihr könnt entweder eine alte Frau retten oder ein hundertfünfzig Jahre altes Meisterwerk von Renoir. Aber ihr müsst euch entscheiden. Was wählt ihr?«

Eddie schnaubte. »Wenn wir zurück sind, werde ich meine Kinder sofort auf diese Schule schicken. Sehen Sie, was passiert, wenn man Gott aus der Gleichung herausnimmt? Die Leute lassen die Menschen sterben und retten ihre BMWs.«

»Nun, wir diskutierten beim Abendessen in einem Fischrestaurant darüber. *Ich würde die alte Dame retten! Sie ist die Großmutter von irgendjemandem! Nein, ich würde das Gemälde retten! Die alte Dame ist wahrscheinlich sowieso schon todkrank!*«

Plötzlich kam DeBlieus Stimme knisternd aus der Sprechanlage des Schiffs. Er richtete das Wort an die gesunde Crew, die Menschen außerhalb des Hangars, in der Messe, auf der Brücke, in den Kabinen. Wahrscheinlich starrten sie jetzt überall mit klopfendem Herzen zu den Lautsprechern hoch. »Hier spricht der Captain. Sie müssen erfahren, dass die Überlebenden der *Montana* sich mit einer höchst ansteckenden Krankheit infiziert haben. Jeder, der sich krank fühlt, soll sich unverzüglich auf der Krankenstation melden. Wir sind auf höchster Alarmstufe, genau wie bei den Übungen. Ständiges Händewaschen. Mehr Desinfektionsmittel. Doppelte Schichten bei den Mahlzeiten. Ich will, dass so wenige Leute wie möglich gleichzeitig an den Tischen sitzen. Regelmäßige Desinfektion der Badezimmer. Niemals mehr als drei Leute zugleich in einer Kabine. Alle Aufenthaltsräume bleiben bis auf Weiteres geschlossen. Dies ist ein Ernstfall. Ich möchte, dass Sie wissen, dass unser medizinisches Personal mit Hochdruck daran arbeitet …«

Eddie betrachtete die Gegensprechanlage. »Das wird sicher gut ankommen.«

Karen starrte mich unverwandt mit großen Augen an. Vielleicht bildete ich es mir nur ein, aber mir schien, als hätte sich ein neuer Klang in ihre Stimme geschlichen, seit das Gespräch auf ihren

Freund gekommen war. Es war keine Zuneigung oder Sehnsucht nach dem Mann. Es wirkte eher distanziert.

»Wissen Sie, Sie kennen doch sicher diesen alten Spruch: Es gibt zwei Arten von Menschen …! Solche, die den Fernseher ausschalten, wenn sie einen Raum betreten, und solche, die ihn einschalten«, sagte sie. »Solche, die sich an die Regeln halten, und solche, die es nicht tun. Nun, ich habe auch eine Variante hinzuzufügen. Es gibt zwei Arten von Menschen – solche, die die Kranken retten, und solche, die sie unschädlich machen wollen. Das ist es, was gerade in Washington vorgeht, nicht wahr? Deshalb hat man uns von der Welt abgeschnitten. Sie bereiten sich darauf vor, hier etwas ganz Übles anzustellen.«

»Nicht unbedingt«, meinte ich.

»Das ist der Grund, warum sie verhindern, dass wir Verbindung nach draußen aufnehmen können.«

Ohne es selbst so recht zu glauben, sagte ich: »Sie wollen nur den Informationsfluss kontrollieren. Schadensbegrenzung.«

»Aha! Das glauben Sie doch selbst nicht. Hat man Ihnen einen Zeitrahmen genannt? Eine Deadline für Resultate, Joe? Haben Sie irgendeine Ahnung, was die wirklich vorhaben, oder fällt das unter die Geheimhaltung, Joe? Dürfen Sie es uns nicht sagen?«

Sie benutzte meinen Namen wie eine Waffe. Ich fühlte mich zurückversetzt auf diese heiße Ebene in Afghanistan. Ich sah den Lastwagen näher kommen. Ich spürte den Griff des Maschinengewehrs in meinen Händen. Ich hörte mich selbst herunterzählen, während ich darum betete, der Laster würde stehen bleiben. »Neun. Acht …« Ich erinnerte mich, wie ich gedacht hatte, dass jeder Mann in diesem Lastwagen sterben würde, wenn ich feuerte. Aber es würde den Menschen auf der Basis das Leben retten. Es war reine Mathematik. Eine Triage. Ich hatte nicht glauben wollen, dass ich mich in die Lage gebracht hatte, eine solche Entscheidung treffen zu müssen.

»Keine Deadline. Nicht dass ich wüsste«, erklärte ich.

Wie werden sie es anstellen? Uns versenken? Gas? Wenn sie Gas einsetzen, können sie das Schiff für später erhalten.

»Aber es ist ein ganzes Schiff«, sagte sie, als hätte sie meine Gedanken gelesen. »Es geht um über zweihundert Menschen. Um *mich.*« Sie lachte plötzlich selbstkritisch auf.

»Vielleicht kommt es ja nicht so weit«, sagte Eddie.

Stunden vergingen.

Nach einer Weile döste Karen ein. Dann Eddie.

Ich fuhr ruckartig hoch.

Ich hatte zu lange geschlafen.

* * *

»Triage«, sagte Karen, als wir uns wieder an die Arbeit machten. »Man höre sich das an. Jedes Mal wenn die Menschen etwas Schreckliches vorhaben, erfinden sie ein hübsch klinisches Wort dafür. Wie ›chirurgische Schläge‹ für Drohnenangriffe.«

Eddie verputzte noch ein paar Kekse, deren Nachschub nicht abriss. Dann machte er sich über ein Sandwich mit Schinken und Cheddar-Käse her und griff nach einer Dose Dr. Pepper. »Ach, wir würden es wahrscheinlich genauso machen.«

»Nein!« Ein wilder Ausdruck voll Zorn und Herausforderung ließ ihre Züge aufleuchten. Ihr Blick bohrte sich in meine Augen. »Wir *haben* es anders gemacht. Wir *hatten* auf dem Eis die Wahl, und wir haben es *nicht* so gemacht. *Wir haben alle an Bord genommen!*«, erwiderte sie heftig.

Staunend und verblüfft dachte ich: *Sie hat »wir« gesagt. Sie will diese Entscheidung mittragen.*

Eddie rülpste und seufzte. »He, vergessen wir doch mal die großen kosmischen Fragen, Karen. Kommen wir auf das Wesentliche zurück. Was hat Ihr Freund Carl damals im Museum gerettet? Die alte Dame? Oder das Gemälde?«

Vielleicht lag es am fluoreszierenden Licht der Leuchtstoffröhren oder an der Erschöpfung, aber einen Augenblick lang schien ihre Miene all ihre Lebensabschnitte zu durchlaufen: Karen als Kind mit faltenlosem Gesicht, Karen, die furchtlose Ingenieurin, Karen mit der Bürde der Entscheidung, als würde die Schwerkraft ihr die Mundwinkel nach unten ziehen.

»Er hat das Gemälde gewählt«, sagte sie leise.

»Und Sie hätten die alte Dame genommen?«, fragte Eddie.

Bevor sie antworten konnte, musste sie heftig niesen.

* * *

Nach einem Augenblick der Stille streckte sie die Hand aus, und in ihrer schmalen Handfläche lag ein

Klumpen gelblichen Schleims. Ein leichtes Zittern durchfuhr sie.

»Jeder muss mal niesen«, sagte ich.

»He, ich niese dauernd«, erklärte Eddie.

Es war nicht der optimale Moment für Major Pettit, um wieder aufzutauchen. Er stand in der Türöffnung, eine untersetzte, vierschrötige Gestalt, die uns das Licht nahm. »Colonel, eine Sekunde bitte.«

»Kann das nicht warten, Major?«

Er trat trotzdem ein, der verdammte Kerl. Er sah aus wie ein arktischer Penner, mit der Gazemaske und den Gummihandschuhen, während er sich unter der Schürze in seinen Parka gewickelt hatte. »Ich glaube, das müssen Sie sich ansehen, Sir«, sagte er, während Karen Vleska mit einer Serviette den Schleim von ihrer Hand wischte. Doch ich wusste, dass die winzigen Partikel trotzdem um uns herum durch die Luft schwirrten und sich zusammenzogen und ausdehnten wie in einer Lavalampe. Genau wie auf dem Bildschirm.

»Colonel, das müssen Sie sich wirklich ansehen«, wiederholte Pettit.

* * *

Eddie würde Karen untersuchen. Hals, Ohren, Nase. *Wie viele werde ich noch töten?*, dachte ich, während Pettit den schmalen Gang zwischen den Labors vorausging und eines betrat, das mit elektronischen Gerätschaften vollgestopft war und über eine Bank von mindestens zwanzig Monitoren verfügte.

»Major, rücken Sie schon raus damit«, fuhr ich ihn an.

»Sir«, begann er, während er sich auf einen Drehstuhl vor einer Konsole setzte und einen Monitor einschaltete, »dieser Raum dient hauptsächlich zur Beobachtung des Meeresbodens. Die Bildschirme da rechts zeigen Sonarbilder des Sediments. Ich schätze, das Außenministerium will damit Argumente sammeln, um ein unterseeisches Territorium zu beantragen, wie Mr Sachs sagte.«

»Ich verliere langsam die Geduld, Major.«

»Aber die links sind mit Kameras verbunden. Mit ihnen kann man Bilder von überall her auf dem Schiff abrufen.«

Sofort war ich interessiert.

Pettit schwang seinen Stuhl herum und drehte an einem Wahlschalter. Plötzlich sah ich den Hangar unter uns von einem erhöhten Standpunkt aus. Die Feldbetten. Die Kranken. Lieutenant Cullen steckte gerade einer Frau eines dieser Sprayfläschchen in die Nase. Ich sah, wie Marietta Cristobel einem Mann die Stirn abtupfte. Sachs hatte gerade ein Gespräch mit Del Grazo beendet, und sie gingen in verschiedene Richtungen davon. »Achten Sie auf den Unterschied zwischen Sachs und Del Grazo«, forderte Pettit mich auf.

Es konnte nur einen Grund geben, warum Pettit mich hergebeten hatte: Er glaubte, den Spion identifiziert zu haben. Mein Herz begann, schneller zu schlagen. Das Schwarzweißbild war so scharf wie das Kabelfernsehen zu Hause in Anchorage. Sachs ging die Reihe entlang von Bett zu Bett, blieb immer wieder stehen und fragte offensichtlich jeden einzelnen Patienten: *Brauchen Sie etwas? Wie geht es Ihnen?*

Wenn einer den Kopf schüttelte oder Nein sagte, ging Sachs zum nächsten Erkrankten weiter. Wenn ein Patient etwas sagte, blieb er bei ihm.

»Wie alle Freiwilligen. *Von Bett zu Bett.* Und jetzt«, sagte Pettit und veränderte das Bild. »Sehen Sie sich Del Grazo an.«

Ich sah den Lieutenant eine Weile bei einem Kranken sitzen. Er sprach mit ihm, nickte, nahm sich Zeit und hörte zu. Er hatte der Kamera den Rücken zugewandt. Ich bemerkte, wie seine Schultern sich bewegten. Was machte er denn da? Dann steckte er etwas in die Tasche und stand auf. Doch anstatt zum nächsten Feldbett zu gehen, von dem aus ein Mann zu ihm hochsah und offensichtlich erwartete, er würde stehen bleiben, ließ Del Grazo den Blick über die Reihen schweifen und ging in einer ganz anderen Richtung davon.

»Ha!«, sagte ich.

Er ließ ein Dutzend Patienten links liegen, darunter sogar einen, der ihm zuwinkte, stehen zu bleiben. Er schien einen anderen Kranken – ein Besatzungsmitglied des U-Boots – nach jemandem zu fragen, denn der deutete nach links, und Del Grazo folgte seinem Hinweis.

Schließlich erreichte er ein Feldbett am entfernten Ende des Hangars. Zu *diesem* Mann beugte er sich herunter und begann ein Gespräch mit ihm, wischte ihm die Stirn und wirkte plötzlich wieder ganz fürsorglich.

»Er geht nie von Feldbett zu Feldbett«, sagte Pettit.

Ich wünschte, ich hätte sehen können, was Del Grazo tat, als er jetzt wieder der Kamera den Rücken zukehrte. Irgendetwas an diesen Bewegungen kam mir bekannt vor. »Vielleicht hat er einem Mann eine Nachricht von einem Freund überbracht.«

»Ich habe mir von DeBlieu Bandaufzeichnungen vom Hangar geben lassen. Del Grazo spricht nie mit zwei Leuten, die nebeneinanderliegen. Und immer dreht er der Kamera den Rücken zu, als wüsste er genau, wo sie ist. Da habe ich mich gefragt: Warum? Warum speziell diese Männer? Also habe ich Apparecio hier raufgeholt, und wir haben ihn uns zusammen angesehen. Und was glauben Sie, wer die letzten *vier* Männer waren, mit denen er gesprochen hat?«

»Ja?« Ich betrachtete Del Grazos Rücken, die Art, wie er die rechte Hand direkt zu dem Patienten ausstreckte und sie dort liegen ließ. Die linke Hand konnte ich nicht sehen, doch offenbar bewegte er sie in kleinen Kreisen. Dann steckte er beide Hände in die Taschen seines Parkas.

Pettit schwang mit dem Drehstuhl vollständig zu mir herum. »Die Leute, mit denen er spricht, haben alle mit diesem Torpedoprototyp zu tun, Colonel. Die anderen übersieht er einfach. Er spricht ausschließlich mit der Torpedomannschaft.«

»Tut er das?«, fragte ich nach.

»Und auf den Bändern davor waren es nur Jungs, die am Reaktor arbeiten. Niemals ein Koch. Kein Verpflegungsoffizier. Nie ein dritter Maat …«

»Das ist ziemlich riskant«, meinte ich.

»Da unten ist die Hölle los. Alle rennen durcheinander. Niemand passt auf. Und wenn es riskant ist, Sir, *dann ist es vielleicht seine Mission,* was immer er da mit den Händen tut.«

Pettit und ich sprangen gleichzeitig auf. Ich spürte einen dumpfen Spannungskopfschmerz in den Schläfen.

»Der Funkoffizier«, sagte ich.

»Ja. Der alle Computer einrichtet. Die Satellitenanlage wartet und den kompletten Funkverkehr unter Kontrolle hat«, ergänzte er.

»Sieht aus, als müssten wir mal ein Wörtchen mit ihm reden«, erklärte ich.

Pettit stieß plötzlich hervor: »Oh, Scheiße!«

* * *

Del Grazo hatte aufgehört, durch die Reihen zu wandern, und starrte direkt in die Kamera. Er runzelte die Stirn, wirkte nachdenklich, dann blickte er sich rasch um. Sein Blick huschte hin und her, fand eine andere Kamera.

»Er checkt die Kameras!«

Del Grazo ließ den Blick durch den ganzen Hangar wandern. Er suchte … was? Pettit? Die Wachen? Dann zog er den Kopf ein und setzte sich in Bewegung, gleichmäßig, ohne nach links oder rechts zu sehen. Er ging zielstrebig an den Patienten vorbei zum Hangartor, die Hände in den Taschen, ein Mann, der einen kleinen arktischen Spaziergang unternehmen wollte. Unterwegs nach draußen war.

»Ist das live?«, fragte ich und wandte mich zum Gehen.

»Zehn Minuten alt.«

»Mist«, stieß ich hervor.

Wir rannten zum Hangar.

Doch Del Grazo war verschwunden.

Kapitel 22

DeBlieu fluchte unterdrückt. »Die einzige Möglichkeit, ihn zu finden, bedeutet also, das ganze Schiff zu infizieren«, erklärte er. »Denn wenn wir die Marines hinter ihm herschicken, wird so ziemlich jeder an Bord der Ansteckungsgefahr ausgesetzt.«

»Fällt Ihnen etwas Besseres ein?«

»Ich weiß, dass Sie die Kranken nie hätten an Bord bringen dürfen«, sagte der Captain bitter, während er Pettit und seinen Männern nachsah. Der Suchtrupp wirkte so entschlossen, als würde er sich einem potentiell feindlich gesinnten Dorf in Afghanistan nähern.

Wir standen beide vor dem Ruderhaus auf der offenen Brücke und schauten auf das Vorderdeck hinunter. Viel konnte man nicht erkennen, da Aufbauten, Planen, Decks und Antennen den Blick behinderten. DeBlieu hatte alles nicht unbedingt benötigte Personal – also jeden, der nicht nach Del Grazo suchte – in die Messe befohlen. Das war der einzige Raum, der alle aufnehmen konnte, während Zweimannteams der Küstenwache – mit Waffen aus dem Waffenschrank – zur Bewachung des Maschinenraums, des Generators, der Hilfssteuerstände und bestimmter Luken abgestellt worden waren.

DeBlieu hatte außerdem Del Grazo über die Sprechanlage befohlen, sich auf der Brücke zu melden. Ein Befehl, der ignoriert wurde. Wie erstaunlich.

Die Dämmerung senkte sich langsam herab. An Backbord sah ich, dass wir uns inzwischen sogar aus dem dünnen Eis gelöst und offenes Meer erreicht hatten. Vor fünfzig Jahren wäre dieses Gebiet wahrscheinlich noch zugefroren gewesen. Doch außer ein paar armseligen Eisschollen, die auf den Wellen tanzten, waren wir dem weißen Gefängnis entkommen. Das Schiff dümpelte an Ort und Stelle, für den Fall, dass Del Grazo schon von Bord gegangen war.

Eine Stimme ertönte aus der Sprechanlage: »Waffenschrank gesichert, Captain. Hier war er nicht.«

Unten auf dem Deck überprüften die Crewmitglieder, ob alle Rettungsinseln und Boote noch vorhanden waren. Um die motorisierten Schlauchboote zu Wasser zu lassen, musste man die Seilbremsen per Hand lösen, so dass das Fahrzeug von der Schwerkraft nach unten gezogen wurde. Anschließend konnte jeder, der sich darin befand, den Schäkelhaken lösen, den Motor per Knopfdruck starten und davonfahren.

Ich sehe keine davonbrausenden Schlauchboote auf dem Wasser, also wo ist er?

»*Mein* Offizier«, blaffte DeBlieu. Seine Miene war schmerzlich verzerrt von einer Kombination aus Schuldgefühl, Zorn und Enttäuschung. Er fühlte sich verraten. »*Mein* Funkoffizier«, wiederholte er, während uns langsam klar wurde, welch enormen Schaden ein solcher Mann – der Zugang zu jedem Computer auf dem Schiff hatte – anrichten konnte.

»Er hätte chinesische Lauscher in jedes Satellitentelefonat einschleusen, jeden Laptop hacken und

Spionagesoftware aufspielen und jede einzelne Studie überwachen können, die wir während der letzten zwei Jahre für die Vereinigten Staaten durchgeführt haben«, gab DeBlieu von sich.

Kann Del Grazo jetzt keinen Schaden mehr anrichten? Setzt er gerade einen neuen Plan in die Tat um? Oder ist er in Panik davongerannt wie ein Kind, das sich vor der unvermeidlichen Entdeckung in irgendeinem Winkel versteckt?

»Wenn er clever ist, hat er sich einen Fluchtplan zurechtgelegt«, sagte ich. »Und vielleicht eine Waffe irgendwo versteckt. Sie sagen, er ist seit zwei Jahren bei Ihnen?«

DeBlieu schien mit den Zähnen zu knirschen, und er stieß den Atem in heftigen Stößen aus, die an der Luft kondensierten. »Zwei gottverdammte Jahre. Aber warum hat er nicht einfach ein Schlauchboot genommen? Er hatte einen Vorsprung.«

Ich schüttelte den Kopf. »Wo soll er denn hin? Er wusste, dass wir ihm auf die Spur gekommen waren. Er muss angenommen haben, dass ihm nicht mehr genug Zeit blieb, um außer Reichweite zu kommen. Die Marines könnten ihn aus dreihundert Meter Entfernung aus dem Wasser pflücken.«

Eddie hatte das Monitorlabor übernommen und schaltete von Kamera zu Kamera. Er suchte nach irgendeiner Spur, einer hastigen Bewegung, einem Gesicht, das in die Kameralinse starrte. Gänge, Wäscherei, Fitnessstudio, Frachtraum.

Die großen, vierschrötigen und bewaffneten Matrosen, die Del Grazos Kabine durchkämmt hatten, hatten natürlich nichts gefunden.

Die Sonne neigte sich langsam dem Horizont entgegen. Wir waren inzwischen weit genug südlich, dass uns zum schlimmstmöglichen Zeitpunkt das Tageslicht ausgehen würde. Die letzten Sonnenstrahlen glitzerten auf den winzigen, vorbeitreibenden Eisschollen und warfen lange graue Schatten. Berichte von erfolglosen Suchtrupps trudelten nach und nach ein. Er war nicht im hinteren Frachtraum. Nicht im Quarantänegebiet. Und er versteckte sich auch nicht in der Hubschrauberleitstelle.

DeBlieu knurrte unwillig, als wir vernahmen, dass alle Schlauchboote noch sicher an Bord seien. *»Lieutenant Peter Del Grazo, zur Brücke bitte«*, kam eine ganz normal klingende Durchsage, als käme der Typ lediglich zu spät zu seiner Schicht.

»Er war immer so hilfsbereit. Meldete sich stets freiwillig«, sagte DeBlieu.

Über Funk hatte er seinen Suchtrupps befohlen: »Wenn ihr ihn findet, wollen wir mit ihm reden. Aber wenn ihr euch verteidigen müsst, dann schießt.«

Ich dachte ständig darüber nach, was Del Grazo mit den Patienten angestellt hatte, während er den Kameras den Rücken zuwandte. *Was zum Teufel hatte er vor?*

Alles in allem waren mindestens vierzig Personen über das ganze Schiff verteilt und suchten nach dem Flüchtigen. Die Leute von der Küstenwache waren mit M16-Gewehren bewaffnet, aber sie waren keine Soldaten. Sie waren nicht zum Kampf ausgebildet.

»Wenigstens hat er keine Waffe an sich bringen können«, seufzte DeBlieu.

»Das heißt aber nicht, dass er unbewaffnet ist.

Durchsuchen Sie Ihre Crew jedes Mal, wenn sie Landgang hatte?«

»Nein.«

»Machen Sie Spindkontrollen, suchen Sie nach Drogen, Waffen, Schmuggelware?«

»Dazu besteht kein Anlass ...«, begann er und verstummte dann.

»Dann hätte er problemlos eine Waffe an Bord bringen können. Vielleicht hat er sogar von der *Montana* eine mitgehen lassen.«

DeBlieu ging ins Ruderhaus zu seinen Offizieren. Ich zog meine Beretta-Pistole, polterte eine Treppe hinunter und machte mich selbst auf die Suche nach unserer Infektion in Menschengestalt. Unserem Saboteur. Unserem chinesischen Spion.

Doch das Schiff war eine eigene kleine Stadt, und es gab tausend Orte, wo sich Del Grazo versteckt oder Waffen untergebracht haben konnte. Die *Wilmington* besaß zahlreiche Decks und Ebenen. Sie war vollgestopft mit Materialschränken, Ventilatorschächten, Werkstätten, Lager- und Vorratsräumen. Dazu kamen der Wellentunnel, der Raum mit dem Bugstrahlruder und allein etwa zweitausend Kubikmeter Frachtraum. Beim Entwurf des Schiffs hatte man auf optimale Raumausnutzung Wert gelegt. Kein Zentimeter war verschenkt worden.

Ich ging von Kabine zu Kabine. Vorsichtig öffnete ich die Türen. Niemand befand sich in der Kabine des Zweiten Offiziers. Ich sah nur eine leere Koje, einen Schreibtisch, ein Poster der Sängerin Adele. Ein vergessener Rekorder spielte leise Kelly Clarksons »Stronger«. Eine Kabine weiter entdeckte ich zahlreiche Bücher. *Der alte Mann und das Meer, In einem anderen Land.* Da nahm jemand offenbar am Literaturseminar des Schiffs teil, das ein Professor von einer Universität in Indiana veranstaltete.

Im Regal lag eine Brieftasche. Die Menschen hier vertrauten einander.

Niemand hatte sich unter der Koje versteckt. Oder im gemeinsamen Badezimmer, das die beiden Einzelkabinen sich teilten.

In einem Mannschaftsschlafraum für Männer standen zwölf säuberlich gemachte Kojen in Stockbetten angeordnet. Es war still, bis auf das Zischen der Lüftungsgsauslässe in den Ecken und dem gelegentlichen, gedämpften Scharren von Eis an der Außenhülle. Erstaunlicherweise roch ich Bananen.

Ich kletterte eine Luke weiter nach unten – und landete durch eine enge Öffnung in einem Frachtraum, einem Labyrinth aus Holzkisten und tausend Schatten.

Niemand.

»Sieht aus, als wäre auf Deck null-vier alles klar, Captain!«, sagte mein Funkgerät.

Man konnte eine ganze Woche lang suchen, ohne jemanden zu finden, der sich hier auskannte. Oder zwei Wochen, wenn der Flüchtling in Bewegung blieb und einem immer mindestens eine Kabine voraus war.

Wenn wir ihn gefunden haben, werden wir versuchen, das Schiff zu desinfizieren. Es muss an Bord doch Bleiche geben. Wir können jede Wand damit abwischen, jede Kabine. Aber die Wahrscheinlichkeit ist groß, dass die Seuche sich inzwischen auf die Crew ausgebreitet hat.

Mein Gedankengang wurde unterbrochen. Die Sirenen begannen zu schrillen, genau wie bei den Übungen, doch diesmal fürchtete ich, dass Del Grazo hinter dem Alarm steckte.

»Feuer in der Offiziersmesse«, verkündete die Stimme aus den Lautsprechern. Und fügte scharf hinzu: »Dies ist *keine* Übung!« Wenig überraschend.

Der Aufenthaltsraum der Offiziere, die gemütlichste Kabine an Bord, wo die Berufsseeleute ihre Freizeit verbrachten. Ich war einmal zu einem Pokerspiel dorthin eingeladen worden. Da gab es den besten Kaffee. Die beste Musik. Die bequemsten Sessel. Im Fernseher schien ständig entweder ein Football- oder ein Baseballspiel zu laufen.

Er versteckt sich nicht bloß. Aber was hat er vor?

Ein Ablenkungsmanöver? Sabotage? Flucht?

* * *

Die Gänge und Treppen füllten sich mit dahinhastenden, durcheinanderrufenden Gestalten in Feuerschutzanzügen. Sie hatten die Sauerstoffmasken aufgesetzt, schwangen Feueräxte, und jegliche Panik, die es vorher schon an Bord gegeben haben mochte, hatte sich vervielfacht. Die Gefahr war jetzt real, und um ihr Ausmaß zu beurteilen, musste man nur sehen, wie die eigentlich unter Quarantäne stehenden Marines sich unter die Gesunden mischten.

Fünf Minuten später schallte eine neue Meldung durch das Schiff: »Feuer im Funkraum!«

Dort lagen die Langstrecken-Kommunikationsanlagen und die Verbindungsleitungen zur Brücke.

Das Schiff war ein Labyrinth aus Maschinen, elektrischen Einrichtungen, Kondensatoren, Treibstoff, Kabeln. Alles anfällig für Feuer. *Was hat er getan?*, fragte ich mich, während ich weitersuchte. Hatte er bereits im Vorfeld Brandsätze installiert? Denn der Funkraum befand sich auf einem völlig anderen Deck als die Stelle, wo der erste Brand ausgebrochen war.

Der Funkraum war immer abgesperrt, doch natürlich besaß Del Grazo einen Schlüssel und kannte die Kombination.

Vier Gestalten in Feuerschutzanzügen entrollten vor dem Zugang zum Aufenthaltsraum der Wissenschaftler einen Löschschlauch. Ich erhaschte einen Blick auf ein brennendes Sofa, aus dem schwarze Rauchwolken quollen. Das Deck schwamm von Wasser. Auf dem Gang stank es nach verbranntem Schaumstoff. Vielleicht roch es in der Hölle so ähnlich.

Aber ich wusste ja bereits, dass wir uns in eine weiße Hölle gewagt hatten.

* * *

Wir hatten auf der *Wilmington* Übungen für Brandunfälle durchgeführt. Übungen für Kollisionen und Ölverseuchung, Übungen zum schnellen Aussetzen von Booten, zur Evakuierung eines Kreuzfahrtschiffs. Übungen für Zusammenstöße mit Eisbergen, Übungen für Herzattacken.

Gegen Sabotage gab es keinen Plan.

Ich rannte mit gezückter Beretta durch den langen Durchgang auf dem Hauptdeck, der – wenn man durch eine Reihe von Luken kletterte – Bug und Heck des Schiffs miteinander verband. Die Zeugmeisterei, der Raum mit dem Decksmaschinenzubehör, der Hauptgeneratorraum und der Hilfskesselraum befanden sich dort. Inzwischen war Feuer im Technikkontrollzentrum auf Deck eins ausgebrochen.

SNAFU, Situation normal, all fucked up, wie Eddie zu sagen pflegte. Wenn wir in Quantico Durchsuchungen übten, gingen wir immer in Dreimannteams vor. Nie die Partner aus den Augen lassen. Niemals einen Raum allein betreten. Immer warten, bis die Flankenmänner zuerst eingedrungen waren.

Mir schlug das Herz bis zum Hals, als ich den nächsten Raum solo betrat.

Diesmal war ich Flanken- und Mittelmann gleichzeitig. Ich stieß die Tür der Zeugmeisterei auf, bis sie gegen die Wand knallte, so dass sich niemand dahinter verstecken konnte. Dann machte ich Licht und drang mit hämmerndem Puls weiter ein. Auf den Regalen stapelten sich T-Shirts und Sweatshirts mit dem Logo der *Wilmington*. Es gab Hüte und rote Wollmützen für tapfere »Polarbären«, die ihre Feuerprobe in der Arktis bestanden hatten. Rasierzeug und Hygieneartikel für die weiblichen Besatzungsmitglieder standen zum Verkauf. Doch kein Peter Del Grazo verbarg sich hinter den Stapeln langärmliger Hemden mit dem Aufdruck eines grinsenden Walrosses.

Ich bewegte mich den Gang entlang weiter in Richtung Heck. Es war still hier unten. Keine trampelnden Schritte, kein Geschrei, doch dann hörte ich jemanden sich nähern, und zwei untersetzte Gestalten in weißen Feuerschutzanzügen kamen mir mit Äxten in der Hand entgegen. Ich versuchte, durch die Scheiben der Masken etwas zu erkennen, konnte jedoch wegen der Spiegelungen der hellen Deckenlampen nichts sehen.

Ich umklammerte die Pistole fester. Die Gestalten erreichten mich, liefen an mir vorbei, verschwanden wieder. Wahrscheinlich durchsuchten auch sie die Kabinen.

Ich ging weiter.

Drei Minuten später sah ich rechter Hand ein kleines Badezimmer, eigentlich nur eine Toilette in einer isolierten Biegung des Korridors unmittelbar vor der Luke zum Forschungsbereich. Ich griff nach dem Drehknauf. Die Tür glitt knarrend auf. Innen war es dunkel. Ich trat über die Schwelle und griff nach dem Lichtschalter.

Die Lampe flammte auf, und ich zuckte zurück. Anderthalb Meter vor mir stand eine Gestalt. Aber es war nur ich selbst, der mit einer Scheißangst im Bauch die Beretta auf den Spiegel richtete.

Doch plötzlich tauchte eine zweite Gestalt im weißen Overall hinter mir im Spiegel auf, vielleicht einer der beiden Männer, an denen ich zuvor vorbeigekommen war. Nur dass er jetzt die Axt schwang und auf mich herabsausen ließ.

Es war zu spät, mich umzudrehen. Reflexhaft ließ ich mich fallen, während die Axt über mich hinwegzischte. Ich hörte das singende Klacken von Stahl auf Stahl und sah, wie die Klinge am Türrahmen hängen blieb, während ich aufs Deck krachte und Schmerz in mir explodierte.

Auf ein stählernes Deck zu fallen ist so ähnlich, als würde jemand mit dem Hammer auf einen einschlagen. Etwas wie ein Stromstoß schoss durch meine linke Kniescheibe. Mein rechtes Scheinbein brannte wie Feuer. Mein Ellbogen war taub. Ich sah die Beretta auf das Deck klappern und davonschlittern, außer Reichweite der bedrohlichen Gestalt, die hoch über mir aufragte. Ich rollte mich nach rechts, knallte gegen die Wand, und die Axt schlug an der Stelle ein, wo ich gerade noch gelegen hatte. Es war einfach zu eng in dem kleinen Raum. Er stieß mit der Axt nach mir. Ich rollte mich wieder aus dem Weg, und sie glitt am Waschbecken ab, bevor sie eine Rolle Toilettenpapier so leicht durchschnitt wie menschliche Haut.

Er ging auf meinen Kopf los, blieb aber für mich außer Reichweite. Mein Fußgelenk knackte, als ich das Gewicht darauf verlagerte. Ich versuchte, mich aufzurappeln, doch ein Riese schien die Bänder an meinem Knöchel zerreißen zu wollen. Ich trat mit dem anderen Bein zu, um den Kerl auf Distanz zu halten, aber ich hatte das Gefühl, ein Lastwagen hätte mich überrollt.

Warum ist er zurückgekommen? Vielleicht hat er befürchtet, ich hätte ihn hinter der Scheibe der Maske erkannt.

Die Augen quollen ihm hervor, und das bleiche Gesicht unter dem Anzug war schweißüberströmt. Die einstmals sympathischen Züge waren wutverzerrt. Auch mir lief der Schweiß in die Augen. Ich hatte keinen Platz, um weiter zurückzuweichen. Als er wieder zustieß, nahm ich alle Kraft zusammen und schwang das gesunde Bein in einem Roundhouse-Tritt. Ich traf den Axtkopf mit dem Stiefel und lenkte ihn nach links ab, während ich vor Schmerz aufbrüllte.

Die Wucht seines eigenen Schlags brachte ihn aus dem Gleichgewicht. Ich versuchte, mich an ihm vorbeizuwerfen, und streckte mich nach der Beretta. Es gelang mir sogar, sie zu erreichen, und meine Finger streiften bereits den Stahl, doch dann war er über mir. Seine Haube fiel herunter. Sein Atem roch nach Knoblauch. Seine Augen waren riesig und wuterfüllt. Ich sah die Äderchen auf seiner Nase und Schuppen, die in seinen Wimpern hängen geblieben waren. Seine Finger gruben sich wie ein Schraubstock in meine Kehle.

»Sie … hätten sie … töten sollen«, sagte er.

Ich bekam keine Luft mehr, aber ich betätigte den Abzug und hörte die M9 losgehen. Keine Wirkung. Ich feuerte wieder und hörte Querschläger durch den Korridor summen. Dann spürte ich ein Stechen am Rand der Ohrmuschel. Der Querschläger hatte mich selbst gestreift.

Er saß rittlings über mir. Ich begann, das Bewusstsein zu verlieren. Sein rechtes Knie klemmte meine linke Hand auf dem Deck fest, seine Hüfte blockierte meine rechte. Es kostete mich meine ganze verbliebene Kraft, um die Waffe zehn Zentimeter in Richtung seines Bauches zu heben. Ich zog den Abzug durch, und der Sauerstoffmangel ließ den Schuss in meinen Ohren überlaut knallen.

Ich hatte ihn nicht getroffen.

Doch der Lärm schien Aufmerksamkeit erregt zu haben, denn ich hörte rennende Schritte, und jemand schrie: *Hey! Hey!*

Endlich bekam ich wieder Luft. Er rannte davon. Das Gesicht einer Frau beugte sich über mich. Ich erkannte die kleine Blonde aus Alabama, eine Offizierin, die die Nachtschichten auf der Brücke schob.

»Colonel? Alles in Ordnung? Colonel?«

Ich rang nach Luft. Schließlich zwang ich mich zu fragen: »Wo ist er hin?«

»Ins Treppenhaus. Sehen Sie dort, er hat etwas im Waschbecken liegen lassen! Es ist noch eine! Carla! Ruf die Löschcrew!«

Zwei Minuten später stieß ich humpelnd auf die zweite weiß gekleidete Gestalt, die Del Grazo begleitet hatte. Sie lag zusammengesunken hinter einer Ecke. Es war noch ein Junge. Ein Achtzehnjähriger, der die Gestalt nicht erkannt hatte, mit der er durch die Gegend lief. Blut quoll aus einer Wunde an seiner linken Seite. Die Rippen waren eingedrückt.

»Colonel, wir bekämpfen jetzt vier Brände! Er hat überall Brandsätze gelegt!«

Was Del Grazo anging, der war wieder verschwunden.

Seine Worte schlugen einen Trommelwirbel in meinem Kopf.

Sie hätten sie töten sollen!

* * *

Die Mannschaft hatte die Brände unter Kontrolle gebracht, ohne jedoch den Funkraum retten zu können, als der Erste Offizier Del Grazo wieder entdeckte. Er hatte ein Schlauchboot ausgesetzt und zog davon in die Dunkelheit. Wahrscheinlich hoffte er, von der tintenschwarzen Finsternis verschluckt zu werden, welche im Sommer inzwischen die natürliche Farbe der Arktis ist, nicht mehr weiß wie seit Jahrhunderten.

Da wir von den Satelliten abgeschnitten waren und der Funkraum ausfiel, blieben uns zur Kommunikation nur noch die Handfunkgeräte, die mit etwas Glück vielleicht magere zehn Kilometer weit reichten … Das Langstreckenfunkgerät auf der Brücke war ebenfalls noch eine Möglichkeit, wenn die atmosphärischen Bedingungen mitspielten und falls – dies war ein großes »*Falls*« – das Kabel zum Funkraum nicht durchgeschmort war.

Wenn dieses Kabel defekt war, hatten wir keine Chance, das Festland oder andere Schiffe per Funk zu erreichen. Niemanden, der weiter als zehn Kilometer entfernt war.

Del Grazo hat auf die Dunkelheit gewartet, um zu fliehen. Er hat die Brände nur gelegt, um Zeit zu gewinnen und die Mannschaft abzulenken.

Er hatte nur ein paar Minuten gebraucht, um das Schlauchboot manuell zu Wasser zu lassen und davonzufahren.

Inzwischen trug er schwarze Kleidung und verschmolz mit dem dunklen Meer. »Nachtsichtgeräte«, blaffte ich, während ich dem verschwindenden Boot nachsah.

Die Crew schwärmte an der Reling aus. Einige hielten Feldstecher an die Augen. Andere, wie ich, trugen Cyclop-Nachtsichtgeräte mit nur einem Okular. Sie verstärkten das Restlicht von Mond und Sternen und dienten auf der *Wilmington* – unter normalen Umständen – dazu, im Dunkeln auftauchende Wale, Walrösser, Seehunde oder Eisbären zu verfolgen.

»Mann, hat der Kerl sich unsichtbar gemacht?«,

fragte Eddie, während er die Oberfläche absuchte. »Wo zum Teufel steckt er?«

»Er benutzt den kleinen Eisberg da als Deckung. Dort!«

Ich hatte in zweihundert Meter Entfernung eine Silhouette gesichtet, die Umrisse einer Gestalt, auf Knien tief hinter die Steuerkonsole des Schlauchboots geduckt. Sie tauchte hinter einer etwa einen Meter hohen Eiswand auf, die gerade hoch genug war, um den Mann zu verbergen. Neben mir hörte ich ein M4 in Dreiersalven feuern. Die Gestalt fuhr weiter. Sie war noch in Reichweite, doch seit wir aus dem Eis heraus waren, herrschte rauerer Seegang. Das Schiff stampfte, und das Schlauchboot tanzte auf und ab. Es war schwierig, auf diese Entfernung etwas zu treffen, wenn alles sich in drei Richtungen gleichzeitig bewegte.

Del Grazo glitt hinter einen weiteren Eisbrocken und musste das Tempo verringert haben, denn er kam nicht wieder zum Vorschein.

DeBlieu befahl, ein zweites Schlauchboot zu Wasser zu lassen.

Pettit kam an Deck und stellte sich neben den Schützen. Er deutete auf die Stelle, wo die Gestalt verschwunden war. Beide Männer hatten die Ellbogen auf die Reling gestützt und starrten unverwandt in die Dunkelheit.

»Ich glaube, er hat sich hinter einer anderen Scholle versteckt«, murmelte Pettit. »Sehen Sie den Brocken, der wie ein Stundenglas geformt ist?«

»Die zwei Buckel? Wie ein Kamel?«

»Ja.«

»Moment mal, Sir, da sind zwei Stücke, die wie Kamelrücken aussehen«, sagte der andere Marine. »Meinen Sie den bei zwei Uhr? Oder den bei vier Uhr?«

»Sie finden, der bei zwei Uhr sieht wie ein Kamel aus?«

»Nun, was denken Sie denn?«

»Ich weiß auch nicht. Titten vielleicht«, schlug Pettit vor.

Der junge Mann blickte erstaunt auf. »Sie finden, ein Kamelrücken sieht wie Titten aus?«

DeBlieu fiel ihnen ins Wort. »Schluss mit dem verdammten Rorschachtest. Das Schlauchboot ist ausgesetzt.«

Eddie trat zu uns. Er stampfte mit den Füßen auf, um sich warm zu halten. »Was meinen Sie, wo er hinwill, hier, mitten im Nirgendwo? Der Typ wird doch in ein paar Stunden erfrieren. *Was tut er da?*«

Del Grazos schützende Eisscholle lag gespenstisch unter einem letzten Strahl des Mondes, doch die Wolken wurden schnell dichter, trieben immer tiefer heran und verschluckten das letzte verbliebene Licht. Das verdammte Wetter schien sich hier in der Arktis alle paar Minuten zu ändern.

Ich wusste, dass die Crew im Schiff noch nach weiteren Brandsätzen suchte und von Kabine zu Kabine ging. Doch die Feuer waren erloschen.

»Ich verstehe nur nicht … oh, Scheiße«, stöhnte Pettit. »Sehen Sie!«

Ich sah es, und mein Herz sank, als die letzten Puzzleteile an ihren Platz fielen. Ganz in Grün getaucht wallte das Meer in fünfhundert Meter Entfernung wie ein schäumender Milchshake auf. Wasser schoss brodelnd in die Höhe, und das große U-Boot tauchte auf, größer als ein Grönlandwal. Das größte Ding unter dem Meeresspiegel. Willkommen in der neuen Arktis.

»Er ist wieder daaaaa«, sagte Eddie missmutig. »Und jetzt ein großer Applaus aus dem Studiopublikum für Captain Zhou!«

Das U-Boot schoss mit der Nase sauber aus dem Meer, klatschte wieder zurück, und Wasser sprühte auf. Die schwarze aalförmige Silhouette positionierte sich so, dass keine weiteren Schüsse auf Peter Del Grazo möglich waren. Wir konnten ihn nicht mehr sehen. Er musste das U-Boot herbeigerufen haben. Er hatte ein Rendezvous mit seinen Herren und Meistern vereinbart und dann auf Zeit gespielt, bis er das Schiff verlassen konnte.

»Sehen wir's doch positiv, Eins. Vielleicht infiziert er sie, und sie tauchen nie wieder auf«, meinte Eddie.

»Ja«, erwiderte Pettit. »Wie die *Montana*. Gottverdammter Spion. Gottverdammter Verräter. Ein Hoch auf den siegreichen, gottverdammten Verräter.«

Doch es sollte anders kommen.

Denn zehn Minuten später sahen wir verblüfft, wie sie Del Grazo auf Deck erschossen, während er noch mit ihnen diskutierte.

Kapitel 23

Sie schossen ihn einfach über den Haufen.

Folgendes war geschehen:

Zunächst sahen wir, wie das chinesische U-Boot auftauchte, ein immenser Torpedo in Form eines Aals, an dem im Blick der Nachtsichtgeräte grünliches Wasser mit einzelnen Eisstücken abfloss. Dann öffnete sich eine Luke, und Soldaten mit Fellmützen kletterten an Deck, gefolgt von zwei Mannschaftsmitgliedern in klobigen Chemieschutzanzügen.

»Wie es aussieht, hat Zhou dir geglaubt, was die Krankheit auf der *Montana* angeht«, meinte Eddie bitter.

Während ich die Schutzanzüge musterte, fielen mir die kreisförmigen Bewegungen wieder ein, die Del Grazos Arm auf den Monitorbildern vollführt hatte, während er den Kameras den Rücken zukehrte. Plötzlich begriff ich, was er getan hatte. Ich hatte es oft genug im Krankenhaus gesehen. Der linke Arm – von hinten gesehen – gerade ausgestreckt. Der rechte vollführte kleine Kreisbewegungen.

»Er hat Proben genommen«, flüsterte ich.

Eddie wirbelte zu mir herum. Ich nickte. »Schleim. Schweiß. Blut.«

Eddie blickte nachdenklich drein. »Zhou hat uns

gebeten, Blutproben zur Analyse zu schicken. Er versuchte, hilfsbereit zu klingen … aber … meinst du, er glaubt wirklich, es handelt sich um eine Biowaffe, die versehentlich freigesetzt wurde?«

»Ich weiß nicht mehr, was ich denken soll«, gab ich zurück. Mir tat noch alles weh von dem Kampf mit Del Grazo. Ich hinkte. Mein Schädel dröhnte.

Durch das Monokular sah ich einen Kopf – Del Grazo – an der uns abgewandten Seite des U-Boots über dem Deck auftauchen, wo er vor uns abgeschirmt war. Die Chinesen mussten ihm eine Strickleiter zugeworfen haben, die er jetzt hinaufkletterte. Er richtete sich auf.

Ich vergewisserte mich, dass alle Marines die Waffen gesenkt hatten. Das U-Boot war chinesisches Territorium, ganz zu schweigen von den Torpedos, die es mitführte, und einem Kapitän Zhou, der ziemlich angepisst war.

»Niemand schießt!«, befahl ich.

»Warum hat er das getan?«, fragte DeBlieu, als könne er sich nicht entscheiden, ob er wütend oder verblüfft oder beides zugleich sein sollte.

»Wer weiß? Geld? Sex? Wer zum Teufel kann das schon wissen. Aber ich bin sicher, es wird eine verdammt gründliche Untersuchung geben, wenn wir zurück sind.«

Del Grazo stand zusammengekrümmt da und schien zu versuchen, nach der Anstrengung wieder zu Atem zu kommen. Er blickte in unsere Richtung. Vermutlich spürte er eine Aufwallung von Triumph, Erleichterung, vielleicht sogar Überlegenheit. Aber ich erinnerte mich auch an die Wut in seinem Gesicht, während er versucht hatte, mich zu erwürgen. Ich fragte mich, ob er sich nicht bald wie in der Falle fühlen würde. Er hatte keine Alternativen mehr. Seine verräterischen Träume lagen in Scherben. Del Grazo hatte sein Leben gerettet, doch er würde es fern von zu Hause verbringen, in einem fremden Land.

Ich beobachtete, wie er etwas aus der Tasche seines Parkas zog. Ich zoomte heran und versuchte, es genauer sehen zu können. Größere Formen wie sein Körper wurden unscharf. Doch der Gegenstand in seiner Hand kristallisierte sich zu etwas, was wie ein verschließbarer Plastikbeutel aussah. Die Chinesen hielten Abstand zu ihm, außer den Leuten in den Schutzanzügen, doch selbst die näherten sich vorsichtig und blieben drei Meter entfernt stehen. Einer streckte einen metallischen Greifarm aus, nahm mit der Zange den Plastikbeutel und zog den Greifarm wieder ein.

»Sie desinfizieren ihn«, erklärte Eddie, während die Typen in den Schutzanzügen den Beutel von außen mit etwas besprühten und gründlich abrieben. Dann sprühten sie ihn abermals ein.

Del Grazo trat einen Schritt auf sie zu. Er wollte offensichtlich Schutz im Inneren des U-Boots suchen. Doch die Soldaten rissen ihre kurzläufigen Sturmgewehre hoch, als wollten sie ihm pantomimisch bedeuten: *Keinen Schritt weiter!*

Del Grazos Silhouette verharrte im Schatten des Kommandoturms. Jetzt sah er aus wie eine dieser indonesischen Schattenfiguren, eine halb hinter einem durchscheinenden Vorhang verborgene Gestalt, die Arme ausgestreckt, mitten im Schritt erstarrt.

Eddie kommentierte, als hätten wir es nicht alle selbst sehen können. »Sieht aus, als würde er mit ihnen diskutieren. *Lasst mich an Bord! Ich habe getan, was ihr von mir wolltet. Ihr habt es versprochen!*«

Zwei Personen tauchten am höchsten Punkt der Brücke des U-Boots auf und blickten auf Del Grazo herab wie Priester von einem aztekischen Tempelturm. Ich justierte das Nachtsichtgerät neu. Die Pelzmützen mit dem roten Stern und die Gesichter darunter waren relativ deutlich zu erkennen. Ich hatte Zhou noch nie aus diesem Winkel gesehen, aber ich war ziemlich sicher, dass es sich um ihn und seinen englischsprachigen Übersetzer handelte. Ja, jetzt erkannte ich die Brille des Mannes. Dickes Gesicht. Dickes Brillengestell. Zhou war kleiner. Seine Züge wirkten angespannt.

Del Grazo gestikulierte nun erregt.

Zhou schaute auf ihn herunter und schüttelte den Kopf.

Del Grazo machte zwei schnelle Schritte auf die Luke zu. Die Gewehrläufe wurden hochgerissen. Jetzt schien er zu schreien und fuchtelte heftig mit den Armen herum. Er beugte sich vor, um seine Worte zu unterstreichen, während die Leute in den Schutzanzügen mit dem Plastikbeutel im U-Boot verschwanden. Alle chinesischen Soldaten bis auf einen folgten ihnen durch die Luke in die Tiefe, bis nur noch vier Personen an Deck zurückgeblieben waren. Zhou und sein Übersetzer auf dem Turm, darunter Del Grazo und ein einzelner Soldat.

»Sie wollen ihn zurücklassen«, meinte Eddie keuchend.

Ich schüttelte den Kopf. »Nein. Wenn sie das täten, würden wir ihn herausfischen. Sie lassen ihn nicht zurück.«

»Was haben Sie dann …«

Del Grazo musste in Panik geraten sein. Er stürmte vorwärts. Später versuchte ich nachzuvollziehen, was geschehen war. Er hatte unter enormem Druck gestanden – ein Spion, der normalerweise im Stillen arbeitete, ein Computerhacker, kein Saboteur. Ein Schnüffler, kein Kämpfer, der plötzlich gezwungen worden war, den Einsatz zu erhöhen und in Aktion zu treten.

Wir sahen das Gewehrfeuer, bevor wir es hörten, Flammen von Licht, die in der Dunkelheit aufglühten. Dann erreichte uns auch der knatternde Laut, kaum mehr als ein leiser Druck auf den Trommelfellen über dem Maschinengeräusch des reglos daliegenden Eisbrechers.

Del Grazo brach zusammen, fiel auf Hände und Knie. Einen Augenblick lang empfand ich Mitleid mit ihm. Er kroch ein paar Meter bis zum Rand des Decks, bevor er über Bord kippte und ins Meer stürzte.

Ich richtete das Okular wieder auf Zhou auf der Brücke. Er starrte unverwandt den Punkt an, an dem Del Grazo verschwunden war, und stand lange Zeit reglos da. Dann hob er die rechte Hand zum Salut, die Handfläche nach unten gewandt, wie es in der Volksrepublik Brauch ist.

»Uno, kannst du mir sagen, was zum Teufel da drüben gerade vorgeht?«, fragte Eddie.

»Er erweist ihm Ehre«, sagte ich.

»Ach so. Schöne Ehre. Einen Mann erst erschießen und dann vor ihm salutieren.«

Ich wandte mich zu Eddie um, der aus der Nähe so grün aussah wie der Unglaubliche Hulk. »Zhou stand vor derselben Entscheidung wie wir. Er hat beschlossen – oder hatte den Befehl –, eine potentiell infizierte Person nicht an Bord zu lassen. Er weiß, was auf der *Montana* geschehen ist. Er hat Proben zur Analyse. Wahrscheinlich steckt der Beutel jetzt schon in einem sicher versperrten Gefrierschrank, den niemand öffnen wird, bis Zhou wieder in China ist.«

»Ehre«, sagte Eddie.

»Ich glaube schon. Ja.«

»Okay, und womit werden sie uns beehren? Mit einem Torpedo?«

Zhou drehte sich zu uns um, als hätte er unsere Blicke gespürt und wüsste, dass wir uns auszurechnen versuchten, was er vorhatte. Ich fühlte meinerseits sein Starren. Vielleicht besaß er ein Foto von mir und erkannte mich.

Doch seltsamerweise, wahrscheinlich weil wir beide reglos dastanden, war es kein angespannter Moment. Ich spürte keine Feindseligkeit über dem schwarzen Wasser liegen. Nur eine Art von Verbindung durch die grüne Welt der Nachtsichtgeräte, als wäre uns beiden klar, dass wir vor denselben Entscheidungen gestanden hatten und die Konsequenzen eines Fehltritts in der Welt der Mikroben, in die man uns geworfen hatte, sich der menschlichen Kontrolle entzogen.

Ich wusste, dass es nur ein Gefühl war. Und Gefühle sind gefährlich. Denn *Gefühle* konnten – wenn man sich selbst belog und dem eigenen Wunschdenken erlag, wenn man so müde und besorgt und verwirrt war wie ich – in einer Konfrontation wie dieser zur Katastrophe führen.

Und doch zog sich der Augenblick in die Länge, und immer stärker hatte ich den Eindruck, dass ein gemeinsames Band unsere beiden Schiffe verknüpfte.

Mir drängte sich der Gedanken auf, dass er seine Crew besser schützte *als ich die meine*. Er würde die Proben mitnehmen, abtauchen und nach Westen abdrehen, in internationalen Gewässern auf die russische Grenze zuhalten und dann nach Süden in die schmale Beringstraße und den Nordpazifik einfahren, auf die Hauptschifffahrtsstraßen. Und irgendwo in der Volksrepublik China würde ein Hochsicherheitslabor auf den Ziploc-Beutel und seinen Inhalt warten.

So stellte ich mir das vor. Doch es kam anders.

Das U-Boot blieb an der Oberfläche. Ich erkannte, dass die Wahrheit tief unter allen Schichten verborgen lag, die ich sehen konnte. Zhou stand nur da und erwiderte meinen Blick, während das U-Boot sich in unsere Richtung zu drehen begann.

Diesmal hatte ich keine Torpedos zu unserem Schutz. Es gab nicht einmal ein Geschütz an Bord.

»Scheiße«, stieß DeBlieu hervor und befahl der Brücke, wieder Fahrt aufzunehmen und mit voller Kraft nach Süden in freie Gewässer zu dampfen. Es hatte keinen Sinn, abzuwarten, was Zhou vorhatte. Falls er das Feuer eröffnen wollte, war es vielleicht nicht gerade klug, ihm eine satte Breitseite anzubieten.

Ich spürte, wie der Eisbrecher erbebte und wir uns zu drehen begannen.

»Heiliger Himmel«, sagte Lance Corporal Frederick Fastbinder neben mir an der Reling.

Warten …

Warten …

Zehn Minuten später kam eine Nachricht über unsere Handfunkgeräte, und zwar auf Kanal 13, den alle Schiffe eingeschaltet haben mussten. Unser Schiffsfunk war weiterhin ausgefallen. »Kapitän Zhou bittet darum, Sie bis zur amerikanischen Zwölfmeilenzone eskortieren zu dürfen.«

»Das wird nicht nötig sein«, antwortete ich.

»Der Herr Kapitän hat mich aufgefordert, Ihnen zu sagen, dass keinerlei Gefahr besteht. Er wüsste es zu schätzen, wenn Sie uns gestatten, in Ihrem Kielwasser zu folgen, als wären wir eines Ihrer Forschungsschiffe. Wir möchten ungern auf Eis stoßen. Selbst kleine Mengen könnten unseren Rumpf beschädigen. Bitte machen Sie sich keine Sorgen. Wenn Sie möchten, können wir unsere Fahrtgeschwindigkeit koordinieren. Ich wiederhole nochmals: Wir hegen keine feindseligen Absichten.«

Ich wusste, dass er nicht um Erlaubnis bat. Es *klang* so, doch in Wirklichkeit teilte er uns nur mit, was er tun würde. Wir hatten keine Möglichkeit, ihn daran zu hindern.

»Keine feindseligen Absichten?«, fragte Eddie. »Ist das nicht der Typ, der gestern noch gedroht hat, uns umzubringen?«

»Mein Kapitän hat das gehört und bittet mich, zu betonen, dass die Situation heute eine völlig andere ist.«

»Inwiefern anders?«

»Die *Montana* liegt auf dem Meeresgrund. Wir befinden uns auf einer humanitären Mission.«

Alle Feuer an Bord waren gelöscht, doch ein vager Geruch nach verbranntem Gummi drang aus den Lüftern und zog über das Deck. Es war ein schmutziger, klebriger Gestank, ein Hauch der Zerstörung, der das Gefühl verstärkte, gerade noch einmal davongekommen zu sein. Es wuchs mit jedem Augenblick und paarte sich mit dem der Bedrohung. Die *Wilmington* dampfte nach Süden. Es waren noch dreihundert Meilen bis Barrow, zweihundertachtundachtzig bis in US-Gewässer. Ein Minimum von siebzehn Stunden, wenn wir volle Fahrt halten konnten. Jedem von uns war klar, dass dank Peter Del Grazo überall an Bord Lauschgeräte versteckt sein konnten. Zhous Leute verfolgten möglicherweise gerade jetzt alle unsere privaten Gespräche.

»Dieser verdammte Del Grazo«, sagte Eddie.

Zhou wiederholte geduldig, dass seine Absichten ehrenwerter Natur seien und er Verständnis für unser eventuelles Misstrauen habe.

Ich fragte ihn, was genau seine Absichten seien. Oder anders gesagt: Warum er es überhaupt für nötig hielt, uns zu begleiten.

Als er antwortete und die pedantische Stimme des britischen Übersetzers wieder ertönte, wurde Eddie kreidebleich.

Kapitel 24

Ich glaube, dass alles menschliche Handeln erklärbar ist. Wenn man das Motiv versteht, kann man die Tat rekonstruieren. Man mag entsetzt sein, abgestoßen oder empört. Aber wenigstens kann man nachvollziehen, wie es dazu gekommen ist. Die Morde eines Irren ergeben auf verdrehte Art einen Sinn, wenn man sein Wahnsystem kennt. Das zukünftige Handeln eines Adolf Hitler hätte möglicherweise voraussehbar sein können, hätte jemand seinen einzigartigen, wirren Reifeprozess, seinen ganz persönlichen Weg durchs Leben Schritt für Schritt nachvollziehen können.

Die *Wilmington* dampfte mit voller Fahrt in die eisfreien Sommergewässer. Aber jetzt hatten wir Meile für Meile eine Eskorte. Selbst auf Tauchstation hätte Zhous Höchstgeschwindigkeit unsere eigene übertroffen. Von der Brücke aus, vom Heck oder auf den Monitoren konnte jeder die dunkle flossenartige Form mit ihrer schäumenden Bugwelle sehen.

Zhous Antwort hatte das Blut in meinen Adern zu Eis gefrieren lassen, als ich ihn fragte, warum er in unserer Nähe bleiben wollte. Durch den Übersetzer, dessen Stimme klar und deutlich aus dem Handfunkgerät klang, hatte er sagen lassen: »Um zu helfen, falls es nötig sein sollte.«

»Angesichts dessen, was früher zwischen uns vorgefallen ist, kann ich das nur schwer glauben.«

Nach kurzem Zögern hatte er steif entgegnet: »Um alle Bedenken auszuräumen, die Sie vielleicht haben könnten, wurde ich angewiesen, Ihnen zu sagen, dass es im Licht jüngster Entwicklungen eine … Umorientierung unserer Politik gegeben hat.«

»Und was soll das heißen, Herr Kapitän?«

»Ich wurde instruiert, Ihnen zu sagen, dass von meiner Seite her eine Neueinschätzung erfolgte. Ich habe Befehl, mich zur Verfügung zu stellen, falls im Notfall Hilfe benötigt werden sollte.«

»Ach, sind wir jetzt also Freunde?«, konterte ich skeptisch.

Erst kam keine Antwort, dann sagte die Stimme emotionslos: »Wenn Sie sich so besser fühlen. Viel Glück.«

Er meldete sich mit einem Klicken ab. Nur noch Rauschen kam aus dem Funkgerät. Aber dieses *Klicken* bedeutete nicht, dass Zhou uns nicht mehr hören konnte.

»He, Nummer Eins«, sagte Eddie. »Denk an diese Geier in Afghanistan, die immer wie durch Zauberkraft am Himmel auftauchten und Menschen, Truppen und Taliban folgten. Immer wachsam, immer da oben kreisend. Verdammte Aasgeier, die nur darauf warteten, dass Menschen starben.«

»Ich erinnere mich daran.«

»Wie lauten seine Befehle wirklich? Sich uns zu schnappen, wenn wir im Sterben liegen?«

Auf dem Monitor der Heckkamera sah ich das U-Boot hinter uns als eine Art Leuchten, ein schäumendes V, das den Bug des langen schwarzen Rumpfes markierte.

»Kapitän Zhou Dongfeng, unser guter alter Kumpel«, sagte Eddie.

»Wir können nichts gegen ihn unternehmen. Wir können nicht einmal jemandem von ihm berichten. Machen wir uns wieder an die Arbeit«, entgegnete ich.

* * *

»Viel Glück«, wiederholte Eddie, während wir von Feldbett zu Feldbett gingen, Fieber maßen und in Augen und Kehlen schauten. Wir hatten gehofft, die Medikamente würden inzwischen angeschlagen haben, sahen jedoch leider keine Besserung. »Viel Glück. Als ob *der uns* viel Glück wünschen würde.«

»Hattest du auch das Gefühl, dass er mehr weiß als wir?«

»Ich habe das Gefühl, jeder weiß mehr als wir.«

»Es ist verdammt unheimlich, dass er so an uns dranklebt. Vielleicht weiß er nicht, dass unser Langstreckenfunk ausgefallen ist. Vielleicht wartet er darauf, dass wir ein allgemeines SOS senden. Dann entert er die *Wilmington*. Bringt das Schiff in seine Gewalt. Und …« Mir fiel noch etwas ein. »Der Film.« Ich brach ab. Mein linkes Auge schmerzte. »Es kann doch nicht um den Film gehen, oder?«

»Mach mal halblang, Mann. Der ist hundert Jahre alt. Vergiss den Film. Wir können den ersten Teil nicht einmal sehen. Was ich nicht begreife, ist, warum Zhou an der Oberfläche bleibt. Warum seine Anwesenheit kundtun? Unter Wasser wäre er sicherer.

Sicher vor dem Eis und vor Washington. Niemand aus dem Pentagon könnte ihn über Satellit sehen und zu dem Schluss kommen, dass er aggressive Absichten hegt.«

Das dumpfe Pochen hinter meinem linken Auge breitete sich auf die Schläfe aus. »Außerdem«, sagte ich, »könnte er uns aus der Ferne überwachen, wenn Del Grazo überall an Bord Wanzen installiert hat. Wie diese Hacker, die ins Verteidigungsministerium oder in Bankcomputer einbrechen. Verdammt, die können das von anderen Kontinenten aus.«

Eddie stieß die Luft aus und wog die Möglichkeiten ab, während wir weiter die Patienten untersuchten. »Ich habe mal einen Artikel im *Time* Magazin gelesen. Da ging es um böse Jungs, die durch die Gegend fahren und dabei genau *sehen* können, was in den Häusern vor sich geht, weil sie die Webcams der Besitzer gekapert haben. Es nennt sich Drive-by-Attacke. Sie hacken deinen Computer, oder du holst dir auf einer infizierten Website einen Virus – und dann haben sie Fernzugang zu dir, wann immer sie wollen, hören mit deinem eigenen Mikro zu, wie du mit deiner Frau um Geld streitest, oder schalten die Webcam deiner Tochter ein, um ihr beim Ausziehen zuzusehen und sich dabei einen runterzuholen. Jeder kann diese Scheiße kaufen, und nur Gott allein weiß, wozu die wirklich raffinierten Programme fähig sind, mit denen die Regierungen arbeiten.«

»Du meinst, das U-Boot überwacht uns gerade?«

Eddie schaute zur Kamera, die unsere Bilder nach oben zur Brücke übertrug. »He, Zhou! Können Sie mich hören? Studieren Sie uns, Zhou? Wollen Sie uns beim Sterben zusehen? Wenn wir krank werden? Wie schnell es sich von Mensch zu Mensch ausbreitet? Das ist es, oder nicht? Hilfe? Dass ich nicht lache! He, holt schon mal das Popcorn raus da drüben und macht es euch gemütlich! Uns helfen! Ihr wollt doch nur eure Versuchskaninchen im Auge behalten.«

»Vielleicht muss er an der Oberfläche bleiben, damit es funktioniert. Vielleicht taugen die Programme, die Del Grazo installiert hat, nichts, wenn er getaucht fährt.«

»Vielleicht, vielleicht. Scheiß auf vielleicht. Vielleicht stammt er von der Venus«, fauchte Eddie.

* * *

Wir machten weiter die Runde und untersuchten die Patienten zum zwanzigsten Mal – voll Verzweiflung – in der Hoffnung auf irgendwelche Fortschritte.

Schließlich erreichten wir Clinton. Dem großen Inupiat ging es schlechter. Sein Atem klang rau und abgehackt, Schleim triefte ihm aus den Mundwinkeln, und seine Lunge rasselte. Er lag unter aufgestapelten Parkas und zusätzlichen Pullovern auf durchgeschwitzten Laken und fror trotzdem so sehr, dass es an Schüttelfrost grenzte. Seine Temperatur lag bei vierzig Grad, was auf Dauer einen möglichen Hirnschaden zur Folge haben konnte. Wir hatten ihm den Tropf angelegt, der durch den Tod eines der Matrosen von der *Montana* frei geworden war. Clinton murmelte Inupiaq-Worte vor sich hin. Ich hatte keine Ahnung, was sie bedeuteten.

»Wie viele Menschen gibt es in den Vereinigten Staaten, Eddie?«

»Drei-, vierhundert Millionen?«

»Triage«, sagte ich.

»Sag so was nicht, Amigo. Wir haben keine Kontrolle über das, was Washington tut. Konzentrieren wir uns lieber auf uns selbst.«

Ich verabreichte Clinton seine Dosis Nasenspray für die nächsten drei Stunden. Wir deckten ihn wieder zu und bewegten uns weiter an der Bettenreihe entlang. Es zerriss mir das Herz. Ich war verantwortlich für diesen Anblick. Immer wieder klangen mir Zhous Worte in den Ohren, obwohl ich sie auszublenden versuchte: *Viel Glück.*

Hatte ich seinen Tonfall falsch interpretiert? Das konnte leicht passieren über Funk. Hatte ich seine Absichten missverstanden? Das war durchaus denkbar, wenn ein Übersetzer dazwischengeschaltet war. Hatte Eddie recht? Beobachteten sie uns wirklich nur und registrierten, wie wir mit der Seuche zurechtkamen? *Triage.* Und wenn Zhou hier war, um uns in die Luft zu jagen? Vielleicht wartete er nur ab, bis die Verhandlungen auf höchster Ebene zwischen Washington und Peking abgeschlossen waren. *Wir können schlecht unser eigenes Schiff in die Luft sprengen, also würdet ihr das bitte für uns übernehmen?* Die Phantasie ging mit mir durch. Ich sah ein Zimmer in Washington vor mir. Darin den Direktor bei einem Meeting mit Männern und Frauen, deren Gesichter man aus den Abendnachrichten kannte. Mir war klar, vor welcher Entscheidung sie standen, denn es war dieselbe, die ich in Afghanistan hatte treffen müssen, wenn auch in kleinerem Maßstab. Einen Lastwagen in die Luft zu jagen anstatt ein Schiff? Acht Männer zu töten, um Tausende zu retten, statt Hunderte, damit Millionen weiterleben durften?

Viel Glück, hatte Zhous Übersetzer gesagt.

»Wie dem auch sei, wir können das Glück brauchen«, sagte ich zu Eddie.

* * *

Nur klebte uns leider das Pech an den Fersen, denn das, mit dem wir es zu tun hatten, war ganz offensichtlich noch schlimmer als der Erregerstamm von 1918. Die Todesrate an Bord stieg auf einundzwanzig Prozent. Eddie und ich kehrten ans Mikroskop zurück und entdeckten die Unterschiede, die uns zuvor entgangen waren – winzige Veränderungen zwischen den rechteckigen Mikroben auf den vom Seuchenkontrollzentrum CDC veröffentlichten Fotos und denen, die Clinton krankgemacht hatten. Rekonstruierte Version versus Original.

»Clintons Erregerstamm hat zusätzliche Stacheln«, erklärte Eddie eine Stunde später, während er zwei Fotos anstarrte. »Er ist schmaler in der Mitte, und ganz oben befindet sich ein winziger Haken. Siehst du, wie die zwei Stränge sich umwinden? Kräuselung und Ende sind ausgeprägter.«

Drei Marines waren mit Fieber von über neununddreißig Grad ausgefallen, husteten Schleim, und ihre Haut war von bläulichen Flecken übersät.

»Sie bekommen nicht genügend Sauerstoff«, sagte Eddie.

Sechs Mannschaftsmitglieder der *Wilmington*, die bei Del Grazos Flucht anderswo im Schiff Dienst getan hatten, waren in ähnlicher Verfassung im Hangar eingeliefert worden.

Der Koch hatte am Morgen noch fröhlich das Frühstück serviert, anschließend hatte er innerhalb von zwei Stunden zu husten begonnen und war in seiner Koje zusammengebrochen, nachdem er sich auf den Mann darunter übergeben hatte.

Dann war er gestorben.

Der Hangar war ein Alptraum. Überall nur Kranke und Sterbende. Nachdem DeBlieu das Quarantänegebiet einmal verlassen hatte, blieb er jetzt ständig auf der Brücke. Von dort aus führte er sein Schiff. Ich hörte regelmäßig seine Befehle, und mein Respekt vor ihm wuchs. Er hielt die Crew mit einem steten Strom von Aufgaben beschäftigt: Decks schrubben, Ausrüstung und Rettungsboote überprüfen, Übungen, Reparatur des Funkraums und des durch das Feuer beschädigten Langstreckensenders. DeBlieu versuchte, eine Panik zu unterdrücken, bevor sie ausbrechen konnte. Über das Interkom sagte er: »Wenn ihr den Ärzten helfen wollt, tut eure Arbeit.«

Sein Erster Offizier Gordon Longstreet lag in Reihe zwei, nahe bei der Schiebetür des Hangars. Karen Vleska befand sich in dem Feldbett daneben. Sie und Clinton waren die Patienten, die zu besuchen mir am meisten ausmachte. Doch ich setzte mich neben sie und legte ihr die Hand auf die Stirn. Sie war aschgrau und schlotterte im Schlaf.

Während ich so dasaß, musste ich selbst eingeschlafen sein, denn ich träumte. Ich saß mit acht Marines hinten in einem Lastwagen in Afghanistan. An den Seiten waren Bomben aus Ölfässern festgezurrt. Ich roch die Alkaliwüste, Dieseldämpfe, ungewaschene Männer und Lammbraten. Ich spürte das raue Summen der Reifen auf der unbefestigten Piste, fühlte jeden Stoß, wenn wir durch ein Schlagloch rumpelten. Ein paar Soldaten rauchten. Andere hielten die Augen geschlossen und dösten vor sich hin. Ich wurde von düsteren Vorahnungen geplagt und öffnete den Mund, um sie zu warnen, doch ich brachte kein Wort heraus, konnte nicht einmal einen Finger rühren.

Und dann gab es mich doppelt, denn gleichzeitig sah ich den Lastwagen von der Barriere am Wachposten aus auf mich zukommen und brüllte ins Funkgerät, er solle anhalten. Ich packte die Griffe des Kaliber-50-Maschinengewehrs. Die Waffe ruckte. Plötzlich war ich wieder bei den todgeweihten Soldaten im Lastwagen, statt auf sie zu feuern.

Das Fahrgestell bockte. Die Explosion schien meine Trommelfelle zum Platzen zu bringen. Ich war eingeklemmt. Der Lastwagen hatte sich überschlagen. Ich roch Feuer. Ich stand in Flammen. Ich versuchte, mich zu bewegen, konnte es jedoch immer noch nicht.

»Wach auf, Uno. Du hattest einen Alptraum.«

Ich wachte ruckartig auf, rang nach Atem und spürte immer noch die heißen Flammen an meinen Hosen lecken. Überrascht bemerkte ich, dass ich mich im Hangar befand. Ich wandte den Blick nach rechts. Karen Vleska schlief immer noch und sah sehr blass und klein aus.

»Ich habe Mist gebaut, Eddie.«

»Nein.«

»Zhou hatte recht damit, Del Grazo zu erschießen.«

»Nummer Eins, konzentrier dich lieber auf deinen Job. Du hast ein Nickerchen gehalten. Jetzt bist du ein neuer Mensch. Du findest einen Weg.«

»Wir bereiten die Impfungen vor, Eddie. Lass alle, die die Grippe überstanden haben, ins Labor kommen. Wenn es sein muss, verwenden wir die Spritzen eben mehrfach. Es wird Zeit, ihnen Blut abzuzapfen. Wir können nicht länger warten.«

Ich senkte den Blick und sah, dass Karen die Augen geöffnet hatte. Sie waren trüb und gerötet, doch sie hefteten sich an mein Gesicht, als wären ihre Pupillen das einzig Gesunde an ihr. Etwas Kaltes berührte meine Hand. Es waren Karens Finger. Ich nahm ihre Hand. Ich spürte das Zittern in ihren Knöcheln und hörte das röchelnde Wispern einer doppelten Lungenentzündung, während sie mühsam atmete. Schweiß lief ihr von der Stirn. Sie war bleich wie der Tod.

»Sie haben keinen Fehler gemacht«, krächzte sie. »Hören Sie? Haben Sie nicht. Sie haben die alte Frau gerettet, nicht das Gemälde.«

»Im Moment wäre mir das Gemälde lieber. Wie fühlen Sie sich?«

»So wie ich aussehe. Scheiße«, antwortete sie mit schwachem Lächeln. Es war das Lächeln eines Totenkopfs, das so schnell verblasste, wie sie die Augen wieder schloss.

Doch sie sprach weiter. »Als ich klein war, sagte mein Vater immer …«

»Was hat er gesagt, Karen?«

Das Flackern eines Lächelns in ihrem Mundwinkel. »Er sagte, die Dinge seien deshalb schwierig, weil sie nicht leicht seien. Dumm, was? Er hatte lauter so blöde Sprüche. Er war … ein großartiger Mensch. Und ich glaube … Colonel, das sind … Sie … auch.«

Wir ließen Andrew Sachs bei ihr zurück. Er wischte ihr ohne Maske den Schweiß von der Stirn. Dem Kerl schien seine eigene Sicherheit egal zu sein. Ich legte ihm die Hand auf die knochige Schulter, und er blickte mit seinen wässrigen, eisenfarbenen Augen fragend zu mir hoch. Ich dachte, im Angesicht der eigenen Sterblichkeit sollten wir die netten Dinge aussprechen, solange wir es noch konnten.

»Mr Sachs, unter gewöhnlichen Umständen sind Sie ein Arschloch, aber verdammt brauchbar in einem Notfall«, sagte ich.

Er grinste mit beinahe mitleiderregender Dankbarkeit. Es war ein breites, sonniges Lächeln, und es gewährte mir einen Blick in seine Vergangenheit. Ich sah andere, größere Kinder, die sich an einer Straßenecke in Boston über ihn lustig machten, als er ein kleiner Junge war. Ich sah, wie sie einen hageren Andrew vor der Schule die Straße entlanghetzten. Ich sah einen Nerd beim Studium, der nur Einser schrieb, aber sehnsüchtig zum Baseballfeld starrte. Und der sich später in ein öffentliches Amt flüchtete, wie so viele in Washington. Wie hieß der alte Spruch? Politik, das ist Showbusiness für Hässliche. All die Machtmenschen, die mit stolzgeschwellter Brust herumliefen, aber tief drinnen, wo niemand hinsehen konnte, dachten sie: *Ich bin erwachsen. Ich bin intelligent. Wie kommt es also, dass ich mich immer noch wie ein hilfloses Kind fühle?*

Eine Stunde später standen zwanzig Männer mit hochgekrempelten Ärmeln vor dem Labor Schlange.

Es waren alles Mitglieder der Crew der *Montana*, die die Seuche überstanden hatten. Wir betupften ihre Armbeugen mit alkoholgetränkten Wattebäuschen.

Wir stießen Nadeln in blaue Venen und verschlossen die Ampullen. Jede enthielt Antikörper gegen den Erregerstamm der Grippe, die auf dem Schiff umging.

Doch ich fühlte mich wie ein mittelalterlicher Kurpfuscher, ein Barbier mit einem Messer und schleimigen Blutegeln, der sich anschickte, seinen Patienten Dinge anzutun, die in keinem modernen Krankenhaus zulässig gewesen wären. Mir war klar, dass ich jeden zum Tode verurteilte, dem ich eine vorbeugende Impfung gab, falls einer der Männer hier HIV-infiziert war.

Wir verdünnten das gesammelte Blut mit Plasma aus der Krankenstation, um noch weitere Immunproteine hinzuzufügen. Dann brachten wir die Ampullen nach unten in den Hangar. Wir hatten noch etwa vierzig steril verpackte Nadeln und reichlich Alkohol zum Desinfizieren. Nach jeder Injektion würden wir die Nadeln mit Salzlösung reinigen und im Autoklav sterilisieren.

Als wir anfingen, von Liege zu Liege zu gehen und die Spritzen zu verabreichen, blickte Eddie hoch zu einer der Hangar-Kameras, doch er dachte dabei nicht an Zuschauer auf der Brücke. »He! He, Zhou! Sie da! Schicken Sie bitte zwei mal Huhn Kung Pao mit Extra-Reis rüber! Aber nicht so viel Glutamat wie beim letzten Mal!«

DeBlieu hatte angeordnet, die Computer im restlichen Schiff abzudecken, falls die Kameras per Fernbedienung gesteuert werden sollten. Die Mikrophonöffnungen hatte er mit vierfachen Lagen aus Isolierband und Schaumstoff verschließen lassen. Möglicherweise reichte es nicht, sie einfach auszuschalten.

Trotzdem hatte ich ständig das unbehagliche Gefühl, von fremden Augen auf einem Fernsehbildschirm beobachtet zu werden. Vielleicht hatte man vom Fenster des Betrachters aus einen Blick auf eine Straße in Schanghai oder auf eine Militärbasis an der vietnamesischen Grenze, vielleicht auch einfach auf die Umgebung von Peking. *Hier untersucht Colonel Rush einen weiteren Patienten. Jetzt schüttelt Colonel Rush den Kopf. Er wirkt frustriert, erschöpft. Gerade ist ein Mann in Reihe zwei gestorben, und zwei Marines tragen ihn in eine Decke gehüllt hinaus.*

Eine weitere Stunde verging. Und noch eine.

Keine Veränderungen, dachte ich. *Aber es ist noch zu früh. Wir müssen Geduld haben bis morgen. Impfungen brauchen Zeit.*

Eddie und ich machten eine Pause und gingen mit Bechern von starkem Maxwell-Kaffee nach draußen. Das Eis war vollständig verschwunden. Wir befanden uns noch 140 Meilen von Land entfernt. Das entsprach acht Stunden bei unserer jetzigen Geschwindigkeit. Die See war unruhiger geworden, und ein tiefstehender Mond schien von oben verächtlich auf uns herabzublinzeln. Plötzlich sah ich Nordlichter pulsieren, leuchtende Streifen aus smaragdgrünem Licht. Ich hatte die Aurora borealis noch nie so deutlich gesehen. Es war wie in einem anderen Universum. Die Lichter leuchteten in unvorstellbarer Klarheit und mischten sich in einem arktischen Kaleidoskop, das den Tag zur Nacht und die Nacht zum Tag machte. Millionen Sterne standen am Himmel, von denen jeder einzelne die Ahnung eines weiteren war, den man nicht sehen konnte, weit entfernte Sterne, ausgebrannte Sterne, gefährliche Sterne, unzählige Sterne wie Mikroben. Jeder seine eigene Welt.

Eine Sternschnuppe schoss in das flackernde Nordlicht hinein, schien davon verschluckt und verbrannt zu werden, bis sie auf der anderen Seite wieder auftauchte, unter die Krümmung des Horizonts fiel und dort irgendwo verlosch. Und dann sah ich plötzlich an Steuerbord in nur ein oder zwei Kilometer Entfernung ein dichtes Whiteout, ein diffuser weißer Schimmer, in dem der Horizont sich völlig auflöste und verschwand. Es schien den ganzen Planeten in sich aufzusaugen.

Vielleicht brauchen die Impfungen nur noch ein wenig mehr Zeit, um zu wirken.

Plötzlich tauchte die Bordärztin Janice Cullen neben uns an Deck auf. Sie trug nicht einmal einen Parka. Ihr Gesicht war gerötet. Erst dachte ich, sie wäre selbst krank geworden, doch dann entdeckte ich zum ersten Mal Erregung statt Sorge oder Erschöpfung in ihrer Miene. Sie umfasste die Reling mit festem Griff. Ihre Augen leuchteten, und ich glaubte – zumindest einen Augenblick lang – so etwas wie Hoffnung darin aufflackern zu sehen.

»Etwas geschieht im Hangar«, sagte sie heiser. »Sie sollten es sich selbst ansehen.«

»Das Serum?«, fragte ich. »So *schnell?*«

»Nein, nicht das Serum. Es ist … eigentlich … Colonel, es ist schwer zu erklären«, fügte sie hinzu.

»Sie müssen es sich einfach selbst ansehen. *Sehen Sie selbst.*«

Sie wandte sich ab, ohne eine Antwort abzuwarten, und eilte zurück in den Hangar.

Mit heftig pochendem Herzen folgte ich ihr und hörte, wie Eddie sich hinter mir anschloss.

Kapitel 25

Das war so was von cool! Sie konnten zuschauen, wie die Soldaten das Kampfflugzeug wieder auftankten!

Chase Itta, neun Jahre alt, und Leo Nuna, ebenfalls neun, waren die besten Freunde. Im Moment spähten sie aus dem Bürofenster im ersten Stock des Hangars des North Slope Rettungskommandos auf das Vorfeld hinunter. Dort stand das faszinierende, glänzende, raubtierhafte Flugzeug geparkt, das dreißig Minuten zuvor auf der kürzlich verlängerten und neu geteerten Landebahn des Flugplatzes von Barrow aufgesetzt hatte.

Die einsame Startbahn war leer. Dahinter wogte das braune Tundragras im Wind, und eine große weiße Eule starrte die Jungen an. Der gestrige Flug der Alaska Air nach Anchorage hatte erst vor einer Stunde abgehoben – verspätet wegen mechanischer Probleme –, und weitere private Flugzeuge waren nicht angekündigt. Der Wind beugte die Spitzen der hohen Gräser und blies den Windsack nach Südwesten auf.

»Es ist eine F22«, verkündete Chase.

»Woher willst du das wissen?«, fragte Leo.

»Weil Onkel Elmore mir Bilder gezeigt hat. Er repariert die Dinger in Anchorage. Er sagt, sie fliegen über

sechzehnhundert Kilometer schnell. Er meint, sie sind die Schnellsten am Himmel.«

Draußen war es im Licht des frühen Septembers wieder hell und mit minus drei Grad vergleichsweise warm. Doch es handelte sich um einen jener seltenen Tage, an dem die Nordlichter so stark waren, dass selbst bei Tag die grünen Streifen über dem Ozean und der Tundra leuchteten, flackerten und sich am Himmel schlängelten.

Ihr Lehrer hatte ihnen in der dritten Klasse erklärt, dass die Aurora borealis durch »Sonnenflecken« verursacht würde, riesige Gasexplosionen auf der Oberfläche der Sonne, und dass sie dieses Jahr besonders stark sein würden, so dass man sie sogar bei Tag sehen könne. Es war das beeindruckendste Schauspiel, das der North Slope seit zwanzig Jahren erlebt hatte.

Normalerweise wären die Jungs von der Lichtshow fasziniert gewesen, doch neben dem Kampfjet verblasste sie. Eine eingeflogene Crew der Air Force hatte den Treibstofflastwagen hinausgefahren, den Schlauch angeschlossen und tankte die Maschine jetzt auf.

»Wo sind denn die Bomben?«, fragte Leo Chase.

»Im Flugzeug, du Dummi!«, antwortete Chase. »Was glaubst du, was die hier wollen?«

»Was glaubst du denn? Fieslinge in die Luft jagen! Großvater hat erst gestern Nacht wieder über die Männer geschimpft, die Walross-Elfenbein schmuggeln. Drüben in Wainright. Die kommen aus Nome. Vielleicht blasen sie mit den Bomben ihre Boote aus dem Wasser. Keine Schmuggler mehr, die Walrösser schlachten! Kawumm!!«

Chase gab ein Geräusch wie von einer Explosion von sich, und ein paar lose Blätter Papier wirbelten durch die Luft.

»Killt die Schmuggler!«, schrie Leo.

»Haut sie in Fetzen!«, rief Chase.

Dann ertönte eine dritte Stimme, die sie nicht kannten. Sie fragte leise: »Was macht ihr zwei denn hier oben?«

Sie gehörte zu einem großen Schwarzen im Air-Force-Overall. Er hatte kurze graue Haare und hielt sich sehr aufrecht. Die Frage klang streng, obwohl das Gesicht des Mannes freundlich wirkte, ebenso wie seine kupferfarbenen Augen, in denen sich das Licht fing. Der hell erleuchtete Raum des Rettungskommandos war in einzelne Abteile für die Piloten unterteilt, und seitlich schloss sich das Büro des Abteilungschefs an.

Im Moment waren die Piloten unterwegs. Ein paar waren einem Jäger zu Hilfe gekommen, der sich dreihundert Kilometer landeinwärts in einer Fischeransiedlung das Bein gebrochen hatte. Ein weiterer Flug beförderte einige Elektriker fünfhundert Kilometer weiter westlich nach Point Hope, wo der Generator eines Dorfs den Geist aufgegeben hatte.

Chases Onkel Dew, der das Rettungskommando leitete, hatte den Jungs erlaubt, im Büro zu bleiben und den Notfunk abzuhören. Falls jemand um Hilfe bat, etwa die schwangere Lady mit den »Komplikationen« aus Atqasuk, ein Fischer, dessen Motor auf dem offenen Meer kaputtgegangen war, oder vielleicht jemand mit akuter Blinddarmentzündung in einem Jagdcamp, sollten sie ihn auf seinem Handy anrufen. Er war zum AC Value Center gefahren, dem großen

Supermarkt, wo er an der Imbisstheke Brathähnchen, Cheeseburger mit Pommes und gebratenen Zwiebeln und einen Liter Mountain Dew Limonade für sie alle zum Abendessen besorgte.

Drew hatte ein Funkgerät in seinem Subaru Outback, doch wenn er einkaufen ging, und sei es nur für ein paar Minuten, war es ihm lieber, dass jemand im Büro den Funk abhörte, falls es einen Notfall gab.

Onkel Drew hatte Chase beigebracht, wie man den Apparat bediente. Chase hatte den Auftrag, jedem Anrufer zu sagen, er solle dranbleiben, bis er seinem Onkel Drew Bescheid gesagt hatte.

Das erzählten die Jungs auch dem Mann im Flieger-overall. Er glaubte ihnen, zuckte lächelnd die Achseln und sah über ihre Schultern durchs Fenster auf den Jet hinunter. »Hübscher Vogel, nicht wahr?«, bemerkte er.

»Klasse«, hauchte Chase ehrfürchtig.

»Er fliegt so schnell«, sagte Leo. »Wuuuuuusch!«

Die Jungen trugen leichte Jacken und T-Shirts – mit dem Logo der New York Giants im Fall von Chase und dem des Carlsbad Caverns Nationalparks bei Leo –, außerdem neue Jeans aus dem AV. Ihre Bananensattel-Fahrräder lehnten draußen an der Wand des Hangars, nicht weit entfernt vom Taxistand. Dort schnatterten die pakistanischen oder koreanischen Fahrer in ihren Pausen in ihrer unverständlichen Sprache vor sich hin und warteten bei Flugzeugankünften auf Touristen und Wissenschaftler, um sie in ihre Hotels oder zu den Forschungsstationen zu fahren.

Die Jungs hatten einen tollen Sommer verlebt, waren die ganze Nacht bei hellem Sonnenlicht herumgeradelt und zum Fischen und ins Jagdcamp ge-

gangen. Jetzt, da es Herbst wurde, freuten sie sich auf die Highschool-Footballspiele auf dem AstroTurf-Spielfeld am Strand und darauf, dass das Eis wiederkehrte. Auf die Schule, vor allem den Mathematikunterricht, waren sie weniger scharf.

Der Mann im Fliegeroverall fragte sie, ob es irgendwo Kaffee gäbe, und Chase deutete auf die große Krups-Maschine mit vierzehn Tassen neben dem Zenith-Fernseher, vor dem die Piloten sich sonntags Footballspiele im Kabel-TV anschauten. Der Mann goss sich einen Keramikbecher von dem Gebräu ein, rührte Kaffeesahne und Zucker darunter und ließ sich auf die Couch fallen. Er wirkt freundlich, aber auch angespannt, dachte Leo.

»Sind Sie die ganze Besatzung?«, fragte Leo.

»Ja.«

»Sie sind ganz allein da drin?«

»So ist es, mein Sohn.«

»Wo kommen Sie her?«

»Anchorage. Elmendorf.«

»Was für Bomben haben Sie geladen?«

Der Kopf des Mannes ruckte hoch, und einen Moment lang waren die Jungs erschrocken über seinen intensiven Blick. Erst dachte Chase, er wäre zornig. Doch dann sah er, dass die Frage den Mann um zehn Jahre hatte altern lassen. Furchen hatten sich um seinen Mund eingegraben, die zuvor nicht da gewesen waren. Seine Stirn legte sich in Sorgenfalten, und seine stolze, aufrechte Haltung wirkte auf einmal gebeugt wie die eines alten Mannes.

»Wer hat euch gesagt, dass ich Bomben dabeihabe?«

»Mein Onkel meint, sie sind in der Maschine. Er

sagt auch, dass die Flugzeuge der Navy Raketen haben, mit denen man Schiffe versenken kann.«

»Ja. Sie heißen Harpoons«, antwortete der Mann leise.

Das brachte die Jungen zum Kichern, denn »Harpoons«, also Harpunen, waren etwas, an dem ihre Väter, Onkel und die Ältesten in Garagen und Arbeitsschuppen und im Heritage Center den ganzen Winter lang arbeiteten, um sie dann bei der Frühlingsjagd auf Grönlandwale im Mai und später im Oktober bei der Herbstjagd einzusetzen. Die Jungen waren jetzt alt genug, um ihre Onkel in die Jagdcamps am Rand des Eises zu begleiten, wo sie kleinere Aufträge erledigen durften und nach Hause geschickt wurden, wenn sie nicht still waren. Sie sollten erlernen, wie die Männer auf das Auftauchen der großen Wale warteten, wie sie ihre Umiaks positionierten – offene, mit Robbenfell bespannte Boote –, um bereit zu sein, wenn die Grönlandwale kamen, während sie von ihren sommerlichen Futterplätzen in Kanada nach Westen zu ihren Winterquartieren zogen.

Der Mann schien den Grund für die Belustigung der Jungen zu verstehen. Er lächelte. »Ach so, ja«, sagte er. »Harpunen.«

Die Waljagd war noch aufregender als Kampfjets, doch Chase fragte den Mann im Fliegeroverall: »Werden Sie die schlechten Menschen mit Ihren Bomben in die Luft sprengen?«

Der Mann sah sie nur an und seufzte. Dann schaute er auf die Uhr. Er schien auf etwas zu warten. Auf »Befehle«, wie Chase später behaupten würde, wenn er seinen Freunden die Geschichte erzählte.

Der Mann im Fliegeroverall schüttelte den Kopf und sah traurig aus, der traurigste Mann, den sie je gesehen hatten. Er antwortete nicht. Er starrte ins Leere. Einen Augenblick lang fühlte sich Chase an die furchteinflößende Art erinnert, wie sein Cousin Elliot in der Nacht dreingeblickt hatte, in der er sich erschoss.

»Nein, Jungs. Ich werde keine schlechten Menschen in die Luft jagen«, antwortete er tonlos. »Ganz im Gegenteil.«

Kapitel 26

Clintons Fieber sank.

Ich stand neben seiner Liege und starrte hoffnungsvoll das Thermometer an. Es bestand kein Zweifel daran, dass es von den vierzig Grad vor zwei Stunden auf zwar immer noch gefährliche, aber viel bessere neununddreißig gesunken war. Seine Augen wirkten fokussierter. Die Lunge klang ein wenig freier. Er hustete immer noch gelben, klumpigen Schleim aus, doch der Schweiß lief ihm nicht mehr wie ein Sturzbach von der Stirn.

»Clinton?«

Seine Augen waren gerötet, erschöpft, aber entdeckte ich da nicht einen Funken Interesse darin, der zuvor gefehlt hatte?

»Gehen Sie nicht an Land«, bat er schwach.

»Wie fühlen Sie sich? Etwas besser?«

»Sie müssen sich von Barrow fernhalten.«

Ein Fieber steigt und fällt. Bei der neuen Entwicklung konnte es sich um eine vorübergehende Besserung handeln. Es hieß nicht, dass er wieder gesund wurde, und falls doch, musste es noch lange nicht mit unserer Behandlung zu tun haben. Es konnte sich um eine natürliche Resistenz handeln. Schließlich hatte sich bisher die Mehrzahl der Erkrankten wieder erholt. Doch Janice Cullen ergriff meinen Arm und zog mich aufgeregt weiter zum nächsten Feldbett in der Reihe, in dem der Brandschutztechniker der *Montana* lag, ein magerer Italo-Amerikaner aus Rhode Island. Er war als einer der Ersten krank geworden und hatte grau wie der Tod gewirkt. Auf dem handschriftlich gekritzelten Patientenblatt am Fußende der Liege stand, dass er dreißig Jahre alt war. Als ich das letzte Mal nach ihm gesehen hatte, hatte er eher wie siebzig gewirkt.

Jetzt entdeckte ich ein wenig Farbe in seinen Wangen. Seine Brust hob und senkte sich wieder regelmäßiger – er atmete immer noch stoßweise, jedoch weniger mühsam. Ich hoffte, dass es nicht nur ein zufälliges Zusammentreffen war.

»Allen in dieser Reihe geht es besser. Aber, hm, eben *nur den Patienten in dieser Reihe*. Niemandem sonst«, flüsterte Cullen.

Ich blinzelte verständnislos. »Könnten Sie das bitte wiederholen.«

Sie nickte. »Neunzehn insgesamt, und allen geht es besser. Ich begreife es auch nicht. Warum gerade in dieser Reihe?«

Ich schaute mich verblüfft in unserem improvisierten Krankenhaus mit seinen Reihen von Feldbetten um. Drei Reihen für die Kranken und der Rest in einer davon abgetrennten Sektion für die Personen, die unter Quarantäne standen – wir übrigen – und noch keine Symptome der Krankheit zeigten.

Clinton lag in der zweiten Reihe von außen. Er teilte sie sich mit ganz unterschiedlichen Patienten: einer zweiundzwanzigjährigen Unteroffizierin der *Monta-*

na, einem neunundzwanzig Jahre alten Elektroniker von der *Wilmington*, einem neunzehnjährigen Maschinisten von der *Montana*, einem zweiundvierzig Jahre alten Bootsmann von der *Wilmington*.

»Zufall?« Eddie runzelte die Stirn und beugte sich interessiert näher. Ich antwortete nicht in Worten, sondern mit einem ungläubigen Blick.

»Was dann?«

Der saubere und süße Geschmack der Hoffnung stieg in meiner Kehle auf und verdrängte die Galle der Verzweiflung. Doch natürlich kannte ich den alten Spruch: *Die Hoffnung stirbt zuletzt*. Also zwang ich mich, leidenschaftslos zu denken, sperrte die Hoffnung in einem Winkel meines Gehirns weg und versuchte, wie ein Wissenschaftler intellektuell zu analysieren, was ich da von der Schiffsärztin gehört hatte. Denn es ergab keinen Sinn. Noch nicht. Reihe zwei erholte sich, doch allen anderen ging es so schlecht wie zuvor.

»Nur zu, prüfen Sie es nach«, forderte Cullen mich auf.

Ich schritt zwischen der zweiten und dritten Reihe entlang und versuchte, meine Erregung im Zaum zu halten. Rechts von mir in Reihe drei zeigte ein Patient nach dem anderen weiter die verheerenden Folgen der Krankheit. Links jedoch, in Reihe zwei, kaum einen Meter weit entfernt, hatte sich bei jedem Einzelnen der heftige Herzschlag beruhigt, und das Fieber war gesunken. Die Patienten wirkten ansprechbarer und lebhafter, als spürten sie die Veränderung nicht nur in sich selbst, sondern als Kollektiv.

»Verflixt noch mal«, sagte Eddie.

Okay, was geht hier vor? Was ist die Ursache?

Ich ließ den Blick über die Wände gleiten, die Lüftungsschächte, die Medizinwägelchen, die große Schiebetür. Übermäßige Zuversicht kann tödlich sein, und es gab keinen Beweis dafür, dass das, was wir sahen, mehr war als eine vorübergehende, zufällige Besserung. »Eddie, was ist anders an den Personen in dieser Reihe? Sie bekamen dieselben Medikamente. Dasselbe zu essen. Sie liegen zwischen zwei anderen Reihen, also kann es nicht an Umgebungseinflüssen liegen. Dieselben Leute kümmern sich um sie.«

»Das Lüftungssystem?«

Wir hoben den Blick. Direkt über uns lag eine große Lüftungsöffnung. Doch die Luft daraus verteilte sich im ganzen Hangar.

»Nein.«

»Der Zeitpunkt ihrer Ankunft.«

»Eddie, fast alle kamen so ziemlich zum selben Zeitpunkt an.«

Ich fragte bei Janice Cullen nach, um sicherzugehen, dass Clintons Reihe dieselben Medikamente erhalten hatte wie die anderen Patienten, was sie bestätigte. Die gleichen Dosen Zanamivir und Xapaxin. Zwei Sprüheinheiten in jedes Nasenloch alle paar Stunden.

»Aber *irgendetwas* muss anders sein.«

Ich versuchte, den Kopf von vorgefassten Meinungen zu befreien. Leider weiß man nie, dass man eine hat, bis es zu spät ist. Ich ging zum Anfang der Reihen zurück und schritt noch einmal dazwischen hindurch, schaute aufmerksam hin und her zwischen den verfallenen, grauen Gesichtern auf der einen und den etwas wacheren auf der anderen Seite. Ich ließ den Blick über Decken, Parkas und improvisierte Nachttische gleiten. Eddie tat dasselbe und hoffte, irgendein Unterschied würde uns ins Auge springen.

»Hm!«, stieß er hervor.

Wir machten kehrt wie Wachposten auf Patrouille und schritten die Reihe in entgegengesetzter Richtung ab. Mein Magen revoltierte. Eine Nadel schien sich in mein rechtes Auge zu bohren. Ich ballte die Fäuste, während ich spürte, dass unser Feind eine unbekannte, verwundbare Stelle haben musste. Mein verletzter Knöchel war geschwollen und bandagiert und brannte wie Feuer. Ich fühlte das stetige Brummen der kraftvollen Maschinen des Eisbrechers und hoffte, dass wir möglichst bald die internationalen Gewässer verlassen und amerikanisches Gebiet erreichen würden.

In der Mitte der Reihe blieb ich stehen und konzentrierte mich auf die Ansammlung von Gegenständen auf einem der Kistennachttische: Tablettenröhrchen und Sprayfläschchen aus Plastik, Schmuck, Bücher.

»Sind Sie sicher, dass alle dieselben Medikamente erhielten, Lieutenant Cullen?«

»Ich habe sie ihnen persönlich verabreicht.«

»Und Sie sind auch ganz sicher, dass niemand etwas Besonderes mit den Personen in Reihe zwei anstellte, etwas, was anders war?«

»Nicht dass ich wüsste. Ich war so ziemlich die ganze Zeit hier, außer um gelegentlich zur Toilette zu gehen.«

Ich beugte mich über eine der Kisten, die als Eigentum der Küstenwache gekennzeichnet waren, ließ die Finger über eine Timex-Uhr gleiten, einen Plastikbecher voll Wasser, ein eselohriges Exemplar von *Fiesta*, das weiße Sprayfläschchen, das …

Ich erstarrte.

»Was ist?«, fragte Eddie.

Ich rief Janice zu uns, während ein vager Verdacht in mir aufkeimte und mein Puls sich beschleunigte. »Wer bekam die Medikamente, die wir mitgebracht haben? Und wer das chinesische Zeug?«

»Aber das ist doch dasselbe!«, protestierte sie. »Oder nicht?«

Ich schritt noch einmal die Reihe ab. Die erste Patientin darin war Alice Riehler, neunzehn Jahre alt, wie ich ihrem Blatt entnahm. Sie arbeitete in der Küche der *Wilmington*. Vor zwei Stunden noch 39,5 Fieber, jetzt nur noch 38,3. Schwarze lockige Haare, die sie zurückgebunden trug. Das Atmen fiel ihr wieder leichter. In ihren babyblauen Augen flackerte ein Funke der Hoffnung. Als ich sie das letzte Mal untersucht hatte, hatte sie an der Schwelle des Todes gestanden.

Auf Alices Kiste lagen eine pinkfarbene Lesebrille aus Plastik, ein Schlüsselring, eine Mikro-Taschenlampe, ein Armband mit winzigen Glücksbringern und ein kleines weißes Plastiksprühfläschchen.

Ich griff mit der behandschuhten Hand danach und las den Namen laut vor. »›Xapaxin‹. Und ›hergestellt in Shanghai‹.«

Ich griff nach dem benachbarten Nachttisch auf der anderen Seite des Durchgangs und nahm das Spray von dort. Die Flasche war ein wenig anders geformt, schlanker und weniger bauchig in der Mitte. Ich las das Etikett.

»›Xapaxin. Hergestellt von Pacific-North Pharma‹.«

Ich ging zum nächsten Zweierpaar von Feldbetten, las das Etikett auf der rechten Seite. »›Shanghai‹.« Aber das hatte ich bereits an der Form des Fläschchens gesehen.

»Und links: ›Pacific-North Pharma‹.«

»Aber was …«, begann Cullen und verstummte.

Wir teilten uns auf, gingen von Liege zu Liege und lasen die Etiketten.

Cullen hatte Reihe zwei und sagte: »China … China … China …«

Eddie in der ersten Reihe: »PN Pharma … PN … PN. Aber, Uno, das verstehe ich nicht. Es wird an zwei verschiedenen Orten hergestellt, aber es ist doch beides Xapaxin, derselbe Inhalt.«

Und ich sagte, während ich die zwei Fläschchen nebeneinanderhielt, ein schlankes von Pacific-North und ein gewölbteres aus dem Vorrat, den Zhou gespendet hatte: »Das Einzige, was wir wirklich wissen, Eddie, ist, dass auf den Etiketten dasselbe *draufsteht*.«

* * *

»Es ist nicht dasselbe«, sagte ich dreißig Minuten später.

»Nicht einmal annähernd«, flüsterte Eddie.

Wir saßen im Labor eine Etage höher am Elektronenmikroskop und verglichen die beiden Medikamente in zwanzigtausendfacher Vergrößerung auf den Bildschirmen. Sie waren wie Tag und Nacht. Yin und Yang. *Xapaxin*, oder zumindest die in den USA hergestellte Variante, war ein aquamarinblaues, kristallines Konglomerat, ein schimmerndes Juwel aus leuchtenden Oberflächen, Molekülgruppen, die den internen Elektronenstrahl des Mikroskops absorbierten und ablenkten.

Die Sorte *Xapaxin*-Moleküle, die Zhou gestiftet hatte, präsentierte sich als rostfarbene Ballungen von traubenartigen Ovalen, dicker in der Mitte, schmaler und ausgebaucht am oberen Ende.

Eddie und ich lehnten uns zurück. Mir schlug das Herz bis zum Hals – heftig, aber gleichmäßig. Ich fühlte eine Mischung aus Hoffnung, Erregung und Verständnislosigkeit.

»Wie ist das möglich?«

»Was glaubst du denn?«

»Wenn es ein Gegenmittel ist«, sagte ich zu Eddie, »wie sind sie dazu gekommen? Wie können sie überhaupt ein Mittel gegen diese gottverdammte Grippe von 1918 haben? Kannst du mir das erklären?«

»Und außerdem«, dachte Eddie laut nach, »woher wussten sie, dass sie es mitbringen mussten? Woher wussten sie noch vor uns, dass wir es mit der *Spanischen Grippe* zu tun hatten?«

»Es sei denn, sie wären diejenigen mit der Biowaffe«, erwiderte ich. »Und sie hätten sie irgendwie auf dem U-Boot freigesetzt.«

»Warum hätten sie uns dann das Gegenmittel geben sollen?«

»Vielleicht war es ein Versehen. Vielleicht wurde die Waffe ohne Befehl eingesetzt. Und jetzt müssen sie die Seuche aufhalten, ohne zuzugeben, dass sie sie selbst ausgelöst haben. Sie haben sich in den Schlamassel geritten und Zhou geschickt, um das

Problem aus der Welt zu schaffen, bevor die Wahrheit herauskommt«, vermutete Eddie. »Herrgott, das wäre ein kriegerischer Akt, Nummer Eins.«

Ich dachte an unser erstes Aufeinandertreffen mit Zhou zurück, bei dem der chinesische Offizier gedroht hatte, die *Montana* in die Luft zu sprengen, und Soldaten ausgesandt hatte, um sie zu stürmen. War es möglich, dass die ganze Episode – erst der Enterversuch und dann, als militärische Mittel nichts gefruchtet hatten, die Lieferung von Medikamenten – nur eine Art von Vertuschungsversuch gewesen war, um einen schrecklichen Fehler zu korrigieren, den jemand auf chinesischer Seite begangen hatte?

»Nein«, entschied ich. »Das würde nicht erklären, warum die Krankheit ausbrach, nachdem die *Montana* zwei hundert Jahre alte Leichen an Bord genommen hatte. Und schon gar nicht die Verbindung zu einem alten Stummfilm.«

»Hast du vielleicht eine bessere Erklärung?«, wollte Eddie wissen.

»Nein.«

»Oder eine schlechtere?«

»Nein«, entgegnete ich hilflos.

»Okay, während wir versuchen, *irgendeine* Erklärung zu finden«, meinte Eddie, »sollten wir besser dem Direktor mitteilen, dass wir ein Gegenmittel besitzen. Ich meine, wenn es den Leuten davon besser geht … mein Gott! Ein echtes Heilmittel!«

»Und ich werde Zhou fragen, was zum Teufel das alles soll.«

* * *

Ich rief auf der Brücke an, um DeBlieu mein Kommen anzukündigen. Nur von dort aus konnte ich den Langstreckenfunk verwenden, vorausgesetzt, sie hatten das Gerät inzwischen repariert. Als ich auf der Brücke eintraf, wich die Gruppe von Offizieren, die an der Steuerkonsole und am Kartentisch stand – eine kleinere Gruppe als üblich, ausgedünnt durch krankheitsbedingte Ausfälle –, wie ein Mann zurück, obwohl ich einen Schutzanzug trug. Ich hatte die Sichtplatte durch eine Gesichtsmaske ersetzt, um mich besser unterhalten zu können.

Beim ersten Blick aus dem Fenster blieb ich wie angewurzelt stehen. Ich hatte den Himmel seit vielen Stunden nicht mehr gesehen, und er hatte sich völlig verändert. Es wirkte wie eine schizophrene Darstellung zweier gänzlich unterschiedlicher Wettersysteme. Im Nordosten verwandelte die großartige Nordlichtshow den Himmel in ein Kunstwerk. Vor einem Hintergrund aus leuchtendem, tiefem Kobaltblau wanden sich pulsierende Lichtschlangen in einem strahlenden Grün, formten sich zu phantastischen, sich wandelnden Figuren – ineinander verschlungenen Pythons, wirbelnden, geisterhaften Kreiseln –, während ein solider Bogen aus Licht wie festgewachsen parallel zur Erdkrümmung verlief.

Aber wenn ich nach links blickte, sah ich die bedrohliche Masse des nächsten Sturmsystems in dickem, undurchdringlichem Grau herannahen. Es konnte nur noch Minuten dauern, bis die Wolkenwand sich drohend und finster zwischen die Nordlichter und das Schiff schob und dem herrlichen Schauspiel ein Ende bereitete.

Ich drehte mich um und sah nach hinten. In einem knappen Kilometer Entfernung folgte uns das U-Boot immer noch mit gleicher Geschwindigkeit.

DeBlieus Crew hielt Flaschen mit einem starken Desinfektionsmittel bereit. Sobald ich weg war, würden sie hastig alles abschrubben, was ich berührt hatte oder in dessen Nähe ich gekommen war. Der Captain zeigte mir, wie ich das HF-Funkgerät bedienen musste, und fragte die Crew, die im Funkraum arbeitete, ob sie bereit sei für einen Test.

»Aber selbst wenn wir das Ding in Gang bekommen haben, könnten Sie wegen der Lichtshow da oben Probleme bekommen«, sagte DeBlieu.

Als ich einschaltete, drang ein Strom von elektronischem Krächzen und Kreischen heraus. Nichts … nichts …

Dann verstummte das ganze Ding plötzlich wieder.

Funken war unmöglich.

Ich ließ mir ein Handgerät geben und rief das U-Boot. Während DeBlieu und die Brückenmannschaft wie erstarrt lauschten, sagte ich den Chinesen die Wahrheit – nämlich dass ihre Medikamente wirkten. Ich fügte hinzu, wir wüssten, dass ihr Wirkstoff sich von unserem unterschied und dass wir unter dem Elektronenmikroskop die Medikamente verglichen hatten. Die chemischen Unterschiede seien so gewaltig, dass es sich nicht um eine kleinere Variation handeln könne. Ich dankte Zhou, fragte aber auch: »Wollen Sie mir nicht verraten, was sich in diesen Fläschchen befindet? Wir brauchen mehr davon. Wir müssen wissen, was es ist.«

Das Rauschen wurde so stark, dass ich einen

Augenblick lang fürchtete, ich hätte ihn verloren. Die grauen Wolken hingen inzwischen bedrohlich tief und schlossen die Lücke zu uns rasch. Die statischen Störungen waren so stark, dass zwei von DeBlieus Mannschaftsmitgliedern sich die Ohren zuhielten.

Doch dann drang seine Stimme durch.

»Colonel, das sind hervorragende Neuigkeiten. Ich bin beauftragt, Ihnen unsere Freude darüber auszudrücken, dass gerade in China hergestellte Medikamente Ihnen in dieser Zeit der Not helfen konnten.« Er hatte die Frage nicht beantwortet.

»Aber was *ist* das für ein Wirkstoff, den Sie uns gegeben haben?«, hakte ich nach.

»Ich bin außerdem dahingehend instruiert worden, Sie zu informieren, dass Vertreter der Volksrepublik China sehr erfreut wären, mit Ihrer Regierung Möglichkeiten für weiterreichende Hilfslieferungen auszuarbeiten. Diese Gespräche werden auf höchster Ebene stattfinden, damit schnell gehandelt werden kann!«

Ich hatte das Gefühl, dass er von einem Text ablas, der nichts mit meinen Fragen zu tun hatte. Dass er sie zwar hervorragend verstand, aber keinesfalls wirklich beantworten würde. Es war zum Verrücktwerden. Der Mann hatte Englisch studiert, doch er schien nur in Rätseln zu sprechen. Also erkundigte ich mich direkt nach dem Grund für Zhous verändertes Verhalten, das Umschalten vom Aggressor zum Helfer. Das statische Rauschen verstärkte sich, doch schließlich drang die Stimme mit dem britischen Akzent wieder durch – wenn ich nicht gewusst hätte, dass es sich um einen Chinesen handelte, hätte ich ihn mir mit einer Melone auf dem Kopf vorgestellt.

»Ich wurde angewiesen, Sie im Falle dieser Frage davon in Kenntnis zu setzen, dass der Leiter der Operation inzwischen ausgetauscht wurde. Der Offizier, der zuvor das Kommando hatte, wurde vorübergehend zu einer anderen Aufgabe abgestellt.«

Ich sah zu, wie die dunklen Wolken über uns das Lichterschauspiel nach und nach verschlangen. Bald bedeckten sie die Hälfte, dann siebzig und schließlich neunzig Prozent des Himmels. Das flackernde Neongrün verschwand, als hätte es nie existiert.

»Sie werden mir überhaupt nichts von Bedeutung mitteilen, nicht wahr? Sie werden überhaupt nicht antworten?«, fragte ich.

Stille.

»Können Sie uns helfen, Washington zu erreichen?«, fragte ich weiter, während mir ein neuer Gedanke durch den Kopf schoss. »Mich dorthin durchstellen?«

Doch die Verbindung blieb stumm. Ich fluchte.

* * *

Dann waren die Chinesen plötzlich wieder da.

»Ich habe Anweisung, Colonel«, fuhr die Stimme in diesem aufreizend förmlichen Tonfall fort, »Sie darüber zu informieren, dass wir nun den Kontakt abbrechen und auf Tauchstation gehen werden, Sir. Wir möchten Ihnen noch alles Gute wünschen, bevor Ihr Kampfflugzeug eintrifft.«

»Kampfflugzeug?« Ein scharfer Stachel bohrte sich in meinen Magen. »Welches Kampfflugzeug?« *War das etwa eine Warnung? Von Zhou?*, dachte ich.

»Colonel, angesichts der jüngsten Missverständnisse zwischen unseren Ländern im Südchinesischen Meer möchten wir vermeiden, dass unsere Anwesenheit als aggressiver Akt missdeutet werden könnte. Wir wünschen Ihnen dauerhaften Erfolg bei der Bekämpfung der Seuche. Man hat mich instruiert, Ihnen Lebewohl zu sagen und Ihnen viel Glück zu wünschen. Insbesondere jetzt, da die Wolkendecke so dicht ist, dass die Satelliten nicht sehen können, was aus Ihnen geworden ist. Wir hoffen sehr, dass Sie eventuelle Unfälle vermeiden können.«

Als Zeichen, dass das Gespräch beendet war, klickte er gegen das Mikrophon. Er antwortete nicht, als ich den Kontakt wiederherzustellen versuchte. Ich trat aufs Deck hinaus und sah hinter dem Heck mit der Hubschrauberlandeplattform und den Winschen, wie das U-Boot zurückfiel und tiefer unter Wasser glitt. Dann leuchteten vor dem Bug phosphoreszierende Mikroorganismen auf. Zhous Unterseeboot begann abzutauchen.

Captain DeBlieu hatte auf der Brücke die gesamte Unterhaltung mit angehört.

»Was war das für eine Geschichte mit einem Kampfflugzeug?«, fragte er. »Und was soll das mit den eventuellen Unfällen heißen? Und warum zum Henker wissen die Kerle ständig mehr als wir? Wir brauchen Hubschrauber, Vorräte. *Ein Kampfflugzeug? Unfälle?*«

»Wie weit sind wir noch vom Festland entfernt, Captain?«

»Mehr oder weniger achtzig Meilen. Aber ich verstehe das nicht. Wie kommt es, dass man uns noch keinen Hubschrauber geschickt hat?«

»Kann ich Barrow mit dem Handfunkgerät erreichen?«

Ich versuchte es. Natürlich meldete sich niemand. Wir brauchten ein Wunder. Das gottverdammte Gerät hatte ja nur eine Reichweite von ein paar Kilometern.

»Vielleicht haben wir Glück und können den Funkraum rechtzeitig reparieren. Ja, vielleicht«, sagte DeBlieu immer noch ungläubig.

»Wie schnell sind Ihre Schlauchboote?«, wollte ich wissen.

»Bei Höchstgeschwindigkeit sechsundzwanzig, achtundzwanzig Knoten.«

»Also beinahe doppelt so schnell wie das Schiff. Mit welchen Funkgeräten sind sie ausgerüstet?«

»Standard. Auf Sichtweite. Man muss den Ort sehen können, den man erreichen will. An guten Tagen bis zu zehn Kilometer.«

»Dann muss ich in Ufernähe sein, um sie benutzen zu können?«

»Wenn Sie überhaupt so weit kommen. Weiter südlich könnte das Meer noch eisbedeckt sein. Das Eis verschiebt sich in großen Schollen. Und Sie kennen die Wetterbedingungen nicht. Sie ändern sich ständig. Hören Sie, Colonel, das sind offene Boote, die für die Arbeit in der Nähe des Schiffs geeignet sind, aber nicht für Langstrecken. Jedenfalls nicht hier oben im Norden. Wenn Sie Wellengang oder Dünung bekommen, könnten Sie von einer Sekunde auf die andere auf den Rücken geworfen werden. Und es wird dunkel. Falls Sie mit beinahe dreißig Knoten auf eine Eisscholle auflaufen …«

»Lassen Sie ein Schlauchboot zu Wasser, Captain. Ich muss nach Barrow.«

DeBlieu war bleich geworden, und es lag nicht an der Seuche. Er trat näher. Er wollte nicht, dass die anderen uns hören konnten.

»Wollen Sie damit sagen, dass unsere eigenen Leute ein Flugzeug schicken, um uns zu versenken?«

»Geben Sie mir einen Steuermann, der sich mit dem Boot auskennt. Den besten, den Sie haben. Setzen Sie jemanden ans Funkgerät, egal, ob Sie glauben, dass ihn jemand hören kann, und schreien Sie so laut Sie können hinein, um das statische Rauschen zu übertönen. *Wir haben ein Gegenmittel.* Senden Sie, senden Sie es immer weiter, bis Sie heiser werden, bleiben Sie dabei, während Ihre Jungs versuchen, die Kabel zu flicken, so dass Sie zumindest vorübergehend eine Verbindung herstellen können. Und wenn der eine nicht mehr kann, lassen Sie ihn von jemandem ablösen, der noch lauter schreit.«

Ich wandte mich zum Gehen, um meine Sachen zu holen, drehte mich aber noch einmal um.

»Und ich rate Ihnen, *auf der Stelle* die Richtung zu wechseln und auf den letzten Ort zuzufahren, an dem man Sie erwarten würde. Schalten Sie alle Lichter aus! Sofort! Laufen Sie in völliger Dunkelheit. Kein Radar. Kein Sonar. Suchen Sie dieses Whiteout, an dem wir vorbeigekommen sind, und bleiben Sie drin. Verschaffen Sie sich jede zusätzliche Sekunde, die Sie gewinnen können. Vielleicht ist es bei den elektrischen Störungen da oben gar nicht so einfach, Sie zu orten. Und jetzt lassen Sie bitte ein Schlauchboot zu Wasser.«

Kapitel 27

Mein Steuermann war ein Oberbootsmann namens John Kukulka, ein großer, bärenstarker Kerl aus Ridgefield in Connecticut. Er sah aus wie ein Rugbyspieler – rötliche Gesichtsfarbe, die Schultern eines Fullback, lockige Haare und jungenhafte Wangen. Er war ein gut gelaunter Mensch, und während wir im Schlauchboot saßen und an der Steuerbordseite der *Wilmington* heruntergelassen wurden, fragte er: »Schon mal in Coney Island gewesen, Colonel?«

»Einmal, als Kind.«

»Mögen Sie Achterbahn?«

»Wieso?«

Selbst im Dunkeln sah ich seine Zähne weiß wie Schnee aufleuchten. Wir trugen Sturzhelme über unseren Balaklavas, Thermounterwäsche und wasserdichte Mustang-Overalls gegen die Kälte, die bei dreißig Knoten Geschwindigkeit noch beißender sein würde. Wasserdichte Außenhaut. Wasserdichte Stiefel. Der Himmel hatte sich zugezogen.

Das Nordlicht beschränkte sich mittlerweile auf gelegentliche, gewaltige Ausbrüche innerhalb der dichten Wolken. Das Schiff war für die Satelliten unsichtbar. Ohne Zhou würde es keine Zeugen geben, was immer auch geplant sein mochte.

Jetzt war *ich* einer der Marines in diesem Lastwagen in Afghanistan, die versuchten, das US-Militärlager zu erreichen, und derjenige, der ein Kampfflugzeug gegen uns ausgesandt hatte, war in meine Rolle geschlüpft. Irgendein Soldat auf dem Territorium der Vereinigten Staaten.

»Coney Island«, wiederholte John Kukulka, während das Schlauchboot in der leichten Dünung schwankte und er den Anlasserknopf betätigte. »Die Achterbahnen haben mir immer am besten gefallen. Cyclone, Tilt-a-Whirl. Und die Python. Mann, *die* war gut.«

»Und warum erzählen Sie mir das, Kukulka?«

Er grinste unter seinem Helm. *»Weil es jetzt losgeht!«*

Das kalte Spritzwasser traf mich wie ein Schock im Gesicht. Das Boot schien sich einzuwühlen, und der Bug hob sich leicht, doch nicht so sehr, dass John Kukulka – am Steuerstand in der Nähe des Hecks – mit seiner Nachtsichtbrille nicht alles hätte sehen können, was vor uns lag. Der Motor klang brutal. Das Schiff blieb hinter uns zurück und wurde von einem gewaltigen tankerartigen Umriss zu einer dunklen Fläche, in der ein paar Lichter leuchteten, bis auch diese plötzlich in der Ferne erloschen.

Etwas Hartes und Eckiges huschte in Augenhöhe an Backbord vorbei. »Eisblock«, rief Kukulka. »Hab ihn gar nicht bemerkt.«

Jetzt wusste ich, warum er nach Coney Island gefragt hatte. Das kleine Boot schlingerte und hüpfte, drehte sich seitwärts und richtete sich wieder auf. Eiskaltes Sprühwasser kam aus drei Richtungen zugleich. Unser Scheinwerfer durchstieß unstet die Dunkelheit, und ein wenig Licht wurde irgendwie auf unsere Gesichter zurückgeworfen. Der Himmel schien sich tiefer zu senken und zu versuchen, uns zu zerquetschen. Ich dachte: *Kampfflugzeug? Was für eines?* Eine Hercules, um eine Brandbombe abzuwerfen, die per Fallschirm herabschwebte? Ein Apache-Hubschrauber mit Raketen, die das Schiff versenken konnten? Ein Navy-Jet, der Harpoon-Lenkflugkörper aus dreißig Kilometer Entfernung abschoss und elektronisch ins Ziel lenkte?

Radar, dachte ich. *Trotz der dichten Wolkendecke kann ein Kampfflugzeug das Schiff auf dem Radar klar und deutlich sehen.*

»He, Kukulka!«

»Was ist, Sir?«

»Sind Sie verheiratet?«

»Ja. Sie heißt Lizzie.«

»Kinder?«

»Ian. Er ist acht.«

»Erzählen Sie mir von Ian.«

»Er hat bald Geburtstag«, rief die fröhliche Stimme zurück.

»Haben Sie schon ein Geschenk für ihn, Bootsmann?«

»Ja, Colonel«, schrie der große Mann. Die Fröhlichkeit war verschwunden, und an ihre Stelle trat etwas Härteres und Entschlosseneres. »Ich schenke ihm eine intakte Familie. Von mir kriegt er eine Mom, die keine Witwe ist. Und einen Dad, der ihm hilft, die Kerzen auf Lizzies Bananenkuchen auszublasen. Ich bringe Sie hin, wo immer Sie hinmüssen, damit Sie jemanden an dieses Scheiß-Funkgerät bekommen, wenn Sie mir den Ausdruck verzeihen wollen, Sir.«

Im selben Moment stießen wir mit etwas zusammen. Wer weiß, was es war, eine Welle, Eis, ein Baumstamm. Wir wurden wieder in die Luft geschleudert, schlingerten und begannen zu kippen. Kukulka flog gegen die Steuersäule und prallte zurück. Seine Arme klappten über das Steuerrad. Sein Helm schlug noch einmal gegen das Gehäuse. Blut breitete sich um sein rechtes Auge aus. Mich hatte es aus dem Sitz gerissen. Unter mir sah ich das Wasser aus einem Sechzig-Grad-Winkel vorbeischäumen. Colonel Joe Rush hob ab. Colonel Rush und Steuermann John Kukulka waren nur noch zwei arktische Vögel, die durch die Nacht schwebten.

* * *

In Barrow überzogen Wolken den Himmel, und das Schauspiel der Nordlichter verschwand. Endlich kam der Befehl aus Washington. Der General erhob sich im Büro des Rettungskommandos am Flugplatz und verabschiedete sich von den beiden Eskimojungen. Sie hatten über Football gesprochen, eine angenehme Ablenkung. Es waren gute Kinder, neugierig und intelligent, und die Unterhaltung mit ihnen hatte ihm die ansonsten quälende Wartezeit verkürzt.

Der General machte sich mit seiner lammfellgefütterten Kappe und der Fleecehose auf den Weg nach unten. Die F22 erwartete ihn vor dem Hangar. Der Wind roch feucht. Im Flugzeug befanden sich die großen, kajakförmigen Bomben mit bereits montierten Flossen, bereit, gegen das Schiff gelenkt zu werden.

Durch ihr hohes Gewicht dauerte das Abheben länger als gewöhnlich. Als er in der Luft war, lenkte er die Raptor *nach Norden. Er trimmte sie aus. Die dunkle See raste unter ihm vorbei. Er blieb unterhalb der Wolkendecke, um besser sehen zu können. Er kannte die letzte Satellitenposition der* Wilmington, *doch sein Radar schien nicht ganz richtig zu funktionieren, möglicherweise wegen der Lichtspiele hoch oben in der Ionosphäre.*

Die Raptor *hatte eine Reichweite von fast dreitausend Kilometern und konnte bis zu doppelte Schallgeschwindigkeit erzielen. Doch heute flog er langsamer. Das Flugzeug hatte unter Einsatzbedingungen eine Reichweite von achthundert Kilometern, konnte am Zielort noch manövrieren, den Feind angreifen, die Bomben abwerfen und wieder zurückkehren. Es war ein Wunderwerk der Technik. Der General liebte die* Raptor. *Heute musste er nicht so weit fliegen, und das Ziel sollte unschwer per Radar auszumachen sein, unabhängig von den atmosphärischen Bedingungen, die den Satelliten und Sensoren so zusetzten. Sobald er das Ziel visuell identifiziert hatte – Washington wollte unbedingt vermeiden, aus Versehen etwa ein deutsches Kreuzfahrtschiff anzugreifen, das vom Kurs abgekommen war –, würde er seine beiden sechshundert Kilogramm schweren Bomben abwerfen.*

Der General kannte den Kurs, den die Wilmington *nehmen musste, und ihre Geschwindigkeit, bevor der Satellit den Kontakt verloren hatte. Dadurch sollte er in der Lage sein, das Schiff schnell zu lokalisieren, auch wenn er nicht direkt darauf zuflog.*

Er dachte daran, dass sie irgendwo hier oben

auch ein Tankflugzeug hatten, so dass er in der Luft nachtanken konnte, falls er mehr Zeit brauchte. Aber wenn alles glattging, rechnete er mit maximal dreißig Minuten Flugzeit. Danach würde er noch dreißig Minuten kreisen, während die Wilmington *brannte, sich überzeugen, dass das Schiff gesunken war, und anschließend nach Hause fliegen. Dann würde er seinen Abschied nehmen und sich betrinken.*

* * *

Das Schlauchboot wurde nach links geschleudert, richtete sich wieder auf und klatschte ins Wasser zurück, als die Schraube wieder fasste. Das Boot wurde herumgerissen. Ich hing noch einen Moment lang in der Luft und landete dann schwer mittendrin. Kukulka rollte mit dem Gesicht nach unten im Wasser, während eine weitere Welle sich vor uns auftürmte.

Ich kroch zum Steuer und schaffte es, den Kurs zu korrigieren. Wir kletterten höher und höher die Welle hinauf, während ich gegen den Druck auf das Steuerrad ankämpfte. Wir sausten über den Kamm und schlitterten auf der anderen Seite wieder nach unten. Im Wellental nahm ich Gas weg, kniete mich neben Kukulka und drehte ihn auf den Rücken, bevor ich ihm Helm und Balaklava abnahm. Sein Kopf war blutverschmiert, doch er atmete noch. Seine Augen wirkten glasig. Ich hörte ein rasselndes Geräusch in seiner Brust. Gebrochene Rippen.

»John? Hören Sie mich?«

Keine Antwort.

Ich konnte nichts für ihn tun, außer dafür zu sorgen, dass seine Atemwege frei waren. Ich nahm wieder das Steuer und fuhr weiter nach Süden. *War es überhaupt noch Süden, oder hatten wir gewendet?* Das Schlauchboot bockte unter mir wie ein wildes Tier. Die Wellen kamen von der Seite, und ich erinnerte mich daran, was Clinton über Schnee und Windlinien gesagt hatte. Ich fuhr jede Welle im selben Winkel an und hoffte, das würde bedeuten, dass wir noch in der gleichen Richtung wie zuvor unterwegs waren. Sterne waren keine zu sehen. Die Kompassnadel schwang nach rechts, dann wieder nach links. Flackernde Lichtausbrüche – Störungen in der tiefhängenden Wolkendecke – bedeckten den Himmel wie Pockennarben. Die Wolken schienen uns auf den Kopf fallen zu wollen.

Allmählich ließen die Turbulenzen nach. Der Motor stotterte, lief anschließend aber wieder rund. Als ich das nächste Mal hinsah, hatte Kukulka sich aufgesetzt. Dann legte er sich wieder hin, aber wenigstens mit dem Gesicht nach oben. Merkwürdig, woran man sich alles erinnert. Als Kind in Massachusetts hatte ich mir gerne sonntagnachts zusammen mit meinem Vater alte Schwarzweiß-Horrorfilme in unserem Fernseher mit Zimmerantenne angesehen. Besonders unheimlich war *Die unglaubliche Geschichte des Mister C* gewesen. Ausgerechnet jetzt musste ich wieder daran denken. Mister C war bei einem Ausflug mit dem Motorboot durch eine Nebelbank auf dem Meer gefahren. Ein paar Tage später begann er zu schrumpfen und Gewicht zu verlieren. Erst gefiel es ihm. Er war fit! Gesund! Doch er wurde immer kleiner und befürchtete, krank zu sein.

Nach einem Monat war er nur noch so groß wie

ein Zwerg, dann wie ein Sechsjähriger, ein Zweijähriger und schließlich so winzig, dass er in einem Puppenhaus leben musste. Doch er schrumpfte immer weiter, bis ihn schließlich niemand mehr mit bloßem Auge sehen konnte. Er war so winzig, dass er durch ein Fliegengitter aus dem Haus schlüpfen konnte, und dort starrte er ehrfürchtig zum Sternenhimmel empor und kam zu dem Schluss: Egal wie klein man ist, man ist immer Teil von etwas Größerem, etwas Großartigem.

Blödsinn. Ich hatte mich noch nie so klein gefühlt wie in diesem Schlauchboot, das durch die Dunkelheit schnellte. Die Zeit schien stillzustehen. Ich empfand nur noch ein schreckliches Gefühl der Hilflosigkeit, der Losgelöstheit.

Das Meer veränderte sich. Ohne Eis, das den Wellengang dämpfte, wurde die Dünung höher. Wir schossen jedes Mal eine Wand hinauf und schlitterten auf der anderen Seite schleudernd wieder herunter. Wie aus dem Nichts traf uns von der Seite ein Schwall Wasser, doch irgendwie gelang es mir, das Schlauchboot wieder unter Kontrolle zu bringen. Das eisige Sprühwasser durchnässte uns. Am Boden des Zodiac sah ich einen Fisch herumzappeln. Mit einer Hand griff ich nach ihm, während ich mit der anderen das Steuerrad festhielt. Ich bekam das zuckende, glitschige Geschöpf zu fassen und warf es ins Meer zurück. Irgendjemand sollte wenigstens überleben.

Ohne Sterne konnte ich mich nicht orientieren. Ich hätte in jede beliebige Richtung durch diese nasse Hölle fahren können, diese undurchdringliche, richtungslose Schwärze. Unsere Geschwindigkeit war nicht einzuschätzen. Wir fuhren das Tempo der Verzweiflung. Der Tachometer klemmte. Ich sah auf die Uhr. Waren wir wirklich beinahe dreißig Knoten schnell? Falls ja, und wenn wir achtzig Meilen vom Festland entfernt gewesen waren, als Kukulka Gas gab, dann mussten wir uns jetzt der Nordküste von Alaska nähern.

Ich versuchte es mit dem Funkgerät. Nichts.

Ich probierte es abermals. Das Gerät war klatschnass wie alles hier, doch DeBlieu hatte behauptet, es sei wasserdicht.

Dann hörte ich ein Grollen am Himmel. *Scheiße*, dachte ich. Ein Gewitter. Noch ein Sturm. Das Geräusch kam direkt von oben. Doch es schien sich zu bewegen. Das Donnern schwoll an, bis es ohrenbetäubend wurde und ich begriff, dass ich mich geirrt hatte. Es war ein Kampfjet, der über uns hinwegschoss und einen geisterhaften Kondensstreifen aus seinem gewaltigen Strahltriebwerk hinterließ.

Ich versuchte, den Piloten über Funk zu erreichen. Vielleicht funktionierte es ja auf dem Band für den Flugverkehr. Ich schrie in das Gerät, dass er das Schiff in Ruhe lassen solle, dass wir ein Gegenmittel entdeckt hätten, dass es den Kranken besser ginge, dass er sich mit Washington in Verbindung setzen und die Neuigkeiten übermitteln solle.

Ich hörte nur Kratzen und Rauschen. Hatte DeBlieu den Kurs geändert?

Ich hoffte es. Aber selbst dann hatte die *Wilmington* keine Chance, diesem Monster lange zu entkommen.

Unser Motor stotterte … verschluckte sich, wurde langsamer, lief aber weiter. Ich dachte wie ein Mantra: *Bitte, lieber Gott, lass ihn das Schiff verfehlen.*

Kukulka stöhnte und rollte sich auf die Seite, doch sein Gesicht blieb oberhalb des Wassers, das im Schlauchboot herumschwappte.

* * *

»Hier spricht Colonel Joe Rush vom Eisbrecher *Wilmington*. Kann mich jemand hören? ... Mayday! Hier spricht Colonel Joe Rush vom Eisbrecher *Wilmington!* Bitte antworten Sie, wenn Sie mich hören können! ... Dies ist ein Notfall. Falls Sie mich hören können: Ich höre Sie nicht. Bitte rufen Sie die folgende Telefonnummer in Washington an. Sagen Sie, dass Sie mit Colonel Rush gesprochen haben und dass *sie das Flugzeug zurückrufen sollen!*«

Keine Antwort.

Ich sprach meine Gedanken laut aus: »He, Clinton, sind Sie sicher, dass diese Geschichte mit den Richtungen stimmt?«

Oben war unten. Norden war Süden. Vielleicht hatte ich unter dem sternlosen Himmel vollständig gewendet und fuhr jetzt wieder Richtung Nordpol.

Kukulka stöhnte, setzte sich ein Stück weit auf und versuchte, mich auf sich aufmerksam zu machen. Sein Gesicht war blutüberströmt, allerdings klang seine Stimme recht kräftig. Ich hörte ihn trotz des Motorenlärms schreien.

»Was ist los, Bootsmann?«

»Wie weit müsste ein Schiff von uns entfernt sein, Colonel, dass wir die Explosion noch hören können?«

»Ich weiß nicht.«

»Wir würden es doch hören, richtig? Oder etwas sehen, ein Licht, ein Aufblitzen, irgendetwas?«

Ich fuhr weiter.

Direkt die Flanke der nächsten riesigen, sich aufbauenden Woge empor.

* * *

»Hier spricht Colonel Joe Rush vom Eisbrecher *Wilmington*. Hört mich jemand? … Hier spricht Colonel Joe Rush vom Eisbrecher *Wilmington*. Wenn Sie mich hören können, bitte rufen Sie die folgende Nummer an …«

Sinnlos, dachte ich.

Plötzlich änderte sich das Rauschen des Funkgeräts, ein ganzer Schwall drang heraus, der sich anhörte, als würde jemand reden.

»*Zzzzzzzzz … krrrrrk … zzzzzzz …* Chase!«

Es klang wie eine Frau. Oder ein Kind. Ich sagte: »Bitte wiederholen, bitte wiederholen. Ich kann Sie nicht verstehen. Hallo?«

»*Zzzz … zzzz …* mein Onkel Elmore … gesagt … *krrrk*.«

»Hier ist Colonel Joe Rush. Mit wem spreche ich?«

»Chase Itta! Im Büro des Rettungsdienstes. Mein Onkel sagt, ich soll … *krrrk*.«

Drei Minuten später hatte ich einen Erwachsenen am Apparat, teilte ihm mit, worum es ging, wen er anrufen sollte und dass ich vor dem Bug Lichter erkennen konnte, knapp über dem Horizont, flackernd, gelbe Straßenlampen, eine geschwungene Uferlinie … *Barrow*. Ich sagte ihm, wer wir waren.

Er verstand sofort, klickte sich weg, und die Minuten zogen sich in die Länge, während das Ufer näher kam. Ich hatte keine Ahnung, ob es ihm gelungen war, Washington zu erreichen. Es kam mir vor, als wäre es bereits Stunden her, dass uns die *Raptor* überflogen hatte.

Hoffentlich sind sie über Festnetz nach Washington durchgekommen. Hoffentlich können sie die F22 erreichen.

Er meldete sich wieder. Er war nervös. Er sagte, wir sollten auf See bleiben und keinesfalls an Land gehen. »Sie könnten nämlich ansteckend sein.«

»Ich habe einen Mann hier, der einen Arzt braucht«, erklärte ich.

»Sind Sie nicht selbst Arzt, Colonel Rush?«

* * *

Es begann zu regnen.

Regen in der Arktis. Es war vorbei. Es hatte nicht funktioniert. Der Kampfjet hatte das Schiff zerstört. Alle, die Kranken, die Gesunden, die Crew, die Marines.

Wir trieben vor dem Ufer dahin, kalt, durchnässt, gefangen in unserem eigenen Versagen. Ein paar hundert Meter weiter bewegten sich Autoscheinwerfer eine Straße entlang. Ich sah Telefonmasten, einen Müllaster, Lichter in der oberen Etage eines Bürogebäudes. Doch all das hätte genauso gut tausend Kilometer entfernt sein können.

Versagt.

Kukulka lehnte rücklings am Wulst des Schlauchboots. *Gehirnerschütterung*, dachte ich. Er trank viel Wasser. Schwach deutete er nach oben, und ich sah einen stecknadelkopfgroßen schwarzen Punkt am Himmel auftauchen. Doch diesmal kam er vom Meer her, nicht vom Land. Es war die *Raptor*. Sie flog direkt auf uns zu, dicht über dem Wasser, als würde ein Funkfeuer sie zu uns führen.

Kukulkas Lippen formten die Worte: »Oh, Scheiße.«

Das Ding wurde größer und größer, immer lauter, bis das Donnern wie eine Explosion über uns hinwegfegte. Dann wendete es und kam noch einmal zurück, niedriger diesmal, als wollte es einen Angriff auf uns fliegen. Es hatte das Schiff in die Luft gejagt. Es hatte Eddie und Karen getötet, DeBlieu und Pettit. Es hatte genau dasselbe getan wie ich in Afghanistan und über zweihundert Menschen auf den Meeresgrund geschickt. Washington hatte gewartet, bis die Wolkendecke dicht genug war, um den Eisbrecher zu verhüllen und seine Versenkung geheim zu halten. Und gleich würde die F22 mit Maschinengewehren oder Kanonen das Feuer auf uns eröffnen. Wir saßen wie auf einem Präsentierteller.

Die raubvogelartige Silhouette schien langsamer zu werden. Ihre Flügel breiteten sich aus, während sie über uns hinwegglitt. Dann sah ich, was der Pilot wollte. Er hatte die Luken geöffnet. In der Maschine hingen klobige, kajakartige Formen. Ich sah, wie Kukulka staunend das Gesicht nach oben wandte. Seine Lippen bewegten sich lautlos, während er die Bomben zählte, die der Pilot uns wie bei einer harmlosen Flugschau präsentierte.

»Eins … zwei … *Sir, Sir, er hat sie nicht bombardiert!*« Kukulkas Schultern begannen zu zucken.

Der große Mann weinte.

»Sie haben es geschafft«, sagte er.

Kapitel 28

Tagsüber war es heiß in New Mexico. Nachts fielen die Temperaturen in den Keller, aber im Vergleich zur Arktis blieb es immer noch lauschig warm. Die militärischen Wachposten hielten sich außerhalb des Zauns auf, und wir konnten lange Wanderungen über die Mesa unternehmen und trotzdem innerhalb des hundert Quadratkilometer großen Geländes des ehemaligen Air-Force-Stützpunkts bleiben, auf dem wir unter Quarantäne standen. Zwei elektrische Stacheldrahtzäune umgaben uns. Kameras waren entlang des ganzen Umkreises auf uns gerichtet. Der sechs Meter breite Streifen zwischen den beiden Zäunen war, wie man uns freundlich, aber streng mitgeteilt hatte, vermint.

Bitte bleiben Sie im Lager.

Als Erstes kamen die Ärzte, die – in ihren klobigen Schutzanzügen – eher aussahen wie Räumungsmannschaften nach einem Atomunfall.

Gleich nach unserem Eintreffen wurden sie per Hubschrauber eingeflogen und führten mit uns mehr Bluttests durch, als sie Astronauten hinter sich bringen müssen. Wir wurden geröntgt, in Computertomographen gesteckt und magnetresonanzgeprüft. Wir unterzogen uns Stresstests und Augenuntersuchungen. Wir verbrachten Stunden bei Psychologen, die – auf fünfzig verschiedene Arten – alles über unseren Seelenzustand auf dem Schiff wissen und feststellen wollten, ob wir unter posttraumatischem Stress litten.

Nachdem die Ärzte abgezogen waren, folgten die FBI-Ermittler. Sie benutzten speziell abgeschirmte Verhörzellen für die Befragungen. Wir saßen hinter dicken Glasscheiben, aber trotzdem trugen die Beamten noch Mundschutzmasken.

Wenn sie uns nicht gerade über Peter Del Grazo ausquetschten, fingen sie mit uns selbst an: Bankkonten, Drogenvergangenheit, Familiengeschichte, Vereinszugehörigkeiten, E-Mail-Freunde, frühere Jobs und politische Neigungen.

Mich fragten sie, wann genau ich mich entschieden hätte, das U-Boot *Montana* zu versenken. Bevor die Chinesen eintrafen? Oder danach? Sie wollten wissen, ob ich je in China gewesen sei oder dort Freunde hätte oder vom Studium her Chinesen kenne. Sie interessierten sich dafür, ob ich meinen Job für meine Scheidung verantwortlich machte. Sie fragten, ob ich wütend auf Major Pettit sei, weil er mit meiner Exfrau zusammenlebte, und ob diese Situation mein Urteilsvermögen getrübt hätte.

»Wie ich sehe, tragen Sie einen Ehering«, sagte ich zu dem Agenten, einem Mann namens Mulcahy. »Mit wem zieht *Ihre* Frau eigentlich zurzeit durch die Betten?«

»Die Frage war keineswegs persönlich gemeint, Sir.«

»Meine Antwort auch nicht, Sie Arschloch.«

Noch mehr Ermittler trafen ein – von der Homeland Security, der CIA, dem Nationalen Sicherheitsrat, dem Komitee für Terrorismus – und stellten all die Fragen, die sie wohl besser gefragt hätten, bevor sie jemanden an Bord dieses Schiffs ließen.

Nach jeder Sitzung stellte ich meinerseits ein paar Fragen, die wir Gefangenen nachts in den gemeinsamen Schlafräumen ausarbeiteten, während wir Listen von Kontakten in Washington anriefen und verschiedene Szenarien im Geiste durchspielten.

»Wie lange war Del Grazo schon für die Chinesen tätig?«, fragte ich beispielsweise.

»Das wissen wir nicht«, lautete die unvermeidliche Antwort.

»Wie wurde er rekrutiert?«

»Fragen Sie Ihre Vorgesetzten.«

»Was genau hat er für die Chinesen getan?«

»Diese Ermittlung leitet jemand anderes.«

»Wie sind die Chinesen an das Gegenmittel gelangt?«

»Da tappe ich ebenso im Dunkeln wie Sie.«

* * *

Während unserer täglichen, verschlüsselten Telekonferenzen gab sich der Direktor mitteilsamer.

»Del Grazo hat das gesamte Schiff mit Malware infiziert, Joe«, sagte er trocken. »Laptops. E-Mails. Kabinen. Alles ein gigantisches Lauschmikrophon für China. Sie haben unsere gesamte Forschung mitverfolgt. Sie wollten frühzeitig über unsere Pläne in der Arktis Bescheid wissen. Er war zufällig ihr Mann vor Ort, als der Brand auf der *Montana* ausbrach. Der Eisbrecher wurde übrigens dekontaminiert, und die Küstenwache reißt das ganze Kommunikationssystem heraus. Es ist ein ziemliches Durcheinander.«

»Warum hat er das getan, Sir?«

»Ach, anscheinend ging es um Geld.«

»Wie hat man ihn angeworben?«

»Da können wir nur raten, Joe. Er hat große Summen in den Kasinos von Seattle verspielt. Wie sich herausstellte, waren die Chinesen stille Teilhaber von einem davon. Sie suchten auf die Art nach erpressbaren Verlierern, die ihnen nützlich sein konnten. Del Grazo wettete auf Pferde, Football, Baseball. Einfach alles. Er hat bar eine Wohnung mit tollem Blick auf die Bucht gekauft. Barzahlung auch bei seinem Cadillac Escalade. Und in seinem Schließfach haben wir jede Menge Bargeld gefunden. Joe, es macht mich wütend. Wäre der Kerl nur ansatzweise überprüft worden, dann wäre das alles herausgekommen. Aber die Arktis ist von so niedriger Priorität, dass sich niemand die Mühe gemacht hat. Glauben Sie mir. Alles sehr peinlich.«

»Direktor, waren die Experten in den Archiven in der Lage, etwas Brauchbares auf den defekten Teilen des Films zu finden?«, fragte ich.

»Nein. Aber es war verdammt gut, dass Sie die Dose geöffnet und nicht auf mich gehört haben. Trotzdem, halten Sie sich nächstes Mal an Ihre Anweisungen.«

Dann stellte ich die entscheidende Frage: »Wie sind die Chinesen an das Gegenmittel gekommen?«

Er wirkte müde auf dem Bildschirm. »Die meisten Schweinegrippen nehmen ihren Ursprung in China. Ja, Jade Pharma ist eine Tochter von North Pacific, aber sie haben ihre eigene Forschungsabteilung. Eines ihrer experimentellen Medikamente funktionierte. Sie waren lediglich ihre Versuchskaninchen, Joe. Und die falsche Etikettierung? Ein Versehen, behaupten sie. Das soll öfter vorkommen, aber …« – er zuckte die Achseln – »… das ist eben China. Nichts ist so, wie es zu sein scheint. Wir können von Glück sagen, dass es gewirkt hat.«

Während ich darüber nachdachte, fügte er hinzu: »Können Sie mir einen Gefallen tun? Halten Sie Ihren Freund Andrew Sachs zurück. Seine Leute werden lästig. Es würde hier gut ankommen, wenn die Regierung sich ein bisschen zurückhält.«

»Lästig?«

»Sie stochern überall herum. Hören Sie, die Weltgesundheitsorganisation will diesen Vorfall als Paradebeispiel für die Freundschaft zwischen den Nationen hinstellen. Da wäre es unpassend, die Typen anzupinkeln, die einem geholfen haben. Zur Abwechslung gibt es mal einen positiven Schub, den sollten wir uns erhalten. Also kein Nachtreten, Joe. Wissen Sie, was ich meine?«

»Natürlich.«

In dieser Nacht bat ich Sachs, seine Anstrengungen zu verdoppeln. Ich wollte alles wissen, was seine Kontaktleute über Jade Pharmaceuticals herausfinden konnten, jene chinesische Tochterfirma von Pacific-North aus New York.

»Sagen Sie Ihren Leuten, ich hätte verlangt, Sie sollen mit der Fragerei aufhören.«

»Um Ihnen den Rücken freizuhalten, meinen Sie? Nun, Sie haben mir den Arsch gerettet.«

»Der Direktor soll glauben, dass ich auf seiner Seite stehe.«

* * *

Ich teilte mir im Offiziersquartier eine Suite mit Eddie, Andrew Sachs und DeBlieu. Nachts spielten wir Scrabble und hatten hundert Fernsehkanäle zur Auswahl, doch meistens beschäftigten wir uns damit, herauszufinden, was wirklich geschehen war. Zur Unterhaltung warfen sie uns Bücher aus der Luft ab. Wir hielten abwechselnd Vorträge. Wir wälzten hundert verschiedene Theorien, wie die Chinesen an das richtige Medikament gekommen sein konnten.

Clinton wohnte ein Stück den Gang entlang mit Pettit zusammen und beschwerte sich ständig, dass es im Lager viel zu heiß sei. Die Marines waren mit den Überlebenden der *Montana* und der *Wilmington* zusammengelegt worden. Karen Vleska teilte sich ein Zimmer mit Marietta Cristobel in der Unterkunft der weiblichen Offiziere.

* * *

Dann kamen die Journalisten, um – aus der Ferne – uns unter Quarantäne befindlichen Statisten zu interviewen. Vorher traktierte man uns zwei Stunden lang mit Warnungen, welche Folgen eine Verletzung der Schweigepflicht nach sich ziehen konnte. Außerdem erhielten wir eine Liste von akzeptablen Antworten auf die zu erwartenden Fragen.

In den Warnungen tauchten Begriffe wie »Leavenworth« – das Bundesgefängnis – und »lebenslänglich« auf.

Ich saß in meiner Kabine einer Reporterin der *New York Times* gegenüber und erzählte die vereinbarte Geschichte. Die *Montana* habe zwei nicht identifizierte, gefrorene Leichname aus dem Packeis an Bord genommen, höchstwahrscheinlich Ausländer, die dort seit 1918 gelegen haben mussten. Die Krankheit sei von den aufgetauten Leichen ausgegangen und nicht auf ein unbekanntes Virus zurückzuführen. Daher sei eine Bekämpfung möglich gewesen. Für die Öffentlichkeit bestünde keine Gefahr, weil keine anderen Übertragungswege existierten. Die *Montana* sei versenkt worden, um die Ausbreitung der Seuche zu verhindern. Alle Personen an Bord der Schiffe – der *Montana* und der *Wilmington* – hätten sich im Angesicht von Gefahr und Tod vorbildlich und heldenhaft verhalten.

Peter Del Grazo tauchte in der Liste der Opfer der Seuche auf. Von Spionen war keine Rede. Auch nicht von Stummfilmen.

Die Reporterin war eine attraktive Blondine Anfang dreißig, die während des Interviews ganz offen mit mir flirtete und von meiner Schlauchbootfahrt durch den Sturm fasziniert war. Mit übereinandergeschlagenen Beinen, engem Rock und heiserer Stimme fragte sie, den Stift gezückt: »Gibt es derzeit eine Frau in Ihrem Leben, Colonel?«

»Keinerlei Techtelmechtel, welcher Art auch immer.«

»Geschieden, soviel ich weiß.«

»Meine Ex und ich sind Freunde geblieben.«

»Ein attraktiver Mann wie Sie, und gar keine Freundin?«

»Nein, Ma'am.«

»Ich bin keine Ma'am. Ich bin Beth. Und hier ist meine Karte. Vielleicht komme ich ja einmal wegen einer Story nach Anchorage, dann könnten wir zusammen zu Abend essen«, sagte sie.

Du bist nicht diejenige, mit der ich gerne zu Abend essen möchte.

* * *

Die Arznei wirkte gleichzeitig präventiv und als Heilmittel. Das Protokoll verlangte eine sechstägige Behandlungsdauer und danach vier Wochen Quarantäne, sofern keine neuen Fälle auftauchten. Ein paar mutigere VIPs ließen sich einfliegen – der Gesundheitsminister, der Vizepräsident, ein paar Senatoren, die in Terrorismuskomitees saßen – und sorgten dafür, dass im Fernsehen übertragen wurde, wie sie »zu unseren arktischen Helden« sprachen.

An Thanksgiving wurde uns ein köstliches Mahl serviert. Truthahn mit Cranberrysauce und Kürbiskuchen, gestiftet vom Bundesstaat New Mexico. Der Discovery Channel brachte eine Sendung über »die Möglichkeit des Ausbruchs neuer Viren in der Arktis«.

Aus dem ganzen Land erreichten uns Geschenke, so viele, dass eine ganze Nissenhütte benötigt wurde, um den Schatz unterzubringen, darunter mehrere hundert Paar Socken, vier riesige Flachbildfernsehgeräte, eine Flugzeugladung von North Carolina Barbecue aus Wilmington, zweihundert Abonnements für den »Bier des Monats«-Club, Gutscheine für Abendessen in Restaurants in einunddreißig Staaten und ein eingeschmuggeltes Päckchen von Paramount Pictures mit dem Angebot eines Eine-Million-Dollar-Vertrags für die Filmrechte. Einfach unterschreiben und per E-Mail zurücksenden bitte.

* * *

Ganz zuletzt kamen die Familienangehörigen und »persönlichen Kontakte«. Es gab einen Treffpunkt außerhalb des Zauns, und bei schlechtem Wetter nutzten die Verwandten auch die Interviewkabinen und unterhielten sich über Mikrophon. Eddies Frau und Kinder besuchten mich. Meine Exfrau Nina ließ sich ebenfalls sehen, wenn ihre Besuchszeit mit Pettit vorbei war. Das überraschte mich. Es waren bittersüße Begegnungen, befrachtet mit einer Menge Erinnerungen, doch sie kam mir vor wie eine Gestalt aus einer lang vergessenen Vergangenheit. Ich wünschte ihr und Pettit alles Gute.

Unter den Besuchern befand sich auch Karen Vleskas Freund, der sich in einem fünfzig Kilometer entfernten Motel eingemietet hatte und täglich herfuhr. Da er als Anwalt für Electric Boat arbeitete, war er auch hier, um die Antwort der Firma vorzubereiten, falls Angehörige der Toten Klage erheben sollten. Man hatte uns versichert, dass das unwahrscheinlich sei, doch er blieb trotzdem. Er schien ein fürsorglicher, liebevoller Mann zu sein. Ich sah Karen oft begeistert aufbrechen, um mit ihm zu reden und lange Spaziergänge entlang des Zauns zu unternehmen, sie auf der Innenseite, er außen.

Ich redete mir ein, dass es ein Glück für sie war, ihn zu haben. Vermutlich hatte sie sowieso alle möglichen persönlichen Probleme, die man erst entdeckte, wenn man sie besser kannte. Und meine Gefühle für sie waren sicher durch die Gefahr geschürt worden. Im Alltag würde ich wahrscheinlich schnell das Interesse an ihr verlieren.

Ach, ich hasste es, dass ihr Freund da war.

Mittlerweile machte die Spanische Grippe auf der ganzen Welt Schlagzeilen. Die *Washington Post* brachte eine Serie, die den schrecklichen Ausbruch von 1918 nachvollzog. Die *New York Times* entsandte einen Wissenschaftsreporter zum Seuchenkontrollzentrum CDC, und FOX-TV schickte ein ganzes Fernsehteam zum North Slope in Alaska, als in Wainright ein möglicher Grippefall auftauchte. Er entpuppte sich als ungefährliche Variante.

Die Schlagzeile von Reuters lautete: Grippesaison naht – Befürchtungen wachsen weltweit.

Wir wurden jeden Tag gereizter, und selbst die konservativsten Mediziner vom Seuchenkontrollzentrum versahen ihre Berichte mit dem Wort »ansteckungsfrei«.

Endlich teilte man uns mit, dass wir in weiteren zwei Wochen nach ein paar zusätzlichen Untersuchungen nach Hause gehen könnten.

»Was werden Sie dann tun, Karen?«, fragte ich.

Der liebste Teil unseres Aufenthalts auf der Basis waren mir die Wanderungen, die wir gemeinsam unternahmen. Heute hatten wir uns die Mesa ausgesucht und marschierten unter einer hellen, kalten Sonne bei sechs Grad über einen aufgelassenen Schießstand. Um uns herum wucherten Büffelgras und Natterwurz und Opuntien. Es gab auch stachelige Cholla-Kakteen und ein paar Pappelreihen. Ein Falke ließ uns nicht aus den Augen.

»Carl möchte, dass wir Urlaub machen«, antwortete sie.

»Klingt toll. Und wo?«

»Mexiko. Ich glaube, er will mir einen Antrag machen.«

»Gratuliere.«

Sie drehte sich zu mir um und starrte mich an. In letzter Zeit schien sie sich über mich zu ärgern, aber wir waren alle ein wenig gereizt. Sie hatte sich vollständig erholt und war braungebrannt von unseren Wanderungen. Fit und agil sprang sie mit der Begeisterung einer Turnerin von Fels zu Fels, wenn wir eine Schlucht hinaufkletterten. Ihre herrlichen, langen silbernen Haare flatterten im Wind.

»Was ist mit Ihnen? Zurück nach Anchorage?«

»Zurück in die alte Tretmühle.«

»Es scheint Ihnen hier nicht ganz so sehr zu missfallen wie uns anderen.«

»Ich verberge es nur besser.« Dabei dachte ich: *Das liegt daran, dass du auch hier bist.*

»Eddie hat mir von Ihrer Exfrau und Major Pettit erzählt.«

»Eddie ist ungefähr so diskret wie der *National Enquirer*.«

»Er hat sich da etwas in den Kopf gesetzt, was Sie und mich angeht«, meinte sie und ließ sich auf einen flachen Felsen plumpsen.

»Was Sie nicht sagen. Eddie ist so ähnlich wie *Catch the Millionaire*, nur ohne die Geldprämie.«

Sie griff in den Rucksack und holte unser heutiges

Picknick heraus. Avocado und geräucherte Truthahnbrust auf Sesambrötchen, per Luftabwurf gestern Nacht von Uncle Sam geliefert. Wir hatten Apfelsaft in die Wasserflaschen gefüllt. Die Sonne fühlte sich gut an auf meinem Gesicht. In der Ferne sah ich eine Staubwolke näher kommen. Das musste einer der Jeeps sein. Chief Apparecio verbrachte seine Freizeit damit, den alten, vor sich hin rostenden Fuhrpark zu reparieren. Lastwagen. Jeeps. Generatoren. Ungefähr zwei Millionen an Steuergeldern, die hier bewusst zum Verrotten zurückgelassen worden waren.

»Eddie hat mir ein paar interessante Fotos gemailt«, sagte sie und reichte mir ihr iPhone. Ich fluchte innerlich und spürte, wie mir heiß wurde. Es gab einen Schnappschuss von mir, wie ich auf dem Eisbrecher am Rand ihres Feldbetts saß, während sie schlief. Auf einem anderen wischte ich ihr mit einem kühlen Waschlappen den Schweiß von der Stirn. Und dann war da diese Nahaufnahme von meinem Gesicht. Nur ein Idiot hätte übersehen können, dass in meinem Ausdruck mehr als nur berufliche Anteilnahme lag. Auf dem vierten Foto saß ich schlafend neben ihr auf einem Stuhl.

»So was machen Ärzte eben. Hey …«, erwiderte ich und folgte mit den Blicken dem näher kommenden Jeep. Ich war froh über die Ablenkung. »Das sind Eddie und Sachs. Sie winken.«

Sachs hatte seinen Feldstecher auf uns gerichtet und bedeutete Eddie, die Fahrtrichtung zu ändern. Die beiden Männer hatten sich rasch angefreundet. Der Jeep wirbelte eine dichte Staubwolke auf. Nur Minuten später hielt er am Ausgangspunkt unseres

Wanderpfads, und die zwei Männer sprangen heraus und machten sich an den steilen Aufstieg. Sachs war inzwischen braungebrannt und hatte Muskeln angesetzt. Eddie sah immer noch genauso aus wie zuvor. Er besaß die Konstitution eines Pferds und manchmal, so dachte ich ärgerlich, auch dessen Verstand. Sachs öffnete seinen Rucksack, noch bevor sie uns ganz erreicht hatten, und zerrte ein Bündel Papiere hervor, das er mir enthusiastisch entgegenstreckte.

»Sie hatten recht, Joe«, sagte er. »Mehr recht, als irgendjemand geglaubt hätte. Meine Leute wollten keine Wellen schlagen, aber ich habe darauf bestanden. Wie es angefangen hat, wissen Sie ja.« Er zückte ein Exemplar der Titelseite des heutigen *Wall Street Journal.* »Und wie es endet, können Sie hier nachlesen.«

Mir stockte der Atem, während ich das Material durchblätterte. Seite für Seite setzte sich das Gesamtbild zusammen. Jahreszahlen. Namen. Verbindungen. Transaktionen.

Ein schwindelerregender Zorn stieg in mir auf. Ich konnte nur noch denken: *Dafür? Dafür hast du es getan?*

Kapitel 29

Die uniformierten Wächter in der Lobby tasteten mich höflich, aber sorgfältig ab. Ein weiterer Posten scannte mich, als ich die zweite Gruppe von Aufzügen erreichte. Es war die, die im einundvierzigsten Stock des Wolkenkratzers begann und bis ganz nach oben fuhr. Ein dritter Mann wiederholte die Prozedur in der Vorstandsetage. Normale Sicherheitsvorkehrungen, meinte er. Er sah aus wie ein Exsoldat und besaß die höfliche Bestimmtheit und Körperkraft, die dazugehörten.

»Wir überprüfen alle Besucher. Es hat eine Bombendrohung gegeben«, entschuldigte er sich. Ich wusste, dass er log, und er wusste, dass ich es wusste. Er suchte nach Aufzeichnungsgeräten, nicht nach Sprengstoff. Das war mir egal.

Es war Anfang Dezember, drei Wochen nachdem sie uns endgültig aus der Quarantäne entlassen hatten. Die heutige Schlagzeile der *New York Times*, die auf dem Tisch des Wächters lag, lautete:

PRÄSIDENT AUTORISIERT
IMPFPROGRAMM GEGEN SPANISCHE
GRIPPE DREIHUNDERT MILLIONEN
DOSEN BENÖTIGT

GROSSBRITANNIEN, FRANKREICH & DEUTSCHLAND ERWÄGEN VERGLEICHBARE PROGRAMME

Die erste Seite des Wirtschaftsteils lugte ein Stück weit hervor. Darauf stand die Schlagzeile: »Pacific-North-Aktie schießt in den Himmel! Größter Tagesgewinn in der Börsengeschichte!«

Das neue Büro des Direktors war dreimal so groß wie sein altes Rattenloch im Nordwesten von Washington. Glas statt abgegriffenem Marmor, Blick aus dem achtzigsten Stock statt Kellerfenster. Schalldicht, von einem künstlerischen Berater ausgesuchte Gemälde, italienische Ledersessel. Eben die Vorteile eines Lebens in den oberen Etagen von New York. Ich erinnerte mich, einmal gelesen zu haben, dass manche Tiere im Urwald ihr ganzes Leben in den Baumwipfeln verbringen. Sie kamen einfach nie herunter. Sie lernten nie den Schmutz am Boden kennen. *Wie sehr diese Stadt doch einem tropischen Dschungel ähnelt*, dachte ich.

Der Direktor erhob sich hinter dem alten Walnussholz-Schreibtisch, den er aus Washington mitgebracht hatte – ein deplatziert wirkendes, sentimentales Erinnerungsstück. Er trug einen dunkelblauen Nadelstreifenanzug mit hellgrauen Streifen. Sein Hemd war weiß und frisch gebügelt, die Krawatte von Armani, und im Licht der Sonnenstrahlen, die schräg durch die raumhohen Fenster fielen, glänzten goldene Manschettenknöpfe. Der Himmel über der Großstadt war von einem verwaschenen Blau, ein schwacher Abklatsch von dem, an das ich mich aus der Arktis erinnerte. Unten ragten die kleineren Wolkenkratzer von Gotham City auf. Ihre Spitzen schienen wie die ganze Stadt nach Höherem zu gieren.

»Hübsches Büro, Sir«, sagte ich und sah hinunter auf die 57. Straße.

»Jedes Mal wenn ich herkomme, muss ich mich erst wieder daran gewöhnen, Joe.«

Die dreifach verglasten Fenster schirmten jedes unerwünschte Geräusch ab. Die New Yorker bewegten sich lautlos unter uns wie in einem Stummfilm vom Anfang des 20. Jahrhunderts. War einem der Blick nach draußen zu viel, gab es einen großen Flachbildfernseher, auf dem FOX lief, außerdem eine eingebaute Bar und mehrere farbenfrohe Gemälde. Die Fotos von der Frau des Direktors und seinen zwei kleinen Töchtern auf den Bermudas waren noch dieselben. Die Repräsentationswand mit VIP-Porträts zeigte den Direktor in früheren Tagen, mit mehr Haaren, dickerem Bauch und intellektuellerer Brille, zusammen mit dem Präsidenten, dem Nationalen Sicherheitsberater und bei einer Konferenz über Bioterrorismus in London.

»Ich wette, Sie können den Piloten im Cockpit zuzwinkern, wenn sie vorbeifliegen«, vermutete ich.

Er lachte leise. »Ach, es ist einfach nur mehr Platz, und ich muss mir überlegen, wie ich ihn ausfüllen soll. Sie heuern hier tatsächlich Leute an, die einem dabei helfen.«

Ich akzeptierte einen Tito-Wodka mit Eis. Das Glas war aus Kristall, die Eiszange aus Silber. Wir machten Small Talk, und als uns die Themen ausgingen, kam ich schließlich zur Sache: »Wissen Sie, was mir keine Ruhe lässt? Die Frage, wer den Chinesen gesagt hat, dass sie dieses U-Boot schicken sollen.«

Der Direktor zuckte die Achseln und nippte an seinem Single Malt auf Eis. Er hatte seine Sekretärin angewiesen, alle Anrufer abzuwimmeln. »Del Grazo, nehme ich an.«

»Nein, er wusste ja nur, dass wir nach Norden fuhren. Zhou wurde losgeschickt, bevor irgendjemand auf der *Wilmington* von der Krankheit erfahren hatte. Und dennoch hatte das U-Boot das Gegenmittel an Bord. Seltsam, nicht wahr?«

»Hm. Jetzt, wo Sie es sagen, finde ich es auch merkwürdig.«

Der eiskalte Wodka breitete sich samtig wärmend in meinem Magen aus. Ich griff in die Brusttasche und zog ein zusammengefaltetes Blatt Papier heraus. Die freundliche Miene des Direktors wurde neugierig.

»Alte Aufzeichnungen, Sir, von einer ehemaligen Arzneimittelfirma aus Kansas. Vielleicht haben Sie schon einmal davon gehört. E. E. Worth & Sons.«

Er hatte allerdings bereits davon gehört. Das leise Straffen seiner Schultern und das winzige Zögern, mit dem er das Glas zum Mund führte, bewiesen das. Es ist eigenartig, wie laut ein Schweigen klingen kann. Ich hörte die Eiswürfel in seinem Whisky knistern und knacken.

»Wie war noch gleich der Name, Joe?«

»Er lautet E. E. Worth. Eine kleine Firma, die 1887 gegründet wurde. Sie belieferte Fort Riley mit Medikamenten. Hatte einen Vertrag mit der Army – Pülverchen gegen Kopfschmerzen, Gurgelwasser, was eben so gebraucht wurde. Anscheinend hatte die Firma auch eine Forschungsabteilung, Sir.«

»Tatsächlich?«, erwiderte der Direktor mit interessierter Stimme.

»Ja, Sir! Jahrhundertwende. Erster Weltkrieg, der erste Rüstungswettlauf. Chemiewaffen, totaler Krieg! Die Franzosen fingen 1914 mit Tränengas an, dann folgten 1915 die Deutschen mit Chlorgas, und die Franzosen zogen mit Phosgen nach. 1917 kam Senfgas dazu. Aber auch an Biowaffen wurde gearbeitet, und E. E. Worth trug seinen Teil dazu bei.«

»Wie das?«

»Andy Sachs' Leute haben das herausgefunden. Worth besaß eine Forschungsfarm in der Nähe von Fort Riley in Kansas. Sie experimentierten mit Schafen, Schweinen, Pferden. Gase und Krankheiten, Sir. Die Bedingungen, unter denen sie herumprobierten, müssen höllisch primitiv gewesen sein. Niemand wusste damals ja, dass es so etwas wie Viren überhaupt gab. Keinerlei Sicherheitsmaßnahmen. Nur Mediziner und Amateurchemiker, die in schmutzigen Labors herumpfuschten. Und dann brach 1918 in Fort Riley plötzlich die Spanische Grippe aus. *Mitten in diesem Wettlauf nach neuartigen Waffen!*«

Der Direktor hob die Augenbrauen. »Wollen Sie damit sagen, es gäbe da eine Verbindung?«

»Ich rekapituliere nur Fakten. 1931 fusionierte Worth mit Ashcroft Drugs in Chicago. 1952 mit Chicago-Midland. 1964 mit Boyd & Sons. Und *die* wiederum wurden 1987 von Pacific-North übernommen. Worauf Pacific-North 2008 Jade Pharma als ihren asiatischen Arm für die Produktion von Generika aufkaufte. Womit wir bei der Gegenwart angelangt wären.«

»Joe, ich verstehe nicht, worauf Sie hinauswollen.«

»Wirklich nicht?«

Seine Augen lagen im Schatten. Seine Schultern blieben reglos.

Ich zog ein weiteres zusammengefaltetes Blatt hervor und spürte, wie sein Blick darauf ruhte, kühl, grau, distanziert.

»Was ich mir zunächst nicht zusammenreimen konnte … also, was wir uns alle nicht erklären konnten, war, warum die Aufzeichnungen bezüglich dieser alten Farm – Lieferanten, Reparaturrechnungen, Details der Projekte, an denen sie arbeiteten, einfach alles – aus den Archiven verschwunden war.«

»*Ts-ts.* Niemand hebt solche Unterlagen hundert Jahre lang auf.«

»Oh, aber die Archive in den anderen Forts schon, Sir.«

»Ein Versehen vermutlich. Schließlich herrschte Krieg.«

»Vielleicht.«

»Müssen wohl verlorengegangen sein.«

»O ja, definitiv. Verloren.« Ich nickte. »Aber warum?«

»Ich vermute, das werden Sie mir gleich erzählen.«

Als ich noch mehr Dokumente zutage förderte, rutschte er ein paar Zentimeter in seinem Sessel nach vorn. Ich hörte das Knarren. Tatsächlich schien es seinen Ursprung wohl eher in seinem Körper zu haben als im Sessel.

»Dies ist der Auszug einer Familiengeschichte, Sir.

Eines dieser privat hergestellten Druckwerke. Eine Familie will ihres Großvaters gedenken. Ein Manager will sich für seine Kinder verewigen. Oder so ähnlich. Dieses hier wurde vom Chef einer Softwarefirma in Sacramento in Auftrag gegeben, dem Ururenkel von E. E. Worth. Der Mann hatte einen Ghostwriter angeheuert, um seine Autobiographie zu schreiben. Man zahlt dem Autor fünfzigtausend Dollar, und dafür bekommt man sein ganz persönliches Buch. Doch diese Dinger werden trotzdem von der Library of Congress katalogisiert. Und dort habe ich das hier gefunden.«

Der Direktor sagte nichts.

Ich faltete die Seiten auf und las laut vor:

»Mein großes Vorbild war immer mein Ururgroßvater E. E. Worth, eine herausragende Figur in der Geschichte unserer Familie. Nach dem ersten Ausbruch der Spanischen Grippe in Fort Riley stürzte er sich unermüdlich in die Forschung, um ein Heilmittel dagegen zu entwickeln. Wie mein Vater mir erzählte, schien es fast so, als hätte sich E. E. selbst die Schuld am Ausbruch der Krankheit gegeben, nachdem sein Sohn Kyle im Kindesalter an der Grippe gestorben war. E. E. steckte alle Gewinne der Firma in die Suche nach dem Heilmittel. Noch lange Zeit nach dem Abklingen der Seuche verbrachte er ganze Nächte im Labor, überzeugt davon, dass die Krankheit eines Tages zurückkehren und die Menschheit dann ein Mittel dagegen brauchen würde.

Gegen Ende seines Lebens, als seine geistigen

Kräfte bereits nachließen, brach er oft in Tränen aus und erzählte den Ärzten, dass er die Spanische Grippe ausgelöst hätte. Er habe an Schweinen Experimente durchgeführt, die irgendwie aus dem Ruder liefen, worauf die Soldaten krank geworden seien ... aber er habe zu Gott gebetet, und Gott hätte ihm endlich vergeben und ihn ein Heilmittel entdecken lassen, das nun sicher in den Gefrierschränken der Firma ruhe.

Die Sorge über einen neuerlichen Ausbruch der Grippe verfolgte ihn sein Leben lang.

Es mag sein, dass er unter Demenz litt, doch mein Vater hämmerte mir immer ein, dass E. E. selbst in den Fängen des Vergessens noch von dem unermüdlichen Wunsch beseelt gewesen sei, der Menschheit zu helfen. Er war uns allen ein Vorbild. Sein rastloser Einsatz, um ein Heilmittel gegen diese lange ausgestorbene Seuche zu finden, vermittelte auch mir ein Gefühl für humanitäre Werte, was der Grund dafür ist, warum ...«

Ich blickte auf. »Und so weiter«, sagte ich.

Der Direktor entspannte sich, rückte seinen Sessel zurück und schlug die Beine übereinander. »Eine Familiengeschichte«, sagte er. »Unbestätigt? Ein alter Mann, der davon faselt, die Grippe erfunden zu haben? Ich bitte Sie. Sie sollten mal die Geschichten hören, die mir beim Dinner manchmal erzählt werden. Nach der fünften Wiederholung haben sie keinerlei Ähnlichkeit mehr mit der Wirklichkeit.«

Ich sagte nichts. Ich wartete nur.

Am Ende war es der Direktor, der das Schweigen brach. Er wirkte entspannter, als wäre die Gefahr jetzt vorüber. »Joe, denken Sie doch mal nach. Wenn jemand schon in den 1930er Jahren ein Heilmittel besessen hätte, glauben Sie nicht, er hätte es patentieren lassen und damit *Werbung* gemacht?«

»Warum denn? Patente haben nur eine begrenzte Laufzeit. Und er besaß ein Heilmittel für eine Krankheit, die nicht mehr existierte! Wenn er sich das Medikament in den 1930er Jahren hätte patentieren lassen, wäre das Risiko groß gewesen, dass es gar nicht mehr gültig war, wenn die Seuche wiederkehrte. Also hielt die Firma es unter Verschluss. Es schadete ja nichts, das Zeug in den Gefrierschrank zu stecken und zu warten, bis es gebraucht wurde. Sie haben selbst oft gesagt: *Alle Krankheiten kehren irgendwann einmal zurück.*«

»Ah, und das passt zu *Ihrer* Theorie, dass die abschmelzende Arktis alte Krankheiten freisetzen wird.«

»Nach den jüngsten Ereignissen ist das keine Theorie mehr.«

»Wenn ich also zusammenfassen darf«, sagte er und grinste jetzt, »wollen Sie damit andeuten, dass dieses angebliche *Heilmittel* achtzig Jahre lang in Firmenkühlschränken gelegen hätte und von einer Gesellschaft auf die andere übergegangen wäre, bevor es schließlich bei der Tochterfirma *dieser* Gesellschaft in China landete. Ich bitte Sie!«

»Sie mussten es geheim halten«, sagte ich und wedelte mit der Schlagzeile über das angekündigte Impfprogramm herum, »bis Sie wussten, dass es funktionierte. Deshalb haben *Sie selbst* den Chinesen gesagt – Ihren eigenen Leuten vor Ort –, sie sollten das Gegenmittel schicken. Vielleicht war damals ja schon klar, dass Sie später einen Sitz in der Firma erhalten würden. Vielleicht haben Sie auch erst darüber verhandelt, als Ihnen bewusst wurde, welche Chance sich bot. Aber Sie hatten Zugang zu den alten Aufzeichnungen. *Sie* wussten schon vor mir von dem Ausbruch. *Sie* hatten Zeit, den Anruf zu tätigen. *Sie* ließen die Chinesen das Zeug falsch etikettieren, um die Formel zu schützen, falls es nicht funktionierte. Hätte es nicht gewirkt, dann hätte niemand je davon erfahren. Sie hätten weiter abwarten können. Und anderenfalls konnten Sie das Medikament zu Geld machen.«

Er lachte laut und stand auf.

»Wenn die Geschichte nicht so viele Löcher hätte«, erwiderte er, »würde ich mich gekränkt fühlen. Aber sagen Sie mir eines, Joe. Wenn es zwischen New York und China eine so wunderbare Zusammenarbeit gegeben hätte, warum hätten die Chinesen Sie dann beinahe in die Luft gejagt, anstatt Ihnen einfach das Medikament auszuhändigen? Das hätte doch nicht in ihrem Interesse gelegen!«

»Das hat mich anfangs auch verwirrt. Aber dann wurde mir die Antwort klar. Jemand hatte einen Fehler gemacht. Chinesische Firmen sind mit amerikanischen nicht vergleichbar. Sie hatten vergessen, dass in China das Militär ganze Firmen *besitzt, vor allem* solche, die mit Medikamenten für das Militär handeln. Indem Sie die Firma informierten, machten Sie automatisch die chinesische Marine darauf aufmerksam, dass ein amerikanisches U-Boot führerlos im Eismeer trieb.«

»Also, das ist doch unglaublich!«

»Und die chinesischen Militärs«, fuhr ich fort, »wollten alles auf einmal. Die Torpedos der *Montana* für ihre Flotte. Und die Profite aus dem Medikament für sich selbst. Hier ist ein Foto, das Andrew Sachs' Leute von einer Vorstandssitzung von Jade aufgetrieben haben. Sehen Sie? Ein Admiral. Ein General. Schwer militarisiert, Sir. Ich vermute, dass die Chinesen Sie aufs Kreuz gelegt haben. Sie wollten beides haben, das U-Boot *und* die Profite. Vielleicht gab es ja interne Unstimmigkeiten deswegen. Und schließlich wurde der Admiral, von dem Zhou seine Instruktionen erhielt, nach dem Gefecht abgelöst.«

»Das also ist Ihre Theorie«, sagte der Direktor.

»Ja.«

»Nun, ein alter Studienkollege von mir ist inzwischen Filmproduzent in Los Angeles. Er könnte aus der Idee vielleicht einen hübschen kleinen Science-Fiction-Film machen.«

»Gut, denn dann kann er gleich den Dokumentarfilm dazubekommen, den wir gefunden haben. Habe ich das schon erwähnt? Besonders den ersten Teil, der in Wirklichkeit gar nicht so zerstört war, Sir, wie wir Ihnen weisgemacht haben. Wir haben Sie angelogen. Er zeigte das Programm in Fort Riley, *die Erschaffung der Spanischen Grippe, die unsere Regierung damals auf Russland loslassen wollte*. Dieser Film befindet sich mittlerweile auf gut zweihundert Smartphones und liegt zur Veröffentlichung bereit.«

Dies war der Bluff, auf den ich seit Beginn unserer Sitzung hingearbeitet hatte. Ich hatte exakt den richtigen Moment dafür abwarten müssen und sah jetzt befriedigt, wie die Bombe einschlug. Seine Reaktion war unmissverständlich. Er mochte ein ausgezeichneter Heuchler sein, doch er war sicher gewesen, dass ich mein ganzes Pulver bereits verschossen hatte. Im Glauben des sicheren Sieges hatte er es sich gestattet, sich zu entspannen. Und jetzt wich ihm einen Moment lang alles Blut aus dem Gesicht. Mit den Händen umklammerte er die Armlehnen seines Sessels.

Er erkannte, dass es mir nicht entgangen war. Worte waren verschwendet. Er hatte gerade alles zugegeben, und nichts, was er jetzt noch sagte, würde mich vom Gegenteil überzeugen können. Er legte den Kopf schief und sah plötzlich aus wie ein Professor, der sich einem besonders begabten Studenten gegenübersieht. Sein Lächeln wurde breiter und anerkennend.

»Ist das die Wahrheit, Joe? Kopien?«

»Ja.«

»Aha! Übrigens, wo *ist* denn der erste Teil des Originals? Haben Sie ihn weggeworfen? Versteckt? Ach, egal. Das war saubere Arbeit. Ich habe immer bewundert, wie Sie die Dinge angehen. Chapeau, Mann!«

Ich fühlte, wie der Zorn mich zu überwältigen drohte. Er hätte uns vom ersten Moment an das Gegenmittel schicken können. Er hätte all das Sterben, all das Leid verhindern können. Er hatte Eddie und mich zum Narren gehalten und beinahe gemeinsam mit zweihundert weiteren Menschen umgebracht. Er hätte fast einen Krieg angezettelt.

Doch der Direktor wirkte eher stolz als verlegen.

Er zog die oberste Schublade seines Schreibtisches auf, nahm einen Bericht heraus und warf das Ding so auf seine Schreibunterlage, dass ich den Titel der Anordnung des Präsidenten lesen konnte:

300 MILLIONEN DOSEN IMPFSTOFF ZUR VERTEILUNG

»Alle Amerikaner werden geschützt sein, Joe, und zwar für den Rest ihres Lebens. Wie bei der Impfung gegen Polio. Oder Typhus. Dank Ihnen, dank dieser Geschichte, retten wir zahllose Menschenleben.«

»Und was verdienen Sie persönlich dabei, Sir?«

Er schnaubte. »Profit! Was wollen Sie damit sagen? Dass es falsch ist, einen Profit zu machen und dabei gleichzeitig den Menschen zu helfen? Ich hätte nicht gedacht, dass Sie so ein Linker sind, Joe. Was glauben Sie denn, warum Leute wie ich ständig zwischen Privatwirtschaft und Regierung hin und her pendeln? Es ist ein System, das beide Seiten ehrlich bleiben lässt. Gute Politik *bedeutet* gute Profite. Gute Profite ermutigen gute Politik. Dieses System ist alt, praktisch und moralisch zugleich.«

»Eine Klasse von Herrschern, meinen Sie. Eine *Klasse*.«

»Ich habe Ihnen das Leben gerettet. Was glauben Sie denn, warum der chinesische Kapitän Sie gewarnt hat? Hm? Oder wäre es Ihnen lieber gewesen, wir hätten wie die Amateure mit dem Schicksal unseres Landes gespielt? Ja. Eine *Klasse*. Nennen Sie mir einen einzigen großen Fortschritt, von dem die Menschheit profitiert und der das Leben leichter gemacht hat, bei dem nicht jemand seinen Schnitt gemacht hätte! Polioimpfstoff? Stadtplanung? Flugzeuge? Herztransplantationen? Nur zu! Nennen Sie einen einzigen!«

»Und das war also Ihr Ziel. Das Wohl der Allgemeinheit.«

»Bald werden dreihundert Millionen Menschen vor genau der Gefahr geschützt sein, vor der Sie immer gewarnt haben. Und das wäre *nicht* passiert, wenn wir das Medikament voreilig eingesetzt, der Crew verabreicht und die ganze Geschichte unter den Teppich gekehrt hätten. Ja, wir hätten ein paar Dutzend Menschen das Leben retten können, aber was dann? Das Medikament wäre wieder in der Versenkung verschwunden. Die Firma hätte für ihre harte Arbeit nichts vorzuweisen gehabt. Es würde kein Vorrat existieren, wenn die Seuche *tatsächlich* wieder ausbricht. Und derweil glauben die Leute, sie hätten ein Anrecht darauf, dass ihnen alles, was sie jemals brauchen werden, zu jedem beliebigen Augenblick zur Verfügung steht. *Das macht mich krank! Dieses Anspruchsdenken!* Was glauben Sie, Joe? Schulden wir den Leuten etwas? Nein. Die Leute schulden *uns* etwas, und dieses Etwas heißt Dankeschön.«

Ich stand auf und wandte mich zum Gehen, doch er rief mich zurück. »Ach, hören Sie doch auf! Sie sind wütend.«

Ich erreichte die Tür.

»Regen Sie sich schon ab, Mann. Setzen Sie sich wieder. Ich sagte, setzen Sie sich! Herrgott noch mal, *setzen Sie sich endlich hin!*« Ich öffnete die Tür.

»Joe! Sie wissen noch nicht alles!« Ich blieb stehen.

»Danke. Und jetzt setzen Sie sich. Setzen Sie sich,

wenn Sie es hören wollen. Gut. Sehr gut. Kommen Sie erst einmal wieder zu Atem, Joe. Joe? Konzentrieren Sie sich! Hören Sie, ich konnte es Ihnen nicht früher sagen, aber jetzt, da meine Position frei geworden ist, sucht das Weiße Haus nach einem Nachfolger, und Ihr Name ist im Gespräch. Ich weiß, dass Sie im Augenblick noch kochen vor Zorn. Das ginge mir an Ihrer Stelle genauso. Niemand findet so etwas gerne auf diese Art heraus. Ich verstehe das. Wirklich. Ich fühle mit Ihnen. Noch ein Drink? Ich bin kein Monster. Nein? Keinen Drink?«

Ich antwortete nicht.

»Joe, wenn Sie wieder klar denken können, werden Sie einsehen, dass Sie Ihre hervorragende Arbeit weiterführen können, wenn Sie diesen Job annehmen.«

»Versuchen Sie etwa, mich zu bestechen?«, fragte ich verblüfft.

Er schüttelte den Kopf und setzte sich auf die Armlehne meines Sessels. »Nein, ich biete Ihnen nur das an, was Sie sich immer gewünscht haben. Die Chance, zu den Entscheidungsträgern zu gehören. Und, Joe, ich muss Sie nicht bestechen! Ich könnte Ihnen einfach drohen. Vor zehn Minuten, als Ihre Theorie noch reine Spekulation war und Sie keinerlei Beweise hatten, hätten Sie Ihre Erkenntnisse vielleicht einem Reporter oder Blogger mitteilen können. Aber jetzt, da Sie die Fakten kennen, sind Sie an Ihre Schweigepflicht gebunden. Jede Verletzung hätte sofortige Zwangsmaßnahmen zur Folge. Joe, hören Sie mir gut zu. Mir liegt doch nur Ihr eigenes Interesse am Herzen. *Sofortige Zwangsmaßnahmen* heißt für die meisten Menschen Festnahme, Verhandlung, Leavenworth. Aber für manche, für radikalere Elemente, kann *sofortige Zwangsmaßnahmen* auch etwas anderes bedeuten … nun … sehen Sie es als Triage an. Einige Wenige opfern, um die Vielen zu retten. Sie wissen schon, was ich meine, ja?«

Es gibt sehr starke Drogen, doch manchmal denke ich, Worte sind die stärksten. Sie fesseln einen, paralysieren und verbreiten sich schneller in den Blutbahnen als Antibiotika. Ein Mann sitzt in einem Sessel, reglos, wie gelähmt, nur von Worten.

»Ich … wir … wir würden getötet werden?«

»Glauben Sie ernsthaft, man würde Ihnen gestatten, Ihr Wissen über die schlimmste Seuche der Geschichte, die tödlichste Geißel, die die Menschheit je gekannt hat, zu enthüllen? Fünfzig bis achtzig Millionen Tote … unter alliierten Nationen, unseren Freunden, unseren Urgroßeltern, der Ausgangspunkt aller modernen Grippen, an denen weitere Tausende von Menschen gestorben sind. Sie glauben, man würde es zulassen, wenn Sie aufdecken, dass diese Grippe *durch einen Unfall in einem Laboratorium der US-Army entstand?* Haben Sie überhaupt eine Ahnung, was das für einen Schaden anrichten würde? Es sterben *immer noch* jedes Jahr Menschen an der Grippe. Internationaler Gerichtshof. Vereinte Nationen. Rechtfertigung für jegliche Art von terroristischem Angriff … Die vollständige Zerstörung unserer Glaubwürdigkeit, soweit es um den Einsatz von chemischen oder biologischen Waffen geht, Joe. Verstehen Sie denn nicht? Sehen Sie nicht, was für eine Katastrophe das wäre? Und die Leute, die 1918 dafür verantwortlich waren, sind nicht einmal mehr am Leben. Was soll das Ganze also für einen *Sinn* haben?«

»Wenn man einmal die Erfahrung gemacht hat, dass man Geheimnisse bewahren kann, werden es immer mehr«, sagte ich.

»Na und? Hören Sie, vielleicht ist es ja zu unser aller Bestem, dass Sie sich die Sache zusammenreimen konnten. Ja, genau so ist es! Ich bin froh darüber! Jetzt können Sie endlich aufhören, in Wespennestern herumzustochern. Und ich empfehle Ihnen, Ihren Freunden auch dazu zu raten. Ich? Ich bin in Sicherheit, ganz egal, was Sie tun. Nur Sie sind in Gefahr – Sie und *Ihre Freunde*.«

Auf dem Weg nach draußen hörte ich ihn noch sagen: »Die Wahrheit wird überbewertet, Joe. Das sollten Sie mittlerweile begriffen haben. Kommen Sie zurück und lassen Sie uns zusammen zu Abend essen, wenn Sie sich beruhigt haben. Und nehmen Sie den Job an, wenn man Sie anruft!«

* * *

Die Aufzugstüren glitten auf, und die Wachen ließen mich durch. Ich erreichte die Lobby. Und dann stand ich draußen auf der Plaza unter den Bronzestatuen von Pasteur und Jennings, umgeben von Tausenden von New Yorkern, die ihren alltäglichen Geschäften nachgingen und vielleicht bereits begonnen hatten, Arzttermine für ihre Impfungen zu vereinbaren – sobald der Impfstoff gegen die Spanische Grippe verfügbar war.

Meine Freunde hatten auf mich gewartet und umringten mich: Sachs und Karen. Eddie und Clinton,

Marietta, Pettit, DeBlieu. Ich hörte ihre Stimmen wie einen fernen Chor. Die Kakophonie schien sich zu einem einzigen Wort zu verdichten, das der Direktor ausgesprochen hatte: Triage.

Haben Sie ihn zur Rede gestellt? Hat er es zugegeben?, fragten sie.

Ich sagte ihnen, dass wir uns geirrt hätten und er mir schlüssige Beweise vorgelegt habe, dass das Medikament in China hergestellt worden war. Dass unsere Vermutung, die Spanische Grippe sei eine hundert Jahre alte Biowaffe gewesen, ebenfalls nicht stimmte. Die ersten Fälle seien nicht in Fort Riley aufgetreten, sondern anderswo, wie sich inzwischen herausgestellt hätte. Ich sagte, dass der Wechsel des Direktors zu Pacific-North schon von langer Hand geplant gewesen sei und nichts mit dem Vorfall in der Arktis zu tun hätte. Ich sagte, es sei mir ein Privileg gewesen, mit ihnen zusammenzuarbeiten.

Ich wandte mich ab und ging davon.

Es war wirklich nichts dadurch zu gewinnen, die Geschichte publik zu machen, dachte ich eine Weile später. Ich saß auf dem letzten Hocker der Bar im Erdgeschoss des Three Mark Hotels in der 59. Straße, wo ich gerade mein drittes Glas Svedka leerte. Aber es gab viel zu gewinnen, wenn ich den Job als neuer Direktor annahm und meine Arbeit auf einer höheren Ebene fortsetzte, wo ich *Gehör finden* würde, wie der Direktor es ausgedrückt hatte, und zwar *ganz oben*.

Vielleicht würde ich in Zukunft bei Meetings dem Direktor auf Augenhöhe gegenübertreten. Vielleicht würde *ich* beim nächsten Mal die Triage planen, für ein Dorf, eine Stadt, ein Schiff. Das hatte ich mir immer gewünscht. Über dem Thema hatte ich meine Frau verloren. Es war der Grund, warum ich mich von anderen Menschen absonderte. Es war meine eigene Wahl gewesen, und darum teilte ich dem Barmann mit: »Er hatte recht. Ich mache mit. Er hatte recht.«

»Wer hatte recht?«, fragte der Barmann zurück.

»Nein«, antwortete ich laut, während er mich anstarrte. »Er hatte *nicht* recht.«

Ich wollte mein Handy nicht benutzen, und es schien in ganz New York keine öffentlichen Fernsprecher mehr zu geben. Ich musste ein paar Blocks weit suchen, bis ich eines dieser antiken Telefone fand, die heute auch Kreditkarten statt Münzen annahmen und bei denen ein Anruf mehr kostete als mein iPhone im ganzen Monat.

Doch ich wusste, dass niemand mithören würde, während ich die Telefonnummer von einer Visitenkarte aus meiner Brieftasche eintippte. Niemand hielt mich auf, als ich nach dem Telefonat zur 41. Straße weiterging, wo das Hauptquartier der *New York Times* lag.

Die Wahrheit wird überbewertet, hatte der Direktor gesagt, und ich fragte mich, wie man ihr einen numerischen Wert zuweisen konnte. Vielleicht war sie eine rote Linie, die irgendwo in den Staub gezogen war. Oder das wertvollste Geschenk, das Gott Adam und Eva gemacht hatte. Möglicherweise musste man das von Fall zu Fall entscheiden.

Von jenseits der Straße schaute ich zum Gebäude der *New York Times* hinüber. Der Rinnstein war die rote Linie im Staub. Wenn ich sie überschritt, würde sich die Welt verändern. Die Reporterin erwartete mich. Doch ich rührte mich nicht. Und dann fühlte ich, wie etwas meine Hand streifte, wirbelte herum und starrte überrascht in das offene, besorgte Gesicht von Karen Vleska.

»Du auch?«, fragte sie.

»Das ist nicht die richtige Art, damit umzugehen«, sagte ich nach einer Weile. Ich war mir der vielen Leute bewusst, die an uns vorbeiströmten, auf dem Weg zur Arbeit oder zum Einkaufen, und keine Ahnung hatten von den alten oder neuen Geheimnissen der Nation. Sie mussten mehr darüber erfahren, das war mir klar, aber eben auch nicht unbedingt alles.

Wurde ich schon langsam wie der Direktor?

»Wir müssen nach Washington«, sagte ich.

Unsere Hände fanden sich, und für jeden anderen mussten wir aussehen wie ein Liebespaar, das auf dem Weg zum fröhlichen Treiben des Broadways war. Ein in ein intensives Gespräch vertieftes Paar, das so mit sich selbst beschäftigt war, dass es wie von der Welt abgeschnitten wirkte. Ein Paar, das über den Times Square schlenderte und später durch den herrlich grünen Central Park, bis es sich in einem Hotel am Central Park West einmietete.

Liebende? Wir verbrachten zwar die Nacht zusammen, aber nicht so … Karen schlief unruhig und schreckte immer wieder aus Alpträumen auf, und ich lag wach und hatte meine Waffe in Reichweite. Ich war zu aufgedreht, um zu schlafen. Ich hörte jedes Knarren auf dem Flur, jedes Telefonklingeln durch die Wand, jedes Hupen eines Taxis weit, weit unten.

Er hatte versucht, mich mit dem Job zu bestechen, und er hatte mein Leben bedroht. War man uns hierher gefolgt? Vielleicht hätten wir nicht warten, sondern doch direkt zur *Times* gehen sollen.

Wir nahmen den ersten Metroliner-Flug und trafen mitten im Berufsverkehr in Washington ein. Die Highways um die Hauptstadt waren verstopft wie Arterien, die den Lebenssaft von den Extremitäten des Körpers zu seinem schlagenden Herzen transportierten. Andrew Sachs hatte uns den Weg geebnet und einen Termin bei seinem Amtskollegen im Pentagon arrangiert. Daher wurden wir bereits erwartet und rasch durch die Sicherheitskontrollen und geschäftigen Flure zu dem gedämpften, holzgetäfelten Raum geschleust, von dem aus die Befehle für Millionen von US-Soldaten und -Soldatinnen in aller Welt ergingen.

Aus der Nähe betrachtet, wirkte der Verteidigungsminister kleiner als im Fernsehen, doch zugleich robuster. Er strahlte eine nachdenkliche Offenheit aus. Persönlich servierte er uns Kaffee und gab in Karens Tasse zwei Stück Zucker, Milch in meine. Er meinte, wir sollten uns entspannen, wirkte selbst jedoch alles andere als gelassen. Dann beugte er sich in seinem Ledersessel vor und legte die Hände flach auf die Schreibunterlage, direkt neben der Remington-Skulptur eines Indianers auf Büffeljagd. Hinter ihm an der Wand blickte ein Foto des Präsidenten auf ihn herunter, umgeben von vier Ölgemälden von Schlachten des Zweiten Weltkriegs, eines für jeden Truppenteil. Unter Feuer liegende Flugzeugträger im Pazifik, Armeesoldaten in ihren Schützenlöchern in einem winterlichen Wald in Frankreich, Marines, die in der Normandie einen Strand stürmten, und Rettungsmannschaften der Küstenwache, die Überlebende an Bord nahmen, nachdem ein U-Boot vor Maine ein Handelsschiff versenkt hatte.

»Sir, es gibt da eine Geschichte, von der wir denken, dass Sie sie erfahren sollten«, hörte ich mich selbst sagen.

Er meinte, ich solle es langsam angehen und mir alle Zeit nehmen, die ich bräuchte. Sein Blick wich keinen Augenblick von meinem Gesicht.

(Nachdruck aus dem *Wall Street Journal*)

SELBSTMORD IN DER PHARMABRANCHE
ERSCHÜTTERT WALL STREET

Die Vorstandsetage von Pacific-North-Pharma, einem der großen Gewinner des Monats im Dow-Jones-Index, wurde Sonntagnacht von der Nachricht vom Selbstmord des Leiters ihrer Generikasparte erschüttert.

Elias Pelfrey erschoss sich in seinem Haus in Westchester. Die Polizei von Bedford Hills teilte mit, dass Pelfrey einen Abschiedsbrief hinterließ, der auf Depressionen aus persönlichen Gründen hindeutete. Seine Frau sagte aus, dass sie um zwei Uhr morgens einen Schuss gehört und ihn mit einer Kopfwunde tot in seinem Arbeitszimmer vorgefunden habe. Ihr Mann hatte sich in den Mund geschossen.

Pelfrey hatte erst kürzlich die Generikasparte von Pacific-North übernommen, dem Konzern, der den Impfstoff gegen die Spanische Grippe entwickelt hat. Wie ein Sprecher des Gesundheitsministeriums verlautbarte, wird das neue Vakzin Millionen von Menschenleben retten. Pacific-Pharma wurde dadurch zu einem der großen Profiteure an der Wall Street.

Der Aktienkurs von Pacific-Pharma zeigte sich unbeeindruckt von Pelfreys Tod.

Danksagung

Ich bin zahlreichen Menschen für ihre großzügige Hilfe bei den Recherchen zu diesem Buch sowie beim Schreiben und Lektorieren zu Dank verpflichtet.

Bei der Küstenwache möchte ich mich bei Admiral Thomas Ostebo und Captain John Reeves vom Eisbrecher Healy bedanken sowie bei Marcus Lippmann und der Crew des besagten Eisbrechers. Es war eine großartige Fahrt.

Mein Dank gilt außerdem General a. D. Dana Atkins von der US Air Force und Robert Freeman, Lieutenant Commander Jason Weed (aktiv) und David Fisher (pensioniert) von der Navy, die sich geduldig meine unzähligen Fragen gefallen ließen. Außerdem danke ich Captain Tyler Balzer vom Marineinfanteriekorps der Vereinigten Staaten.

Verschiedene Zeitschriften schickten mich während einer dreijährigen Periode zur Berichterstattung in die Arktis. Ich möchte mich insbesondere bei Daryl Chen und Janice Kaplan von Parade bedanken, bei Carey Winfrey vom Smithsonian, Dawn Raffel von *Reader's Digest* und Chris Keyes vom *Outside Magazin*.

In Barrow, Alaska, bedanke ich mich bei Edward Itta und Richard Glenn sowie David Harding, der inzwischen nicht mehr dort lebt.

In Anchorage: Vielen Dank, Mead Treadwell.

Außerdem danke ich Patricia Burke und Charles Salzberg, guten Freunden, die mir mit ausgezeichneten Ratschlägen zur Seite standen, während ich dieses Buch schrieb, wie auch James Grady und Phil Gerard. Zahlreiche Menschen haben sich unverdrossen meine imaginären Szenarien angehört, darunter Jerome Reiss, Samantha Reiss, Marsha Price, Gabrielle Rosenthal, Ken und Ann Smith, Ginny O'Leary und Curt Swiss sowie Dr. Tio Chen. Zum Thema Viren war mir Michael Pillinger von der NYU sehr behilflich. Danke.

Herzlich bedanken möchte ich mich auch bei Tasha Mandel und Seicha Turnbull.

Des Weiteren gilt mein Dank meinem Verleger Leslie Gelbmann und meinem Lektor Tom Colgan, die immer an das Buch geglaubt haben.

Und zu meinem großen Glück habe ich Agenten wie Esther Newberg, Josie Freeman, Daisy Meyrick und Zoe Sandler.

Noch mehr Glück bedeutet es jedoch, Wendy Roth zu Hause zu haben.

Alle Figuren in diesem Buch sind frei erfunden, und jede Ähnlichkeit mit real existierenden Personen wäre rein zufällig. Der echte Eisbrecher *Healy* entspricht nicht dem Eisbrecher *Wilmington* im Roman, und die Crew des echten Schiffs hat nichts mit der fiktiven Mannschaft zu tun. Doch beiden gehören mein Respekt und meine Bewunderung, ebenso wie den Männern und Frauen der US-Küstenwache, die ihre schwere Aufgabe großartig erledigen.

Für alle Fehler und Irrtümer in diesem Buch bin ich allein verantwortlich.